KB077531

레벨 업 위드 유

레벨 업 위드 유

초판 1쇄 인쇄일 | 2017년 07월 07일
초판 1쇄 발행일 | 2017년 07월 14일

지은이 | 선우정민
펴낸이 | 박성면
펴낸곳 | (주)동아

출판등록 | 제406-2007-000071호
주소 | 경기도 파주시 문발로 115, 세종출판벤처타운 201-A호
전화 | (031)8071-5201
팩스 | (031)8071-5204
E-mail | bear6370@hanmail.net

정가 | 9,500원

ISBN 979-11-5511-861-0 (03810)

ⓒ 선우정민, 2017

※이 책은 (주)동아와 저작자의 계약에 의해 출판된 것이므로, 무단 전재 및 유포, 공유를 금합니다.

레벨 업 위드 유

선우정민 장편소설

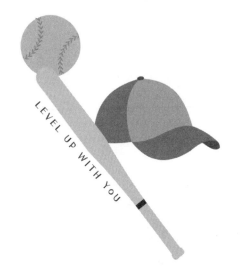

LEVEL UP WITH YOU

동아

프롤로그

　"그래서, 이번 게임의 홍보 모델로 김강현을 쓰면 좋겠다고 생각합니다."

　초록은 홍보팀의 프레젠테이션을 보며 한숨을 푹 쉬었다. 초록은 '게임나루'라는 게임 회사에 근무 중인 총괄기획팀 과장이었다. '게임나루'의 벤처 시절부터 함께했던 그녀는 회사가 게임업계에서 매출 상위권에 들기까지 성장의 역사를 같이했다. 회사가 자리 잡을 때까지 큰 역할을 해 준 몇 개의 프로젝트를 성공적으로 완수한 그녀는 남들보다 빠르게 승진했고, 20대 후반이라는 나이에 총괄기획팀 과장 직함을 달고 있었다.

"······김강현이요?"

"네. 아무래도 야구 게임이니까 직접 야구 선수들이 모델로 나오는 게 좋지 않을까요? 김강현 투수야 메이저리그에 간 뒤 지금 한창 주가가 높고, 팬 층도 두터우니까요."

떨떠름해하는 초록의 표정을 무시한 채로, 그녀의 상사인 총괄기획팀 윤 부장이 껄껄 웃으며 대답했다.

"좋지. 김강현이야 나오기만 하면 대박이지. 홍보 효과야 말하나 마나고. 근데 요즘 완전 주목받고 있는데 광고 비용을 댈 수가 있을까?"

홍보팀 부장이 거기까지 생각했다는 듯이, 초록을 향해 씩 웃으며 말했다.

"진초록 과장님하고 고등학교 동창 아닙니까? 친하시다면서요."

초록의 얼굴이 무참히 구겨졌다. 강현의 이름이 나올 때부터 불안하던 차였다. 홍보팀 부장의 딸이 김강현 선수의 팬이라고 말하기에, 저번에 다른 프로젝트 건으로 부탁 좀 한다고 강현의 사인 볼을 건네준 것이 화근이었다. 이 귀한 걸 어떻게 얻었냐고, 무려 자신의 딸 이름까지 쓰여 있는 사인 볼을 입이 떡 벌어진 채 받은 홍보팀 부장의 질문 공세에 '친한 고등학교 동창'이라고 말한 게 이렇게 뒤통수를 칠 줄은 몰랐다.

"그래? 진 과장이 그런 인맥이 있었단 말이야? 하긴, 상성고등학교 출신이었지. 그럼 얼른 부탁 좀 하면 안 될까?"

강현이야 별로 어렵지 않다는 듯이 광고 모델을 흔쾌히 해 주겠지만, 초록은 그냥 남에게 부탁하는 것 자체가 내키지 않았다. 게다가 원칙적으로 이런 건 총괄기획팀 일도 아니었다. 그녀는 내뱉듯이 말했다.

"……요새 연락을 잘 안 해서요. 그리고 아마…… 바쁠 겁니다."

"시즌도 아닌데? 지금 제일 핫한 야구 선수도 김강현이고…… 다른 대안도 없잖아. 다른 대안 있어?"

부장의 말에 홍보팀 송 대리가 재빨리 대답했다.

"뭐, 현성진이나, 김호운이나…… 신제오도 괜찮죠. 일단 비주얼은 신제오가 제일 좋네요. 그리고 신제오가 있는 구단이 또 우리 회사 투자처 중 하나 아닙니까."

"신제오? 언제 적 신제오야. 옛날에나 좀 잘나갔지, 요새는 그다지 주목도 못 받고…… 그거 여자들이나 얼굴 보고 좋아하는 야구 선수 아니야?"

"반대로 생각해 보면 시장 확장에 도움은 됩니다."

신제오라는 이름이 나오자 초록의 얼굴이 한층 더 어두워졌다. 입을 꾹 다문 초록은 마치 배경처럼 두고, 회의에서는 각종 의견이 왔다 갔다 하고 있었다.

"어차피 잘 만든 야구 게임이니까 입소문 나면 남성 유저들은 다 몰릴 거예요. 그런데 신제오가 모델이면 여성 유저들도 올 수 있죠. 워낙에 여성 팬이 많지 않습니까. 게임 그래픽이

나 이런 걸 생각하면 김강현보다 신제오가 더 그림이 나오긴 하네요."

"여성 팬들이 아직 남아 있기는 해? 그 누구냐, 송수희랑 열애설 나면서 다 떨어져 나간 거 아니야?"

"에이, 그게 언제 얘기예요? 둘이 연애한 지 5년이 넘어가요. 떨어져 나갈 여성 팬들은 옛날에 떨어져 나갔어요."

강현은 살이 보기 좋게 붙어 있었고 이목구비 역시 순하게 생긴 편이라 팬들이 '곰강현'이라는 별명을 지어 줄 정도로 인기 있는 선수였다. 그러나 여성 팬들에게 어필할 수 있는 외적 매력으로는 신제오를 따라갈 수 없었다. 온몸에 탄탄하게 붙은 잔근육과 보기 좋게 그을린 피부, 짙은 눈썹과 그윽한 눈매, 날렵하게 뻗은 턱 선 등 생김새 하나하나가 야구 선수가 아니라 야구 드라마에 나오는 배우 같다는 평이 많았다. 게다가 인터뷰에서도 늘 중저음의 낮은 목소리로 진중하고 정제된 언어만 사용했기 때문에 팬들의 충성도가 높았다. 그러나 쏠리는 이목에 미치지 못하는 부진한 성적이 늘 그에게 꼬리표처럼 쫓아다녔기 때문에, 기획팀 윤 부장이 마음에 안 든다는 듯 투덜거렸다.

"에이, 그래도 선수는 성적으로 말해야지. 김강현이랑 신제오가 비교나 되나? 김강현은 메이저리그 투수고, 신제오는 뭐 평범한 타자 아니야? 아무리 예전에 WBC 스타로 잘나갔다고 해도, 요새 타율 3할은 나오나?"

"그래도 고교 야구 시절에는 신제오가 김강현보다 유명했다던데요. 맞아요, 진 과장님?"

"……네."

그녀는 눈을 내리깔고 어쩔 수 없이 대답했다.

"신제오가…… 유명하긴 했죠. 저희 때는요. 그리고 신제오가 입단하고 나서도 훨씬 잘했었어요. 지금도 그 정도 성적이면 나쁘지는 않은 걸로 알고 있는데요."

"신제오가 못한다 이런 말은 아니지만 김강현하고는 댈 바가 아니다, 이거지. 아, 그러고 보니 그럼 신제오랑 김강현이 동갑이고, 둘 다 상성고등학교 출신이니까 진 과장이랑 신제오도 동창이잖아? 아니 진 과장은 왜 야구 하는 것도 아니면서 상성고등학교에 갔어?"

"상성고등학교에 야구부가 유명한 건 사실이지만, 상성고등학교에 야구부만 있는 건 아니에요. 일반 학생들이 훨씬 더 많다고요."

"어쨌든 운명이네."

홍보팀 부장이 껄껄대며 말했다.

"진 과장이 둘 다 접선해 보고 조건 더 좋은 사람으로 하는 건 어때?"

"부장님, 저는 홍보팀도 아니고……."

"에이, 그래도 서로 돕고 사는 거 아니야? 일단 우리 다 게임이 잘되어야 한다는 공동의 가치관을 갖고 있는 사람들 아니었어?"

"그래. 연락 한번 해 보는 건데, 어렵지 않을 거 아냐."

어렵다고! 그 연락 한 번이 어렵다고! 나같이 남한테 부탁하는 거 싫어하는 사람은 그런 건 최악이라고! 내가 왜 기획팀에 있는데! 그녀는 속으로 소리쳤다. 심지어 목에 걸려 있는 사원증을 내팽개치고 싶었다. 그만둘까? 이직할까? 때려치울까?

하지만 그녀의 앞에 가지런히 놓여 있는 '베스트 베이스볼 기획서'를 바라보는 눈에는 이미 체념이 담겨 있었다. 그녀가 혼신의 힘을 다해 기획하고 몇 날 며칠을 디자인팀, 개발팀 사람들과 함께 동고동락하며 만든 게임이다. 그만큼 완성도도 높고 실제로 재미있으며, 적절한 홍보만 뒷받침되어 준다면 소위 말하는 '대박'을 칠 게임이었다.

자식 같은 게임의 승패보다 중요한 건 없다.

그리고 자신이 얽히지만 않았어도, 홍보팀의 제안은 굉장히 합리적이었다. 요즈음 가장 한국인들이 좋아하는 야구 선수인 메이저리그 투수 김강현 아니면 여자 야구팬들에게 인기가 가장 많은, 비주얼이 훌륭한 야구 선수인 타자 신제오. 당연히 회사에서 인맥이 있는 사람이 있다면 섭외하는 게 맞았다.

스쳐 지나가는 것치고는 지긋지긋한 인연이네. 그녀는 자신도 모르게 눈을 감았다. 그렇지만 의미 없다 생각하면 의미 없는 것이었다.

─어쩌지? 근데 나 곧 합숙 훈련 들어가. 혹시 두 달 정도 뒤에도 괜찮아? 나 절대 못 나갈 것 같은데. 한국에서야 메이저 리그 투수라고 엄청 띄워 주는 모양이지만, 여기서는 성적이 그다지 썩 좋은 편도 아니야.

전화 속 강현의 목소리에 난처함이 묻어 있었다. 목소리야 지척에 있지만 그는 멀리 태평양을 건너 미국 땅에 있었다.

─한국 광고 찍겠다고 빠지는 게 좀…… 내 입장에서는 그러네. 그렇지만 합숙 나가면 해 줄 수는 있어. 광고비 같은 건 전혀 신경 쓰지 않아도 되고. 너 보고 해 주는 거니까.

"아냐. 게임 출시 일정도 고려해야지, 네 일정에만 맞출 순 없어. 우리 회사가 '베스트 베이스볼'만 만드는 건 아니니까."

─어떡하지? 음…… 무슨 방법이 없나……. 내가 해 줄 수 있는, 다른 것 없을까? 작은 거라도 말해 봐.

"있지. 내 부탁이라면 무조건 들어줘야 한다는 강박관념을 버리는 것. 당연히 사정 안 되면 거절하는 거지, 왜 네가 쩔쩔 매냐."

초록은 한숨을 푹 쉬었다. 강현이 안절부절못하는 것이 전화기 너머로도 느껴졌다.

"신경 쓰지 말고 합숙이나 잘 다녀와. 힘들 텐데. 그리고 힘들겠지만 건강하게 좀 먹어. 삼시 세끼 햄버거만 먹는 건 아니지? 아줌마가 네 건강 걱정이 많으셔."

─엄마 잔소리를 너 통해서 듣고 싶지는 않아. 차라리 네가 걱정해 주는 걸로 하면 안 될까?

"헛소리하지 마. 그럼, 음…… 저기……."

초록은 잠시 머뭇거리다가, 조심스럽게 말을 꺼냈다.

"……신제오 연락처 좀. 너 안 된다고 하면 후순위였거든."

─네가 제오한테 직접 연락하려고? 그럴 만한 사이 아니지 않아? 내가 물어봐 줄게.

"이건 일이잖아. 신제오랑 일면식 없는 사이더라도 연락할 판이야. 섭외는 직접 하는 게 맞으니까 번호 좀 알려 줘."

전화를 끊자마자, 강현에게서 제오의 연락처가 메시지로 왔다. 초록은 한숨을 푹 쉬었다. 낯설게만 느껴지는 열한 개의 숫자였다.

'미안하다고 하면 다야? 너는 그냥 사람 아주 갖고 놀고 미안하다고 하면 땡이라서 세상 편하겠다?'

'너는 또 그냥 도망가 버리냐? 넌 참 난감하면 바로 나가 버리니까 좋겠다.'

초록은 선명하게 떠오르는 10년 전 제오에 대한 기억에 잠시 한숨을 푹 쉬었다. 철없던 어린 날의 추억이다. 그녀는 핸드폰에 뜬 번호를 한동안 바라보고 있다가, 망설이지 않고 메시지를 보내기 시작했다.

[상성고등학교 같이 다녔던 진초록이야. 같이 2학년 3반에 있었고 김강현 친구였는데, 기억할지 모르겠네. 잘 지내? 다름이 아니라 지금 나는 '게임나루' 기획팀 과장으로 있어. 새롭게 론칭하는 게임 광고 건 때문에 제안할 일이 있어. 관심이 있다면 얘기 좀 할 수 있을까?]

메시지를 보내고, 잠시 숨을 돌리기가 무섭게 전화가 왔다. 신제오였다.

"여보세요?"

─……오랜만이야.

"나…… 기억해?"

─당연하지, 진초록을…… 왜 기억 못 하냐.

거의 10년 만에 다시 듣는 목소리였다. TV에서 종종 보았지만 그녀의 인생과 전혀 다른 굴레 속에서 살고 있다고 생각했던 남자였다. 기억이 빠르게 10년 전으로 돌아갔다. 이상하게 자신이 했던 말은 잘 떠오르지 않는데, 제오가 했던 말들은 한 번도 잊힌 적 없다는 듯이 생각의 수면 위에 둥둥 떠올랐다.

'나는 앞만 보고 왔어. 그 길에 언제나 잠시 쉬게 해 주어서 고맙다.'

'가끔은 이런 생각을 해. 이 세상에서 나를…… 가장 잘 아는 사람이 너라고. 얼굴도 모르는 네게 그런 친밀감을 느끼고 있는 내가 웃기기도 하지만.'

심장을 툭 떨어트리곤 했던 그런 말들에 자신은 어떻게 대답했더라? 그 당시 그와 그녀는 10대였다. 그런 나이가 있었던 것이다. 매일같이 같은 반에서 얼굴을 마주치고, 무심한 표정으로 서로를 대하던 하루하루가 있었다. 그는 그의 18세를 기억하고 있을까. TV에서만 보던 그는 이미 고등학교 시절 같은 건 다 잊은 것같이 아예 다른 사람이었는데.

"졸업하고 나서 너는 나 같은 평범한 여자애가 있었다는 것도 다 잊어버리겠지만……."

그는 그녀의 진심 어린 말들을 기억하고 있을까?

"……평생 잊지 않을게. TV에 네가 나올 때마다 응원할게……."

그녀는 최대한 10년 만에 부탁할 것이 있어 연락한 멀고 먼 동창처럼 자신의 목소리가 들리기를 바라며, 그의 유명세를 이용하려는 아주 수많은 사람들 중 하나처럼 보이기를 바라며 나긋나긋한 목소리로 말했다.

"음, 내가 섭외가 처음이라 어떻게 해야 할지 모르겠다…….
우리 회사에서 이번에 야구 게임을 하나 론칭하는데 광고 모
델이 되어 줄 수 있을까 해서……."

―광고…… 모델? 내가?

제오는 호기롭게 전화를 건 것치고는 다소 당황한 것 같았
다.

"응. 회사가 아직 작아서…… 대행사 안 거치고 최대한 우리
가 직접 뛰거든. 그래서 연락한 거야."

―음…… 내가 해도 될까 모르겠다. 왜 나야? 야구 선수는 많
은데. 김강현이랑…… 더 친하잖아. 강현이가 더 유명하고.

"아, 김강현은 스케줄이 안 나온다고 해서. 그 다음 순위가
너였어."

―나는 메이저리그에서 뛰고 있는 사람도 아닌데.

초록은 자신도 모르게 대답했다.

"……그게 무슨 의미가 있어?"

한동안 정적이 흘렀다. 약간은 갈라진 목소리로 제오가 말
했다.

―그러게.

그들은 서로가 10년 전에 나누었던 이 대화를 기억하고 있
는지 확신하지 못하며 각자의 추억을 더듬었다.

―네가 그런 거에 의미를 둘 거라고 생각하다니, 나도 참

웃기다.

정확히 9년 전, 졸업식 날에 멈췄다고 생각한 두 사람 간 인연의 톱니바퀴가 다시 굴러가기 시작했다.

ㅡ구단에 물어보고, 진행할 수 있으면 진행할게.

초록은 눈을 깜빡이며 가만히 있었다. 몇 마디 안 해 본 사이였지만, 누구보다 많은 말을 나눈 상대이기도 했다. 어떻게 대해야 할지 알 수 없었다. 초록의 추억 속에는 애틋한 사람이었지만, 과연 그는 초록을 얼마나 기억하고 있을까. 같은 반의 조용했던 여자애? 빗속을 한 번 함께 걸었던 불쌍한 애? 김강현 친구?

ㅡ곧…… 연락할게.

고등학교를 졸업한 뒤 아주 다르게 쌓이고 있던 삶을 비웃기라도 하듯 기억이 재빠르게 10년 전으로 돌아갔다.

1

[와, 진짜 realgreen 발컨[1]이다. 그 레벨까지 어떻게 왔냐?]

아니, 이 자식이? 초록이 신나게 몬스터를 때려잡고 있는데 함께 파티[2]를 맺고 있던 한 녀석이 그녀의 아이디 'realgreen'을 지목하며 욕을 해 댔다. 질 수 없지. 초록은 모니터 너머의 'imzzangboss89'를 노려보며 키보드에 손을 올렸다. 먼 거리에서 활이나 쏴 대면서 나의 컨트롤을 논해?

---

1) 컨트롤을 잘 못한다는, 게임을 잘 못하는 것을 뜻하는 은어
2) 다른 게임 유저와 이룬 팀

[쪼렙 활쟁이는 입 다무시고요. **, ****.]

짜증 나서 욕을 채팅창에 쓰다 보니 블라인드 처리가 되어서 나왔다. 상관없다. 어차피 초록이 욕설을 쓴 건 그 정도로도 충분히 알 수 있을 것이다.

[벌써부터 욕 쓰면 안 된다, 초딩아. 현피3) 뜨면 한 주먹거리도 안 되는 게.]

[초딩 아니거든?]

초딩? 모니터상에서 활을 든 남자 캐릭터인 'imzzangboss89'가 약 올리는 듯한 제스처를 취해 보였다. 뭐, 얼굴 마주 보지 않고 하는 온라인 게임이니 이런 말싸움이나 시비는 흔한 일이었다. 놀랍지도 않았다. 오늘 가뜩이나 모의고사도 망쳐서 기분이 나빴는데 잘됐다. 초록은 화풀이를 할 셈으로 손가락 관절을 뚜둑 꺾었다. 그새 imzzangboss89가 다음 말을 채팅창에 올리고 있었다.

[밤이 늦었으니 초딩은 PC방에서 얼른 나와서 집이나 들어가지? 아이템 취향 보니 딱 초딩이구먼.]

이 자식이 내 아이템 취향을 가지고? 초록의 캐릭터는 양갈래 머리를 한 작은 소녀 검사 캐릭터로, 열심히 돈을 모아서 산 토끼 리본을 매고 있었다. 지금 취향과 나이 가지고 걸고넘어진 것 맞지? 초록도 질 수 없었다.

[89년생이 공부 안 하고 뭐 하냐? imzzangboss라니 아이

---

3) 실제로 만나서 싸운다는 뜻

디 취향 완전 유치한데.]

아이디 끝에 붙은 숫자 두 개는 보통 태어난 연도를 뜻하는 경우가 많았다. 89년생이면 고등학교 2학년이다. 음…… 채팅 창에 그런 말을 치면서 같은 89년생인 초록 역시 양심의 가책을 느꼈지만, 본인은 공부를 잘하니까 괜찮다는 마음가짐으로 그녀는 엔터 키를 눌렀다.

[초딩 때부터 게임하는 너보다는 잘 갈 거니까 걱정 마셈.]

이 자식이 자꾸 초딩, 초딩 거리네?

[초딩 아니거든? 오늘 모의고사 친 고딩이거든? 현피 뜨면 내가 이김.]

[또 네이버 검색해서 오늘 모의고사인 건 알았나 보지? 고딩 인증해 보셈.]

내가 고등학생인 걸 이 한심한 애한테 인증까지 해야 하다니. 정말 짜증 났지만 질 수 없었으므로 그녀는 끝까지 가 보기로 했다. 어차피 이 자식이 초록과 동갑인 것까지는 알고 있었기 때문에, 그녀는 잠시 생각하다가 키보드를 두드렸다.

[오늘 영어 듣기 평가 1번에는 마리가 곰 인형 잃어버린 이야기가 나왔음.]

[어? 너 고2임?]

그래, 이 자식아. 초록은 잠시 맛본 승리감에 미소를 띠었다. 남자 유저가 거의 대부분인 이 RPG 게임의 특성상 분명히 그녀와 동갑인 남자애일 것이다. 물론 'imzzangboss89'도 그녀가 여자 캐릭터이기는 하지만 그녀를 당연히 남자애라고 생각할 것이 뻔했다. 워낙에 여성 캐릭터를 선택하는 남자아이들이 많았기 때문이다.

[동갑이면서 나한테 공부 안 한다고 한 거임? 어이없네.]

[난 공부 잘하니까 상관없음.]

게임상이니까 초록은 막말을 하기 시작했다. 사실 그녀는 절대 이렇게 막말을 한다거나 자신감에 넘쳐 있는 여자아이가 아니었다. 하지만 어차피 모니터 뒤에 누가 앉아 있는지 알 게 뭐란 말인가?

[게임상에서는 개나 소나 전교 1등이지.]

[진짠데.]

[영어 점수가 백 점이라도 됨? 레벨 보니 폐인인데.]

초록의 레벨이 높은 건 사실이다. 공부하는 시간 빼고는 매일 게임만 붙잡고 있으니 당연한 결과다. 그러고 보니 진짜 초록이 더 무시당할 수도 있을 것 같았다. 그녀는 질 수 없다는 마음으로 대답했다.

[영어? 하나 틀림.]

그래. 내가 어디 사는 누구인지도 모르는 동갑 남자애 앞 아니면 누구 앞에서 이렇게 자랑을 해 보겠냐. 그녀는 신나서 키보드를 두드렸다.

[그것도 우리 학교 방송 오류 나서 15번 건너뛰어서 틀린 거임.]

한동안 'imzzangboss89'는 말이 없었다. 뭐지? 접속 끊어졌나? 처음엔 시비로 시작했지만 나름 동갑이라서 반가웠는데, 살짝 아쉬워질 무렵에 갑자기 채팅창에 청천벽력 같은 말이 떴다.

[너 상성고등학교 다니냐?]

심장이 툭 떨어지는 것 같았다. 초록이 아무 말도 못 하고 있으니까 채팅방에 또 하나의 말이 기다렸다는 듯이 올라왔다.

[너 몇 반이냐?]

말도 안 돼! 초록은 모니터에 뜬 말을 보며 손톱을 잘근잘근 씹었다. 'imzzangboss89'가 같은 고등학교 학생이었다니. 내가 미쳤지! 왜 듣기 평가가 15번에서 멈췄다는 쓸데없는 소리를 했을까. 걔가 누군지 궁금한 것보다, 내가 누구인지 들키면 안 된다는 생각 때문에 그녀는 머리가 하애졌다.

그때, 더 그녀를 당황하게 만드는 메시지가 하나 떴다.

['imzzangboss89'님과 친구가 되었습니다.]

망할! 이 게임은 왜 한 명만 친구 등록을 하면 서로 친구가 되는 시스템이지? 적어도 친구가 되려면 다른 사람의 동의는 받아야 되는 것 아닌가? 그녀가 당황한 것을 다 알고 있다는 듯이, 이제 친구가 된 imzzangboss89가 1대 1 대화를 걸어왔다.

[나 신제오.]

신제오? 이제는 당황스러움을 넘어서 손이 덜덜 떨리는 것이 느껴졌다.

[너 누구냐?]

초록은 못 볼 것을 봤다는 양 눈을 질끈 감고는 황급히 컴퓨터를 껐다. 벌써 새벽 2시가 넘어가고 있었다. 침대 속에 들어가서도 심장이 쿵쿵거려 한동안 잠을 이루지 못했다. 의미 없다, 괜찮다, 그냥 넘겨도 된다, 수없이 되뇌었지만 소용없었다.

그것이 바로 게임 속 욕설로 시작했던, 그들 인연의 시작이었다.

이 세상에 같은 사람은 아무도 없다고 했다. 하지만 모든 사람이 다 다를지라도 정도의 차이가 있기 마련이다. 분명히 초록과 다르지만 조금이라도 비슷한 면모가 있는 사람하고, 완전히 모두 다 다른 사람이 있다는 뜻이다. 그런 의미에서 제오는 초록과 아주 정반대의, 아무런 공통점도 없는, 전혀 다른 사람이었다.

"그러니까, 10번 문제의 답은 이렇게 해서 5번이다."

선생님의 설명을 열심히 듣는 척을 하면서 필기를 하고 있었지만 초록의 정신의 반은 앞자리에 앉은 신제오에게 쏠려 있었다. 제오의 뒷모습은 미동도 하지 않는 것으로 보아 분명히 고개를 숙이고 조는 것이 틀림없었다.

상성고등학교는 전원 기숙사 생활을 하는 규모가 꽤 큰 고등학교였다. 상성고등학교는 사실 야구부로 유명한 학교였다. 야구에 조금도 관심 없는 초록이 집에서도 멀찍이 떨어진 이

고등학교를 선택한 이유는 단 하나뿐이었는데, 1인 1실을 준다는 획기적인 제도 때문이었다. 옛날에 운동부 애들이 너무 군기를 잡아 대서 어쩔 수 없이 1인 1실 제도를 운영하게 되었다는데, 게임 폐인인 그녀가 고등학교 생활을 하기에는 이보다 더 좋은 환경이 없었다.

맨 처음, 강현 때문에 이 학교의 1인 1실 제도를 알게 된 순간부터 중학교 내신 점수가 아깝다는 주변의 만류에도 불구하고 초록의 마음은 이미 정해진 것이나 마찬가지였다. 물론 기숙사 생활을 한다니까 엄마의 표정에도 안도감이 깊게 자리 잡았다.

"자, 다음 문제 보자."

학교의 특성상, 그래서 극과 극의 사람인 초록과 제오도 같은 반에 있을 수 있었던 것이다. 제오는 야구부였고, 학교에서 가장 타율이 좋은 4번 타자였다. 아마 졸업하자마자 프로 구단을 골라 갈 것이라는 소문이 자자했다. 게다가 운동선수치고 얼굴도 잘생긴 데다가 당연히 몸도 탄탄해서 여자아이들로부터 인기가 많았다. 야구부 소속으로 선생님들이나 선배들한테는 깍듯했지만, 초록이 보기에 또래 애들한테 대하는 걸 보면 성격이 아주 개차반이었다. 어렸을 때부터 승승장구했으니 당연한 일일 수도 있었다.

항상 자신감이 넘치고, 누구나 자기에게 잘 대해 주거나 설설 길 것을 알기 때문에 그는 게임상에서도 정말 아무렇지도 않게 초록에게 자신의 실명을 당당하게 밝힌 것이다. 게임에서 시비 걸면서 욕하는 것이 정말로 본인의 성격이었기 때문에 본인을 안 밝힐 이유가 없었겠지. 게다가 상대가 누구든 실제로 만났을 때 당당할 수 있는 자신의 위치를 알고 있는 것이다. 그 자신감이 조금 재수 없다는 생각이 들었다.

"오늘이 15일 맞지? 15번, 진초록 나와서 풀어 보자."

선생님이 초록의 이름을 부르자 그녀는 조용히 일어서서 수학책을 들고 앞으로 나갔다. 조용히 분필을 들어 문제를 푸는 그녀의 뒷모습에 아무도 관심이 없었다.

"피곤해 보이네. 어제도 밤늦게까지 공부했니?"

"⋯⋯."

그녀는 아무 말 하지 않고 조용히 웃어 보였다. 어차피 선생님은 말도 없고 조용한 초록에게 대답을 기대한 건 아니었다는 듯이 고개를 끄덕였다. 사실은 밤늦게까지 게임을 한 것이지만, 그 사실을 아는 사람들은 아무도 없었다. 초록의 기숙사 방에 불이 늦게까지 꺼지지 않아도, 으레 공부하겠거니 하고 생각하는 것이다.

초록은 전교 1등 같은 대단한 위치는 아니지만, 언제나 전교 10등 안에 들 정도로 공부를 열심히 하는 조용한 여자애였다. 반에서 목소리를 들어 본 적이 없는 여학생, 만사에 관심이 없고, 있는 듯 없는 듯한 그런 애였다. 당연히 신제오 같은 애랑은 말 한마디 섞어 본 적이 없었다. 그녀의 예상대로 제오는 초록이 칠판에 나와서 문제를 풀든 말든 고개를 푹 숙이고 열심히 졸고 있는 중이었다.

으아. 신제오 같은 애 앞에서 공부 좀 한다고 채팅창에서 깔짝였다니 정말 부끄러워서 고개를 들 수가 없었다. 누가 봐도 곧 프로 구단에서 연봉 몇 억씩 찍으면서 대형 스포츠 스타의 반열에 올라설 텐데……. 초록이 터덜터덜 자리에 돌아오니 하나뿐인 친구 소진이의 쪽지가 보였다.

진초록! 점심시간에 야구부 훈련 구경 가자! 오늘 신제오랑 김강현이랑 둘 다 훈련 나온대!

상성고등학교 대표 타자로 신제오가 있다면 대표 투수는 김강현이었다. 둘 다 한 번에 점심 훈련에 나오는 일이 거의 없었기 때문에 이런 날이면 구경꾼들이 몰려들곤 했다. 평소 같았으면 초록도 아무 생각 없이 소진이를 쫓아서 김강현 하는 것이나 볼 겸 아이스크림이나 하나 물고 멍하니 운동장을 바라봤겠지만, 어젯밤에 그런 일이 있은 후로는 신제오라는 이름만 들어도 껄끄러웠다. 답장을 일부러 미적거리며 쓰고 있는데 쉬는 시간 종이 쳤다.

"나, 오늘 점심시간에 담임 선생님하고 상담 있는데……."

종이 치자마자 그녀의 자리로 다가온 소진에게 초록이 웅얼거리며 말했다. 그런 초록의 말에 소진은 도끼눈을 떴다.

"그럼 나 혼자 가라고? 10분만 보자, 10분만. 상담 최대한 빨리 끝내고 와. 기다릴게."

반에 있는 조용한 애들이 친구가 많을 리가 없다. 소진과 초록은 서로에게 단 하나뿐인 단짝이었으므로, 초록은 한숨을 폭 쉬었다. 소진이를 혼자 보낼 수는 없지. 게다가 신제오는 그녀가 누구인지도 모르는데 혼자 껄끄러워하는 것도 웃기다고 생각하며 초록은 고개를 끄덕였다.

그때, 앞자리에서 졸고 있던 신제오가 기지개를 켜더니 일어섰다.

"애들아!"

반의 모든 아이들이 신제오를 바라보았다. 신제오는 어깨를 풀면서 대수롭지 않다는 듯 크게 소리쳤다.

"우리 반에서 '다크 몬스터' 하는 사람 있냐?"

심장이 미친 듯이 뛰기 시작했다. '다크 몬스터'는 초록이 하는 게임 이름이었다. 어제 신제오를 만나 시비가 붙은 바로 그 게임이었다.

"야, 너 요새도 그거 하냐? 요새 대세는 '은하 우주선'이야."

신제오와 친한 남자아이가 맞받아 소리쳤다.

"진짜 '다크 몬스터' 하는 애 없냐?"

"그런 옛날 게임 누가 함?"

'다크 몬스터'가 출시된 지 좀 된 게임이기는 했다. 하지만 스토리 라인 깔끔하고 그래픽도 우수하며 캐릭터 간 밸런스도 좋은 매우 잘 만든 게임이었다. 옛날 게임이라고 욕먹기에는 조금 어폐가 있었다. 유저는 점점 줄고 있지만, 그래도 버티고 있는 유저들이 많은 꽤 되는 좋은 게임인데…… 초록이 혼자 속상해하고 있으니 신제오가 짜증을 내며 말했다.

"야, 요새 나오는 게임들보다는 백배 낫거든? 스토리 라인 환상인데 게임 볼 줄 모르는 것들이 헛소리하네."

그렇지! 초록은 속으로 쾌재를 불렀다. 신제오가 잘 만든 게임을 알아본다는 것 자체가 기뻤다. 게다가 그녀 같은 소심한 사람은 절대 말하지 못하는 것들을 거침없이 말하는 게 아주 통쾌했다.

"우리 반이 아닌가?"

그녀는 제오 바로 뒷자리였기 때문에 그가 중얼거리는 것을 들을 수 있었다. 아마 그는 뒷자리의 조용한 여학생이 그런 게임을 한다는 건 상상조차 하지 못할 것이다. 조용히 초록이 숨만 쉬고 있는데 그가 어깨를 으쓱하며 반 전체 애들에게 소리쳤다.

"야, '다크 몬스터' 하는 우리 학교 애 있으면 나한테 말해 줘!"

"왜?"

"혼자 하는 게 외로워서 그래."

그가 씩 웃으며 말했다.

"친구 맺으려고 하니까 꼭 말해 줘. 다른 반에 내가 모르는 애라고 해도."

하지만 초록은 그가 다시 자리에 털썩 주저앉으며 남모르게 중얼거린 말들을 듣고 말았다.

"유치한 아이디? 걸리기만 해 봐라."

그녀는 침을 꼴깍 삼켰다.

"그래 봤자 상성고등학교 안인데, 뒤지면 안 나올 리가 없지."

"초록아, 장래 희망이 너무 의외인데……."

점심시간, 담임 선생님은 초록의 진로 희망 조사서를 보며 난감하다는 듯 말했다.

"게임 기획자?"

"네."

"초록이가 게임에 그렇게 관심이 많은 줄은 몰랐네. 게다가 문과인데, 군이 게임 쪽으로 가려는 이유가 뭐니? 게임 개발자보다 대우가 좋을 것 같지는 않은데……."

"게임에는 물론 개발 그 자체도 중요하지만, 분명 인문학적 요소도 필요하거든요. 특히 기획이나 홍보, 스토리 라인 등에 인문학적 감성이 반드시 필요하다고 들었어요."

"너무 멋지고 예쁜 꿈이네. 초록이가 이렇게 길게 말하는 것 처음 보는데, 꼭 좋은 게임 만들어 주었으면 좋겠다. 게임은 남자애들이나 하는 건 줄 알았는데, 초록이 같은 귀여운 여학생들도 관심이 많구나. 세상이 달라지긴 달라졌네."

"네에……."

"제일 친한 친구는 윤소진이구나? 그런데, 1학년 때 입학할 때 조사한 조사서에는 김강현이 적혀 있던데……."

"지금은 안 친해요."

학교 대표 투수 김강현과 친하게 지낸다는 소문이 퍼진다는 건 생각만 해도 끔찍했다. 중학교 때까지만 해도 그저 그랬던 김강현은 야구부로 알아주는 상성고등학교에 오자마자 거의 인기 스타가 되었다. 초록은 주목받기 싫다는 이유로 강현을 멀리하기 시작했고, 강현은 여전히 그걸 받아들이지 못하고 있는 중이었다.

빨리 나오라는 소진의 말이 떠올라 상담을 금방 끝내고 교무실을 나왔다. 소진은 발을 동동거리며 교실에서 초록을 기다리고 있었다. 1분 1초가 아깝다며 나를 끌고 운동장 뒤편에 있는 야구부 훈련장으로 데려간 그녀의 얼굴이 벌써부터 달아올라 있었다. 야구부 훈련장에는 이미 엄청나게 많은 애들이 몰려 있었고, 초록과 소진은 어떻게든 뭐라도 보겠다고 여자 기숙사 뒤로 돌아가야만 들어갈 수 있는 화단에 올라서서 까치발을 들었다.

"어떡해! 김강현이랑 신제오야!"

"어떡하긴 뭘 어떡해. 김강현이랑 신제오인가 보지."

초록은 무심하게 중얼거리면서도 이왕 온 것, 좀 더 보겠다고 목을 길게 내뺐다. 나중에는 야구장 가서 돈 내고 봐야 할 만큼 대단한 광경일 수도 있으니까. 강현이 팔을 길게 뻗어 어깨를 거꾸로 된 W 모양으로 만든 뒤 공을 힘차게 던졌고, 제오의 방망이가 쾌청한 '땅!' 소리를 내며 그 공을 받아쳤다.

"우와!"

다들 소리를 지르며 하늘로 붕 떠오른 제오가 친 야구공을 바라보았다. 야구공은 높이 떠오르다가 포물선을 그리며 다시 내려오기 시작했다.

"와, 받아, 받아, 받아!"

어라? 공이 얼마나 힘 있게 멀리 갔는지 초록이 서 있는 화단 쪽으로 떨어지기 시작했다. 소진이 신나서 손을 내미는 동안, 초록은 왠지 맞으면 큰일 날 것 같다는 생각 때문에 뒷걸음질을 쳤다.

제오가 친 야구공은 힘 있게 화단으로 굴러떨어졌고, 덕분에 학교 식물부가 소중히 키우던 호두나무 묘목이 힘없이 꺾였다. 작은 호두나무를 힘껏 치며 굴러온 야구공이 뒷걸음질 치던 초록의 실내화에 닿았다.

"야, 뭐 해! 얼른 잡아! 그게 얼마짜린데!"

소진의 재촉에 초록은 그녀도 모르게 고개를 숙여 야구공을 주워 들었다. 야구공에는 '신제오'라는 이름이 적혀져 있었다. 자꾸만 멀리 날아가 버려 사라지는 야구공의 수요를 감당할 수 없어, 줍게 되면 다시 돌려 달라는 야구부원들의 메시지이기도 했다.

　그러나 야구부원들을 좋아하는 여학생들은 그 공을 절대 돌려주지 않고 자신이 간직하는 것을 유행으로 삼았다. 신제오의 공은 특히 돌아오지 않기로 유명했고, 갖고 있으면 여자아이들 사이에서 높은 값으로 거래되기까지 했다. 그래서 소진이 '그게 얼마짜린데!'라는 소리를 했던 것이다.

　"으아, 어떡해."

　"어떡해, 식물부 부장 울겠다."

　"그래도, 홈런은 홈런이네."

　"아, 어떡해. 신제오 너무 멋있어. 어쩜 좋아."

　그들과 같이 늦게 오는 바람에 자리가 없어서 화단에 길게 늘어서 있던 여자아이들이 환호성을 지르며 팔짝팔짝 뛰었다. 초록은 이상한 기분이 들어 신제오의 이름이 적힌 야구공을 만지작거렸다. 주변에서 들리는 얼마에 팔 거냐는 말에 초록은 조용히 고개를 저었다. 돌려줘야겠지? 그게 원칙이니까? 그런데 언제? 그사이에 점심시간의 끝을 알리는 종이 쳤고, 초록은 야구공을 어떻게 하지도 못한 채 우르르 교실로 들어가는 인파 속에 섞였다.

　식물부 부장이 소중히 키우던 호두나무가 신제오의 홈런 볼에 맞아 꺾여 버렸다는 소문은 한 시간도 되지 않아 온 학교에 퍼졌다. 제오가 어깨를 으쓱하며 '그래서?'라고 한 뒤 울먹이는 식물부 부장을 놔두고 대수롭지 않게 매점으로 향했다는 일화도 순식간에 유명해졌다.

"어이없네. 야구만 잘하면 다인 것도 아니고……."

초록은 샤프 뒤꼭지를 깨물며 중얼거렸지만, 소진이는 초록의 손등을 찰싹 때리며 반박했다.

"그래도, 멋있잖아. 호두나무야 다시 키우면 되는 거지만, 그렇게 멋있는 홈런 볼은 나중에 다시 안 나올 수도 있다고."

글쎄다. 초록은 고개를 저으며 생각했다. 어젯밤만 해도 완전 나 컨트롤 잘 못한다고 먼저 욕했던 인성이 어디 가겠어? 애초부터 초록과 멀고 먼 사람이라 관심도 없었지만 더더욱 얽히기 싫은 애라는 생각만 굳어져 갔다.

이런 생각을 초록만이 하는 것은 아니어서, 홀쩍이는 식물부 부장의 옆에서 '야구부라고 식물부 무시한다.'라거나 '공 좀 잘 친다고 진짜 거들먹거린다.'라는 말을 한마디씩 하는 애들이 종종 눈에 띄었다.

그날 저녁, 컴퓨터 앞에서 초록은 한참을 망설였다. 로그인을 할 것인가? 로그인을 하면 바로 친구 등록을 한 신제오가 말을 걸어오지 않을까? 아니, 그렇다고 로그인을 안 하면 그동안 내가 심혈을 기울여 키워 온 내 캐릭터는 어떻게 되는 것일까? 지금 이 순간에도 사실은 레벨 업을 할 수 있는 건데……. 초록은 몇 번이고 망설이다가 결국에는 '다크 몬스터'를 실행시키고 말았다.

과연, 접속하자마자 번개같이 제오에게 1대 1 대화가 걸려
왔다.

[야, 너 진짜 누구냐?]

무시하면 그만이다. 무시하고, 내 게임만 하면 그만이다. 그
녀는 심호흡을 하며 대화창을 꺼 버렸다. 생각해 보니 실제로
도 제오랑 말 한마디 해 본 적이 없는데, 도대체 컴퓨터상에서
무슨 얘기를 한단 말인가.

[너 비매너 장난 아니다.]

초록이 혼자 평화롭게 몬스터들을 때려잡고 있는데, 대화가
계속해서 걸려 왔다.

[너는 내가 누군지 아는데, 왜 너는 불공평하게 안 알려 주
냐?]

내가 언제 알려 달라고 했냐고. 초록은 중얼중얼거리면서
다시 걸려 온 대화들을 모두 무시하고 사냥을 계속했다. 10분
인가, 제오에게 걸려 오는 말들을 모두 무시하고 열심히 레벨
업을 위해 몬스터들을 죽이고 있는데 갑자기 옆에 제오의 캐
릭터가 나타났다. 어라, 이 자식 '친구에게 이동'이라는 기능을
쓴 것 같았다.

초록은 거의 저녁 시간은 게임에 쓰기 때문에 레벨이 높았
다. 그녀의 레벨은 124였는데, 이 서버에서 거의 상위 10% 안
에 드는 고렙이었다. 그런데 제오의 레벨은 96으로 열심히는
하는 것 같았지만 그녀만큼 대단한 캐릭터는 아니었다. 어떻

게 생각하면 초록보다 친구도 많고, 활동도 많이 하고, 운동도 하면서 공부도 간간이 하니 그녀처럼 시간을 쏟을 여유가 없는 게 당연하기도 했다.

그런데 지금 그녀가 있는 사냥터의 몬스터 레벨은 100이 모두 넘어갔다. 신제오의 레벨에서는 몬스터에게 몇 대 맞으면 그대로 죽어 버릴 수준이었다.

[야, 너 진짜 말 안 할 거야? 내가 때릴까 봐 그래? 내가 깡패도 아니고, 안 그래, **아.]

일단은 뒷말이 욕인 건 알겠다. 말 안 하고 싶은 이유는 너무 많았다. 신제오는 초록을 그냥 평범한 자기 학교 남자애로 알고 있는 것 같은데, '나 사실 네 뒷자리에 앉은 진초록이야.'라고 말할 수는 없지 않은가. '너한테 욕하고 쪼렙이라고 무시하고 공부 잘한다고 으스댄 거, 사실 너랑 한마디도 안 하고 반에서 거의 말도 안 하는 음침한 여자애야.'라고 말하면 얼마나 웃기게 생각할 것인가. 그 다음부터 신제오 얼굴을 어떻게 볼지 상상조차 되지 않았다.

[와, **, 너 진짜 이렇게 나 쌩깔 거야? 나는 나름 같은 학교라고 반가워서 그런 건데 ** 너무하네 ** 같은 **가…….]

그때, 신제오의 약한 캐릭터를 향해 몬스터 하나가 달려들었다. 이런. 이 게임에서는 몬스터에게 죽으면 패널티가 있다. 경험치도 깎이고 장비도 몇 개 떨어진다. 초록은 그녀도 모르게 신제오의 캐릭터 앞을 막아서고 달려들던 몬스터를 죽여 주었다. 어쩔 수 없지, 나 때문에 이런 곳까지 왔는데 말도 다 씹으면서 불이익을 당하게 할 수는 없다. 그녀는 한숨을 푹 쉬고 이 일을 어떻게 해야 되나 고민하기 시작했다.

[와 이 ** 좀 멋있네? 진짜 누구냐, 너?]

초록은 심호흡을 한 번 하고, 키보드를 두드렸다.

[쪼렙 맞아 죽는 거 보기 싫어서 그랬다. 이제 꺼지고 네 렙에 맞는 데 가서 놀아.]

[**, 그래서 너 누구냐고. 진짜 내가 현피 뜰까 봐 그래? 내가 설마 같은 학교 애한테 그러겠냐? **, 나한테 쫄 정도면 그냥 아랫도리 잘라라, **아.]

아, 저 자신감이 마음에 안 든다. 실제로 만나면, 그 상대가 누구건 간에 서열상으로 자신의 밑에 있다는 걸 전제하는 그 자연스러움이 낯설었다. 초록은 대화창을 다시 닫으려다가, 어차피 애가 나를 알 수 있는 방법은 전혀 없다는 데에 생각이 미쳤다. 지금 보아하니 당연히 초록이 남자애라고 생각하고 있는 것 같은데 그렇다면 바보같이 이상한 말만 나불대지 않는 이상 들킬 일은 없다는 것 아닌가.

[너랑 얽히기 싫어서 그런다, **아.]

초록은 최대한 남자아이 말투를 흉내 내어 키보드를 두드렸다.

[너 싸가지 없는 거 온 학년 애들이 다 아는데.]

어? 너무 심했나? 호방하게 엔터를 치고 나서, 그녀는 순간

숨을 들이켰다. 너무 나갔나? 그래도 반갑다고 여기까지 찾아온 애한테 너무 비난조로 말했나? 한동안 말이 없는 채팅창을 보며 그녀는 콩닥이는 심장만 진정시키느라 손톱을 잘근잘근 씹었다. 영겁과 같은 몇 분 뒤에, 모니터에 'imzzangboss89'의 말이 떴다.

[그 빌어먹을 호두나무 때문에 그러냐?]

어라? 본인도 알고 있나? 하긴, 하루 종일 애들이 그거 가지고 떠들었으니 모르면 바보지. 초록이 멈칫대는 동안 imzzangboss89가 말을 이었다.

[**, 그럼 나보고 어쩌라고. 그 호두나무 다시 붙인다고 살아나나? 내가 일부러 그러고 싶어서 그랬냐? 내가 호두나무 겨냥해서 공 맞혔냐? 어쩌라고, **.]

초록은 모니터를 보고 있다가, 한 번 심호흡을 하고 키보드를 두드렸다.

[미안하다는 말 한 마디면 돼.]

모니터상에서, 활을 든 키가 큰 남자 캐릭터인 imzzangboss89와 쌍검을 든 작은 소녀 캐릭터인 realgreen이 마주 보고 있었다.

[네 잘못 아닌 거 다 알아. 그래도 의도치는 않았지만 너 때문에 마음 상한 사람이 생겼잖아. 네가 미안하다고 해서 진짜 네 잘못이라고 생각하는 사람 아무도 없어.]

초록은 다시 imzzangboss89에게 달려드는 레벨 100이 넘는 몬스터를 하나 더 죽여 주면서 말을 이었다.

[솔직히 넌 대단한 애니까, 네가 미안하다고 한 마디만 했어도 다들 감동받았을걸.]

imzzangboss89는 한동안 말이 없었다.

[이제 네 레벨 맞는 곳으로 돌아가라. 워프4)까지 데려다줄게.]

제오의 레벨로는 워프까지도 가지 못할 게 뻔했다. 그녀는 신제오에게 파티를 신청해 팀을 맺고, 달려드는 몬스터들을 죽여 주면서 워프까지 이동하기 시작했다. imzzangboss89는 아무 말도 없이 그녀의 캐릭터를 따라왔다.

[가.]

[야, 너 진짜 너 누군지 안 가르쳐 줄 거야?]

[어.]

[왜?]

초록은 워프 앞에서 imzzangboss89와의 파티를 해지하고, 다시 그녀가 있던 사냥터로 돌아가면서 마지막 말을 입력했다.

[현피 뜨면 깡패 야구부한테 맞을까 봐. 말하는 꼬라지 보니까 깡패 맞네.]

1대 1 대화에서 또다시 욕설이 쏟아졌다. 초록은 키득키득 웃으면서 대화창을 껐다. 안 좋은 소리를 했는데도 아무 대꾸 없이 들어 준 것을 보면 그렇게 나쁜 애는 아닌가 보다. 실컷

---

4) 게임상 다른 지역으로 갈 수 있는 구간

혼자서 욕하던 제오도 곧 잠잠해졌다. 초록은 밤 12시쯤까지 게임을 하다가 종료 버튼을 누르고 책상에 앉았다. 내일 영어 단어 시험이 있다고 하니 조금 외워 줘야 했기 때문이다.

도대체 누굴까. 제오는 입술을 깨물며 realgreen을 생각 중이었다.

"야! 집중 안 해?"

"죄송합니다! 잘하겠습니다!"

공을 던지던 코치님이 귀신같이 그의 집중력이 흐트러진 것을 알고 소리를 질렀다. 제오는 들고 있던 야구 방망이를 고쳐 쥐고 날아오는 공에 집중했다.

이틀간 realgreen을 찾아서 거의 전교를 뒤졌다. 솔직히 처음엔 금방 찾을 수 있을 것 같았다. 공부 좀 하면서, '다크 몬스터'라는 게임을 하는 제오와 별로 안 친한 남자애를 찾으면 된다고 생각했던 것이다. 남고생들이야 당연히 모이면 게임 얘기뿐이니 금방 찾을 수 있다고 생각했는데 실마리조차 잡히지 않았다.

"야, 너 오늘 왜 그래?"

저녁 훈련이 끝나고 기숙사로 돌아가는 길, 강현이 그를 툭 치며 물었다. 상성고등학교 최고의 투수로, 그만큼이나 성실하고 절실하게 훈련에 임하는 가장 친한 친구이자 동료였다. 다른 투수들이 던지는 공들은 잘 골라내는데 아직 강현의 공

만은 잘 쳐 내기가 힘들 정도로 그가 인정하는 사람 중 하나
였다.

"아직도 그 게임에서 만난 애 생각 중이냐?"

"어. 어떤 놈인지 꼭 알고 싶은데."

"유치하게 현피 생각이나 하고. 몇 살이냐?"

강현은 제오가 게임에서 만나서 시비가 붙은 같은 학교 학
생을 찾고 있다는 것을 알고 있었다. 단순히 시비가 단단히 붙
어서 골이 난 것이라고 생각한 강현은 대수롭지 않게 어깨를
으쓱했지만, 제오는 생각에 잠긴 듯 미간을 계속 찌푸렸다.

realgreen을 왜 이렇게 찾고 싶은 건지 논리적으로 설명이
가능하지는 않았다. 처음에는 그냥 흔한 시비가 붙었는데 같
은 학교 학생이라니까 신기해서 알아보고 싶었다. 처음 붙었
던 시비는 쉽게 잊혀지고, 반갑고 신기해서 말이나 트고 싶었
다. 안 그래도 친구들 중에 '다크 몬스터' 게임을 하는 애가 없
어서 게임 얘기할 사람이 없었는데 새로 친해지고 싶기도 했
다. 게다가 찾는데 안 찾아지니까 짜증 나서 오기도 생겼다.
그래서 어젯밤, 기어코 알아낸다는 심정으로 realgreen이 있는
사냥터까지 무리해서 이동했다.

몇 번 자존심을 건드리면 남자답게 자신의 이름을 말할 줄
알았던 realgreen은 끝까지 자신의 이름을 말하지 않았다. 그
에게 싸가지 없다고 비난을 퍼붓다가도 또 자신이 죽지 않게
주변의 몬스터들을 죽여 주고 워프까지 데려다준 것을 보아

그를 싫어하는 것 같지도 않았다. 게다가 '미안하다'라고 말하라는 주제넘은 조언을 할 때에는 어이가 없기도 했다.

하지만, 그의 주변 사람들은 아무도 그런 말을 해 주지 않았는데……. 내 잘못이 아니어도, 다들 알고 있으니까 속상한 사람에게 위로나 해 주는 겸 미안하다고 하라니…….

"야, 김강현."

"어?"

"너도 내가 그 식물 부장인가 뭔가 하는 애한테 미안하다고 해야 된다고 생각해?"

"네 맘이지, 뭐."

핸드폰을 쳐다보면서 강현이 성의 없이 말했다.

"근데 속상해하니까, 한마디 해 주는 게 좋긴 하겠지."

"넌 왜 근데 그런 말 어제 나한테 안 해 줬는데?"

"네가 물어봤냐?"

강현이 별소리 다 한다는 듯이 통박을 주었다. 그러고 보니 그렇기도 했다. 남자애들끼리는 절대 서로 간에 별다른 마음을 털어놓는다거나 낯간지럽게 조언하고 그러지 않았다. 그저 그냥 생긴 대로 받아 주는 것이 우정이라고 생각하는 것이다.

"그래도 그렇게 말해 주면 내가 욕 좀 덜 먹을 수 있지 않았을까? 사실 네가 던진 공이니까 너한테도 책임이 있는데 왜 나만 욕먹지?"

"웃기네. 네가 언제 욕먹는 거에 신경 썼었냐?"

항상 쿨한 척하느라 남자애들 앞에서는 아무렇지도 않게 넘겼던 것 같다. 하지만 뒤에서 욕을 먹는 것을 뻔히 아는데 아무렇지 않을 사람은 없다. 제오가 혼자 툴툴거리는 동안, 여자 기숙사 건물을 지나쳐 가면서 강현이 말을 이었다.

"너 진짜 오늘 이상하…… 어? 진초록!"

강현은 제오에게 말하다가, 어떤 여자아이를 발견하고는 바로 제오에게 제 짐을 맡겨 버리고 그 여자아이에게 달려갔다. 진초록? 제오는 무심하게 강현이 넘긴 짐을 들고 그가 달려가서 앞에 선 여자아이를 바라보았다. 짐까지 넘겨 버렸으니 어쩔 수 없이 기다릴 수밖에 없었다.

"야, 오랜만이다. 우리 인간적으로 생존 신고는 하고 살자."

"죽었다는 소식 없으면 살아 있는 거지."

생활복을 입고 분리수거 중이었던 초록이라는 여자아이가 민망하다는 듯이 중얼거렸다. 피부가 하얗고 키가 작은 여자아이였다. 강현과 함께 다니면서 강현이 하도 알은척을 하는지라 '김강현 친구'라고만 알고 있었다.

초록은 동그란 눈으로 주위를 두리번거리다가, 다른 여자아이들이 신기한 눈으로 그들을 바라보고 있는 것이 부담스러운지 빛의 속도로 손을 움직여 분리수거를 마무리하기 시작했다.

"서운하다. 너 나 따라서 이 학교 올 땐 언제고 이렇게 데면데면하게 사냐?"

"말은 바로 하자. 널 따라서 쓴 게 아니고, 그냥 이 학교가 마음에 들어서 쓴 거야."

"그래도 나 아니면 이 학교 몰랐을 거잖아."

"그건 그렇지. 어쨌든 나는 간다."

"벌써?"

"분리수거 끝났잖아."

눈물겹네. 제오는 속으로 혀를 끌끌 차며 강현이 초록 앞에서 쩔쩔매는 것을 지켜보았다. 초록과는 같은 반인데, 한 마디도 해 본 적 없을 정도로 조용한 여자아이였다. 토끼같이 귀엽게 생기긴 했지만, 뭐 특별하고 대단할 것도 없는 여자애인데 왜 저렇게 신경을 쓰는지 알 수가 없었다. 제오의 눈에 초록은 있는 듯 없는 듯 지내는, 꾸미는 데보다는 공부에 신경을 더 쓰고 있는 평범한 여자아이였다.

물론, 초록에게는 이상한 면모가 하나 있었다. 뭐라고 해야 하나, 세상만사에 조금 초탈한 것 같은 그런 느낌이 있었다. 그냥 성격이 조용하고 소심한 게 아니고, 다른 것들에 별로 관심이 없고 가치를 두지 않아 에너지를 쓰지 않는다는 생각이 들었다. 또래 여자애들 같지 않게 제오나 강현에게 큰 관심이 없고, 그냥 조용히 느릿느릿 자신의 시간을 살고 있다는 느낌?

그래서 강현에게도 귀찮게만 굴지 말라는 느낌으로 저렇게 대하는 거겠지.

"야, 너 이렇게 10년 우정을 무시해도 되는 거야?"

"고등학교 졸업하면 다시 친하게 지내 줄게. 지금 너랑 친하게 지내면 인생이 너무 피곤해. 반 애들이 너랑 무슨 관계냐고 물을 때마다 곤란하단 말이야. 너 지금 고교 야구 나가면서 팬 카페도 생겼잖아."

"회원 수 천 명도 안 된다."

"어쨌든 난 간다. 난 아주 잘 살고 있으니 신경 쓰지 마. 할 말은 핸드폰으로 방과 후에 하고."

초록은 생활복 위에 걸친 후드 티의 모자를 푹 눌러쓰며 말하더니 종종걸음으로 사라졌다. 강현이 별로 상처받지 않았다는 표정으로 돌아오자, 제오는 그의 짐을 넘겨주면서 무뚝뚝하게 중얼거렸다.

"쟤 너한테 관심 없는 것 같은데?"

"뭐래. 어릴 때부터 친구였는데."

"거짓말하지 마. 그냥 네가 집적대는 것 아니야?"

"아니거든? 꼬맹이 시절부터 옆집 살던 친구였거든? 엄마 친구 딸이기도 하고."

"특별한 애 같지는 않은데."

"함께한 10년 세월 그 자체가 특별한 거야."

강현은 담담하게 중얼거렸다.

"이 학교 오고 나서 나랑 친해지려는 여자애들은 넘쳐나긴 하지. 근데 쟤는 내가 아무것도 아닐 때부터 그냥 친했던 애거든. 오히려 내가 주목받기 시작하니까 부담스러워하고. 그러니까 더 놓치기 싫더라고."

제오는 아무 말도 하지 않고 길을 묵묵히 걸었다. realgreen 에게 느끼는 감정이 비슷한 것 같기도 했다. 보통 남자애들 같으면 학교 최고의 타자라는 자신과 어떻게든 친분을 만들어 보고 싶어 할 텐데, 오히려 그러고 싶지 않아 하는 모습에 이상한 오기가 생겼다. 게다가 친한 친구도 해 주지 않았던 조언도 조곤조곤 계집애처럼 해 대고.

오늘도 들어가서 스트레스나 풀 겸 게임에 접속해야겠다. 제오의 걸음이 바빠졌다.

ㄹ

그 후, 초록은 며칠 동안 좀 바빴다. imzzangboss89는 그 다음부터는 딱히 초록에게 말을 걸어오지 않았으므로 게임하는 데에 불편함은 없었지만, 수행 평가 기간이라 숙제가 많았기 때문이다. 게다가 중간고사가 다가오고 있었으므로 중간고사 준비도 간간이 해 줘야 했다. 지금부터 준비하지 않으면 기말고사 기간 때에는 공부하느라 게임에 접속할 시간이 없다. 게임은 하루에 한 시간이라도 꼬박꼬박 해 주어야 한다는 그녀의 지론을 어기지 않기 위해 초록은 지금부터 미리미리 공부 중이었다.

[이번 추석에도 집 안 가?]

핸드폰이 울려 확인해 보니 강현의 문자였다.

[어.]
[엄마랑 아빠가 너 데려오라는데.]
[그럼 네 부모님한테는 집에 갈 거라고 전해 드려.]
[추석에 기숙사 식당 밥 안 하는데 그럼 어쩌려고.]

초록은 한숨을 푹 쉬었다. 분명 챙겨 주려고 하고 매사에 신경 써 주는 강현은 정말 고마운 친구였다. 뭐, 제 말마따나 자신의 말만 듣고 멀리 떨어진 기숙사 고등학교까지 왔으니 일말의 책임감을 느낄 수도 있다는 건 인정한다. 하지만 그 이상으로, 초록은 강현에게 짐이 되고 싶지 않았다.

[알아서 할게.]

강현이 초록을 이렇게 챙기기 시작한 건 초록의 엄마가 재혼하고 난 뒤다. 사실 그 전에는 그저 만나면 인사나 좀 하고, 가족끼리 놀러 다닐 때 함께 낄낄거리며 다니던 평범한 친구 사이였다.

초록의 엄마는 초록을 데리고 둘이 살다가, 초록이 중학교

2학년 때 재혼했다. 엄마를 죽도록 쫓아다녔던, 사별한 대학교 동창이라고 들었다. 그런데 문제는 그렇게 새로 생긴 아빠의 집이 종갓집이었던 것이다. 엄마는 졸지에 종부가 되었다. 온갖 집안사람들이 몰려드는 집에 초록은 철저한 이방인이었다. 게다가 엄마가 그 대단한 종갓집의 대를 이을 아들을 낳으면서 초록은 점점 더 집에 있는 것 자체가 불편해졌다. 그 와중에 1인 1실 기숙사가 있는 고등학교라니, 더 이상 생각할 여지가 없었다.

새로운 가족이 생기기 전, 초록의 엄마는 친한 친구였던 강현의 엄마 옆집에 터를 잡았다. 혼자 키우다 보니 혹시나 위급한 상황에서 도움을 받기 위해서였다. 초록과 강현은 그래서 자연스럽게 어렸을 때부터 동네 친구로 자랐다. 하지만 그 또래 아이들이 점차 남녀가 유별함을 알고 멀어지는 과정에서 당연히 멀어지며 그저 그런 친분 있는 사이가 되었는데, 초록의 엄마가 재혼하고 나서 강현의 태도가 확 달라졌다. 마치 꼭 챙겨 줘야 할 여동생을 대하듯 자신을 대하기 시작한 것이다.

동정이겠지. 초록은 무심하게 핸드폰을 책상 위에 올려놓고 생각했다. 동정하는 게 싫다는 건 아니다. 당연한 감정이고, 어떻게 보면 고맙기도 하다. 하지만 누군가에게 숙제 같은 존재가 되는 것은 정말 싫었다. 호의에는 한계가 있다. 이번 명절에 강현의 집에 가서 지내는 건 나름 괜찮겠지만, 앞으로의 모든 명절에 강현의 집에 가게 된다면 그 부모님도 부담스러워하실 것이다. 애초부터 시작을 하지 않는 것이 현명한 일이었다.

게임이나 할까.

왠지 기분이 싱숭생숭해져, 초록은 보던 책을 덮고 컴퓨터를 켰다. 시험공부야 뭐, 미리 시작해 놓았으니 아직 여유가 있었다. 자신의 캐릭터 realgreen을 선택하고 막 사냥터에 나서서 몬스터를 잡으려던 찰나였다.

[야, 너 미리 추석 이벤트 했냐?]

호두나무 때문에 뭐라고 한 이후, 처음으로 게임상에서 말을 걸어온 imzzangboss89, 제오였다. 그날 이후로 말을 걸지 않기에 단단히 빈정이 상했나 싶었는데 너무 아무렇지도 않게 걸어오는 대화에 초록은 황당했지만 대답했다.

[아니. 이제 하려고.]

미리 추석 이벤트는, 두 명의 캐릭터가 짝을 지어서 레벨에 맞는 몬스터를 50마리 잡아 오면 복주머니 아이템을 준다는 추석 전 게임상의 이벤트였다.

[같이 하자.]

[쪼렙은 쪼렙끼리 노시고요.]

[누가 쪼렙인데?]

초록은 턱을 괴고 아무 생각 없이 제오의 캐릭터를 클릭했다가 깜짝 놀랐다. 레벨이 126, 초록보다도 높았기 때문이다. 아니, 분명 며칠 전만 해도 96이었는데 언제 30레벨을 올린 거지? 말도 안 된다. 이 정도 키우는 데 초록은 한참 걸렸기 때문이었다.

　[너 뭐냐?]

　[너 요새 접속 잘 안 하더라? 금방 따라붙었지.]

　[너 밥 안 먹고 게임만 했냐?]

　[운동선수는 근성하고 승부욕이 있어야 하거든.]

　제오의 자신만만한 목소리가 상상이 되었다.

　[한번 굴욕을 당했으면 절대 잊지 않지. 이제 네가 몬스터 잡아 주는 일 없을 거다.]

　초록은 어이가 없어서 손톱을 잘근잘근 깨물었다. 그동안 수행 평가다, 중간고사 준비다 정신이 없어 게임에 소홀했던 것은 사실이다. 그런데 그사이에 이렇게 쫓아오다니? 역시 어린 나이부터 주목받는 운동선수는 뭔가 달라도 달랐다. 그래, 이 정도 근성과 승부욕이 있어야 그 위치에 도달할 수 있는 거구나. 초록은 허탈함에 혀를 찼다.

　[얼른 이벤트 시작하자니까. 파티 맺는다.]

　어차피 이벤트를 하려면 한 명과 같이 해야 했기 때문에 초록이 마다할 이유는 없었다. 초록과 제오는 함께 한 시간 동안 몬스터를 잡으며 아무렇지도 않게 게임에 대한 대화를 했다. 어떤 스킬은 뭐가 좋다는 둥, 어떤 아이템을 먹어야 한다는 둥, 게임에 대한 이야기는 끊이지 않았다.

　'어라, 재미있는데?'

초록은 정신없이 제오와 게임 관련 애기를 하다가 깜짝 놀랐다. 지금까지 게임에서 소통하지 않고, 대다수의 시간을 혼자서 보내 온 초록이었다. 인터넷에서 얼굴과 나이도 모르는 누군가와 깊게 얘기한다는 것이 마땅치 않았고, 그럴 이유도 못 찾았기 때문이다. 얼마 안 되는 친구들은 자신이 게임을 좋아한다는 사실도 모른다.

이렇게 편하게 게임에 대한 얘기를 한 게 처음이었기 때문에, 초록은 상대가 제오라는 것도 잊고 신나게 떠들었다.

[솔직히 이 게임 명작 아니냐? 캐릭터 간 밸런스도 맞고 일단 스토리가 재미있음.]

[그러니까. 게임이 좀 복잡해서 진행하기가 어렵지만 그만큼 즐길 수 있는 콘텐츠가 많다는 건데……. 유저들이 자꾸 쉽고 새로운 게임으로 넘어가는 것이 안타까워.]

지금까지 같은 반이 된 지 거의 6개월이 지났지만 한 마디도 해 보지 않은 제오와 이런 이야기를 할 수 있다는 것이 놀라웠다. 함께 몬스터를 잡는 한 시간 동안 급격히 친해진 것 같은 마음에 초록은 이상한 기분이 들었다. 그녀는 침을 한 번 꼴깍 삼키고 아까부터 궁금했던 것을 물어보았다.

[야, 너 나 누군지 안 물어보냐, 이제?]

[어차피 안 알려 줄 거 아님?]

예상보다 빠르게 온 대답에 초록은 머쓱해졌다.

[마음 달라졌으면 324호로 오든가.]

324호? 초록은 한숨을 푹 쉬었다. 자기 기숙사 방 호실인가 보다. 분명 자신이 의도한 바도 있긴 했지만, 제오는 자신을 무조건적으로 남자로 알고 있는 것이다. 초록은 아랫입술을 잠시 물었다가, 또다시 올라오는 제오의 메시지에 잠시 할 말을 잃었다.

[좋은 거 받아 놨다. 남자라면 와야지?]

[좋은 거?]

무슨 좋은 거? 무슨 말을 하는 건지 알 수가 없었다. 초록은 그 다음에 올라온 제오의 메시지에 놀라서 혼자서 꺅 소리 질렀다.

"헐! 이 변태! 변태 자식! 아아악!"

좋은 거라면 야한 동영상밖에 더 있냐는 말에 초록은 기겁을 한 뒤 더 이상 대꾸도 안 해 버리고 컴퓨터를 꺼 버렸다. 이 변태 자식! 남자들은 다 그런 걸 모여서 보나? 더럽다!

18세, 순수한 여고생 초록은 붉어진 얼굴로 다시 책상 앞에 앉았다. 상상이 가지 않았다. 그 무뚝뚝해 보이고 야구밖에 모르는 것 같았던 건방진 남자애가 야한 동영상이라니? 원래도 말을 섞지 않았지만 더더군다나 대화를 나눌 수가 없을 것 같았다. 손부채로 열심히 얼굴을 부치며 다시 영어 단어를 바라보는 초록의 얼굴에 홍조가 오랫동안 남았다.

"너, 요새 왜 이래? 고교 야구 선수 MVP 받고 나니까 다 이룬 것 같아?"

 그 즈음 제오는 상성고등학교 야구팀 총감독에게 혼나는 일
이 잦아졌다. 운동선수에게는 언제나 슬럼프가 오기 마련이다.
사실 몇 달 전부터 슬슬 조짐이 있었다. 몸이 예전 같지 않고,
훈련을 아무리 열심히 해도 돌아오는 길에 허탈함만 늘었던
것이다. 어릴 때부터 야구를 해 왔지만 이렇게 실력이 정체되
는 기간이 길었던 적이 없었다.

 워낙에 실력이 좋아 늘 4번 타자였지만, 본인과 주변 사람
들은 쉽게 그 슬럼프를 알 수 있었다. 감독님과 코치님께 혼나
는 건 예사였고, 무엇보다 제오 본인이 느긋한 마음을 잃었다.
계속해서 4번 타자고, 그 누구보다 공을 잘 치기는 했지만 정
체기라는 건 변함없는 사실이었다. 슬럼프가 오고 실력이 제
자리걸음을 하는 것을 느껴서 제오가 게임으로 도피한 면도
없지 않아 있었다.

 어차피 모든 시간 동안 운동을 할 수는 없으므로 다들 취미
를 하나씩 가지고 있었다. 제오는 그 취미가 게임일 뿐이었다.
저녁 시간에 지친 몸으로 한두 시간씩 하는 게임이 그의 유일
한 휴식이었다.

 슬럼프가 오고 나니 신경이 날카로워져서, 게임상에서도 시
비를 걸게 되고 그중 하나가 realgreen이었던 것이다. realgreen
에게 레벨이 뒤처지는 게 약간 자존심이 상해서 며칠 동안 게
임을 몹시 열심히 했는데, 그 반작용인지 슬럼프에서는 벗어날

길이 안 보였다.

"어쩔 수 없어. 버텨야지. 슬럼프는 극복하는 게 아니라 버티는 거야."

훈련장에서 다시 기숙사로 돌아가는 길, 강현은 어깨를 으쓱하며 말했다.

"너는 이런 슬럼프가 처음이겠지만, 나는 초등학교 때부터 언제나 있었거든. 답은 없어. 이대로 주저앉으면 끝이다, 이런 생각으로 이 악물고 버텨야 돼."

"……."

속이 답답했다. 제오는 한숨을 푹 쉬었다. 아무리 고교 야구에서 주목받고 있는 선수라고 해도, 프로 구단에 들어가면 자신보다 훨씬 더 잘하는 사람들이 많을 것이라는 건 당연히 알고 있었다. 마음속에 품고 있는 메이저리그 진출의 꿈을 이루려면 한시가 급한데, 이렇게 잊히는 운동선수 중 한 명이 되는 것 아닌가 하는 불안감이 엄습해 왔다.

야구 하나만 생각하며 살아온 인생이다. 초등학교 야구부에서 단번에 홈런을 날린 이후로 그는 세계 최고의 타자 하나만을 바라보며 살았다.

"추석 때 집에 언제 가냐?"

"……안 가려고."

"뭐?"

강현이 던진 물음에, 제오는 무겁게 대답했다.

"집에 가면 또 며칠 뒤처져. 매일 훈련장에 남아서 훈련할 거야."

"독한 놈. 그렇다고 명절에도 집에 안 가?"

"지금 슬럼프라 안 돼. 하루라도 놀면 훅 미끄러질 것 같아."

"어차피 공 던져 줄 사람도 없을 텐데."

"기본 체력이랑 스윙 연습 같은 것만 해도 돼."

"진짜 안 갈 거야?"

"어."

"밥은? 식당 안 할 텐데?"

"어떻게든 되겠지. 그걸 왜 신경 쓰냐?"

갑자기 강현이 기숙사로 향하던 발걸음을 멈추고 제오의 손을 맞잡았다. 제오가 도대체 이게 무슨 일이냐는 표정으로 질색하며 손을 빼려고 했지만, 그는 제오의 손을 놓지 않고 간절한 목소리로 말했다.

"부탁 하나만 하자."

"뭐?"

"너 추석 때 누구랑 밥 좀 같이 먹어라."

무슨 뚱딴지같은 소리지? 제오는 어이가 없다는 듯이 강현의 얼굴을 바라보았다.

"진초록 알지? 개도 추석 때 학교에 있을 거거든. 개 추석 내내 밥 혼자 먹을 것 같아서 마음에 계속 걸렸는데, 네가 좀 같이 먹어 줘. 명절 때 혼자 끼니 걱정하는 거 안됐잖아."

"미친놈아. 내가 혼자 추석 내내 밥 혼자 먹을 건 마음에 계속 안 걸리고 걔가 마음에 걸려서 지금 나한테 이러는 거야?"

"너랑 걔랑 같냐?"

"오지랖 부리지 마. 나 걔랑 하나도 안 친해."

"같은 반이잖아. 그때 보니까 자리도 가깝던데?"

"안 친한 사이끼리 밥 먹는 게 얼마나 어색한 줄 알아? 절대 싫어. 아마 걔도 싫어할 거야. 걔 성격상 네가 이런 말 한 걸 알면 너한테 성질낼걸?"

"그럴 수도 있겠다."

예상외로 순순히 동의하던 강현이 그의 팔뚝을 찰싹 치며 환하게 웃었다.

"그럼, 그냥 네가 같이 먹자고 해! 남아 있는 사람 없으니까 같이 뭐라도 시켜 먹자고!"

"어이없네."

제오는 그의 손을 완전히 뿌리치며 앞으로 휘적휘적 걸어 나갔다. 말이 되는 부탁을 해야지. 무슨 한 마디도 안 해 본 여자애하고 추석 내내 밥을 같이 먹으라는 주문을 해? 옛날부터 느낀 건데 김강현은 진초록에 관해서라면 이상하게 챙겨 줘야 할 것 같은 여동생을 대하는 것처럼 굴었다. 정작 진초록은 엄청 난감해하는 것 같았는데.

"야, 너도 누구랑 같이 밥 먹는 게 좋잖아."

"아니. 난 혼자 먹는 게 편한데."

"진초록, 걔 가뜩이나 먹는 거에 관심도 없는데 매 끼니 굶고 과자 같은 걸로 대충 때울까 봐 그래. 좀 챙겨 줘라."

"네가 좋아하는 여자애를 내가 왜 챙겨 주냐?"

"좋아하는 건 아닌데?"

강현은 어깨를 으쓱하면서 말했다.

"그냥 좀 챙겨 줘야 할 동네 친구 같은 거야."

"말 같지도 않은 소리를 하네."

기숙사에 도착하자마자, 제오는 강현을 놔두고 재빨리 걸어 뒤도 돌아보지 않고 자신의 방에 들어가 버렸다. 강현의 말도 안 되는 징징거림을 들어 주느니 게임이나 30분 더 하는 것이 나았기 때문이다.

제오가 접속하는 시간은 보통 야구부 훈련이 끝나는 9시에서 10시 사이였다. 오늘도 어김없이 9시 40분쯤에 imzzangboss89가 접속했다는 메시지가 떴다.

[야, 어제 튕겼냐? 대답도 없이 나가 버리고.]

제오가 스스럼없이 말을 걸어왔다. 초록은 심호흡을 했다. 하루 종일 생각해 보았는데, 남자애들끼리는 그런 게 당연한데 자신이 오버해서 반응했던 것 같았다.

[어. 튕겼었어.]

초록과 제오는 아주 자연스럽게 함께 몬스터를 사냥하기로 하고 파티를 맺어 함께 돌아다니기 시작했다. 그들이 게임에서 말을 섞은 지 네 번째 만에 이렇게 친해진 것이다. 초록은 순식간에 친해지는 온라인 인연에 놀랐고, 생각보다 게임에 관련된 이야기를 하는 것이 재밌다는 것에 흥미를 느꼈다. 원래 절대 말이 많은 편이 아닌 초록은 게임에 대한 얘기라면 제오와 밤을 새워서 할 수도 있을 것 같았다.

[너 진짜 레벨 업 빠르게 했다.]

[게임 레벨 업이야 뭐, 쉽지. 하는 만큼 나오니까.]

초록의 감탄에 제오가 무심히 대답했다.

[게임처럼 내가 노력한 만큼 결과가 나오는 게 없어. 난 그래서 게임이 좋아. 열심히 몬스터 잡으면 레벨 업 하고, 열심히 돈 모으면 좋은 무기 살 수 있고.]

[그런 생각은 안 해 봤는데.]

[야구는 해도 안 느는 것 같고, 운동은 열심히 해도 제자리인 것 같고 그러니까.]

초록은 제오의 말을 보면서 두 눈을 깜빡였다. 항상 자신감에 차 보였던 신제오였다. 학교 대표 4번 타자로서, 늘 거만하고 당당한 애인 줄 알았다.

[요새 그런 것 같아?]

[어. 계속 슬럼프라 짜증 나. 자꾸 불안하고. 실력이 예전처럼 잘 안 늘고, 운동을 하면 할수록 몸이 더 처지는 것 같고.]

초록은 잠시 망설이다가, 키보드에 다시 손을 올렸다.

[레벨 업 해 봤자 잡아야 하는 몬스터 레벨은 더 높아지고,

돈 모아 봤자 더 비싼 장비 사고 싶고 그러잖아. 어차피 무슨 일을 하든 만족 같은 건 없고, 힘들게 이뤄 봤자 한 번에 사라질 수도 있는 것 아냐?]

초록은 주제넘었나 생각하면서도 키보드를 두드리는 것을 멈출 수 없었다.

[그냥 하는 순간에 재미있고, 하고 싶으면 된 거지. 뭘 목표로 삼으면 너무 힘들어지는 것 같아. 레벨 업 하려고 눈에 불을 켜면 게임이 스트레스가 돼. 그냥 아무 생각 없이 즐겁게 하다 보면 어느 순간 되어 있는 게 레벨 업이지, 뭐. 너도 그냥 아무 생각 없이 야구를 해 봐. 어느 순간 더 좋아지겠지, 뭐.]

[그렇게 아무 생각 없이 살면 메이저리그 못 가.]

[못 가면 어때?]

얼굴을 보지 않고, 텍스트로만 이루어진 대화는 참 이상하다. 얼굴 보고 하라고 하면 머쓱해서 가장 친한 친구에게도 하지 못할 대화들이 모니터상으로 이어지고 있었다. 원래 말이 많은 편이 아닌 초록도, 글로 생각을 정리하니 다듬어서 보낼 수가 있었다. 아마 모니터 뒤의 제오도 마찬가지일 것이다. 초록은 더없이 진지하게 키보드를 두드렸다.

[안달한다고 되는 것도 아닌데. 그냥 하고 싶은 야구 하면서 살면 되는 거지, 뭐. 천년만년 사는 것도 아닌데 좀 대충 살면 어때?]

조금의 시간이 흐르고 제오의 말이 대화창 위에 떴다.

[난 그렇게 생각 안 해. 난 대충 살기 싫거든. 그런 마음가짐으로는 좋은 스포츠 선수가 될 수 없으니까.]

역시 초록과 제오는 정말 많이 다른 사람이었다. 처음부터 알고 있었다. 아예 다른 종류의 사람이고, 그래서 아예 다른 삶을 살아갈 것이라는 걸. 초록은 괜한 말을 했나 싶어 머쓱해졌지만, 그 이후 올라오는 또 다른 말에 슬며시 미소 지었다.

[그래도 위로가 됐어. 안 되면 어떠냐는 말을 해 준 사람이 처음이라.]

[다행이네.]

[야, 너 누구한테 내가 이런 말 했다고 말하지 마라. 없어 보이니까.]

[그럼 약속해.]

[뭘?]

[나 누군지 찾지 않겠다고. 안 그러면 이 대화 다 학교에 뿌려 버릴 거니까.]

[치사한 **. 더러워서 안 찾는다, **아.]

초록은 키득키득 웃었다. 뭔가 기분이 좋았다.

"이게 뭐냐? 너 진짜 이렇게까지 해야겠냐?"

"어. 이렇게까지 해야겠어."

강현은 추석 연휴 전날 저녁, 제오를 운동장으로 불러내더니 패밀리 레스토랑 식사권을 내밀었다.

"학교에서도 가깝고 좋잖아. 한 끼만 먹어라. 추석 연휴 내내 같이 먹으란 말 안 할게. 그리고 생각보다 말 통하고 재미있으면 몇 끼 더 먹고."

"야, 말 통하고 재미있으면 큰일 나는 것 아니야? 난 너랑 여자 하나 가지고 다툴 생각 전혀 없는데."

"나는 걔를 좋아하는 게 아니라니까."

강현이 답답하다는 듯이 소리쳤다.

"엄청 신경 쓰이는 것뿐이야."

"그게 그거 아니야?"

"어쨌든 너 내가 이렇게까지 했는데 진초록이랑 한 끼도 안 먹으면 사람 새끼도 아니다."

강현은 진심으로 초록이 신경 쓰였다. 초록의 엄마가 재혼하시면서 초록은 이 세상에 혼자가 된 것이나 마찬가지였다. 차마 자신의 집 같지 않은 집으로 들어갈 수 없다면서 노을이 지는 놀이터에 가만히 앉아 있던 초록의 모습을 잊을 수 없었다.

초록에게 생긴 가족은 가족이라고 할 수가 없었다. 초록은 새로운 가족을 얻은 게 아니고 엄마를 다른 가족에게 뺏긴 것이나 마찬가지였다. 집에 가 봤자 초록의 엄마는 초록의 성씨가 아닌 종갓집의 일을 하느라 바빴다.

강현은 이제 이 세상에서 초록과 가장 가까운 사람은 자신이라는 생각이 들었다. 그래도 어린 시절 동안 봐 왔고, 초록의 엄마도 알고, 가족끼리도 교류가 있었던 유일한 친구였던 것이다. 게다가 자신을 따라 멀리 있는 고등학교까지 함께 오게 되자 그 책임감은 더더욱 커졌다. 초록이야 그저 기숙사 있는 학교라니까 뒤도 안 보고 썼겠지만, 막상 이 학교를 알게 해 준 강현의 입장은 그렇지 않았다.

초록을 보면 안쓰러운 마음이 들어 어떻게든 곁에 있어 주고 싶은 강현 본인의 감정도 있었지만, 불쌍한 애니까 꼭 잘 챙겨 주라는 부모님의 부탁도 있었다. 그러니 초록이 추석 내내 어디도 안 가고 밥도 안 챙겨 주는 기숙사에서 굶고 있을 생각을 하면 그냥 넘어갈 수가 없었다.

"김강현, 왜 불렀어?"

그때, 주변 사람들에게 절대 눈에 띄고 싶지 않다는 듯 후드 티를 또 뒤집어쓰고 온 초록이 나타났다. 강현이 운동장으로 초록까지 부른 것이다. 초록은 제오를 흘끗 보더니 복잡 미묘한 표정을 지어 보였는데, 그것에 대해서 뭐라고 말하기도 어색할 정도로 둘은 말을 섞어 본 적이 없었다.

"애 알지? 너랑 같은 반이잖아."

"신제오를 왜 몰라."

그렇게 말하면서도 초록은 제오 쪽을 쳐다보지도 않았다. 아니, 안 친한 건 알겠는데 저렇게 고의적으로 시선을 피할 건 또 뭐 있나. 제오가 슬슬 불쾌해지려는 참에, 강현이 헤실헤실 웃으면서 말했다.

"애가 너랑 저녁 같이 먹고 싶대."

"뭐?"

제오와 초록이 깜짝 놀라 둘 다 강현을 바라보며 소리를 질렀다.

"얘도 추석 때 안 내려간대. 내일 저녁 같이 먹어."

"와, 미친, 김강현 진짜……."

제오가 몹시 항의하는 표정으로 강현을 노려보았지만, 강현은 눈을 찡긋하며 제오의 발을 꾹 밟았다. 이제 와서 절대 아니라고 말하기에는 초록에 대한 예의가 아닌 것 같아 제오는 난감하다는 듯이 뒤통수를 긁었다.

"나, 나랑? 왜?"

초록이 황당하다는 듯이 말을 더듬었다.

"왜, 왜, 어, 그러니까, 왜, 왜 나, 나랑……."

원래 저렇게 바보 같은 애였나? 제오는 한숨을 푹 쉬고 이를 앙다물며 말했다.

"어쩌다가 식사권 생겼어. 기숙사 식당 안 하는 추석 때 쓰려고 하는데, 김강현이 너도 추석 때 안 내려간다고 말해 준 거야. 이런 패밀리 레스토랑에 혼자 가기 좀 그러니까, 그냥 밥만 같이 먹고 오자. 별다른 뜻은 없어."

"아아……."

이상하게 초록의 표정이 순식간에 진정되었다.

"뭐, 그, 그래. 밥만 먹고 오자, 밥만."

한숨을 푹 쉬는 초록의 얼굴을 보며, 제오는 상상만 해도 정말 재미없는 식사가 되겠다고 남몰래 고개를 설레설레 저었다. 하지만 강현이 준 식사권의 금액이 꽤 되었기 때문에, 오랜만에 스테이크나 먹고 오는 셈 치자고 넘겨 버렸다.

반면 초록은 머릿속이 복잡했다. 한 번도 말을 섞어 보지 않은 제오가 자신보고 밥을 같이 먹자고 했을 때 처음 든 생각은 '들켰나?'였다. 하지만 얼굴을 보아하니 그런 것 같지는 않았고, 무슨 사정이 있는지는 몰라도 게임에 관련된 것 같지는 않았다. 신제오 같은 남자애가 자신에게 데이트 신청 같은 것을 할 리는 없고, 그런 표정도 아니었으므로 그녀는 어색하긴 하지만 거절할 명분이 없어 고개를 끄덕일 수밖에 없었다.

'이렇게 직접 얼굴을 보니까······.'

초록은 후드를 뒤집어쓰고, 운동장의 흙을 툭툭 치며 혼자 생각했다.

'멋있는 것 같기도 하고.'

강현 혼자서만 표정이 밝아 보였다.

'게임에서 떠들던 그 애랑은 완전 다른 애 같기도 하고.'

초등학생 때부터 앞만 보고 달려왔던 제오의 삶은 언제나 가속도가 붙어 있었다. 야구를 좋아하고 잘했으니 야구 선수를 꿈꾸게 되었고, 늘 잘해 왔으므로 야구부로 유명한 상성고등학교에 입학하여 당당히 4번 타자가 되었다. 고민 없이 자신의 길을 나아가는 그에게는 확실히 매력이 있었고, 시원시

원하고 거침없는 성격 덕분에 늘 주변에 사람이 많았다.

제오만큼 자신의 분야에서 앞서 나가고 있는 아이가 없었기 때문에, 제오는 그 누구에게나 선망의 대상이었고 본인도 무의식중에 그것을 잘 알고 있었다. 그래서 아무도 제오에게 싫은 소리를 한다거나 조언을 하지 못했고, 제오 역시 누군가에게 그런 역할을 바란 적이 없었다. 언제나 제오는 늘 기운차고 능력 있는 운동선수였기 때문이다.

그래서 그는 realgreen과의 대화가 좋았다. realgreen과 얼굴을 마주하고 있지 않아서 그런지, 차마 다른 사람들에게 말하지 못했던 말들이 나왔다. realgreen은 차분하게 잘 들어 주면서도 '그래도 넌 대단하잖아. 걱정하지 마.'라든가, '뭐 하러 신경 쓰냐?' 같은 말은 하지 않았다.

realgreen에게서는 뭔가 붕 떠 있는 것 같은 느낌이 들었다. 신제오는 대단한 사람이지만 굳이 나랑 관련은 없는 사람이고, 아무리 유망한 타자여도 잘 안 될 수도 있으며, 간절히 바란다고 해도 이루어지지 않을 수도 있다고 생각하는 애였다. 현실에 발 디디고 한없이 열심히 살고 있는 제오는 그 무던하고 허무한 듯한 감성이 좋았다. 그래서 어느 순간부터는 무슨 일만 생기면 realgreen에게 얘기하고 싶어졌다.

[너 추석인데 집 안 가냐?]

초록은 잠시 집에 안 간다고 솔직하게 대답하려다가, 내일 저녁 약속을 깨닫고 거짓말을 하기로 마음먹었다. 괜히 집에 안 간다고 했다가 남자애들 중 집에 안 내려가는 애가 제오밖에 없거나 하면 들킬 수도 있었기 때문이다.

[가지.]

[언제 가는데? 벌써 지금 집이야?]

[아직 기숙사지. 내일 아침에 갈 거야. 그리고 공부해야 돼서 금방 올 거야.]

[야, 너는 공부 잘한다고 했잖아? 뭐 전교 5등 안에는 드나 봐?]

[시비 붙었을 때 허세 떤 거야. 잊어 줄래?]

[넌 완전 게임 폐인 같은데 왜 공부 열심히 하냐?]

[나중에 먹고는 살아야 될 거 아니야. 게임 회사 취직하려고 그런다.]

[너 진짜 완전 게임 중독자구나?]

[다른 세상 속에서 사는 게 좋아서 그래.]

제오는 이렇게 훈련에 지친 저녁마다, realgreen과 담담한 대화를 나눌 때가 좋았다. 어두운 방 안에서 반짝이는 모니터 뒤의 진심 어린 대화가 자신 속의 무언가를 치료해 주는 것 같았다.

[그냥 현실이 마음에 안 드는 사람들 있잖아. 다른 세상에 마음 둘 데라도 있어야 삶에 활기가 생기지. 나 같은 사람들을 위해서 좋은 게임을 더 많이 만들 거야, 나는.]

[나 같은 사람들은?]

[물론 너 같은 사람들을 위해서라도. 그때 사실은 네 의견 엄청 좋았어. 나중에 내가 게임을 만들면 말이야…….]

그는 턱을 괴고 씩 웃었다.

[꼭 노력한 만큼 대가가 나오는 게임을 만들게. 반드시.]

너는 근데 도대체 왜 현실이 마음에 안 드는데? realgreen이 자신의 이야기를 한 것은 처음이었기 때문에, 제오가 조금 더 물어보려고 키보드에 손을 올릴 때였다. 갑자기 컴퓨터 전원이 꺼지면서, 온 기숙사가 캄캄해졌다.

"뭐, 뭐야, 이거? 또 정전이야?"

몇 초 지나지 않아, 안내 방송이 울렸다.

−안내 말씀 드립니다. 지금 남자 기숙사가 잠시 정전되었습니다. 1분 안에 다시 전기가 들어올 예정이니 당황하지 말고 기다리시길 바랍니다.

가끔 남자 기숙사 전체가 정전이 되는 일은 흔했다. 제대로 된 대책도 없어서, 그저 이럴 때마다 기다리는 수밖에 없었다. 여자 기숙사는 절대 정전이 되지 않는다는 사실에 상성고등학교 남학생들은 종종 화를 내곤 했다. 같은 돈 내고 같이 이용하는데 여자 기숙사만 정전이 없다는 건 불공평하다는 이유였다.

조금 기다리자 다시 피빅, 하는 소리와 함께 컴퓨터가 켜졌다. 제오는 한숨을 폭 쉬며 다시 게임에 접속했다. 아, 진짜 정전 짜증 나지 않냐, 라고 대화창에 입력하려는 찰나, realgreen

에게서 먼저 대화가 걸려 왔다.

[뭐야? 튕겼음?]

제오는 눈을 두 번 깜빡였다. realgreen의 아이디를 클릭해서 최종 접속 시간을 확인해 보았다. 두 시간 전이었다. 그대로 접속 중이었던 것이 분명했다.

[너 갑자기 나가서 졸지에 나 혼자 엘리트 몬스터 잡았는데. 그래도 너 퀘스트 해야 되니까 다시 한 번 가자.]

뭐지? 남자 기숙사 전체가 정전이었는데 왜 애는 계속 접속 중이었지? 분명 기숙사라고 했는데? 그때 그의 머릿속에 하나의 가능성이 퍼뜩 고개를 들었다. 제오는 천천히 키보드에 손을 올려 침을 꿀꺽 삼키고 타자를 쳤다.

[야.]

알 수 없는 배신감이 몰려왔다. 갑자기 realgreen이 하고 있는 토끼 모양 리본 핀이 눈에 들어왔다. 분명 남자의 취향은 아니지. 그래도 여자애가 이런 액션 RPG 게임을 한다는 것 자체를 상상조차 못 했다. 속았다는 분노로, 그는 모니터 속의 깜찍한 소녀 전사를 노려보았다.

[너 혹시 여자냐?]

3

추석 연휴가 시작되었다. 거의 대다수의 기숙사 학생들이 어젯밤이나 오늘 아침에 모두 각자의 집으로 출발했다. 초록은 거의 대낮이 되어서야 눈을 떴다. 어제 제오로부터 심장이 떨어지는 것 같은 메시지를 받고 가슴이 두근거려서 밤에 제대로 잠을 못 잤기 때문이다. 설마 여자였냐는 물음을 받고 초록은 깜짝 놀라 한동안 대답하지 못했고, 그 공백에 제오는 이미 진실을 눈치챈 듯했다.

[미안. 처음부터 숨기려던 건 아니었는데.]

초록은 깜짝 놀라 기운 없이 메시지를 보내고 나서, 다음 말을 볼 자신이 없어 후다닥 컴퓨터를 꺼 버린 것이다. 그리고 침대에 누워 한참을 뒤척였었다. 그래서 아침에 일어나고 나서도 평소처럼 컴퓨터를 켤 자신이 없었다.

"아냐, 아냐. 아마 신제오 아침이니까 훈련 가지 않았을까?"

훈련하겠다고 추석 때 집에도 안 갔는데, 당연히 지금 게임에 접속해 있을 리가 없었다. 초록은 재빠르게 일어나서 게임을 켜고 로그인을 했다. 예상대로 imzzangboss89는 접속 중이 아니었다. 하지만 어제 초록이 나가 버린 뒤 제오가 남긴 메시지가 있었다.

[너는 또 그냥 도망가 버리냐? 넌 참 난감하면 바로 나가 버리니까 좋겠다.]

초록은 한숨을 푹 쉬었다. 맨 처음 제오가 자신을 밝혔을 때도, 당황한 자신은 그냥 게임에서 나가 버렸다. 그때처럼, 또 똑같이 피해 버리는 자신에게 향한 비난이 너무 정당해서 초록은 할 말이 없었다.

대화창에 뭐라고 말을 하려다가, 그녀는 더 이상 변명하는 것도 구차하다고 생각하여 그만두었다.

요즘 제오와 게임상에서 친해진 후, 저녁 동안에는 제오와 함께 사냥을 하고 퀘스트도 같이 진행을 했기 때문에 혼자 게임을 한 경우가 별로 없었다. 생각보다 혼자 하는 게임이 재미가 없어 초록은 깜짝 놀랐다. 예전에는 어떻게 혼자 게임을 몇 시간씩 했는지 기억이 나지 않았다. 몇 번 사냥을 하다가, 초록은 의욕을 잃고 책상 앞에 앉아서 결국 교과서를 폈다.

"큰일이다."

초록은 혼자서 중얼거렸다.

"인생의 낙이었던 게임마저 재미없으면, 난 이제 인생 어떻게 살지?"

그녀는 교과서에 대고 거세게 볼펜을 그었다.

"이게 다 신제오 때문이야!"

책상에 엎어진 그녀는 한숨을 쉬었다. 무슨 악연인지, 오늘 저녁은 또 신제오와 함께 먹게 생겼다. 실제로는 대화도 제대로 나눠 본 적 없는 사이인데, 갑자기 왜 이렇게 얽히게 되는지 알 수가 없었다. 분명히 오지랖 넓은 강현이 추석 때 제오가 기숙사에 남는 걸 안 뒤로 초록과 밥을 같이 먹으라고 압박했을 것이다. 뻔했다.

"뭐 입지?"

예전 같았으면 굉장히 신경질을 내고 무슨 핑계를 대서라도 나가지 않았을 텐데, 초록은 왠지 나가고 싶어졌다. 실제로는 친하지 않았지만, 사실은 친한 상대를 만나는 것 같은 기분이 들었다. 교과서를 좀 쳐다보다가, 초록은 옷장을 열어 옷을 고르기 시작했다.

제오는 초록에게 원래부터 별 관심이 없었고, 특히나 강현이 관심을 두고 있다고 생각해서 얽히고 싶은 생각이 조금도 없었다. 본인은 극구 부인하고 있지만 제오의 생각에 이렇게 신경 쓰는 여자애면 당연히 친구 이상이라고 생각했기 때문이다. 그래서 제오는 초록과 마주 보고 앉아 밥을 먹으면서도 거의 아무 말도 하지 않고 있었다.

늘 말없고 조용한 애라서 어딘가 모르게 음침하다고까지 여겼는데, 실제로 둘이 있으니 나름 귀엽게 생겼다고 그는 생각했다. 키도 작고 조그마해서 토끼같이 동그란 눈으로 주위를 둘러볼 때에는 마치 초등학생 같았다. 저렇게 꼬맹이같이 생겼으니 강현이 여동생 대하듯 계속 신경 쓰는구나 싶기도 했다.

"아 참, 잘 먹을게."

초록의 인사에 제오는 무심히 대답했다.

"사실 김강현이 식사권 준 거야."

"뭐?"

강현이 극구 자신이 샀다고 말하지 않은 건, 초록이 식사를 함께 하지 않을까 봐, 라는 것을 잘 알고 있었다. 이미 이제 식사를 했으니 제오는 강현의 부탁을 모두 들어준 것이라고 생각했다. 게다가 강현이 저렇게 공을 들이고 있다는 것을 초록도 알아야 된다고 생각해서, 그는 일부러 무뚝뚝하게 말했다.

"김강현이, 너 추석 때 혼자 밥 먹는 게 신경 쓰인다고 나한테 부탁한 거야."

"하…… 오지랖은. 뭐, 어느 정도 예상은 했지만 식사권까지 제공할 줄은 몰랐네."

"오지랖?"

제오는 한숨을 쉬는 초록에게 어이없다는 표정을 지으며 반문했다.

"오지랖으로 이런 거 하는 남자가 세상에 어디 있냐? 남자는 관심 없는 여자한테는 진짜 아무것도 안 해."

"김강현은 예외야."

"네가 김강현이 싫어서 모르는 척하는 거라면 아무 말도 안 하겠는데, 진짜 설마 진심으로 오지랖으로 생각할 정도로 바보는 아니지?"

"우리는 우리만의 사정이 있어. 오해하지 마."

초록은 눈을 내리깔며 대답한 뒤, 어색하게 화제를 돌렸다.

"훈련한다고 남았다며. 훈련은 잘 돼?"

제오 역시 더 이상 왈가왈부하는 것이 의미가 없다고 생각해서 순순히 대답했다.

"그럭저럭. 집 내려갔던 것보다는 훨씬 나았겠지. 집에 가면 그대로 시간 버리는 거니까. 너는 왜 남았어?"

"아…… 그냥. 공부도 할 겸."

"그렇다고 명절에 가족들 얼굴도 안 봐?"

"그러는 너는?"

제오는 스테이크를 써느라 초록의 얼굴을 쳐다보지도 않으면서 말했다.

"괜히 가서 뒤처지는 마음에 성질내는 것보다 안 가는 게 나

아. 그리고 그 시간에 더 훈련해서 실력을 키우는 게 가족들한
테 더 좋을 거야."

"아…… 그래?"

별로 동의하지 않는다는 듯한 초록의 말투에 제오는 미간을
찌푸리며 말했다.

"너도 비슷한 마음으로 안 내려간 거 아니야? 공부한다며.
진짜 이루고 싶은 간절한 꿈이 있으니까 가족들 안 보고 기숙
사에 남은 거 아니야? 너한테 더 의미 있다고 생각한 걸 선택
한 거잖아."

"음……."

초록은 느릿느릿 망설이다가 대답했다.

"딱히 그런 건 아니야."

애가 장난하자는 건가. 제오는 이상한 애라고 생각하며 콜
라를 벌컥벌컥 마셨다. 공부한다면서 안 내려간다고 말해 놓
고, 딱히 그런 건 아니라며 말을 끄는 그녀가 이해되지 않았
다. 어차피 뭐, 이해할 필요도 없다고 생각하며 다시 포크를
들 때였다.

"나는…… 너랑 달라서, 그렇게 간절한 꿈도 없고 이루고 싶
은 것도 없어. 그냥 태어났으니까 어쩔 수 없이 사는 거고, 사
실 그 모든 것들이 한순간에 사라져 버릴 수도 있다고 생각해.
뭐, 최대한 즐겁고 하고 싶은 일을 하고 싶기는 하지만 기본적
으로 삶에는 의미가 없지 않나?"

그는 기시감이 들어 그녀를 빤히 바라보았다. 그녀가 풍기는 오묘한 분위기, 무언가에 대해 초탈한 것 같은 느낌, 소녀 같은 외모에 세상 다 살아 버린 할머니 같은 말투가 인상적이었기 때문이다.

어느 순간 사람이 특별하게 보이는 때가 있다. 그동안 무채색의 배경 같았던 초록이 선명하게 한 사람으로 눈에 들어오는 순간이었다. 제오는 아주 오랫동안 이 풍경을 잊지 못했다. 떠들썩하고 시끄러운 음악이 들려오는 패밀리 레스토랑, 앞에 펼쳐진 고칼로리의 음식들, 그리고 그의 눈앞에 차분하게 앉아서 허무함에 대해 말하는 열여덟 살의 작은 소녀.

제오는 무언가 대답을 해야 할 것 같아서, 그녀의 깊이를 알수 없는 눈을 바라보다가 허겁지겁 되는대로 말했다.

"그래도 나한테 기대를 거는 사람이 있잖아. 내가 잘되길 바라고, 꼭 그래야 된다고 믿는 사람들. 예를 들어 가족?"

"아."

초록은 깊은 눈으로 한참 동안이나 그를 바라보았다. 조금 망설이더니, 그녀가 눈을 내리깔았다. 얘 속눈썹이 이렇게 길었나? 제오는 새삼 자신이 스테이크를 다 썰었는데도 먹는 것을 잊어버리고 있다는 사실을 떠올렸다.

"원래 이 학교 와서 아무한테도 얘기 안 했는데, 비밀 지킬 것 같아서 말하는 거야."

그녀는 살짝 미소를 지었는데, 눈이 웃고 있지 않았다.

"아빠는 내가 기억도 안 날 때 돌아가셨고, 엄마는 내가 중학교 2학년 때 재혼하셨어. 그런데 재혼한 집이 워낙에 좀 특수한 집이라, 내가 들어가서 마음 편한 곳이 못 돼. TV에도 종종 나오는 유명한 종갓집인데 엄마는 지금 손님들 맞느라 부엌에서 나오지도 못할 거야. 그래서 딱히 명절에 갈 집이 없어서 남은 거야."

"아……."

"그래서 김강현이 자꾸 나 신경 쓰는 거야. 괜한 오해 하지 마. 자꾸 주변에서 그렇게 몰아가면 우리 둘만 불편해지니까."

"모, 몰랐어. 미안해."

제오는 어떻게 대답해야 할지 몰라서 마른침을 삼켰다. 뭐라고 해 주고 싶은데, 어떻게 말을 하기가 힘들었다. 초록의 표정은 담담하기만 했다.

"내게도 엄마가 세상의 전부였던 시기가 있었어. 하지만 엄마의 행복을 위해서 놔줘야 한다는 것도 알아. 엄마는 나를 여전히 사랑하겠지만, 새로 생긴 자신의 인생이 있으니까 내가 있으면 오히려 불편할 거야. 살다 보면 그런 상황도 있을 수 있는 거야. 그래서 나는 그 어떤 것도 사실은 의미가 없다고 생각해. 아무리 소중하다 여겨도 놓아주는 게 정답일 수도 있다는 걸 아니까. 그리고 없으면 죽을 것 같더라도, 어찌어찌다 살아진다는 것도 알아. 그래서 뭐 딱히 절대적으로 갖고 싶거나 이루고 싶은 것이 없어. 네 말대로 이제 세상에 기댈 사람이 없어서 그런 걸지도 모르지만."

그녀는 아무 말도 하지 못하는 제오에게 살짝 웃어 주고, 아무 일 없다는 듯 스테이크를 썰어 다시 먹기 시작했다.

"아무한테도 말 안 할 거지?"

"당연하지. 믿어도 돼. 정말로."

제오는 정말 당황했다. 그래서 초록이 열심히 먹기 시작하는데도 차마 포크를 들지 못하고 그녀의 흰 얼굴만 바라보았다. 그녀에게서 풍기던 극도의 허무한 기운이 다 그런 인생사 때문이었나. 어디에 정착하지 못하고 세상에서 한 발짝 떨어져 있는 것 같던, 제발 나를 귀찮게만 하지 말라는 듯한 그런 태도가 이해되는 순간이었다.

그리고 아주 이상한 말이지만, 제오는 그녀의 그런 태도와 분위기가 좋았다. 항상 최고의 타자가 되지 않으면 안 된다고 귀에 못이 박히도록 들어 온 그는 모든 것이 의미가 없다고 생각하는 그녀의 태도에 이상한 편안함을 느꼈다. 그런데 이런 이상한 편안함을 다른 누구에서도 느껴 본 적이 있는 것 같은데······.

"미안한데 그렇게 보지 말아 줄래?"

초록은 빨대로 콜라를 주욱 빨아 마시고, 눈을 깜빡거리며 말했다.

"그런 눈빛으로 나를 바라보는 사람은 이 세상에 김강현 하나로 족하니까."

"아, 아니, 나는 그런 뜻은 아니고."

"그리고, 내가 이런 말을 했다고 해서 교실에서 친한 척은 안 해 줬으면 좋겠어."

"뭐?"

순간 어이가 없어져서, 제오는 황당하다는 듯이 반문했다. 초록은 천연덕스럽게 대답했다.

"너 같은 유명인이 갑자기 친한 척하고, 그런 눈으로 날 보고, 그러면 엄청 피곤해질 것 같아. 피곤 유발자는 김강현 하나로 됐어."

"……알았어."

제오는 문득 강현의 마음을 알 것 같았다. 모두가 친해지려고 하는 호의가 넘쳐나는 학교에서, 무심하게 귀찮다는 듯이 대하는 사람이 왠지 더 놓치기 싫다는 걸. 4번 타자니, 인기가 많은 남학생이니 뭐니를 떠나 성취는 인정하되 그저 인간 그 자체로만 보고 있는 그녀가 그는 이상하게 마음에 들었다. 그는 감자튀김을 집어 앙팡지게 오물거리는 그녀를 흘끗 쳐다보면서 급히 고기를 입 안으로 밀어 넣었다.

'저렇게 귀엽게 생겨서, 속에는 완전 애어른이 들었네. 아니, 어른이 아니라 무슨 철학 하다가 돌아가신 조상님 수준인데.'

친한 척하지 말라고 했지만, 친한 척하고 싶은데. 제오는 무심결에 생각했다. 그렇게 초록이 부담스러워하는데도 강현이 친한 척하는 이유가 있었다. 저 무심하고 초탈한 것 같은 태도에는 계속해서 알은척을 하고 싶은 그런 매력이 있었다.

초록은 기숙사 방에 돌아와서 자신도 모르게 한숨을 푹 쉬었다.

"내가 미쳤지."

기숙사 방에 돌아오자마자 컴퓨터를 켜고, 부팅 되는 동안 옷을 갈아입으면서 그녀는 자신도 모르게 중얼거렸다.

"왜 그런 말을 했지?"

남의 불행한 가정사를 듣게 되어 제오가 부담스럽다고 생각하지 않을까? 초록이야 그동안 게임상에서 제오를 자신도 모르게 친밀하게 여겨서 이런저런 말이 자연스럽게 나왔다고 해도, 제오는 황당할 수도 있겠다는 생각이 이제 와서 들었다. 당황스러워하던 제오의 표정이 떠올라 초록은 자신의 볼을 찰싹찰싹 때렸다.

"아, 모르겠다. 어차피 안 친한 사이니까 금방 잊어버리겠지, 뭐."

초록은 상기된 볼을 감싸 안고 컴퓨터 앞에 앉았다. 제오와 함께 한 저녁 식사는 어색하긴 했지만 나쁘지 않았다. 물론 초록만 혼자서 제오가 편한 친구처럼 느껴졌을 가능성이 높았다. 제오는 자신과 컴퓨터상에서 이런저런 얘기를 자주 나눈 사람 아닌가. 그녀는 게임 로그인 화면에서 잠시 망설였다.

"음……."

초록의 생각에, 제오의 메시지를 그저 무시했으니 이제는 더 이상 제오가 말을 걸지 않을 것 같았다.

일단은 게임에 접속하지 않는다는 것은 상상할 수 없는 선택지였다. 그동안 사랑과 열정으로 키워 온 캐릭터였다. 그녀는 심호흡을 하고 로그인을 했다.

욕먹을 짓을 했으니 욕을 먹으면 먹는 것이다. 그녀는 담담하게 생각했다. 사과하라고 하면 미안하다고 하면 되는 것이지. 어차피 언제까지고 속일 수는 없었으니, 이제 인연이 끊어졌다 하면 되는 것이다. 그녀가 접속하자마자, 그녀의 옆에 제오의 캐릭터 imzzangboss89가 나타났다.

'신제오도 기숙사 가자마자 접속했구나.'

초록이 피식 웃으려는 찰나, 갑자기 제오의 캐릭터가 그녀의 캐릭터에 화살을 쏘았다. PK(플레이어 킬)5) 아닌가! 초록은 깜짝 놀라 대화창을 켰다.

[야, 너 뭐냐?]

그녀는 자신의 캐릭터가 죽지 않도록 게임상으로 물약을 클릭하면서, 황당함을 감추지 못하고 흥분하여 대화창에 키보드를 두드렸다. 심지어 PK로 죽으면 제오의 캐릭터에도, 자신의 캐릭터에도 패널티가 크다. 무조건적으로 미안하다고 하며 넘기려던 그녀는 그 생각을 싹 잊고 화를 냈다. 이제는 제오의 캐릭터가 더 레벨이 높아서, 대놓고 싸워도 질 것이 뻔했다.

---

5) 게임상 플레이어를 공격하는 것으로 보통 비매너로 손꼽힌다.

[이제 말 좀 하고 싶어졌냐?]

[그렇다고 PK를 해?]

제오의 캐릭터가 활을 쏘는 것을 멈췄다.

[한 대 때리니까 그제야 말하네.]

[미안하다고 했잖아.]

[미안하다고 하면 다야? 너는 그냥 사람 아주 갖고 놀고 미 안하다고 하면 땡이라서 세상 편하겠다?]

[사람 갖고 놀다니? 내가 널 왜 갖고 놀아?]

잘못했다고, 미안하다고 하려던 그녀의 초심은 사라진 지 오래였다. 한번 시비가 붙자 멈출 수가 없었다.

[갖고 논 것 맞지. 여자면서 남자인 척하며 내 고민이고 뭐고 다 들으니까 좋았냐?]

[내가 처음부터 남자라고 했어? 네가 맘대로 남자애로 대했 고 나는 딱히 아무 말도 안 한 것뿐이야.]

[이런 말투 쓰고 이런 게임 하는데 누가 여자라고 생각하겠 어? 내가 남자로 대했을 때 여자라고 말했으면 됐잖아. 재밌었 냐? 나는 그것도 모르고 야한 동영상이나 같이 보자고…….]

[맞다, 그랬었지? 이 변태 자식!]

[무슨 또 변태냐?]

[얼굴도 모르는 남자애한테 같이 그런 거 보자고 하는 게 비 정상 아니야?]

[남자끼리는 다 그러거든? 그리고 진심도 아니고 반 농담이

었거든?]

　[기숙사 호수까지 가르쳐 주는 게 진심이 아니면 뭔데?]

　[야, 지금 그게 중요한 게 아니잖아?]

　[왜 갑자기 말 돌려?]

　정신을 차리고 보니 초록은 씩씩대며 키보드를 두드리는 중이었다. 초록은 순간 깜짝 놀랐다. 이렇게 자신이 흥분해 본 적이 있었던가? 누군가와 진심으로 언쟁해 본 적이 있었던가? 고등학교에 입학하고 난 뒤 처음으로 느끼는 감정 기복이었다. 언제나 이래도 흥, 저래도 흥, 하며 살아온 세월들이었다.

　그녀가 차분하게 흐르는 물이라면 제오는 실제로 불같은 성격이었다. 모든 것이 의미 없다 생각하여 피하려고 하는 그녀와는 달리, 제오는 무조건적으로 부딪쳐서, PK라는 비매너 행동까지 각오하는 성격이었던 것이다. 그리고 그런 그에게 자신도 모르게 물들어 흥분해 버린 초록은 이상한 기분에 숨을 몰아쉬었다.

　[어쨌든 너는 아주 날 기만한 거야.]

　[내가 여자라는 게 그렇게 억울해? 남자면 뭐가 다르고 여자면 뭐가 다른데?]

　[네가 여자라서 화내는 게 아니야. 네가 날 속였다는 거에 배신감이 드는 거야.]

　초록은 가만히 모니터를 바라보았다.

　[나는 이름도 모르고 얼굴도 모르는 네게 이상한 친밀감을 느

껴서…… 가족에게도, 친한 친구에게도 하지 못했던 이런저런 얘기를 다 했는데 정작 나는 네 성별도 모르고 있었다는 게 짜증 난다고.]

그녀는 눈을 깜빡였다. 맞다. 그동안 나누었던 대화에 따르면 신제오는 보기보다 여린 남자였다. 그녀는 천천히 키보드에 손을 올렸다.

[미안해.]

'미안하다는 말 한 마디면 돼.' 그녀는 예전에 그녀가 제오에게 했던 조언을 떠올리며 담담하게 키보드를 치기 시작했다.

[의도하지는 않았는데, 나는 너처럼 자존감이 높지 못해서 게임 속의 나를 현실에서 공개하는 것이 좀 꺼려졌어. 일부러 그런 건 아니야. 다만 그냥 상황이…… 그렇게 된 거야. 어쩌면 게임 속에서 널 대할 때에는 내 성별 같은 건 별로 의미 없다고 생각했나 봐.]

imzzangboss89는 아무 말이 없었지만, 초록은 천천히 말을 이었다.

[나는 너처럼 유명인도 아니고, 다만 평범한 여학생 중 하나라서 내 사과가 대단하게 들리지는 않겠지만…… 이런 말로 네 배신감이 잠재워질 리 없겠지만…….]

그녀는 심호흡을 한 번 크게 했다.

[정말 미안해. 원한다면 내가 누군지 말해 줄게.]

[됐어.]

번개같이 제오의 말이 채팅창에 올라왔다.

[계속 헛다리 짚었네. 당연히 남자애라고 생각하고 학교를 뒤
졌으니 안 나오지. 못 찾는 게 당연한 거였구나. 이제 다 알 것
같다.]

[미안…… 너랑 이렇게 친해질 줄 모르고…….]

[너도 친해진 거라고 생각은 했나 보지?]

[당연하지!]

초록은 다급히 키보드를 쳤다.

[게임할 때만큼은, 너랑 진짜 친하다고 생각했지. 학교에서
보던 무섭고 유명한 신제오가 아니라…… 그냥 진짜 친하고 편
한 친구 신제오 같다고 생각했어.]

비록 모니터상이었지만 제오의 분노가 풀리는 것이 조금 느
껴졌다. 그녀는 두근거리는 마음을 진정시키며 어느새 진심을
말하고 있었다.

[그 관계가…… 좋아서, 내가 여자라는 걸 말하면 더 이상 이
런 관계는 유지가 안 될까 봐 무서워서 밝히기 어려웠어.]

붉게 빛나던 제오의 아이디가 초록색으로 돌아왔다. PK를
그만둔다는 표시였다.

[누군지 말하지 마. 여자애면 더더욱. 어차피 사이만 어색해
질 것 같으니까. 학교에서 어떻게 대해야 될지 모를 것 같아.]

초록은 한숨을 푹 쉬었다. 제오의 말이 다행으로 느껴지는
건지 아닌지 알 수가 없었다. 다만, 그녀는 떨리는 마음을 진

정시키고 다시 채팅창에 글을 올렸다.

[그럼, 앞으로도 예전처럼 그렇게 같이 게임하고 그러는 거지?]

[어.]

'imzzangboss89님이 파티를 신청했습니다.'라는 알림창이 떴다. 그녀는 그제야 맘이 놓였다. 이상한 안도감이었다. 계속해서 느끼는 거지만, 게임 속 제오는 정말로 교실에서의 차갑고 자기 잘난 맛에 사는 그런 남자애가 아니었다. 오해가 있다면 적극적으로 풀고, 마음속으로 받아들이면 뒤끝 없이 바로 받아들였다. 아무런 망설임이 없다. 마치 맨 처음 자신이 신제오라는 걸 밝혔던 것처럼, 의심이 생기면 바로 물어보는 것처럼. 그 상황이 무엇이든 피하지 않는다.

[게임은 역시 같이 해야 재밌더라.]

[너도 느꼈어? 나도 혼자 하니까 갑자기 재미없어지더라.]

파티 신청을 수락하며, 그녀는 안도의 한숨을 쉬고 마우스를 열심히 움직이기 시작했다. 같이 던전에 들어갈 참이었다.

[집에는 잘 갔다 왔어? 밥만 먹고 온다더니 진짜 바로 기숙사 온 거야?]

그녀는 다시 마음이 무거워지는 것을 느꼈다. 사실은 밥만 먹고 오는 대상이 가족이 아니라 너였어, 라고 말해야 하는 건 아닐까. 하지만 그는 자신이 누구인지 말하지 말라고 못을 박았다.

그 마음을 알 것 같긴 했다. 제오는 학교의 유명인이다. 그가 현실 속에서 어떤 여자아이와 친하게 지내면 그 자체로도 이슈가 된다. 어떻게 친밀하게 지낼 수 있을 리가 없고, 그러면 게임 속의 이런 좋은 관계도 무너질지 몰랐다. 게다가 직접 얼굴을 대면하고 '나 realgreen이야.'라고 말할 때에 그 어색함을 어떻게 처리해야 할지, 게임 속에서 싸우고 친해지고 오만 감정을 다 겪었던 그 마음을 어떻게 표현해야 할지 감이 잡히지 않았다.

그래서 그녀는 미안하지만 한 번 더 거짓말을 하기로 했다.

[어. 얼굴 좀 비친 다음 밥만 먹고 바로 왔어.]

[근데 게임하냐?]

[한 시간만 하고 공부하려고. 너도 한 시간만 하고 운동해.]

함께 움직이는 두 캐릭터를 바라보며, 마우스를 움직이는 초록의 얼굴에 미소가 걸렸다.

추석이 지나가고 난 뒤 바로 중간고사가 다가왔고, 중간고사를 치고 한숨 돌리니 벌써 수능이 다가오고 있었다. 초록은 2학년이었지만 수능만 지나면 자신이 수험생이라는 생각에 마음이 갑갑해졌다. 엄마에게 부담이 되고 싶지 않았다. 꼭 공부를 열심히 해서 좋은 대학에 가고 좋은 회사에 취직하고 싶었다. 가능하다면 장학금이나 과외 아르바이트로 생활비도 대야 했다. 그런 생각을 하니 점점 더 마음이 조급해졌다.

"우리 상성고등학교에서는 수능이 끝나고 심기일전 행사로 반별 단합회 하는 것 알고 있지? 우리 반은 뭘 할까?"

학급 회의 시간에, 담임 선생님이 수능 후 반별 단합회를 안건으로 가져왔다. 반별로 마지막 추억을 만들기 위한 상성고등학교의 전통적인 행사였다. 서울로 놀이공원을 가자느니, 여행을 한번 가자느니 여러 가지 의견이 나왔다. 하지만 가장 많은 표가 나온 것은 다름 아닌 야영이었다.

"야, 무슨 기숙사 생활 하면서 또 야영이야? 기숙사 가서 자."

제오는 툴툴거렸지만, 아이들은 그래도 운동장에서 함께 음식도 해 먹고 모두 모여 자야 한다면서 흥분 상태였다. 게다가 수능 날은 기숙사를 포함해 학교를 비워 줘야 해서, 모두 억지로 집에 가야 하는 처지였다. 그러므로 집에서 이것저것 가져오기도 쉽다는 의견이 우세했다.

"그래? 그럼 야영하려면 조를 나눠야 하는데, 여섯 명이 적당하겠지? 한 분단에 여섯 명이니까 분단별로 할까?"

"네!"

제오는 자신도 모르게 뒷자리의 초록을 보았다. 그녀는 영어 단어장을 보고 있었는데, 뭘 해도 상관없다는 듯한 표정이었다. 분단별로 같은 조라면 초록과 같은 조다. 추석 때의 그 이상한 식사 후, 은근히 시선이 가는 여자애였다. 크게 웃는 법도 없고, 크게 슬퍼하는 법도 없으며, 흘러가는 시간 안에 자신을 맡기며 나름 하루하루에 최선을 다하고 있는 것 같았다.

"그럼 조별로 어떻게 하룻밤을 지낼지 토론할 것!"

아이들이 신나하면서 분단별로 모였다. 초록 역시 영어 단어장을 잠시 옆에 치우고 조용히 턱을 괴었다. 라면을 끓여 먹자, 카레를 해 먹자, 밤을 새워서 게임을 하자, 의견이 쏟아졌다. 제오와 초록의 조에는 반장이 있었는데, 자연스럽게 반장이 주도권을 잡고 역할 분담을 하기 시작했다.

"일단 텐트 있는 집 있나? 남녀 섞여 있으니까 두 개는 있어야 할 것 같은데. 그리고 요리하려면 버너도 있어야 할 거고, 냄비랑 도마, 칼, 그릇이랑……."

여섯 명이 각자 집에 있는 것들을 손 들며 말하기 시작했다. 일단 부피가 큰 텐트를 가져오는 아이들은 나머지 준비물을 제외해 주기로 했다. 초록의 표정이 빠른 속도로 어두워졌다. 저런 살림살이를 어디서 가져온단 말인가. 아이들이 이것저것 자신의 집에 있다며 손을 드는 사이에 초록 혼자만 난감한 표정으로 남았다. 제오는 흘끗 초록을 바라보았다. 반장은 아무 생각 없이 말했다.

"그럼 남은 게, 버너 하나랑 냄비 두 개. 이건 그럼 초록이가 가져올까?"

"내가 가져올게. 이왕 집에 가는 거."

제오가 재빨리 말했지만 반장이 고개를 저었다.

"왜? 그럼 초록이는 아무것도 안 하는 건데?"

"······그래. 버너 하나랑 냄비 두 개, 내가 갖고 올게."

초록은 담담히 말했다.

"응. 최대한 큰 걸로 부탁해!"

조용히 고개를 끄덕이는 그녀를 보며 제오는 이상한 감정이 올라오는 것을 느꼈다. 도대체 어쩌려고 저러지? 아니, 그것보다 수능 날 어디 가 있으려고 하는 거지? 추석 때도 집에 못 간 애가 어디로 가려고······. 제오의 속도 모르고 반장은 해맑게 말했다.

"우리 같은 반이어도 번호 교환 안 한 사람들 있지 않아? 얼른 교환해. 이것저것 연락하려면 필요할지도 몰라."

서로 전화번호를 교환하지 않은 사람들로는 제오와 초록도 포함되어 있었다. 그들은 서로의 폴더 폰에 무심하게 번호를 꾹꾹 눌러 주었다.

수능 날은 주룩주룩 비가 내렸다. 수능이 끝나고 오후 7시부터 기숙사에 다시 들어갈 수 있었다. 초록은 작고 허름하여 그녀에게 아무런 관심이 없는 주인이 있는 PC방에서 자다 깨다 하다가 오후 4시가 다 되어 나왔다. PC방에서 거의 24시간 가까이 있었다. 이럴 때마다 세상에 혼자 있는 것 같았는데, 어젯밤에는 그래도 게임 속에서 제오를 만날 수 있었다. 제오가 잠자리에 든 밤 1시까지 그들은 함께 사냥을 하며 이런저런 대화를 나누었다.

[야, 안 친한데 친한 척하면서 좀 챙겨 주는 것에 대해서 어떻게 생각해?]

[무슨 소리야?]

제오는 어제 이상한 소리를 했었다.

[그냥, 안 친한데…… 좀 신경 쓰이는 애가 있어서.]

[왜 신경 쓰이는데?]

[몰라. 그냥.]

[뭐, 신제오가 친한 척해 주면 다 좋아하지 않을까?]

[진짜 다 그럴까?]

초록은 턱을 괴며 무심하게 몬스터들을 죽이다가, 잠시 생각하고 대답했다.

[사실 다 안 그럴 수도 있지. 어떻게 알겠어? 질문 자체가 너무 멍청한 것 같은데.]

[……역시 그렇지?]

[너 하고 싶은 대로 해. 어차피 인간관계에 정답은 없잖아. 원래 넌 너 하고 싶은 대로 하면서 사는 사람 아니야?]

[그렇지도 않아. 그냥 그렇게 보이는 거라고.]

이상한 소리만 늘어놓았던 신제오지만, 그래도 어젯밤에는 혼자 있는 것 같지 않아 좋았다. PC방에서 게임을 하며 밤을 새우는 건 일도 아니었지만 만일 그가 없었더라면 조금 슬펐을지도 모르겠다고 생각했다.

이제 시간과의 싸움은 끝났으니, 야영 도구를 구하는 것만 남았다. 강현이나 제오에게 부탁하는 것은 정말 싫었다. 원래 그녀는 남에게 부탁하거나 민폐 끼치는 것을 정말로 싫어하는 성격이었다. 강현에게 말하면 강현의 부모님부터 무조건적으로 챙겨 줄 것이 뻔했지만, 그냥 그러고 싶지 않았다.

안 그래도 학교에서 친한 척하는 걸 부담스러워하는 모습을 보여 주는 게 미안했다. 자신의 삶이 흔들리는 게 싫어 당당하게 친구로 곁에 있어 주지도 못하면서 부탁만 할 수는 없었다.

물론 자신의 사정을 알고 있는 사람으로는 제오도 있었지만, 추석 때 밥 먹은 것 이외에는 전혀 친분이 없었다. 물론 게임상에서는 누구보다도 친했지만 현실 속에서는 데면데면한 반 급우 그 이상 그 이하도 아니었다.

"……내가 가는 수밖에 없지."

주룩주룩 내리는 비가 우산을 때리는 소리를 들으며, 그녀는 엄마에게 전화를 걸었다. 한 시간 후에 그 집에 도착하니, 큰 냄비 두 개와 버너를 챙겨 주었으면 한다는 것이었다.

-그래, 그래. 잘 챙겨 놓을게.

수화기 속 엄마의 목소리는 간절했다.

-마음 같아서는 내가 학교에 갖다 주고 싶지만…… 오늘 제사가 있어서……. 도착하면 전화해 줄래?

그 집은 제사다, 문중 모임이다, 친척 결혼식이다, 뭐 이런저런 집안의 행사들이 일주일에 한 번은 있는 것 같았다. 가끔 다큐멘터리도 찍고 갈 만큼 큰 종갓집이었다. 초록은 그 집에서 살았던 1년 세월을 기억하고 있었다. 장독대만 해도 백 개 정도가 뒷마당에 늘어서 있던 집이었다. 하루가 멀다 하고 얼굴도 모르는 어르신들이 왔다 갔다 했다.

초록이 있을 곳은 그 집에 없었고, 종부가 아닌 엄마의 다른 자아들이 버틸 곳도 그 집에는 없었다. 하지만 초록은 알고 있었다. 한식 연구가였던 엄마의 삶 그 자체는 그곳에서 더 행복했다. 가끔 요리 프로그램에 패널로도 나갔고, 그 많은 일들을 도닥여 주는 새아빠가 있었고, 늘 미안해하고 인정해 주던 새아빠의 부모님들이 있었다.

무엇보다 대가 없는 일들은 아니었다. 어찌 되었건 굉장히 부잣집이었으니까. 새아빠의 대에서 아들이 없어 대가 끊길까 봐 조마조마하던 차에 엄마가 느지막이 낳은 아들, 초록과 열다섯 살 차이가 나는 남동생까지 태어나자 엄마는 정말로 제자리를 찾은 것 같아 보였다.

초록에게 그 누구도 뭐라고 하는 사람은 없었지만, 그녀는 본능적으로 이 집에 자신의 자리는 없다는 것을 알았다. 엄마는 언제나 그녀에게 미안해하며 쩔쩔맸지만 이제 엄마는 그녀 말고도 신경 쓸 것들이 너무 많았다.

버스를 타고 가는 길에, 반장에게서부터 문자가 왔다. 모든 조원들에게 보낸 확인 문자 같았다.

[준비물 다 챙겨 오고 있지? 답장 부탁!]

초록은 지금은 배터리도 얼마 없고, 이따가 준비물을 다 챙긴 후에 답장을 하려고 폴더 폰을 무심하게 접었다. 폴더 폰이 닫히자마자 또다시 진동이 울렸다.

[우리 집에서 버너랑 냄비 가져갈 수 있는데, 그냥 내가 가져갈까?]

제오였다. 초록은 한숨을 푹 쉬었다. 지난번 추석 때 한 말을 기억하고 있는 것 같았다. 동정받는 것도 싫고, 폐를 끼치는 것도 싫다. 그녀는 토도독 핸드폰 자판을 두드렸다.

[아니, 이미 엄마한테 부탁했어.]
[학교 언제 갈 건데? 집 어디야? 혹시 괜찮으면 우리 아빠 차 타고 같이 갈까?]
[7시 맞춰서 갈 거고, 버스 타면 한 번에 가. 걱정 마. 신경 써 줘서 고마워.]

버스를 타고 엄마의 집까지 가는 동안에도 비는 그치지 않았다. 수능 끝난 고3들도 힘들겠다고 생각하며 그녀는 천천히 언덕길을 올랐다. 초겨울인 데다가 먹구름이 잔뜩 껴서 5시 정도였는데도 어스름이 내린 것처럼 컴컴했다. 대문 앞에는 여러 차들이 서 있었고, 제사라서 그런지 손님들이 한두 명씩 들어서고 있었다.

그녀는 집에서 한 블록 떨어진 곳에서 폴더 폰을 들었다. 엄마에게 전화해서 도착했다고 하니 금방 전화가 끊겼다.

큰 대문에서 엄마가 나왔다. 음식을 하다가 급히 나왔는지 앞치마 차림이었다. 한 손에는 버너를 넣은 비닐봉지를, 한 손에는 냄비 두 개를 넣은 비닐봉지를 들고 있었다. 둘 다 부피가 저렇게 클 줄 몰랐다. 우산을 들 수 있는 손이 없어 비를 그대로 맞으며 그녀를 두리번거리며 찾더니, 골목길 구석에 있는 딸을 알아보고 뛰어왔다.

"미안. 학교에서…… 야영을 한대서."

"어쩌지? 비가 이렇게 오는데……."

"괜찮아. 얼른 줘."

초록은 엄마의 손에서 바로 비닐봉지 두 개를 옮겨 들었다. 엄마에게서 희미하게 기름 냄새가 났다. 비닐봉지 두 개를 드니 우산을 들 손이 없었다. 그녀는 재빨리 우산을 엄마에게 건넸다.

"빨리 가 봐야 하는 것 아니야?"

"그건 그런데…… 초록아, 이거 들고 어떻게 가려고?"

"뭐, 버스 정류장까지만 가면 되는데. 버스만 타면 한 번에 학교 앞까지 가잖아. 괜찮아."

순식간에 그녀의 머리카락이 흠뻑 젖었다.

"엄마, 얼른 가. 손님들 막 오는데, 엄마가 없으면 안 되는 거 아니야?"

"……."

"얼른 가. 나도 얼른 가 봐야 돼. 나중에 연락할게."

초록은 싱긋 웃어 보였지만 벌써 몸이 덜덜 떨렸다.

"돈 줄 테니까 택시 타고 가."

"어차피 여기서 택시 잡히지도 않아. 큰길 가서 탈게. 돈은 충분하니까 넣어 두고. 엄마, 그럼 나 진짜 간다."

엄마는 바쁠 것이다. 제사 준비하랴, 아직 어린 남동생 돌보랴, 지금 이렇게 골목길에 오래 서 있을 수는 없을 것이다. 초록은 한 번 씩 웃어 보이고, 양손에 덜그럭거리는 버너와 냄비를 들고 골목길을 내려가기 시작했다. 비가 더 적실 곳도 없는 초록의 작은 몸을 사정없이 때렸다.

몸이 덜덜 떨렸다. 버스 기사 아저씨한테 미안할 정도로 몸에서 물이 떨어졌다. 말이 택시지, 그 거리를 택시 타고 온다면 한 달 용돈이 날아갈 판이었다. 엄마의 집에서 상성고등학교까지는 버스로 한 번에 가기는 했지만, 버스 정류장에서 상성고등학교까지 또 꽤 걸어야 했다. 평소라면 그저 운동 삼아 20분 정도 걸어 올라가면 되지만, 지금 이 짐을 들고 비가 쏟아지는데 가려니 막막했다.

하지만 어쩔 수 없었다. 초록은 한숨을 푹 쉬었다. 사소한 불편이다, 비참하게 생각하지 말자, 기숙사에 도착하면 어차피 다 잊힐 괴로움이다. 그녀는 완전히 어둑어둑해진 창밖을 보며 한숨을 쉬었다. 설상가상으로 핸드폰도 꺼졌다. 하루 내내 나와 있었으니 핸드폰 배터리를 다 쓴 것이다. 반장에게 준비물 가져간다는 문자도 못 했는데 설마 걱정하고 있는 건 아닐까 생각이 복잡했다.

냄비도 무겁고 버너도 무거웠다. 양손이 다 젖어 비닐봉지가 아프게 손을 파고들었다. 그녀는 심호흡을 한 번 한 뒤, 상성고등학교 정류장의 벨을 누르고 낑낑대며 내렸다. 겨울비는 멈출 줄을 모르고 주룩주룩 내렸다.

머리카락에서 물이 떨어져 시야를 흐리게 했다. 그녀는 버스에서 내리면서 눈을 질끈 감고 고갯짓을 했다. 무거운 손목을 들어 눈을 비비는데, 갑자기 머리 위에서 쏟아지던 비가 그쳤다.

"줘."

검고 큰 우산이 그녀의 머리 위에 들어섰다. 빨개진 그녀의 손에서 낚아채듯 비닐봉지가 사라졌다.

"냄비는 네가 들어야겠다. 우산 들 손이 없어. 네 키가 너무 작아서 너보고 우산을 들라고 할 수도 없고."

"시, 신제오?"

무뚝뚝하게 서 있는 몸집이 큰 남자애는 신제오였다.

"너 핸드폰 꺼졌다며. 걱정 많은 반장이 너 냄비 안 가져올까 봐 엄청 징징거리고 있어."

제오는 초록의 걸음 속도를 맞춰 함께 걸으면서 무뚝뚝하게 설명했다.

"근데, 넌 왜 여기……."

"반장이 하도 징징거려서 너 못 온 건 알고 있었지. 여자 기숙사에도 없다고 하고, 아직 도착 안 한 거 같아서. 당연히 버스 타고 혼자 올 텐데 이걸 너 혼자서 어떻게 들고 오냐? 이 날씨에. 그래서 그냥 버스 정류장에서 기다린 거지, 뭐."

"나를?"

"어."

타박타박 걸어가는 길에 잠시 정적이 내렸다. 제오가 잠시 머뭇거리다가 말했다.

"부담 갖지 마. 어떤 사람이라도, 이런 날씨에 이렇게 많은 짐을 들고 혼자 올 걸 알면 다 마중 나갔을 거야. 거기에, 우리 같은 조잖아."

"……그래. 고마워. 진짜…… 고마워."

저 멀리 상성고등학교 기숙사가 보였다.

"……동정하는 거 아니야. 진짜로. 네가 그렇게 생각할까 봐 좀 망설였어."

그녀는 제오가 고마워서, 재빨리 대답했다.

"알았어. 그리고 뭐, 동정하면 또 어때. 근데 정말로 괜찮아. 나야 장학금 받고 들어왔으니 별 상관 없었지만, 여기 기숙사 비 꽤 비싸서 다들 행복하고 잘사는 집에서 오잖아. 그러니까 나 같은 사정이 있을 거라고 사람들이 생각 못 하는 건 당연해. 괜찮아. 이런 건 잠깐 불편한 건데, 뭐."

"……뭐, 네 앞에서 할 얘기가 맞는지는 모르겠지만, 다 그렇
게 행복하고 잘사는 집은 아닐 거야. 난 야구 특기생이라서 또
사정이 다른데…… 음, 우리 집은 잘 못살거든. 그나마도 나 운
동한다고 뒷받침하느라 돈도 많이 썼고…… 그래서 집에 갈 때
마다 부담돼. 부모님이 진짜 나한테 다 걸고 있는, 그런 느낌
이라. 집에 가 봤자 언제나 성적 잘 나와야 된다, 메이저리그
가야 된다, 이런 말밖에 못 듣고……."

제오는 약간 어색한 듯이 말을 이었다.

"그러니까, 어쨌든 남들이라고 다 행복하고…… 잘사는 건
아니라고."

"……너도 힘들겠네."

초록이 싱긋 웃었다. 그녀는 매일 밤마다 제오가 채팅창에
서 하던 말들을 기억하고 있었다. 학교에서는 전혀 티 내지 않
았지만 사실은 그가 슬럼프라는 것, 한계에 부딪힌 것 같다는
것, 쏟아지는 기대가 버겁다는 것, 그럼에도 불구하고 자기 자
신에 대한 욕심을 놓지 못하는 것을 다 알고 있었다.

"네가 정말로 메이저리그에서 뛰는 최고의 타자가 될지, 아
니면 지금 네가 받은 고교 MVP가 네 최고의 성적이 될지는
아무도 모르는 거지만……."

초록은 그를 올려다보았다.

"그래도 너는 너 그 자체지, 뭐. 부모님은 네가 더 잘되라고

지금은 그런 말씀을 하시겠지만, 사실 네가 참 좋은 애라는 건 알고 계실 거야."

그녀는 채팅창에서 하고 싶었던 말들을 차분하게 건넸다. 채팅창에서 말하면 그녀라는 것을 들킬까 봐 하지 못할 말들이었다.

"내가? 내가 참 좋은 애라고? 남들은 다 싸가지 없다, 운동 잘한다고 거들먹거린다, 맨날 그러는데?"

"언제 올지도 모르는 조원을 위해서 버스 정류장에서 기다려 주는 사람이 그럼 참 좋은 사람이 아니고 뭐야? 그리고 원래 1등은 외로운 법이야."

제오는 왠지 얼굴이 붉어지는 것 같았다.

"어쨌든 난 괜찮아. 너무 고맙긴 하지만, 지나치게 날 뭘 챙겨 준다거나 그러려고는 하지 마. 네가 내 가정사를 안다는 이유만으로 부담을 갖는 건 내게도 부담되는 거거든. 그런 걸 원하지는 않아. 특히나 너처럼 나중에 유명인이 될 것 같은, 엄청난 사람한테서는."

그는 지금 들었던 '엄청난 사람'이라는 평가보다, 그 전에 했던 그녀의 '참 좋은 사람'이라는 말이 계속 귓가에 맴도는 것 같았다. 빗방울은 멈출 줄을 몰랐다. 우산을 후두두둑 때리는 빗소리와, 두 사람의 발자국 소리만 타박타박 울렸다.

정적을 깨고 초록이 말문을 열었다. 원래는 말이 없는 편인 그녀였지만, 누군가를 붙잡고 말을 하고 싶을 정도로 마음이 싱숭생숭했다.

"있잖아……"

"응?"

"나 아까, 엄마 집 앞 골목에서 이 짐들을 받고 나오는데, 엄마가 아무 말도 안 했어. 이제는 미안하다는 말도 나한테 못하는 거지. 엄마는 진짜 이렇게 될 줄 모르고 재혼했거든. 나한테 가족을 만들어 주고 싶다고, 그것도 부잣집으로…… 그런 말을 했었던 게 기억나. 근데 막상 재혼하니까 그게 아닌 거야. 그렇다고 돌이킬 수도 없었겠지. 나도 소중한 자식이지만, 또 다른 소중한 자식도 태어났는걸."

"……"

"엄마의 표정에서, 온몸에서 미안하다는 말이 들렸어. 우산을 이미 잔뜩 젖어 버린 엄마한테 주고, 나는 두 손에 짐을 들고 비를 맞으면서 걸어 내려가는데…… 난 진짜 괜찮았어. 이제 기숙사만 가면 되는데, 뭐. 비 좀 맞고 짐 좀 무거우면 어때. 정말로 나는 괜찮고, 엄마가 걱정이었어. 제사 때 진짜 일 많거든. 그 와중에 이거 챙기고, 내 전화 기다리고, 전화 오자마자 눈치 봐서 나오고, 엄마가 진짜 걱정이었지. 얼른 들어가서 마저 일해야 되는데 저렇게 비를 맞아서 어쩌나 싶었어."

초록은 담담하게 말했다. 자신에게 이런저런 얘기를 조곤조곤 하던 게임 속 제오의 심정이 이해가 갔다. 너무, 너무 생각이 많을 때에는 누군가에게 얘기하고 싶은 법이다. 특히나, 상대가 자신을 이해해 줄 것 같은 사람이라면. 초록은 실제로 그가 자신을 이해해 줄 수 있음을 누구보다도 잘 아는 사람이었다.

"근데 한참을 내려가다가 문득 뒤를 돌아보니까, 엄마가 내 우산을 들고 혼자 조용히 울면서 그대로 서 있는 거야."

그녀는 자신이 눈앞의 제오에게 말하는지, 매일 밤 게임 속에서 함께하던 제오에게 말하는지 알 수 없었지만 왠지 말을 하고 싶었다. 항상 그녀에게 이런저런 말을 하던 imzzangboss89에게 realgreen은 사실 별말을 하지 않았다. 자신을 들키지 않기 위해 늘 들어 주고 자신의 생각만 말해 주었을 뿐이다.

"아무 말도 못 하고, 미안하다는 말도 못 하고, 같이 가자는 말도 못 하고, 들어 주겠다는 말도 못 하고, 그냥 내 우산 들고 서서 그냥 울고 있더라고. 조용히."

"……."

"웃기지. 내가 기숙사 처음 갈 때도 안 울었던 엄마인데, 야영 준비물이 너무 많다고 우는 엄마라니. 버스 타고 오면서 내내 골목길에 가만히 서 있던 엄마 모습만 생각했어."

"아이 씨, 야, 너무 슬프잖아."

"근데 있잖아, 웃기게도 네가 우산을 씌워 줄 때, 엄마 생각이 또 다르게 나더라."

"왜?"

"엄마에게 삶이 얼마나 힘들었겠어. 짐 같은 나를 데리고 힘 겨운 세상을 살다가 그렇게 우산을 씌워 준 새아빠를 만난 거잖아. 당연히 따라가고 싶었겠지. 이렇게 비 오는 밤 함께 걷는 사람이…… 얼마나 위안이 되는데. 그러니까 엄마를 원망하지는 않아. 이해할 수 있어."

"그럼 너는? 아직 어린 너는?"

"다 클 때까지 조금 버티면 되지, 뭐. 가끔은 이렇게 갑작스럽게 함께 걸어 주는 사람도 생기고 말이야."

초록은 키득키득 웃었다.

"졸업하고 나서 너는 나 같은 평범한 여자애가 있었다는 것도 다 잊어버리겠지만……."

그녀는, 게임 속 제오를 기억하면서 나지막하게 말했다.

"네가, 내가 몹시 힘든 날 우산을 씌워 줬다는 걸 평생 잊지 않을게. 난생처음 누군가 있어서 너무 다행이라고…… 생각했어. TV에 네가 나올 때마다 응원할게, 진심으로."

"……내가 메이저리그 못 가도?"

"당연하지."

그녀는 세상에서 가장 멍청한 질문을 받았다는 듯이 깔깔거리며 웃었다.

"내가 그런 거에 의미를 둘 거라고 생각하다니, 너도 참 웃기다."

"……그러게."

제오는 머쓱한 듯 씩 웃었다.

"……웃긴 질문이었네, 너한테."

4

비가 억수같이 쏟아지던 수능 날 제오와 초록이 함께 걸었
던 기억은 순식간에 현실에 묻혔다. 그들은 여전히 반에서는
데면데면하게 행동했고, 야영을 할 때에도 딱히 필요한 말 이
외에는 하지 않았다. 초록은 여전히 남들 앞에서 제오와 친근
하게 보일 말들은 절대 하고 싶지 않았다. 제오에게 친한 척하
는 여자애들은 무조건 뒷담화의 대상이 된다는 것을 이미 알
고 있었기 때문이다. 그런 초록의 성향을 알고 있었기 때문에
제오는 묵묵히 그녀의 의사를 따랐다. 10년 친구라는 강현도
피하는 여자애가 자신이라고 특별하게 대해 줄 리가 없었기

때문이다.

"수경아, 이거 좀 더 먹을래?"

하지만 그는 운동장에서 하는 1박 2일 야영 기간 동안 왠지 시선이 자꾸 그녀에게 가는 것을 멈출 수 없었다. 그동안은 관심이 없었지만 관심을 두고 보니 보였다. 초록이 먼저 말을 거는 대상은 정해져 있었다. 조에서 친구가 없는 아이, 소심하여 잘 못 어울리는 아이, 그런 아이들에게만 적절히 말을 걸었다.

정작 자신은 가장 친한 친구인 소진과 같은 조라서 그럴 필요가 없는데도, 그저 가끔씩 챙겨 줄 뿐이었다. 묵묵히 설거지를 도와주고, 묵묵히 잠자리에 드는 그녀가 그는 신기했다.

다들, 더 인기가 많은 상대와 친해지고 싶어 하는 것 아닌가? 어째서 초록은 반대로 행동하는 걸까? 그는 야영이 끝나고 접속한 게임에서 realgreen에게 물어보았다.

[있잖아.]

[왜?]

[굳이 좀 반에서 못 어울리는 애들한테 잘해 주는 건 어떤 심리일까? 별로 친하게 지내고 싶어 하는 것도 아니면서.]

realgreen은 언제나 그렇듯 가볍게 대답했다.

[엄청나게 리더십이 있어서 많은 사람들에게 칭찬을 받고 싶거나, 그런 거 아닐까? 착한 아이 콤플렉스, 뭐 그런 거.]

[음…… 그런 것 같지는 않은데.]

[그럼 그냥 그런 걸 잘 못 보는 성격인가 보지. 본인 삶이 좀 힘들어서, 남들 삶도 힘든 걸 못 보는 거 아닐까? 나도 좀 그런 편이거든.]

realgreen이 자신의 얘기를 하는 건 처음이었다. 제오는 마우스를 클릭하며 realgreen의 말을 바라보았다.

[어차피 힘든 인생 서로 한마디씩 해 주고 살면 좋잖아.]

[너도 삶이 힘들어?]

[인생이야 다 힘든 거지, 뭐. 어차피 타인이 타인을 구원할 수는 없어. 그냥 응원 정도만 해 주고 또 스쳐 지나가는 거야. 각자의 인생은 각자가 버티는 거고.]

제오는 속으로 고개를 끄덕였다. 아마 초록은 분명 realgreen 같은 마음일 것이다. 딱 초록과 맞아떨어지는 설명이었다.

그리고 보면 realgreen은 정말 애늙은이 같았다. 처음에 유치하게 시비 붙을 때만 빼고, 제오가 이런저런 얘기를 하면 누구보다도 잘 들어 주었고 특유의 무심한 감성으로 위로를 해 주었다.

팬들이 보내 주는 힘내라는 팬레터보다 realgreen이 해 주는 말들이 더 마음에 남았고, 교실에서 자신의 비위를 맞추려고 노력하는 반 아이들과 북적북적하며 지낼 때보다 기숙사 방에서 혼자 realgreen과 이런저런 얘기를 할 때 더 혼자가 아니라고 느꼈다.

그래서 그는 눈동자를 한 번 굴리고, 심호흡을 한 뒤 타자를 쳤다.

[야, 나 좋아하는 여자애 생긴 것 같다.]

충격적일까? 너무 갑작스러울까? 아무리 모르는 여자애라
고 해도, 그 여자애는 신제오를 안다. 신제오가 어떤 여자애
를 좋아하는 걸 안다는 것 자체만으로도 부담이 될 수 있지
않을까?

하지만 그는 realgreen만큼 가깝게 느껴지는 사람이 없었다.
가장 친한 친구라면 강현이지만, 왠지 강현에게 말하기가 꺼
려졌다. 눈만 뜨면 '진초록, 진초록' 노래를 불러 대는 그에게
어떻게 자신이 초록을 좋아하는 것 같다고 말할 수 있을 것
인가?

[왜?]

realgreen이 보낸 짧은 말에, 제오는 순간 당황했다. 왜라니?
좋아하는 여자애가 생겼는데 왜라니? 잠시 할 말을 찾다가, 그
는 천천히 타자를 쳤다.

[그냥 자꾸 눈이 가고…… 예쁜 것 같고…… 귀엽고…… 자꾸만
신경 쓰이고, 그래서.]

[왜 신경 쓰이는데?]

[몰라. 나랑 다르거든. 내 생각을 더 많이 들려주고 싶고, 또
걔 생각을 더 듣고 싶어. 걔가 보는 다른 것들을 함께 바라보고
싶어. 그냥, 너무 궁금해. 걔가 무슨 생각을 하는지, 나에 대해
어떻게 생각하는지, 세상만사를 어떻게 받아들이는지. 몰라. 그

냥 자꾸만······ 눈이 가.]

realgreen은 한동안 아무 말이 없었다.

'야, 나 좋아하는 여자애 생긴 것 같다.'

초록은 수학 문제집을 풀면서도 어젯밤 제오가 했던 말이 자꾸 맴돌아 계산을 자꾸만 틀렸다. 제오의 그 말이 모니터에 뜰 때 마치 세상이 무너지는 것 같았다. 그가 우산을 씌워 주며 짐을 들어 주었던 그날 저녁에 너무 의미 부여를 하고 있는 걸까, 그녀는 순간 울컥하는 감정이 솟구치는 자신에게 놀랐다.

그리고 순간 마음이 아픈 것 같은 자기 자신을 느끼며 그녀는 어느 순간부터 신제오를 좋아하고 있었다는 것을 깨달았다. 제오와 함께 하는 게임이 재밌어서인지, 남들은 모르는 그의 면모를 알고 있어서인지, 그날 우산을 씌워 주던 듬직함 때문인지는 모르겠지만 그녀는 신제오가 좋았던 것이다.

어쩔 수 없었다. 그녀는 포기가 빨랐다. 16년간을 함께 살던 엄마와의 삶도 어쩔 수 없다며 포기할 수 있었던 그녀였다. 어차피 제오와 어떻게 해 볼 수 있을 리가 없었다. 자신은 그저 평범한 여자아이였고, 제오는 대한민국 고교 야구의 최고 유망주다. 뭘 어쩌겠는가. 제오가 어떤 여자애를 좋아하는 것도, 그녀가 제오를 좋아하는 것도, 모두 다 의미 없는 일이었다.

하지만 짝사랑 그 자체는 고통스러운 일이었다. 어젯밤에 뒤척이며 생각을 한 이후 감정은 증폭되었다. 그녀는 조별로 이루어지는 수행 평가에서 같은 조 명단을 보았다. 신제오는 없었다. 야구부 아이들은 모두 빠진 것이다.

짝사랑은 그런 흐름의 반복이었다.

아무것도 아닐 그 사람과의 같은 조 여부를 위해 남들을 헤치고 교실 게시판을 맨 앞에서 보는 것, 말도 안 되는 기대 때문에 '혹시나' 혹은 '어쩌면' 같은 말로 시작되는 수많은 문장들을 마음속에 안고 가능성 없는 일을 상상하는 것, 그리고 그 와중에 느낄 수밖에 없는 쓸쓸함.

'고백은 하려고?'
'아니. 졸업할 때나 하려고.'

그녀는 단 하나 안정이 되는 대화를 떠올리며 책상에 엎드렸다.

'걔도 동갑이라, 고3 되거든. 공부하는 애라 괜히 흔들면 안 될 것 같아. 그런 인생의 변화를 원하는 것 같지는 않은 애라서…… 나도 곧 신인 드래프트 있고. 그래도 졸업식 때에는 말할 거야. 전달하고 싶은 마음이라서.'
'그때까지 네가 그 여자애를 좋아할까?'

'모르지. 어쨌든 지금은 아닌 것 같아. 혼자 바라보고 있는
것만 해도 괜찮아. 어차피 걔도 남자에 별 관심은 없어 보여
서.'

졸업식 때까지 신제오는 그 여자애에게 다가갈 생각이 없
다. 그럼 됐다고 그녀는 스스로를 달랬다. 그녀는 학교 안에서
제오가 그 여자애와 연애하는 모습을 보는 것은 힘들 것 같다
고 생각했다. 졸업 이후라면 뭐 어때, 어차피 서로 겹칠 일도
없는 사이에.

모든 감정은 시간 앞에 무뎌진다. 매일같이 보는 제오가 이
렇게 애틋하게 좋아도, 어차피 시간이 지나고 눈에서 멀어지
면 잊힐 것이다. 그녀는 그때까지만 그를 좀 좋아하기로 마음
먹었다. 어차피 신제오는 여자애들에게 인기가 많다. 그런 여
자애들 중 하나가 되면 된다.

엇갈리는 시선 속에서 서로 그런 생각을 할 동안, 무심하게
시간은 흘렀고 그들은 고3이 되었다. 제오와 강현을 포함한
모든 야구부 아이들은 따로 반 편성이 되었다. 입시가 코앞에
닥친 초록은 주말 외에는 게임에 접속하기가 어려웠고, 프로
구단 입단을 앞두고 제오 역시 예전처럼 오랜 시간 게임에 들
어올 수가 없었다.

그러나 그들은 약속한 듯이 토요일 10시 정도만 되면 접속

했고, 더 이상 잡을 몬스터도 없는 던전에서 설렁설렁 몬스터를 잡으며 이런저런 대화를 나누곤 했다.

[축하해, 신제오. 1차 지명 받았다며.]

제오는 6월 말에 있는 프로 구단 1차 드래프트에서 바로 지명을 받으며 A구단에 입단을 했다. 당연한 결과라며 학교가 한참 시끄러웠다. 게임 속에서 초록이 알은체를 하자 제오가 약간은 부끄러워하는 이모티콘을 보내며 대답했다.

[이제 시작이지, 뭐. 근데 제일 친한 김강현이 지명 못 받아서 걱정이야.]

[2차엔 되겠지. 이제 바빠지겠네?]

[그렇지, 아무래도.]

잠깐 정적이 흘렀다.

[그래서 말인데, 이제는 주말에도 게임에 못 들어올 것 같아. 학교도 제대로 못 나올 것 같고…….]

[그래. 어차피 나도 이제 수능 얼마 안 남아서, 주말 한 시간이라도 부담스러운 차였어. 사실 나, 공부하려고 핸드폰도 없앴거든.]

초록은 담담하게 말했다. 이 시간들이 영원하지 않을 것이라는 건 알고 있었다. 어차피 세상에 영원한 관계는 없지 않은 걸 알고 있지 않았던가. 그녀는 망설이다가, 그동안 한 번도 꺼내지 않은 주제를 꺼냈다.

[야, 있잖아.]

그녀는 심호흡을 한 번 했다.

[너 아직도 그 여자애 좋아하냐?]

대답은 바로 나왔다.

[어. 그런 것 같아.]

마치 심장에 소금을 뿌린 것 같네. 초록은 쓸쓸한 표정을 지으며 모니터를 바라보았다.

[가끔씩 복도에서 마주치거든. 그럴 때마다 그날 하루는 좋은 일이 있겠다고 생각해.]

어떤 여자아이일까, 신제오의 이런 순정을 받고 있는 여자는.

[남자애들이 걔에 대해 얘기하는 것 보면 그냥 엄청 혼자 질투도 하고 그래. 요새는 시간이 빨리 흘러갔으면 좋겠어. 나도 구단 입단이 확실하게 되고, 그 여자애도 수능 끝나고, 그러면 고백하는 걸 핑계로 한 마디라도 할 수 있을 거 아니야. 지금은 진짜 말도 못 붙인다고. 이런 느낌 처음인데, 나 아무래도 첫사랑 하는 것 같아.]

그 유명한 신제오가 좋아하는 여자애라면 얼마나 예쁘고 얼마나 대단한 여자아이일까. 그의 짝사랑만큼 그녀의 짝사랑도 첫사랑이었다. 그녀는 문학 시간에 배운 시와 선생님의 말씀을 곱씹으며 자신도 모르게 대답했다.

[근데 첫사랑은 그냥 아련하게 남겨 두는 게 좋은 거래. 그냥, 마음이 가는 사람이 앞에 나타났다는 것만으로도 감사하면

서 살래. 우리 문학 선생님이 그랬어.]

그건 그녀 자신에게 하는 말일지도 몰랐다.

[어차피 우리 나이에 하는 첫사랑은 이루어지지도 않는다더라. 이루어지지 않는다는 걸 당연히 여기고, 소중한 추억으로만 간직하래. 이루어지지 않는다고 너무…… 슬퍼하지 말라고. 우리는 서툴고, 어리고, 흐지부지되는 사랑을 하는 거라고. 그건 당연한대. 어영부영하다가 현실 속에 잊히고, 문득문득 미소로 떠오르면 그 정도로 된 거래.]

[너다운 말이다. 그래도 지금은 그런 생각은 하기 싫어. 일단 전달하고 볼 거야.]

[……이제 이런 날들도 끝이네. 어차피 서버 종료 직전의 망해 가는 게임이지만 너 보러 접속하는 재미가 있었는데.]

[그러게. 아쉽다.]

그와 연결되어 있던 끈이 끊어지는 것을 지켜보며, 초록은 쓸쓸함을 느꼈다. 그 쓸쓸함을 위로하듯 제오의 메시지가 쉬지 않고 올라왔다.

[야, 나 너한테 할 말 있어. 구단 입단하면 네게 꼭 하고 싶었던 말이야.]

[응?]

[나는 여기까지 오는데 앞만 보고 왔어. 그 길에 언제나 잠시 쉬게 해 주어서 고맙다. 매일을 전쟁같이 살았는데, 네가 유일한 휴식이었어.]

[나야말로.]

그녀는 조용히 웃었다. 그래, 이거면 되었다. 그는 모르겠지만, 그녀는 어쨌든 그에게 끝까지 특별한 사람이었던 것이다.

[나야말로, 그 유명한 신제오와 가까이 이런저런 얘기를 할 수 있어서 좋았어. 매일 밤 정말 친한 친구와 함께하는 것 같았어.]

[가끔은 이런 생각을 해. 이 세상에서 나를…… 가장 잘 아는 사람이 너라고. 얼굴도 모르는 네게 그런 친밀감을 느끼고 있는 내가 웃기기도 하지만.]

[영광이네.]

[너는 끝까지 널 숨겼지만, 사실 내게 너무나 편안했던 사람이라 널 알고 싶은 마음이 언제나 있었어. 수능 끝나면 말해 줄 수 있어?]

[음…….]

초록은 침을 꿀꺽 삼켰다.

[나도, 나도 졸업식 때 말해 줄게.]

[꼭 말해 줘야 한다.]

[약속할게.]

수능이 오기 전, 점점 접속자 수가 줄어들던 그 게임은 서비스가 종료되었다. 그들의 계정도 사라지고, 그들이 수없이 나누었던 대화도 다시는 볼 수 없게 되었다.

이런저런 훈련 때문에 제오는 바빴지만, 그래도 고등학교

졸업식은 참석할 수 있었다. 그는 졸업식 전날, 2년 동안 동고
동락한 야구부 친구들과 함께 술자리를 가졌다. 야구부 친구
들 중 구단에서 지명을 받은 사람은 다섯이었는데, 그중 강현
이 끼지 못했다는 것은 놀라운 일이었다. 그는 결국 야구부가
유명한 대학에 진학하는 것으로 진로를 정했다.

"야, 인생사 새옹지마야. 아직 우린 젊으니까, 너무 마음 쓰
지 마라."

"그래. 괜찮아."

강현은 제오의 옆자리에 앉아 쓴 소주를 삼켰다. 제오가 들
어간 A구단은 사실 그의 오랜 꿈이었다. 강현은 그의 가방에
달린 A구단 마스코트 인형 열쇠고리를 바라보면서 속이 쓰린
지 술을 연거푸 삼켰다.

"뭐, 그래. 아직 난 어리니까. 천천히 하면 되지. 아직 지명
받을 기회는 많으니까……."

"혹시 모르잖냐. 10년 후에, 이 중 네가 제일 잘나가는 선수
가 되어 있을지도 모르는 거야. 너보다 못 던지는 애들도 지명
받는 판에…… 내일 일을 어떻게 알겠냐."

"그래, 그래."

졸업식 전날이라는 자유로운 마음 때문에, 야구부 술자리는
거나하게 이어졌다. 그래도 제오는 내일 생각 때문에 긴장되어
별로 마시지 않았다. 내일, 졸업식은 그에게 의미가 있는 날이
었다. 먼저, 초록에게 자신의 마음을 고백하려고 했다. 왜 그런

지는 모르겠지만 네가 좋았다고, 자꾸만 시선이 갔다고, 한번 좋아지니 계속 좋았다고. 그냥 내 마음을 알아 달라고, 그런 마음을 전달할 예정이었다. 물론, 기다리다 보면 realgreen이 알은척을 할 수도 있었다.

realgreen도 정말 궁금했다. 이 세상에서 자신을 가장 잘 아는 사람, 자신이 가족보다도 의지했던 사람, 힘들었던 고등학교 생활 내내 자신에게 휴식 같았던 여학생이었다. 물론 게임 폐인이고 자신을 필사적으로 숨기는 걸 봐서 학교에서 잘 적응하지 못하는 아이일 가능성이 컸지만, 그래도 그녀는 그에게 의미가 있었다.

이런저런 이유 때문에 술을 잘 마시지 않는 제오와는 반대로, 강현은 속상한지 연거푸 술을 마셔 댔다. 좀 토하고 싶다는 그의 의견을 받아들여, 제오는 화장실에서 그의 등을 두드려 주고, 찬바람을 쐬게 해 주려고 데리고 나왔다.

그의 가장 친한 친구가 지명을 받지 못했다는 것은 그에게 이상한 죄책감으로 남았다. 분명 그가 잘못한 건 없었는데, 혼자만 붙었다는 것이 너무나 미안했다. 함께 A구단에서 뛰자던 약속을 몇 번이나 했었는데…….

"야, 괜찮냐?"

"아, 죽겠다."

강현은 술집 골목 벽에 기대 한숨을 쉬었다. 차가운 겨울바람이 그들 둘 사이를 스쳐 지나갔다.

"A구단, 분위기 좋냐?"

"안 좋아."

"……그래도 가고 싶다."

"졸업 후에 꼭 와라. 네 실력이면 안 된 게 이상한 거니까."

"아, 진짜 꼭 가고 싶었는데…… 아니, A구단 아니어도 어디
든 올해 가고 싶었는데……."

강현은 눈을 세게 비볐다. 제오는 직감적으로 그가 눈물을
닦고 있다는 걸 느꼈다. 제오는 아무 말 하지 않고 그의 옆을
지켰다.

"진초록…… Z대학 경영학과 붙은 거 알지?"

"……어. 저번에 우연히 들었어."

사실은 이런저런 동창들에게 물어물어 들은 정보였다. 제오
는 갑자기 강현이 꺼낸 초록의 얘기에 자세를 바로 하고 귀를
기울였다.

"그래서 진초록 서울에 가잖아……. 뭐, 어차피 서울에 있는
대학 갈 줄은 알고 있었지만…… 내가 A구단 가려는 건 그런
이유도 있었거든……. 근데 결국 난 아무 연고도 없는 지방대
가고…… 그런 생각 하면 내가 너무 비참하다."

"진초록이 그렇게 신경 쓰여? 서울까지 따라 올라갈 만큼?"

"……어."

"그냥, 그냥 친구라고 하지 않았어?"

제오는 조심스럽게 물었다. 머릿속으로 최악의 상황이 그려

지고 있었다. 강현은 고개를 푹 숙이고 중얼거렸다.

"어. 진짜 친한 친구지. 꼬맹이 때부터 보아 왔던 친구지. 내가 개의 유일한 가족 같고, 무조건 챙겨 줘야 하고, 항상 옆에 있어 줘야 할 것 같았는데…… 그냥, 사실은 동정인 줄 알았어. 개가 외롭고 힘들고 그럴까 봐 늘 노심초사했거든. 지켜 줘야 할 여동생처럼……. 본인은 원하지 않았지만, 그래도 내 마음이 그랬어."

"그건…… 네가…… 음, 너희만의 사정이라고…… 남녀 간의 감정이 아니고……."

"진짜 그랬거든? 근데 막상 지명 못 받고 나니까…… 그때 생각나는 건 진초록밖에 없더라. 괜찮다고 말해 주는 그 애 앞에서 나, 펑펑 울었다. 진짜로. 나는 항상 개가 나한테 기대야 된다고 생각했는데, 사실은 내가 개한테 의지를 하고 있었던 거야. 그때 알았어. 네 말이 맞았어. 남녀 간에 그렇게 신경 써 주는 친구 관계는 없어."

"……야, 김강현."

"내가 오랫동안…… 진초록 좋아했다는 걸 모르고 살았어. 만일 내가 구단에만 입단했다면 고백하고, 같이 있자고, 그렇게 할 것 같은데…… 지금 이 상태로는 고백할 자신도 없다. 받아 주지 않는다면 친구로도 옆에 못 있는 거고, 받아 준다고 해도……."

제오는 다리에 힘이 풀리는 것을 느꼈다.

"걔는 찬란하게 좋은 대학에서 설레는 새내기 생활을 시작할 텐데…… 나같이 이미 열등감에 싸여 있는 남자가 옆에 있을 수는 없어. 지방이라 옆에 있어 줄 수도 없고, 계속 개한테 기대기만 할 거야."

"……"

"신제오, 너는 좋겠다."

"뭐가."

"내가 너처럼 입단만 했어도, 너처럼…… 잘나가기만 했다면……."

"야, 아직 우리 어린데 무슨 소리냐? 정신 차려. 우리 이제 스무 살이야. 인생의 패배자처럼 왜 그래? 아까 병준이 말도 못 들었어? 10년 후엔 네가 제일 잘되어 있을 수도 있어."

"10년 후는 보이지 않아. 그냥, 내가 좋아하는 여자 앞에서 당당하게 좋아한다고 말도 못 하는 내 처지가 너무 비참해서 그런다."

제오는 자신도 모르게 벽에 등을 기대고 한숨을 쉬었다. 머리가 어질어질했다. 지금 가장 친한 친구가, 자신이 좋아하는 여자를 좋아한다고 말하고 있었다. 사실은 그보다 더 그녀와 가까운 남자였다. 애초부터 강현이 그에게 추석 때 초록과 밥을 먹으라고 하지만 않았더라도 그가 그녀와 얽힐 일은 없었다.

제오는 자신이 울고 싶다는 생각을 했다. 그가 초록에게 고백할 수 있을 것인가. 아무리 초록이 좋아도, 가장 친한 친구에게 엄청난 상처를 입히면서까지 고백할 수 있을 것인가. 차라리 강현이 아무 곳에라도 입단을 했다면 망설이지 않았을 것 같다. 하지만 강현은 입단을 하지 못했고, 지금의 자신을 너무나 부러워하고 있었다.

어떻게 해야 하지.

그는 갑자기 realgreen이 떠올랐다. 이 모든 상황을 솔직히 말하고, 어떻게 하면 좋으냐고 말할 수 있는 상대가 세상에는 단 한 명밖에 없었다. 하지만 뒤늦게 접속한 게임은 이미 서비스가 종료된 상태였고, 그의 단 하나뿐이었던 안식처는 흔적도 없이 사라져 버렸다.

뜬눈으로 밤을 새우고, 졸업식 날이 되었다.

졸업식 날, 초록은 강현의 부모님이 사 준 꽃을 들고 강현의 가족들과 함께 사진을 찍었다. 최대한 오도록 노력해 보겠다고 엄마가 말했었는데, 그런 말에는 기대를 걸지 않는 게 좋았다. 그래도 혼자 오도카니 학교를 배회하지 않아도 되어서 다행이라고 생각했다. 그러던 와중에도 그녀는 자꾸만 눈으로 제오를 찾았다.

그녀가 realgreen인 걸 말해 주고 싶었다. 이제 다시는 신제오를 보지 못할지도 몰랐다. 내가 바로 realgreen이었다고, 그동안 친하게 지내서 정말 좋았다고, 그리고 사실은 널 좋아하는 것 같다고 말하려고 했다. 하지만 그녀의 가족이 오지 못한 것에 강현이 필요 이상으로 신경을 쓰는 바람에, 혼자 있을 시간이 없었다.

강현은 그녀를 혼자 두지 않으려고 작정한 사람 같았다. 하긴, 가족끼리 삼삼오오 모여 있는 모습이 강현으로서는 신경 쓰일 수도 있었다. 그것은 강현의 부모님도 마찬가지여서, 초록을 쫓아다니며 이런저런 친구들과 사진을 찍어 주셨다.

강현과 함께 있는데 제오가 다가왔다. 그녀는 심장이 두근두근 뛰는 걸 느꼈다. 제오는 강현의 가장 친한 친구이므로 당연히 언젠가는 마주칠 줄 알았다. 그들의 눈이 마주쳤고, 순간적으로 바로 눈을 피했다.

"제오구나! 입단 축하한다. 강현이도 A구단 가고 싶어 했는데……."

"……다음 기회에 꼭 올 수 있을 거예요."

"꼭 그랬으면 좋겠네, 제발. 얼른 사진 찍어라. 초록이도 같이 서 볼래?"

제오와 초록은 강현을 가운데에 두고 어설프게 웃으며 사진을 찍었다. 제오는 무슨 할 말이 있는 것처럼 한동안 그들을 떠나지 못했다. 초록 역시 그에게 하고 싶은 말이 있었는데, 이런 상황에서 어떻게 말을 꺼내야 할지 몰라서 머뭇머뭇했다. 강현이 함께 있다 보니까 여기서 대뜸 '내가 realgreen이야!'라고 말할 수가 없었던 것이다.

그건 제오도 마찬가지였다. 이대로 헤어질 수 없다는 생각 때문에, 그는 일단 초록을 향해 오기는 했는데 강현의 가족과 함께 있는 그녀와 단둘이 어떻게 대화를 나눌 수가 없었다. 할 말이 있다며 초록을 끌고 가기에는 강현이 마음에 걸렸다. 강현의 앞에서 초록을 데려갈 수는 없었다.

초록을 좋아한다던 강현의 말이 자꾸만 맴돌았다. 그는 어떻게 할 바를 모르고 멍청하게 서 있었다.

"제오야, 거기 있었구나! 아, 네가 강현이니? 제오에게 얘기 많이 들었다."

설상가상으로 제오의 부모님도 제오를 보고 다가왔다. 제오의 부모님과 강현의 부모님이 인사를 하는 모습을 초록은 눈을 깜빡이며 바라보았다. 강현도 제오도 어색한 시간이 흘렀다. 그때였다.

"초록아!"

초록이 느릿느릿 고개를 돌리는 모습을 제오는 멍하니 바라보았다. 그녀의 미묘한 표정에 감정이 덮쳐 왔다. 그녀의 큰 눈에 갑자기 눈물이 그렁그렁 고이는 것도 슬로 모션처럼 그의 눈에 담겼다.

"······엄마?"

초록과 비슷하게 생긴 중년의 여인이, 튤립 꽃다발을 들고 달려오고 있었다. 제오는 초록이 제 엄마에게 뛰어가 폭 안기는 것을 지켜보았다.

"늦어서 미안해. 엄마가 미안해."

"아니야……."

"졸업 축하해, 내 딸."

사정을 모두 아는 강현의 엄마가 손끝으로 눈물을 찍어 냈다. 강현의 아버지가 껄껄 웃으면서 카메라를 다시 들었다.

"모녀께서 사진 한번 찍으시죠? 초록이는 꽃다발이 두 개네."

초록은 눈이 벌게져서 정말 더 토끼 같아졌다. 제오는 항상 큰 변화가 없던 초록의 표정에 오만 가지 감정이 실리는 것을 보고 심장이 툭 떨어지는 것 같았다. 마음이 아프다고 생각했다. 그리고 그와 같은 눈빛으로 그녀를 바라보는 강현을 의식하며 고개를 떨구었다.

"점심 먹으러 가자. 시간이…… 얼마 없어서."

"……응."

초록은 대답했지만 잠시 머뭇거렸다. 강현의 부모님께 감사의 인사를 하고 난 뒤 초록의 손을 이끄는 초록의 엄마를 잠시 멈추고, 그녀는 심호흡을 했다. 울어서 그런지 머리가 띵했다. 하지만 제오의 부모님, 강현의 부모님, 강현, 제오, 그녀의 엄마, 이렇게 모두 모여 있는 자리에서 어떻게 제오에게 '내가 realgreen이야!'라고 말할 수 있겠는가.

"얼른 가자."

그녀는 엄마와 제오를 번갈아 바라보다가, 조용히 눈을 내리깔고 뒤를 돌았다. 의미 없다 생각하면 정말로 의미가 없는 것이다. 지금 자신이 realgreen이라는 걸 밝히는 게 뭐가 그리 중요하겠는가.

좋은 추억으로 남기면 된다. 그녀는 포기가 빠른 사람이었다.

'그래도 네 덕분에 내 고등학교 생활이…… 좋았어.'

그녀는 속으로 생각했다.

'내 앞에 나타나 줘서 고마워. 나는 그걸로 됐어.'

그는 오늘 그 여자아이에게 고백했을까. 그녀는 엄마의 손을 잡았다. 한참을 걷다가 뒤를 돌아보니, 제오가 어떤 키가 크고 머리가 긴 여자아이와 대화를 나누고 있었다. 저 여자아이인가. 돌아선 제오의 표정은 보이지 않고, 얼굴이 붉어진 여자아이의 상기된 표정만 보였다.

직접 말하지 않아도 방법은 많다. 새로 산 핸드폰에 제오의 연락처가 없을지라도, 이제라도 강현에게 제오의 연락처를 물어 전화로라도 전할 수 있다. 하지만 그녀는 그러지 않기로 했다. 이미 그녀는 제오의 게임 친구 realgreen이 아니고 그를 좋아하는 한 명의 여자애였으므로. 제오가 다른 여자아이에게 고백했다는 걸 굳이 듣고 싶지 않았다.

이대로 상성고등학교와 멀어진다. 그녀는 엄마의 손을 잡고 운동장을 가로질러 걸으면서 생각했다. 이제는 서울로 간다. 어차피 제오와 자신은 아주 다른 인생을 살게 될 것이다. 굳이 교차점을 하나 더 만들지 않아도 멀어질 삶이다. 고등학교 시절 짝사랑이야 시간 속에 잊힐 건 분명했다. 그 어떤 것도 그녀는 지나간다는 걸 믿었다. 제오 역시 진초록이라는 여자아이를, realgreen이라는 게임 속 아이디를 머지않아 잊고 살 것이다.

상성고등학교를 떠나며 예상했던 것처럼, 그녀는 대학에 가서 제오 외에도 여러 남자를 만났고 연애했으며 이별했다. 신생 게임 벤처에 들어가 죽도록 고생하면서 워커홀릭의 나날들을 보냈다. 그동안 제오를 늘 생각하고 살았다면 거짓말일 것이다.

그러나 그녀는 스포츠 기사에 제오의 이름이 뜨면 클릭했고, TV에 나오는 것을 늘 지켜보았다. 스포츠 아나운서 송수희와 열애설이 떴을 때에는 살짝 마음이 쓰렸다. 그래도 머리맡에 소중히 간직해 둔 신제오의 이름이 적힌 야구공을 치우지 않았다. WBC 스타에서 A구단 하위 타선으로 밀릴 때까지, 그녀는 언제나 제오를 조용히 응원했다. 막연하게 잘됐으면 좋겠다고 빌었던 것이다.

그렇게 영영 멀어질 것 같았던 인연이었는데.

-구단에 물어보고, 진행할 수 있으면 진행할게.

졸업식 후 9년 만에 듣는 그의 목소리에 초록은 마음이 싱숭생숭해지는 것을 느꼈다.

-곧…… 연락할게.

어쩌면 그를 다시 볼 수 있을지도 모른다. 10대 때의 짝사
랑이야 이제 기억만 해도 풋풋한 추억이지만, 마치 팬이 스타
를 만나는 것처럼 그녀는 한동안 전화가 끊긴 액정을 바라보
았다.

5

"신제오입니다."

"네, 이쪽으로 오세요."

광고 미팅을 위해 제오가 훈련이 끝나고 저녁 무렵에 '게임나루'를 방문했다. '게임나루'는 이제야 강남에 조그만 건물 한 층을 하나 살 정도의 회사였다. 아무리 매출 상위권이라고 해도 벤처에서 출발한 게임 회사의 한계가 있었던 것이다. 그렇다고 할지라도 아기자기하고 깔끔한 건물에서 신생 회사의 파릇파릇함이 느껴졌다.

제오는 회의실로 안내받으면서 여기저기 둘러보았지만 초

록은 보이지 않았다. 하지만 어제 제오가 게임나루에 방문한다고 문자를 보냈을 때, 그럼 내일 보자고 답장이 온 걸 봐서 분명히 만날 수 있을 것만 같았다.

이야기는 순조로웠다. 일이 잘되려니까, 제오가 있는 구단이 '게임나루'의 투자처 중 하나였다. 구단에서는 연봉 보조를 조건으로 쉽게 허가가 떨어졌다. 게임나루에서는 TV 광고를 할 정도의 자본은 되지 않았지만 몇 개의 전광판용 사진을 찍고, 모션 몇 개와 전용 이모티콘을 게임 속에서 볼 수 있도록 하는 조건을 제시했다.

모든 것이 거리낄 게 없었지만 마지막 계약에서 제오는 신중한 모습을 보였다. 성적이 좋지도 않은데 광고를 찍는다는 것 자체가 그에게 부담이었기 때문이다. 원래 그는 광고를 잘 찍는 사람이 아니었다.

내일까지 회신한다는 대답을 하고 회의실에서 나오는 제오를 초록이 기다리고 있었다.

"오랜만이야."

계약에 직접적으로 관계된 사람이 아니구나. 제오는 속으로 생각했다. 하지만 섭외한 사람으로서 당연히 인사는 하러 온 것 같았다. 9년 가까운 세월은 교복을 입고 돌아다니던 작은 소녀를 사원증을 목에 건 커리어 우먼으로 바꾸어 놓았다. 초록은 제오에게 다소 민망한 듯 악수를 청했다. 그녀의 작은 손이 거친 제오의 손을 살짝 잡고 흔들었다.

"여기까지 와 줘서, 정말…… 고마워."

"음…… 뭐, 다 돈 받고 하는 건데. 아직 결정도 안 했어."

"그래도. 지난번에 남성복 광고는 단칼에 거절했다며. 넌 선수지 연예인 아니라면서."

"뭐, 남성복 광고하고 야구 게임 광고는 좀 다르니까. 근데 그런 건 어떻게 알았어?"

"김강현한테 들었지."

그들 사이에 다소 침묵이 감돌았다. 어색했다.

"아, 여기 명함."

초록이 어색함을 피하기 위해서, 그리고 오랜만에 만난 사이니까 당연히 교환해야 한다고 생각해서 지갑을 꺼내 명함을 건넸다. 제오가 얼떨떨하게 받아 들었다. 예의상 명함을 읽어 보던 그의 눈빛이 변했다. 갑자기 크게 놀란 것 같은 그가 고개를 들어 초록을 보았다.

"야, 너……."

그때, 회의실에서 나오던 홍보팀 부장이 그들 둘을 보고 활짝 웃으며 말했다.

"우리 진 과장하고 고등학교 동창이라면서요? 진 과장 덕분에 섭외가 이렇게 쉽게 되어 다행입니다. 모쪼록 잘 부탁드리겠습니다."

아직 눈이 커져 있던 그가 떨떠름하게 급히 부장에게 인사했다.

"······네. 저야말로 잘 부탁드립니다."

"부디 좋은 방향으로 생각해 주시길 바랍니다. 자주 볼 수 있었으면 좋겠네요."

"아, 마음이 바뀌었습니다."

제오가 갑자기 진지하게 말하는 바람에 초록도 부장도 모두 놀랐다.

"괜히 번거롭게 하루 더 생각할 필요가 없는 것 같습니다. 그냥 지금 계약하겠습니다."

부장이 깜짝 놀라 벌어지는 입을 다물지 못했다. 부장은 그의 마음이 바뀔세라 급하게 다시 회의실로 안내했고, 제오는 별다른 말 없이 건네받은 계약서에 사인을 했다. 갑자기 이렇게 순식간에 마음을 바꿨다는 것이 누구에게나 이상했지만 뭐라고 하기도 그랬다. 부장은 여전히 얼떨떨하게 서 있는 초록에게 정신없이 말했다.

"오랜만에 만났을 텐데, 회포 안 풀어? 진 과장, 법인 카드로 밥이라도 한 끼 사 드려. 진 과장 얼굴 보고 해 주신 걸 텐데 어떻게 그냥 보내나. 기획팀에 내가 말할 테니까 지금 바로 퇴근해서 좋은 곳에서 저녁 접대해 드려. 내가 접대해 드리는 것보다 진 과장이 하는 게 낫지 않겠어? 어차피 둘이 개인적으로 한번 만날 거 아니야. 그냥 회사 돈으로 해."

"네? 아······."

원래 그런 건가? 초록의 눈동자가 흔들렸다. 개인적으로 만날 생각까지 하지는 않았었다. 그렇지만 섭외라는 게 이렇게 전화 한 통으로 끝내면 너무 예의가 없는 것 같기도 했다. 게다가 진짜 계약까지 해 주지 않았는가.

"그럼, 제오 넌 시간 괜찮아? 우리 오래간만이기는 하니까……."

제오는 아직도 그녀의 명함을 꼭 쥔 채로 대답했다.

"응. 뭐, 괜찮아. 숙소에 말해 놓고 왔으니까. 다들 당연히 저녁은 거기서 먹는 걸로…… 예상하더라고."

원래 그런 거구나! 그녀는 제오를 잠시 세워 두고, 재빨리 자리로 돌아가 대충 정리한 다음 옷을 입고 법인 카드까지 야무지게 챙긴 뒤 다시 나왔다. 홍보팀 부장이 웃으면서 그들을 엘리베이터 앞까지 바래다주었다.

어영부영하는 사이에 그들은 제오의 차가 주차되어 있는 지하 2층까지 왔다. 초록은 순간 머리가 하얘지는 것 같았다. 어디로 가야 하지? 설마 같이 저녁을 먹게 될 줄은 몰랐다. 접대는 초록의 업무 분야가 아니었던 것이다. 차 앞에서 멈칫거리며, 초록이 기운 빠진 목소리로 말했다.

"사실…… 어디로 가야 할지 모르겠어. 미안한데, 내가 홍보팀이 아니라서 이런 외부 인사 접대는 처음이거든. 맛있는 집 같은 곳 데려가려고 해도…… 널 알아보는 사람이 있을까 봐 내가 함부로 말할 수가 없다."

"아, 그러면 그냥 난 혼자 가도 돼. 괜찮아. 굳이 저녁 같이 안 먹어도."

　제오는 진짜 괜찮다는 듯이 말했지만, 초록은 고개를 저었다. 입장을 바꾸어 제오가 아니라 강현이었다면 당연히 그냥 보내지는 않았을 것이다. 굳이 덜 친하다고 해서, 해야 할 도리를 하지 않고 보낼 수는 없었다.

　"아냐. 우리…… 정확히 9년 만에 만나는 거 아닌가? 동창 만나기도 쉽지 않은데, 근황 얘기라도 하자."

　초록은 진심을 섞어 말했다. 제오는 그녀가 고등학생 때 좋아했었던 남학생이다. 물론 상성고등학교에서 신제오 좋아하지 않는 여자애야 없었겠지만, 어쨌든 그에 대한 추억이 남달랐던 것이다. 끝내 말하지 못하고 끝냈어도 그녀는 realgreen이라는 아이디로 그와 꽤 친하게 지냈었다.

　이미 송수희라는 스포츠 아나운서와 5년간 열애 중인 그를 지금 어떻게 해 보겠다는 마음은 없었다. 그녀 앞에 있는 신제오는 말도 해 보지 못한 첫사랑이기도 했지만, 전 국민이 아는 유명한 야구 선수이자 누군가의 연인이기도 했다. 물론 그를 다시 보는 마음에 설렘이 아예 없는 건 아니었지만 그 정도는 깔끔하게 묻어 둘 수 있는 감정이었다.

　"혹시 네가 자주 가는 편안한 음식점 있으면 그리로 갈래? 나는 일반인이 많이 가는 집밖에는 잘 몰라서……."

　풋풋했던 고등학교 때의 첫사랑으로 남겨 두기만 하면 된다. 초록은 진심으로 그렇게 생각했다. 10년 전에 정말 친했던 친구를 다시 한 번 만나는 기분으로 그녀는 가볍게 웃어 보였다. 그녀의 생각엔 제오는 자신도, realgreen도 잘 기억하지 못할 가능성이 컸다.

"그럴까, 그럼. 일단 탈래?"

그녀는 제오의 차에 탔다. 그의 차는 방향제 하나 외에는 아무런 장식이 없었다. 그녀가 손가락을 꼼지락거리며 어색하게 앉아 있는 동안, 제오는 잠시 생각하는 것 같았다.

"저기, 이상하게 생각하지 말고 들어."

"응? 응."

"내가 그냥저냥 가는 음식점들이 있긴 한데…… 그런 곳은 또 그런 곳대로 말이 좀 나거든. 알다시피 내가 대외적으로 여자 친구가 있어서, 다른 여자랑 단둘이 갔다가 괜한 말을 만들고 싶지 않아. 그리고 너한테도 별로 좋을 것 같지 않고……."

"아, 그런가? 여자 친구 있어서 아무래도 나랑 둘이 만나기가 좀 그렇지?"

"근데 나도 오랜만에 만난 동창인데 이대로 헤어지기는 좀 아쉽고 그래. 저녁이라도 간단히 먹고 헤어지고 싶긴 한데……."

제오는 귀를 만지작거리며 살짝 머뭇거렸다. 초록은 그의 옆모습을 가만히 바라보았다. 아무리 유명인이라고 해도 실제로 만나 보니 10년 전 신제오 그대로였다. 그 어느 때보다도 순수했던 그 시절을 떠올리며 그녀는 자신도 모르게 미소를 지었다.

"……거의 비워 놓긴 하는데, 작지만 내 아파트가 있거든. 음식 포장해서, 거기 가서 먹을래? 사실 나는 종종 숙소 밖에서 밥 먹을 때 그렇게 먹어서……. 물론 조금이라도 내키지 않으면 전혀 부담 갖지 말고 거절해."

"아, 괜찮아. 그럼 그렇게 하자. 너 편한 대로 해야지."

초록은 흔쾌히 대답했다. 제오는 남자 혼자 사는 집에 여자를 초대한다는 것이 이상하게 들릴까 봐 주저하는 것 같았지만, 그녀는 나름대로 제오를 꽤 잘 안다고 생각했다. 제오라면 이상한 의도를 가지고 그런 말을 했을 리가 없었다. 여자 친구가 있다고 스스럼없이 밝혔고, 게다가 조금이라도 이상하면 그만두자고 하는 그의 태도에 그녀는 무조건적인 신뢰가 갔다.

10년 전 비가 쏟아졌던 저녁, 언제 올지 모르는 그녀를 혼자 버스 정류장에서 기다렸던 남학생이다. 그 남학생을 믿지 못할 이유가 없다.

그녀의 거리낌 없는 대답에 제오가 가벼운 표정으로 차를 천천히 출발시켰다.

"나는 거의 숙소에 있어서 올 일이 얼마 없거든. 그래도 가끔 올 때 쉴 곳은 필요한 것 같아서 마련했어. 알다시피 본가는 지방이라……."

제오가 가르쳐 준 몇 군데의 음식점에서는 이런 일이 익숙한 듯이 바로바로 포장을 해 주었다. 제오의 아파트는 오랫동안 들어가지 않은 티가 났지만 꽤 깔끔했다.

"와, 그럴듯하다."

식탁에 음식을 차리자 꽤 멋진 한 상이 되었다. 초록이 박수를 치며 감탄하자 제오가 머쓱한 듯 먼지 쌓인 컵을 물에 살짝 헹구어 그녀의 앞에 놓아 주었다.

"가끔 김강현이랑 만날 때 거의 이렇게 만나. 어디 밖에 가기도 불편해서."

"그렇구나. 옛날에 얘기 들은 것 같기도 하다. 너희 집 가서 자고 왔다, 뭐 이런 얘기."

그들은 마주 보고 앉았다. 약간의 정적이 흘렀다. 말캉한 연어 회를 집으며 초록이 살짝 웃었다.

"옛날 생각난다."

"옛날 생각?"

"어. 고등학교 2학년 때 추석인가? 그때도 둘이 밥 먹었잖아."

"맞아. 그때 무슨 패밀리 레스토랑이었는데. 김강현 돈으로 우리 둘이 포식했지."

"그때도 참 안 친했는데 어쩌다 보니 그렇게 됐지. 지금도 그렇네. 참 인연이라는 게 웃기다."

초록의 말에 제오가 미묘한 웃음을 지었다.

"진초록."

"응?"

"······아니다."

"뭐야, 싱겁게."

어색한 분위기가 감돌았다. 어쨌든 그들은 10년 만에 만난 것이다. 10년 전에도 사실 둘이 그렇게 친한 사이도 아니었다. 초록은 realgreen이 자신이었다는 그 말을 할까 말까 망설이다가, realgreen이라는 아이디조차 기억 못 할 가능성이 있다고 생각해 그만두었다. 만일 제오가 '그게 뭐야?'라고 말하면 자신이 너무 혼자서 상처를 받을 것 같았다.

그녀는 그가 심리적으로 가까웠으나, 무슨 의미가 있단 말인가. 자신이 옛날에 그를 좋아했었다는 것도, realgreen으로 1년 가까이 그의 이야기를 들어 주었다는 것도 굳이 말할 필요 없는 일들이었다. 다만 그녀는 그의 이야기를 듣고 싶었다.

메이저리그에 가지 못한 그가 어떻게 살았는지, 지금은 어떤 생각으로 살고 있는지. 세계 최고의 타자가 되겠다던 10년 전 꿈이 이루어지지 못한 그는 과연 괜찮은지.

"잘······ 살았어?"

"보이는 그대로 살았지, 뭐. WBC 때가 전성기고, 군대 면제 받고, 메이저리그 갈 일만 남은 줄 알았는데 그 다음부터는 이상하게 잘 안 되더라. 옛날에 이유 없이 그냥 공이 잘 쳐졌듯, 지금은 이유 없이 잘 안 쳐져. 어쩌면 이게 내 실력의 한계였을지도 모르지."

"그래도 1군이잖아. 아마도 계속 1군일 거고. 그 정도면 수

많은 야구 꿈나무들 중에 성공한 인생이야."

"……그런가."

"내게는…… 넌 항상 최고의 타자야. 난 고등학교 시절의 너를 기억하니까."

"옛날 일이지, 뭐. 그때에는 진짜 당연히 나만 열심히 하면 메이저리그 갈 수 있을 거라고 생각했는데…… 순수했어."

"어른이 된다는 게 그런 거지, 뭐. 내가 전혀 특별하지 않다는 걸 깨닫는 것."

초록은 턱을 괴고 무심하게 말했다. 제오가 천천히 말을 받았다.

"어느 순간 미래가 그렇게 기대가 되지 않는 것."

"얻을 것에 대한 희망보다 잃을 것에 대한 두려움이 커지는 것."

"노력해도 안 되는 것이 있다는 걸 인정하는 것."

"어느 날 자려고 침대에 누웠을 때, 인생의 한계가 명확히 보이는 것."

"이렇게 예상이 가는 수많은 밤들에 가끔 누구보다도…… 외로운 것!"

그들은 한마디씩 주고받다가, 서로의 눈을 쳐다보며 푸하하 웃었다. 제오가 벌떡 일어섰다.

"안 되겠다. 내 황금기를 기억하는 동창하고 이런 얘기 하니까 이상하게 심란하네. 진초록, 술 좀 하냐?"

"사회생활 할 만큼은 하지."

그는 냉장고에서 소주를 꺼냈다. 그리고 소주잔은 없다며, 쑥스럽게 웃고는 그녀의 앞에 놓아둔 빈 머그컵에 투명한 소주를 졸졸 따랐다.

"이제 더 이상 순수하지 못한 성인끼리, 분위기 좀 띄울 정도로만 하자."

"그래."

그들은 머그컵으로 건배한 뒤 술을 삼켰다. 뭔가 국물이 필요한 것 같다며 제오는 컵라면을 끓여 왔고, 그래서 그들의 저녁상은 순식간에 술자리가 되었다. 술이 좀 들어가자 조금 어색함이 풀려서, 그들은 이런저런 얘기를 하기 시작했다. 초록이 대학을 졸업한 뒤 조그만 게임 벤처 회사에 들어갔다는 것, 몇몇 게임을 히트시키며 근근하게 버텨 왔던 것, 지금은 '베스트 베이스볼'에 사활을 걸고 있다는 것을 들으며 제오는 조용히 그녀를 바라보았다.

"너…… 게임 좋아했어?"

"어? 어……."

싱긋 웃으며 묻는 제오에게 그녀는 살짝 머뭇거리며 대답했다. 그녀는 살짝 망설였다. 사실은 고등학교 때 '다크 몬스터'라는 게임을 했었고, 그때 realgreen이 나였다고 말할까? 목이 간질거렸으나 왠지 부끄러워 말이 나오지 않았다. 제오는 태연하게 말을 이었다.

"나도 게임 좋아하는데."

"아, 그래?"

"응. 고등학교 때에는 '다크 몬스터' 했었어."

초록의 심장이 뛰기 시작했다. 술을 너무 많이 마셔서 그런가? 그녀의 얼굴이 발갛게 달아올랐다. 말해야 하나? 안 말하기로 결정했는데…… 지금 말하면 너무 웃기지 않나? 10년 동안 모르는 체하면서 살았는데, realgreen을 기억이나 할지 알 수 없는데, 졸업식 날 자신을 밝힌다는 약속도 안 지켰는데, 이제 와서 내가 realgreen이라고 말하기가…….

그녀는 어지러운 마음에 술만 꿀꺽꿀꺽 삼켰다. 주량을 살짝 넘은 것 같긴 했지만, 이상한 관계의 첫사랑 앞에서 싱숭생숭한 마음을 다스리지 못했기 때문에 어쩔 수 없었다.

"야, 진짜 고등학교 때 얘기하니까 기분 이상해."

그녀는 열이 올라오는 얼굴에 손으로 부채질을 하며 말했다.

"정말로 고등학교 때로 돌아간 것 같아서."

"……나도 그래."

제오 역시 자신의 빈 컵에 소주를 따르며 중얼거렸다.

"정말로 고등학생 때로 돌아간 것 같아. 그때의 그 마음이 똑같이 떠올라. 주목받던 고교 야구 MVP, 매일매일 죽도록 노력해도 희망이라는 게 있었던 날들, 아무 말 하지 않아도 교실에서 마주치던 너, 그리고……."

그때, 초록의 전화가 울렸다. 강현이었다.

"……여보세요? 김강현?"

제오는 말을 멈추고 가만히 전화를 받는 그녀를 바라보았다. 몇 마디 하고 전화를 끊는 그녀에게 제오가 턱을 괴고 물었다.

"강현이가 왜 연락한 거야?"

"그냥 한 거지, 뭐. 걘 원래 그냥 가끔 전화해."

"……아직도 개랑 그냥 친한 친구라고 생각하냐?"

그의 목소리에 취기가 섞여 있었다. 초록 역시 약간씩 혀가 굳는 것이 느껴졌다. 한 병 더 마시고 싶은지 제오는 냉장고로 향했다.

"넌 또 그날처럼 강현이랑 나랑 엮으려고 그러니? 걘 그냥 동정심에 그러는 거야."

그녀는 피식 웃으며 태연하게 말했다.

"그날, 비가 쏟아지던 날, 네가 정류장에 나 마중 나오던 것처럼. 동정심이야."

제오는 술을 꺼내고, 뒤를 돌아서 그녀를 한동안 바라보았다. 그녀는 미소를 짓고 있다가, 제오의 표정이 뭔가 이상하다고 생각하여 살짝 고개를 갸웃했다.

"왜 그래?"

"……동정심 아니야."

초록이 미간을 찌푸렸다. 그는 초록의 옆에 자신도 모르게 앉았다. 원래 그는 술을 잘 마시는 편이 아니었다. 컨디션 관리한다고 일단 술을 자주 마시지도 않았다. 오랜만에 빨리 마셔서 그런지 취기가 올라왔다. 그는 빨갛게 달아오른 초록의 얼굴을 바라보며 다시 한 번 말했다. 그녀의 얼굴이 지척에 있었다.

"동정심 아니었어."

초록은 잠시 가만히 있다가, 갑자기 가까워지고 진지해진 제오의 얼굴이 부담스러워서 짐짓 크게 웃었다. 여자 친구가 있는 남자다. 최대한 담백하게 행동해야 한다. 초록은 술기운에도 정신을 차리려고 애썼다.

"그래. 알았어."

하지만 제오는 웃지 않았다.

"김강현이…… 너 좋다고 하면 어떡할 거야?"

"넌 여전히 똑같은 거에 집착하는구나. 그럴 리 없어."

"만약 그렇다고 하면?"

"다시 안 보겠지. 20년 친구여도 난 불편한 관계는 딱 질색이야."

"전 국민이 사랑하는 메이저리그 투수인데도?"

"그게 나한테 무슨 의미가 있어?"

그녀는 살짝 신경질을 내며 말했다.

"네가 신제오인 게 변하지 않듯이, 김강현이 김강현인 것도 변하지 않아. 그런 걸로 너나 김강현에 대해 전부 설명할 수 있는 게 아니잖아."

취했나? 그녀는 테이블을 한번 내려치려다가 손을 삐끗하여 옆에 있던 제오의 허벅지를 짚으며 휘청거렸다. 그녀가 넘어지지 않도록 제오가 그녀의 두 팔을 재빨리 잡았다. 제오의 큰 손에 그녀의 두 팔이 안정적으로 잡혔다. 그녀는 잠시 머리가 어질하여 가만히 멈추고 심호흡을 했다.

"고, 고마워……."

그녀는 고개를 들었다가, 제오의 얼굴이 너무 가까이 있는 것을 보고 숨을 멈추었다. 그의 풀린 눈동자에 그녀가 가득했다.

"아, 음…… 뭐, 그만 갈까?"

초록은 순간적으로 그들 사이에 이상한 기류가 흘렀음을 감지했다. 그녀는 일어서려고 했으나 순간 바닥이 돌아 풀썩 몸에 힘이 빠졌다. 주량 오버였다. 순간적으로 그의 몸에 안긴 셈이 되었다.

"……가지 마."

"어?"

"또 그냥 가지 마."

"뭐?"

그녀는 머리가 핑 도는 것을 느끼며, 마찬가지로 혀가 꼬여 알 수 없는 소리를 하는 제오의 얼굴을 보려고 고개를 들었다.

"그냥, 이대로, 또 그냥 가 버리지 말라고."

제오가 뭐라고 말했으나 그녀는 생각보다 가까운 제오의 얼굴에 숨이 턱 막혀서 제대로 듣지 못했다. 갑자기 그의 뒷모습이나 옆모습만 곁눈질로 바라보던 여고생이 된 것 같았다. 마주치는 눈동자에 심장이 세차게 뛰었다.

"시, 신제오?"

그의 얼굴이 다가왔다. 무슨 상황인지 그녀가 깊게 생각하기도 전에 그녀의 입술에 그의 입술이 닿았다. 그녀는 자신도 모르게 눈을 감았다. 사실 술이 많이 취해 있었기 때문에 몸을 가누기 힘들었지만, 순간적으로 느슨해진 이성은 더 이상 생각을 멈추었다.

비가 쏟아지던 10년 전 그날 저녁, 묵묵히 그녀에게 우산을 씌워 주던 그에게 가슴 깊이 감동하던 그 순간부터 그녀는 그를 거부할 수 없었을지도 몰랐다. 10년이라는 시간이 술김에 사라지고 있었다. 그때 한번 열렸던 마음의 문은 아무리 시간이 지났어도 그에게는 닫히지 않은 것이다.

그녀의 팔을 잡고 있던 그의 두 손이 그녀의 허리를 감으며 두 사람의 몸은 더욱더 밀착했고, 자유가 된 그녀의 두 팔은 제오의 두 목을 감싸 안았다.

'아, 머리야……'

초록은 눈을 떴다. 순간적으로 머리가 아파 손으로 머리를 짚으려고 했지만 얼마 지나지 않아 몸이 자유롭지 않다는 것을 깨달았다.

'세상에!'

그녀를 안고 있는 제오의 단단한 알몸을 느끼며 초록은 정신이 갑자기 드는 것을 느꼈다. 미쳤다, 진초록! 그녀는 실오라기 하나 걸치지 않은 자신의 몸을 확인하며 절망감에 휩싸였다. 술에 취해 이성은 잃었지만, 그때의 기억이 생생하게 돌아왔다. 머리맡에 있는 시계가 새벽 5시를 알리고 있었다. 평일인데! 그녀는 출근해야 했고, 일단은 일어나야 했다.

그녀는 조심스럽게 제오의 품에서 빠져나왔고, 그는 한번 잠들면 절대 깨지 않는지 고른 숨소리가 흐트러지지 않았다. 생각해 보니 예전에 야영할 때, 남자애들 텐트에서 모두가 잠을 설쳤는데 제오만 푹 잤다는 말을 들은 것 같기도 했다.

'미쳤다, 돌았다, 정말 미쳤다, 진초록.'

그녀는 아직 부엌에 켜져 있는 전등의 불빛에 의지하여 옷을 입고 소지품을 챙겼다. 그리고 세상모르게 자고 있는 제오를 한 번 뒤돌아본 뒤, 난장판이 되어 있는 부엌을 살짝 치우고 미련 없이 그의 집을 나왔다.

택시를 타고 그녀의 집으로 갔다가, 씻고 옷을 갈아입으면 바로 출근할 수 있을 것 같았다. 편의점에서 숙취 해소 음료를 하나 사서 택시를 탄 그녀는 자신도 모르게 한숨을 쉬었다. 어제의 기억이 물밀듯이 들어왔다.

"남녀 둘이 밀폐된 공간에서 술 마시면 100%지."

"야, 어떤 남자가 여자랑 단둘이 있는데 얌전히 보내냐?"

"술을 마시는 순간, 그 사람은 그 사람이 아니라고."

언젠가 사귀었던 남자가 했던 말이 떠올랐다. 그녀는 눈을
감았다. 기분이 최악이었다. 신제오는 다를 줄 알았다. 그녀가
아는 신제오는 겉으로는 무뚝뚝해도 속 깊이 다정한 사람이었
지 평범한 욕망에 감정 없이 여자를 품을 사람이 아니었다. 밤
마다 인간적인 고민을 함께 나누고, 초록의 사정을 알게 되자
어떻게든 도와주려고 애썼으며 강현이 구단에 못 들어가고 좌
절하고 있을 4년 동안 바쁜 와중에 꼬박꼬박 그를 챙겨 주고
응원해 주던 남자였다.

가정사가 불행한 같은 조 여자아이를 위해 기약 없이 비가
쏟아지던 밤 우산을 들고 기다리던 그 남자라면, 오래 만난 여
자 친구도 있는데 친하지도 않았던 고등학교 동창과 그럴 리
없었다.

그러나…… 그건 10년 전의 이야기다.

'남 탓할 것 없다, 진초록. 너야말로 상도덕을 어긴 거야.'

다가오는 그를 거부하지 않고, 오히려 적극적으로 받아들였
던 자신이 생생하게 기억나 그녀는 미칠 것만 같았다. 잔뜩 술
에 취해 있었고, 그는 그녀의 첫사랑이었으며 언제나 마음속
에 아련하게 남았던 사람이었다. 그렇다고 할지라도 애인이
있는 사람이다. 제정신이었다면 그런 짓을 했을 리가 없다.

145

'진짜 최악이다, 나. 정말 미쳤다.'

그녀는 자신을 용서하기가 어려웠다. 아련하고 풋풋했던 첫사랑이 찝찝한 육체적 관계로 끝나는 것이 마음 아팠다. 그녀가 갖고 있던 추억에 몹쓸 짓을 한 것 같아 좌절감이 들었다. 문학 선생님이 맞았다. 첫사랑은 첫사랑으로 기억 속에만 남겼어야 했다. 흐지부지되도록, 그냥 그 시절이 가끔씩 생각날 정도로만 기억했어야 했다.

신제오는 무슨 마음이었을까. 오래 만난 예쁜 스포츠 아나운서 애인이 있는데 왜 별로 친하지도 않은 동창이었던 내게 다가왔을까. 아무리 생각해도 답은 하나뿐이었다. 밀폐된 공간에서 여자와 단둘이 있었기 때문이었다. 술에 의한 욕정이다.

'의미 없다 생각하면…….'

그녀는 쓸쓸한 눈으로 동이 터 오는 창밖을 바라보았다. 어차피 하룻밤이다. 혼자 갖고 있던 10대 시절 짝사랑의 아련함이야 원래 실체가 없는 것, 혼자만의 내상일 뿐이다.

'……의미 없다.'

어차피 세상에 그렇게까지 중요한 게 있었던가. 그녀는 마음을 다스렸다. 제오를 볼 일은 이제 없고, 제오에게 원 나이트 상대가 되었다는 건 슬프지만 사실 원래부터 교류가 없던 사이였다. 단 하나, 제오에게 애인이 있다는 사실이 걸리지만 이미 어떻게 할 수 없는 지난 일이다. 냉정하게 말하면 이제 그건 제오의 사정 아닌가.

마음에 묻고 살 수 있다. 그녀는 택시에서 내리면서 완벽히 정리했다. 복잡한 관계는 질색이므로 여기서 끝내면 된다. 어차피 마음에 묻고 사는 것들이 한둘이던가. 그녀는 상황을 외면하는 것에 있어서는 누구보다도 더 잘할 자신이 있었다.

그래도 왠지 모르게 코끝이 찡했다.

의미 없다고 혼자 되뇌며 혼자 사는 자취방을 향해 걸어가는데, 새벽인데도 불구하고 원룸들이 모여 있는 골목에 경찰차가 주차되어 있고 몹시 소란스러웠다. 자신이 외박한 사이 무슨 일이 생긴 게 틀림없었다. 초록은 미간을 찌푸리며 집으로 향했다. 사람들이 몰려 있었다.

"……여자 혼자 사는 건 역시 위험해."

"범인을 못 잡아서 어째요?"

"요새는 택배다 뭐다 남자들이 막 드나드니……."

"천하의 나쁜 놈. 얼른 잡아야 될 텐데."

그녀는 밖에 나와 있던 집주인 아주머니를 발견하고 옆으로 다가갔다.

"무슨 일이에요?"

아주머니는 혀를 차다가, 초록을 보더니 얘기를 나눌 사람을 발견했다는 듯 반색을 하며 빠르게 말을 꺼냈다.

"저, 빌라에서 혼자 살던 여자가 강간당하고 죽었대. 범인은 도망갔고."

초록은 등에 소름이 돋는 것을 느꼈다.

"웬일이야? 해가 서쪽에서 뜨겠네."

수희는 방송이 끝나고 막 온지라 몹시 피곤해 보였지만, 제오의 앞에서 웃음을 잃지 않았다. 제오가 먼저 조용한 바로 부른 것이다. 조용하고 사적인 공간을 제공해 주는 이 바는 연예인들이나 유명인들이 자주 찾는 곳이었다.

"오빠가 먼저 보자고 하고. 그것도 숙소나 아파트가 아니라 이런 외부에서?"

제오는 굳은 표정으로 그녀를 바라보았다. 케이블 TV 스포츠 아나운서인 그녀와 열애설이 난 지 5년이다. 애인이라는 관계로 서로를 규정한 지 벌써 그만큼의 세월이 흐른 것이다.

"수희야."

"왜?"

"할 말이 있어서."

그녀는 싱긋 웃었다.

"이제 결혼할 확신이 좀 생겼어? 저번에, 일단은 시간을 좀 달라며."

"……그런 건 아니야."

그는 술을 시킨 것 같았지만, 단 한 모금도 마시지 않은 잔만 손끝으로 빙빙 돌렸다. 어려운 말을 꺼낸다는 듯이 그는 한숨을 한 번 쉬고, 단번에 말했다.

"헤어지자."

"······뭐?"

수희의 표정이 순식간에 굳었다.

"······무슨 소리야? 이런 관계를 원했던 건 오빠잖아. 오빠가 원하는 대로 다 해 줬는데 이제 와서 무슨 이별이야?"

"연애 방식에 있어서는 그렇겠지. 하지만 연애 그 자체는 네 뜻이잖아."

"뭐 때문에 그래? 이유라도 들어 보자."

"이제 이런 관계를 이어 가기 싫어서 그래. 관두고 싶어."

"아니, 갑자기 왜? 멀쩡히 잘 지내다가 왜 그래? 무슨 일이라도 있어?"

"······나, 다른 여자랑 잤어."

수희의 표정에 순간적으로 긴장이 풀렸다. 그녀는 다리를 꼬고 살짝 웃으면서 안도의 한숨 비슷한 것을 쉬었다.

"그게 다야?"

"그게 다라니?"

"상관없어. 언제부터 우리가 서로 그런 것에 대한 예의를 차렸다고 그래? 뭘 또 그런 걸 진지하게 얘기해? 모르고 넘어가면 된 거지."

"너······."

"그런 게 이유라면 나는 상관없으니까 심각한 척 그만해. 솔직히 오빠도 내가 다른 남자들하고 몇 번 논 것 다 짐작하고

있을 거 아니야. 오빠가 그냥 넘어가 주듯이, 나도 문제 안 일
으키잖아. 오빠도 그냥 그대로 넘어가면 돼. 큰 문제 없이."

"몇 번 논 것하고 이게 같아? 너는 그래도 그런 문제에서 나
한테는 충실했잖아."

"무슨 근거로 그런 소리를 하는 거야?"

수희가 어이가 없다는 듯이 대꾸했다.

"굳이 말하지 않은 것뿐이지. 우리 사이에, 나를 믿었다니
좀 충격적인데."

"……그래. 사실 놀랍지는 않지만, 그래도 난 기본적으로 지
금까지는 그런 적이 없어서."

"어차피 대한민국에 임자 있는 거 모르는 사람이 없는 신제
오랑 하룻밤을 보냈다면 그 여자도 진지한 생각은 없을 거 아
니야. 원 나이트 한 번으로 끝낼 정도로……."

수희는 한 번 숨을 쉬고 말을 이었다.

"……우리 관계, 가볍지 않잖아. 이럴 때 보면 오빠 정말 순
수하다. 다른 사람도 아닌 내가 남자들 뻔한 속성을 짐작 못
할 거라고 생각했어?"

"송수희."

그는 피곤한 듯이 눈 주위를 문질렀다.

"내가 4번 타자에서 밀려난 이후로…… 포기하듯 살아온 건
사실이야. 그래서 네 제안에도 아무 생각 없이 응했고. 근데
네가 결혼 얘기를 꺼내고 나서부터는…… 사실 확신이 없다.

연애야 그런 식으로 해도 상관없었지만 결혼은 또 다른 문제 같은데."

"아무 대가 없이 나랑 사귀어 준 것처럼 말하네. 결혼은 급하지 않아. 뭐, 망설이는 것도 이해해. 나 같은 여자랑 연애는 괜찮아도 결혼은 힘들다, 이거지? 천천히 생각해. 그렇지만 이 바닥 생리 모르는 거 아니잖아. 오빠 야구 선수 은퇴하면 연예계 안 나갈 거야? 그 얼굴에 그 인기로? 연예계에서는 쇼윈도 부부 엄청 많다는 거 알잖아. 장기적으로 보면 우린 진짜 좋은 파트너가 될 거야."

"연예계 진출 같은 거 안 해."

"그건 모르는 거고."

"나, 진짜 연애하고 싶어서 그래."

제오가 다급하게 말했다.

"진짜로, 그 여자가 좋고, 보고 싶고, 한 마디라도 더 하고 싶고, 그래서 사귀는 연애 하고 싶어서 그래. 이렇게 서로의 다른 목적으로 시작해서 어영부영 그냥 만나는 거 말고."

"냉정하게 생각해 본 다음 다시 말해. 오빠가 지금 연애 타령할 때야? 이번 연봉 협상 때도 결과 안 좋았다며. 광고도 찍었겠다 이제 편하게 예능 몇 편 찍을 생각이나 하지그래? 난 피곤해서 가 볼 테니까."

수희는 벌떡 일어서서 더 들을 것도 없다는 듯이 구두 소리를 울리며 뒤를 돌았다.

"나, 똑똑히 말했어. 이 연애 끝내자고."

"……."

"나 이제 제대로 살 거야. 다 포기한 것처럼 인생 대충 흘러가는 대로 살지 않을 거야. 하위 타선이어도, 남들이 다 한물간 야구 선수라고 비난해도, 나 이제 제대로 살고 싶어졌어. 잊고 있었지만 원래 내가 원하던 대로 살고 싶어졌어. 좋아하는 여자랑 연애하고, 위로받으면서 최선을 다해 경기 뛰고 싶어."

"오빠 곧 서른이야. 이제 와서 갑자기 무슨 옛날 얘기야?"

"원래 나로 돌아가는 것뿐이야. 그럴 의지가 생겼다고, 이제."

그는 문을 열고 나가 버리는 수희의 등 뒤에 대고 또박또박 말한 뒤 혼자 남아 소파에 머리를 기댔다. 또다시 초록에게 전화를 걸었으나, 바로 끊어졌다. 일부러 끊는 것이 분명했다. 아무런 흔적도 남기지 않고 떠나 버린 그녀는 그의 모든 연락을 받지 않고 있었다.

마치 어젯밤 일을 하룻밤 꿈처럼 취급해 버리듯, 정말 의미 없던 날로 지워 버리듯.

수희의 일은 크게 걱정되지는 않았다. 어차피 감정이 아닌 것으로 시작했으니 감정이 아닌 것으로 끝내면 되는 것이다. 수희 역시 그를 진심으로 사랑한다는 느낌은 못 받았으니 어렵지 않을 것은 자명했다. 그녀는 굳이 제오가 아니어도 그 위치를 대신할 다른 남자를 금방 찾아낼 수 있을 것이다. 그의 머릿속을 채운 것은 초록뿐이었다.

초록은 늦게까지 야근을 하고 와서 집에 쓰러졌다. 어제 술을 진탕 마시고 남의 집에서 몇 시간 자지도 못했으므로 몸이 천근만근으로 무거웠다. 그럼에도 불구하고 급하지 않은 야근을 몰아서 한 것은 쏟아지는 생각을 감당하기 어려워서였다.

"요새 혼자 사는 여자들 진짜 조심해야 된대. 그 나쁜 놈들이 작정하고 몇 날 며칠을 주위를 돌면서 여자 혼자 사는 집인가 아닌가 체크한다던데. 초인종 밑이라든가 문고리라든가 그런 데에 표시해 놓는대."

그 와중에 초록의 원룸 근처에서 벌어진 원룸 강간 살인 사건이 대서특필되면서 회사 사람들은 이런저런 불길한 조언을 아끼지 않았다.

"그놈들이 혹시 먼저 방에 들어와 숨어 있을 수 있어. 그때에는 바로 나가 버리거나 난리 치지 말고, 눈치챘다는 걸 들키지 않으면서 아는 사람한테 바로 티 나지 않게 연락해야 된대."
"남자 신발도 하나 놔두는 게 좋고."

제오에게는 하루 종일 연락이 왔다. 아무리 끊어 버려도 전화가 왔다. 문자도 쇄도했다.

[어제 일, 만나서 얘기하면 안 될까?]
[전화 좀 받아.]
[제발 연락해 줘.]
[일부러 피하는 거지? 넌 왜 항상 피해 버리는데?]
[만나자. 일단 만나.]

왜 항상 피하냐는 말이 마음에 좀 걸렸다. 자신이 언제 제오를 피한 적이 있던가? 왜 '항상'이라는 말을 쓰지? 조금 찝찝했지만, 일단 그녀는 쏟아지는 문자들을 무시하며 일에 전념했다. 그리고 정말로 지쳐 쓰러질 것 같을 때 집에 왔다. 씻고 나서 누우면 바로 잠이 들 줄 알았는데 머리만 무겁고 잠은 오지 않았다.

"와, 최악이다."

그녀가 침대에서 뒤척이고 있는데, 또 그녀의 핸드폰에 메시지가 도착했다.

[내일 회사로 가기 전에 연락 받아.]

그녀는 벌떡 일어났다. 회사로 온다고? 안 될 말이다. 절대

안 된다. 그녀는 머리를 한 번 쥐어뜯고, 통화 버튼을 눌렀다. 신호음이 몇 번 가기도 전에 제오의 목소리가 들렸다.

─하루 종일 왜 연락 안 받았어?

받자마자 제오의 낮은 목소리가 추궁하듯 꽂혔다.

"받을 이유가 없어서."

─왜 받을 이유가 없어? 그렇게 가 버리면 그만이야?

"그럼 어떡하자고?"

─만나서 얘기해. 일단 만나서…….

"도대체 우리가 왜 만나는데?"

초록은 차분하게 얘기했다. 그녀가 오늘 하루 종일 내린 결론이 있다면, 10대 때의 신제오와 지금의 신제오는 다른 사람이라는 것이었다. 10년이면 강산도 변한다고 했다. 10년 동안 그가 어떻게 변했을지, 예전의 대화를 나눈 기억으로 오만하게 판단할 수는 없었다. 아련했던 10대 때의 기억을 어리석게 붙들고 있다가 이런 결과가 왔다.

지금이라도 정신을 차려야 한다.

"우리 둘밖에 모르는 일이니까, 우리 둘이 묻어 두면 끝나는 일이야. 네 여자 친구에게 품어야 할 죄책감이야 네가 알아서 할 일이고, 나는 얼른…… 잊으려고 노력할게."

─……잊는다고?

"그럼 뭐 좋은 일이라고 기억하니?"

─너 집 어디야? 내가 지금 그리로 갈게. 얼굴 보고 얘기하자.

"얼굴 안 봐도 된다니까. 혹시나 나한테 일말의 죄책감이 있는 거라면 전혀 신경 쓰지 않아도 돼. 그 당시에는 나도 동의한 거니까. 난 별로 의미 두지 않아. 알잖아."

─그런 거 아니야. 나는 그냥······.

제오의 목소리에 알 수 없는 감정이 잔뜩 실려 있었다. 초록은 조용히 기다렸다. 침묵이 흘렀지만 그 사이에 전해지는 그의 감정이 무거웠다. 할 말을 잔뜩 누르고 있는 그의 표정이 눈앞에 선했다.

─진초록, 나는 말이야······ 사실 옛날에······ 그러니까 고등학교 시절에······ 아니야. 만나. 만나서 얘기해야 돼.

그는 말 한 마디를 잇는 것이 어려워 보였다. 초록은 침묵을 지키고 있다가, 다정하기까지 한 목소리로 대답했다.

"옛날 얘기 꺼낼 거 없어. 더 지저분해지니까. 의미 부여하지 마. 이건 우리가 잘못한 거야."

그녀는 하루 종일 했던 생각을 또박또박 전했다.

"오래 사귄 여자 친구 있는 남자가, 9년 만에 만난 고등학교 동창이랑 술김에 하룻밤 잔 것밖에 더 있니?"

말로 꺼내고 나니 명확해지는 것이었다. 초록은 천천히, 하지만 단호하게 말했다.

"앞으로 연락하지 마. 네 번호 수신 차단할게. 난 홍보팀이 아니니까 앞으로도 얽힐 일은 없을 것 같긴 한데, 우연히 마주치더라도 인사 그 이상은 하지 말자. 그게 여자 친구 있는 남자랑 잔 내 최소한의 양심이야."

초록은 더 이상 제오의 말을 듣지 않고 전화를 끊었다. 그리고 바로 수신 차단 버튼을 눌렀다. 마음이 이상했다. 그동안 신제오 없이도 잘 살았다. 어린 시절 짝사랑의 기억만큼 의미 없는 것이 있을까. 아무리 좋았던 기억이어도 현실로 끌고 온 대가가 죄책감이라면 얼른 잊어야 했다. 그녀를 스쳐 간 수많은 남자들을 일부러 떠올려 가며, 그녀는 눈을 감고 억지로 잠을 청했다.

나 혼자만 예쁘게 간직했던 첫사랑이구나. 그냥 그렇게 끝낼 걸 그랬다. 내 기억에 미안해서 어쩌지. 마음속 품고 있던 아련하고 좋았던 기억이 이렇게 끝나서 어쩌지. 묻어 두면 된다고, 잊으면 된다고 되뇌었지만 그녀는 오랫동안 뒤척였다.

6

고등학교 졸업식 날 밤, 막 스무 살이 된 제오는 다시 구단 합숙 훈련장에 들어갈 짐을 싸며 시무룩해 있었다. 결국 초록에게 말하지 못했다. 그리고 그렇게 기다렸는데 realgreen도 자신에게 말을 걸지 않았다. 두 가지 때문에 그토록 기다리던 졸업식인데 둘 다 이루지 못했다. 어떤 모르는 여자아이가 자신에게 말을 걸어와서 혹시 realgreen인가 하고 반색을 하며 얘기를 들어 봤는데, 그동안 자신을 좋아했었고 늘 응원한다는 말이었다. 혹시나 해서 끝까지 들어 주었지만 아무리 대화를 이어 가 봐도 그녀가 realgreen인 것 같지는 않았다. 그럴

줄 알았다면 엄마와 함께 멀어지는 초록의 뒷모습이라도 오랫
동안 볼 걸 그랬다.

제대로 말도 해 보지 못하고 흐지부지된 자신의 첫사랑이
안타까워 그는 한숨을 쉬었다.

'근데 첫사랑은 그냥 아련하게 남겨 두는 게 좋은 거래. 그
냥, 마음이 가는 사람이 앞에 나타났다는 것만으로도 감사하
면서 살래. 우리 문학 선생님이 그랬어.'

realgreen의 말이 떠올랐다. 그때는 자신의 감정을 그렇게 흐
지부지하게 남겨 두기 싫어 그냥 넘긴 말이었다. 어쩌면
realgreen은 이런 사태까지 다 예상하고 있었던 걸까. 애늙은이
같았던 그 애라면 이미 여기까지 생각하고 있을지도 몰랐다.

방법이 없다.

어차피 훈련에 들어가면 이제 만날 수도 없다. 강현 말대로,
그녀는 이제 막 시작하는 대학생이다. 아예 인생의 궤도가 달
라진다. 억지로 만나려고 해도, 만에 하나 연결된다고 해도 어
떻게 강현의 얼굴을 보겠는가.

'어차피 우리 나이에 하는 첫사랑은 이루어지지도 않는다더
라. 이루어지지 않는다는 걸 당연히 여기고, 소중한 추억으로
만 간직하래. 이루어지지 않는다고 너무…… 슬퍼하지 말라고.'

realgreen이 했던 말이 조용한 위로로 그를 감쌌다. 결국 이렇게 될 걸 너는 알고 있었나. 내 마음, 한 번 전달도 해 보지 못하고 이렇게 흐지부지될 것을 알고 그런 말을 한 건가.

'우리는 서툴고, 어리고, 흐지부지되는 사랑을 하는 거라고.'

그는 그렇게 구단에 들어갔고, WBC 금메달을 확정 짓는 만루 홈런을 치면서 인생의 전성기를 맞았다. 잘생긴 외모와 고교 야구 때부터 빛나던 성적 때문에 전 국민의 주목을 받기 시작했다. 고등학교 시절의 이뤄 보지도 못한 첫사랑은 자꾸만 터지는 사건 속에 묻혀 갔다. 사실 초록과의 추억은 얼마 없었고, 10대 때의 풋풋한 감정은 그 자체가 그리움이 될 뿐 초록에 대한 그리움이 되지는 못했다.

대충 자신이 좋다고 들이대는 여자들과 연애도 좀 했지만 사실 훈련 때문에 너무 바빠서 모두 스쳐 지나갔다. 전성기가 지나자 길고 긴 하락세가 찾아오면서 그저 그런 타자 중 하나로 남게 되었다. 20대 청춘은 빠르게 지나갔다.

'그건 당연하대.'

그러나 예상외로 그가 살면서 절대 잊지 못했던 사람은 realgreen이었다. 그는 시간을 헤쳐 나가며 살아가는 동안 늘

realgreen이 그리웠다. 자신의 모든 것을 말해 줄 수 있었고, 남들이 모르는 공간에서 서로의 생각을 공유하며 자신을 담담하게 위로해 주었던 그 게임 속의 여자애. 나이가 들면서 진심을 말하는 사람들은 점점 적어졌고, 사람과의 관계보다 소통이 그리웠다. 어쩌면 그런 소통은 그 나이대의 그 감성에만 가능한 것일지도 몰랐다.

주요 타선에서 차차 하위 타선으로 밀렸고, 스포츠 뉴스에는 항상 'WBC에서 군 면제된 뒤에 더 이상 의욕을 잃은 듯?' 같은 댓글이 달렸다. 자신보다 네 해 늦게 입단한 강현은 갑자기 날고 기는 투수가 되어 자신의 꿈이었던 메이저리그에 입성하게 되었다. 그 와중에 곤란함에 처해 있던 수희와 우연히 만났고, 공개 연애를 대가로 또 다른 도움을 받았다. 수희와의 공개 연애는 동업의 마음으로 시작했지만 나름 편안한 면이 있었다. 이 정도면 이어 갈 만한 관계라고 생각했다.

'어영부영하다가 현실 속에 잊히고.'

가끔 집에 도착해서 졸업 앨범을 볼 때, 초록과 통화하는 강현을 볼 때, 스트레스 해소용으로 게임을 할 때 가끔가다 문득문득 초록이 떠올랐다. 10대 때의 그 순수한 마음, 메이저리그 최고의 타자가 되겠다는 그의 오기에 차분하게 다독이며 안 되어도 괜찮다고 말해 주던 그녀가 떠오르면 쓸쓸한 미소가 얼굴에 번졌다.

그는 처음부터 그런 여자애를 좋아했는지 몰랐다. 생각해 보면 자신이 realgreen의 그 감성이 너무 좋아서, 그와 비슷한 현실 속의 초록에게 마음이 끌렸던 건 아닐까 하고 생각했다. 그렇게 생각하면 첫사랑이 초록인지, realgreen인지 헷갈렸다. 실제로 졸업하고 나서도 오랫동안 그리워하고 정말로 곁에 있었으면 좋겠다고 생각한 건 realgreen이었으니까.

'문득문득 미소로 떠오르면 그 정도로 된 거래.'

말도 해 보지 못한 첫사랑은 정말로 그냥 흘러가는 것이었다. realgreen과 나누었던 수많은 대화들이 게임의 서비스 종료로 한 글자도 남지 않고 사라지고, 한때 대한민국 청춘들이 열을 올렸던 SNS 이용자들이 파도처럼 어느 순간 다른 SNS로 밀려 지나가듯이. 초록의 말마따나 끝까지 남는 것들이 어디 있겠는가. 모든 것이 그랬다. 그러던 나날 중 갑자기 문자가 도착한 것이다.

[상성고등학교 같이 다녔던 진초록이야. 같이 2학년 3반에 있었고 김강현 친구였는데, 기억할지 모르겠네. 잘 지내? 다름이 아니라 지금 나는 '게임나루' 기획팀 과장으로 있어. 새롭게 론칭하는 게임 광고 건 때문에 제안할 일이 있어. 관심이 있다면 얘기 좀 할 수

있을까?]

숙소에 있는 만남의 광장에서 수희와 함께 앉아 있던 그는 순간 시간이 멈춘 것 같았다. 아직도 초록이 너무 좋아서라기보다는, 10대 때의 그 시절로 돌아간 것 같았기 때문이다.

"……라고 해서, 몰디브로 신혼여행을 갔는데 싼 숙소로 했더니 기자들이……."

"잠시만. 나 통화 좀 하고 올게."

그는 흘려듣고 있던 수희의 말을 끊고 벌떡 일어섰다. 수희가 새초롬하게 눈을 들어 그를 바라보았다.

"왜? 무슨 일인데? 누군데?"

"……광고 섭외가 와서."

"뭐?"

수희의 얼굴에 곧바로 꽃 같은 미소가 번졌다.

"우와, 꼭 됐으면 좋겠다. 구단이 허락해 줄까? 어떻게 해서든 찍자. 광고만큼 돈 되는 것도 없다며. 지금 시즌도 아니잖아. 딱 좋다! 얼른 전화하고 와! 얼른! 내가 저번에 남성복 광고도 하자고 했었잖아. 뭐 하러 힘들게 운동해? 연예계 가자니까."

그는 광고라는 한 마디에 표정이 풀어진 그녀를 뒤로하고 복도로 나섰다. 통화 버튼을 보는 그의 눈동자가 떨렸다. 이토록 낯선 열한 개의 숫자가 너무 궁금하던 시절이 있었고, 그러면서도 궁금해하면 안 될 것 같았다.

졸업하고 난 뒤 그녀와 직접 말을 섞는 것은 처음이었다. 9년의 시간이 무색할 정도로 그는 졸업식에서 그녀에게 말을 걸지 못해 안절부절못했던 남학생으로 돌아간 것 같은 기분이 들었다. 10대의 이루지 못한 짝사랑 같은 건 누구에게나 있는 아련한 기억 아닌가.

−음, 내가 섭외가 처음이라 어떻게 해야 할지 모르겠다……. 우리 회사에서 이번에 야구 게임을 하나 론칭하는데 광고 모델이 되어 줄 수 있을까 해서…….

"광고…… 모델? 내가?"

그는 만남의 광장에서 자신의 핸드폰을 쳐다보고 있는 수희를 힐끗 보며 통화 버튼을 눌렀다. 아무리 남들이 모르는 사정이 있다고 해도 수희는 지금 현재 그의 공식 연인이다.

−응. 회사가 아직 작아서…… 대행사 안 거치고 최대한 우리가 직접 뛰거든. 그래서 연락한 거야.

"음…… 내가 해도 될까 모르겠다. 왜 나야? 야구 선수는 많은데. 김강현이랑…… 더 친하잖아. 강현이가 더 유명하고."

설레면 안 돼. 이러니저러니 해도 나는 지금 연인이 있는 사람이다. 그는 초록의 목소리를 들으며 마음을 다잡았다. 이건 10년 전의 감정이다. 지금의 감정이 아니다.

−아, 김강현은 스케줄이 안 나온다고 해서. 그 다음 순위가 너였어.

"나는 메이저리그에서 뛰고 있는 사람도 아닌데."

그러나 설레면 안 된다는 것이 사람 마음대로 되는 것이었나.

─……그게 무슨 의미가 있어?

그 말에 제오의 안에 있던 무언가가 와르르 무너지는 것 같았다. 10년 전 초록이 했던 그 말을 떠올리며 지냈던 시간들이 있었다. 그렇게 말해 주는 realgreen과, 진초록 같은 사람을 그리워하며 버텼던 날들이 있었다.

"그러게."

그는 자신도 모르게, 비가 몹시 쏟아지던 수능 날 설레는 마음으로 한 우산을 쓰고 걸어가던 남자아이가 되어 피식 웃었다.

"네가 그런 거에 의미를 둘 거라고 생각하다니, 나도 참 웃기다."

그의 눈빛이 자신도 모르게 깊어졌다.

"구단에 물어보고, 진행할 수 있으면 진행할게."

원래 그는 구단에 크게 요구하는 것이 없었다. 게다가 그는 안정적인 1군이기는 했지만 하위 타선으로 밀린 지 꽤 되었다. 지금 광고를 찍는다는 건 정말로 '앤 야구 선수야, 아니면 연예인이야? 얼굴 좀 생긴 걸로 너무 띄워 주는 거 아니야?' 같은 댓글을 양산하는 꼴밖에 되지 않았다. 그럼에도 불구하고 그는 게임나루에 한 번은 가 보고 싶었다.

"곧…… 연락할게."

그 후, 어른이 되었지만 처음부터 끝까지 변함없었던 그녀를 만났다. 처음엔 그녀와 밀린 얘기나 좀 하고 싶었다. 그동안 어떻게 살았는지, 어떤 생각을 하며 지냈는지 모든 것이 궁금했다. 그건 그냥 옛 첫사랑을 품은 어린 시절 자신에 대한 예의였지 더 이상의 생각은 없었다. 그러나 그 생각은 초록이 건넨 명함을 보면서 순식간에 바뀌었다.

게임나루 총괄기획팀 과장 진초록

realgreen@mail.com

머릿속 한 부분이 큰 충격을 받은 것 같았다.

왜 몰랐지? 제오의 눈동자가 떨렸다. real, green. 이름 그 자체가 아이디였다. 그동안 두 단어 모두 너무 흔해서 몰랐다. 지금껏 눈치 못 챈 자신이 바보처럼 느껴졌다. 이렇게 이름과 아이디를 함께 보면 바로 보이는 것을 왜 전혀 눈치채지 못했을까. 둘을 하나로 보는 것을 한 번도 생각하지 못했다니 놀랍도록 바보 같았다. 동시에 확신이 들었다. 이건 아닐 수가 없었다. 기억 속의 realgreen은 분명 게임을 만들고 싶다고 했었다.

그는 미친 듯이 기억을 뒤졌다. 게임이 서비스 종료를 하면서 그들이 나누었던 대화는 모두 사라졌지만, realgreen에게서 풍기던 분위기는 생생히 기억하고 있었다. 사실 초록보다 훨씬 더 그리워하고 있었던 대상 아닌가. 허무함 속에 숨겨진 따뜻함, 쓸쓸함 속에 보이던 배려, 세상 모든 걸 초월한 것 같으면서도 만사에 포용력이 있었다. 초록에게 끌렸던 바로 그 느낌과 똑같았다.

왜 몰랐을까. 바보같이, 왜 몰랐을까. 그는 일단 계약을 해서 자주 봤으면 좋겠다는 홍보팀 부장의 말에 꿈을 꾸듯이 말을 바꿔 바로 계약을 진행해 버렸다. 일단 이대로 인연을 끝낼 수는 없다는 간절함의 발로였다.

자신은 2년 동안 한 명의 여자아이를 좋아했고, 한 명의 여자아이에게 편안함을 느꼈다. 한 명의 여자아이를 멀리서 지켜보았고, 한 명의 여자아이에게 자신의 모든 것을 보여 주었다. 그런데 상반된 그 두 여자애가 사실은 같은 아이였다.

성격상 망설이지 않는 그는 바로 그녀를 붙잡고 물어보고 싶었다. 네가 realgreen이었어? 왜 그동안 말하지 않았어? 하지만 어떻게 보면 그녀는 9년 동안 약속을 어기고 자신을 피해 온 것이나 마찬가지였다. 그래서 옛날에 그녀가 직접 말해 준다고 했으니 약속을 지키기를 기다렸다. 술김에라도 말이 나오길 바라서 둘 다 오버 페이스로 술을 마셨다.

그래서 강현에게 전화가 왔을 때 그는 알 수 없는 질투심에 휩싸였다. 강현에게 미안하여 9년 전에 초록에게 좋아한다는 말도 못 했다. 그런데 그가 훨씬 더 유명한 선수가 되었으니 인생은 모를 일이다. 그때 초록에게 고백했더라면 어떤 삶이 펼쳐졌을까. 그랬더라면 그녀가 realgreen이었다는 것을 더 일찍 알 수 있었을까.

하지만 다시 만난 초록은 끝까지 자신이 realgreen인 것을 밝힐 생각이 없는 것 같았다. 대화를 게임 쪽으로 끌고 가도, '다크 몬스터' 게임 얘기까지 했는데도 말이 없었다. 그는 이번만큼은 그 말을 듣기 전에는 그녀를 보낼 수가 없다고 생각했다.

"네가 신제오인 게 변하지 않듯이, 김강현이 김강현인 것도 변하지 않아. 그런 걸로 너나 김강현에 대해 전부 설명할 수 있는 게 아니잖아."

술의 힘을 빌려 자신의 자제력을 풀어 버린 것은 어쩌면 당연한 일일지도 몰랐다. 특히 그녀가 간다고 했을 때, 또 자신을 밝히지 않고 가 버리겠다고 했을 땐 이번에도 또 마찬가지라는 생각에 앞이 보이지 않았다. 강현에 대한 질투심까지 솟구쳐 오르며 과거에 몰래 품어 왔던, 이미 잊었다고 생각했던 욕망이 어제 일처럼 돌아왔다. 10대 때 밤마다 얼마나 그녀를 상상했는가. 그녀는 예전에도 그에게 필요했던 사람이었고, 9년이 지난 지금도 그랬다. 시간이 아주 많이 흘러도, 진초록과 realgreen이 그에게 필요한 사람인 것은 변하지 않았다.

그런데 9년 만에 만난 그녀는 끝까지 자신을 밝히지 않고, 또 이대로 그의 인생에서 빠져나가려고 하고 있었다. 그런 그녀를 놓을 수 없다는 마음에 이성을 잃었는데…….

-오래 사귄 여자 친구 있는 남자가, 9년 만에 만난 고등학

교 동창이랑 술김에 하룻밤 잔 것밖에 더 있니?

초록의 그 말에도, 연락을 차단하겠다는 그녀의 냉정한 태도에도 그는 그 모든 것을 없던 일로 할 수 없다고 생각했다. 아니, 이제 시작이라고 생각했다. 그는 원래부터 무언가에 마음을 먹으면 망설이는 성격이 아니었다. 비록 자신이 자제력을 잃어 큰 실수를 해 버리고 말았을지라도.

광고는 정말 잘 나왔다. 물론 성적보다 외모로 광고 모델을 한다는 비판이 끊임없이 따라다녔지만, 일단 '게임나루'에서는 홍보 효과를 제대로 본 셈이었다. 서비스가 시작하고 난 뒤 단번에 다운로드 1위를 찍었고, '신제오'와 '베스트 베이스볼'은 꽤나 오랫동안 검색어 랭킹에 올랐다.

초록 역시 실제 플레이를 하며 보완점을 찾을 겸, 유저들의 반응도 살필 겸 매일 접속하여 꼬박꼬박 게임을 하고 있었다. '베스트 베이스볼'은 기본적으로 혼자서 경기를 진행하며 레벨업을 할 수 있으면서도 다른 유저들과 실제로 야구팀을 꾸려서 다른 팀과 경기를 할 수 있는 시스템을 갖추고 있었는데, 그래서 순식간에 유저들이 늘었다. 초록은 온라인에서 모집하는 한 팀에 들어갔고, 그 사람들과 채팅을 하며 다른 팀들과 경기를 하곤 했다.

[realgreen님, 뭐 좀 물어봐도 될까요? 갖고 계신 카드가 너무 좋아 보여서, 어떻게 그런 조합을 얻게 되었는지…….]

어느 날, 같은 팀원 중 하나인 godzeoking이 그녀에게 말을 걸었다. 아이디를 보아하니 신제오 팬 같았다. 같은 팀 사람들끼리 경기를 하며 이런저런 얘기를 하는 건 '베스트 베이스볼'에서 굉장히 흔한 문화였기 때문에 그녀는 친절하게 대답했다.

[무조건 시간 날 때마다 연습장에 가서 코인을 모으시면 돼요. 연습장이 좀 지루할지도 모르는데, 이 게임은…… 노력한 만큼은 대가가 나오게 설계가 되어 있더라고요.]

초록은 핸드폰으로 채팅창에 글자를 쓰며 쓸쓸히 웃었다.

'게임처럼 내가 노력한 만큼 결과가 나오는 게 없어. 난 그래서 게임이 좋아. 열심히 몬스터 잡으면 레벨 업 하고, 열심히 돈 모으면 좋은 무기 살 수 있고.'

예전에 제오가 했었던 말은 초록이 게임을 기획할 때 하나의 기준이 되었다. 게임만큼은 노력한 만큼 성과가 나와야 한다고 그녀는 무의식중에 생각하게 되었다. 그리고 그런 게임을 만들겠다고 예전에 제오와 약속했기도 하고. 특히 야구 게임을 만들 때 18세 제오가 했던 그 말이 계속해서 맴돌았었다.

[아, 그렇구나. 게임 좋네요. 요새는 자꾸 현질6)로 뽑기 해야 겨우겨우 좋은 아이템을 맞출 수 있어서 짜증 났는데 기획팀이 양심적인가 봐요.]

---

6) 현금으로 결제하여 게임의 아이템 등을 사는 것

초록은 godzeoking의 말에 쿡쿡 웃었다. godzeoking은 자신이 말하고 있는 사람이 바로 그 기획팀의 과장이라는 것을 알까? 초록이 별다른 말이 없어도 godzeoking은 말을 이어 갔다. 게임에 관련된 몇 가지 질문을 받아 주고, 보통의 유저들이 막막해하는 점을 받아 적으려고 이것저것 물어보다 보니 대화가 길어졌다.

그녀는 집에 퇴근하면서도 godzeoking의 질문을 받아 주었다. godzeoking은 예의가 바르고 차분하면서도 날카로운 질문들을 했기 때문에 다음 업데이트 때 참고해야 할 부분을 체크하는 데에 굉장히 큰 도움이 되었다.

[엄청 친절하시네요. 감사합니다. 근데 왜 사람들이 인생 게임이라고 하는지 알겠어요. 진짜 인생이 담겨 있네요.]

[야구에도 원래 인생이 담겨 있다고 하잖아요. 그런데 신제오 팬이신가 봐요?]

[뭐, 그런 셈이죠. realgreen님은 어떤 야구 선수 좋아하세요?]

[딱히 없어요.]

[그래도 제일 응원하는 사람 같은 건 있지 않아요? 야구에 관심 없으신데 게임을 하시지는 않을 것 아니에요.]

[네. 관심이 없는 건 아니에요. 다 알긴 알죠.]

[신제오는 어때요?]

초록은 멍하니 핸드폰을 바라보다가, 한숨을 한 번 쉬었다.

[옛날엔 가장 응원하던 선수였죠. 지금은 그냥 뭐, 관심을 안 가지려고요.]

[옛날에…… 응원했었어요? WBC 때인가…….]

[아뇨. 그 후에도요.]

[왜요? 잘생겨서요? 그 이후에는 잘 못하지 않았나.]

[뭐, 그런 건 상관없어요. 그냥 좋아했어요.]

그녀는 누구인지도 모르는 익명의 사람에게 애매한 말로 마음을 털어놓으며 조금의 후련함을 느꼈다.

[그렇구나.]

godzeoking이 말을 이었다.

[종종 얘기해요. 혼자 게임하기 심심한데.]

[이미 망한 인생, 대충 살아도 된다고 생각했어요. 그래서 그냥 남이 원하는 대로, 흘러가는 대로 그렇게 살았거든요.]

[망한 인생 같은 게 어디 있어요? 그냥 이런 것도, 저런 것도 인생이죠.]

팀전에서 손에 땀을 쥐게 하는 역전승을 거둔 후 realgreen 과 godzeoking은 이런저런 얘기를 나누고 있었다. godzeoking 은 밤마다 들어왔고, 초록이 야근 후 퇴근할 시기와 자주 시간이 겹쳤다. godzeoking은 게임에서 사람들이 익명의 힘을 빌려 몹시 매너 없게 구는 것과 반대로 굉장히 신사적이었다. 초록은 기획자로서 모든 유저에게 친절하게 대해야 한다는 강박관

넘이 있어서 그의 말을 모두 받아 주었는데, 그러다 보니 이런 저런 얘기를 나누는 사이가 되었다.

[가장 의미를 두던 것이 사실은 닿을 수 없는 꿈이었다는 걸 깨닫고 나니까 인생의 목표가 사라져서요. realgreen님은 꿈을 이룬 인생을 살고 계신가요?]

[아뇨. 전 원래 꿈 같은 건 없었어요.]

초록은 버스를 타고 오며 피곤함에 머리를 창문에 기댄 뒤 핸드폰을 멍하니 쳐다보며 대답했다.

[고단한 인생, 되도록 하고 싶은 일이나 하면서 살면 그만이라고 생각해요. 되고 싶은 건 없었고, 다만 그냥 피하고 싶은 건 피하고 지금 이 순간 하고 싶은 일에 집중하면서 살다 보니 이렇게 됐어요.]

[이렇게 된 건 뭔데요?]

[무미건조한 삶이요.]

초록은 게임 상단에 보이는 광고 모델 제오의 영상을 바라보았다. 생각하지 않으려고 자꾸만 애써도 게임 자체 광고 때문에 매일매일 보는 얼굴이다.

[힘들어 보이면 피하고, 쉽게 포기하고, 금방 묻어 버리는 삶이요. 뭐, 원래 그랬지만.]

[그러지 말아요.]

godzeoking은 빠르게 답했다.

[제 얘기 해 드릴까요?]

초록은 살짝 웃으며 핸드폰 액정을 바라보았다. 옛날 생각이 났다. 게임 속에서 반짝 친해졌다가 멀어지는 사이의 사람들은 그동안 정말 많았지만, 이렇게 말이 잘 통해서 이런저런 얘기를 나누게 되었던 사람은…… 10년 전 제오뿐이었다.

그리고 이제는 제오의 팬인 어떤 사람과, 나이도 얼굴도 정체도 모르는 어떤 사람과 비슷한 대화를 나누고 있다니.

[저는 진짜 죽을 만큼 이루고 싶었던 꿈이 있었는데, 좌절하고 난 뒤 정말로 대충 살았거든요. 그 무엇에도 의미가 없다는 옛 친구의 말을 온몸으로 느끼면서요.]

godzeoking은 말을 이었다.

[그러다가 어떤 여자를 만났어요. 그 여자는 다른 남자 때문에 몹시 곤란한 상황에 처해 있었는데, 제가 그 여자와 연애를 해 주면 제 여동생을 취업시켜 줄 수 있다고 했어요. 저는 능력은 있었지만 권력은 없었고, 그 여자는 권력은 없었지만 권력을 조종할 수는 있었으니까요. 제 꿈을 버린 이상 제 여동생의 꿈은 이뤄 주고 싶었던 저는 그 거래에 응했어요.]

[갑자기 스케일이 너무 커지는데요? godzeoking님 무슨 재벌가 사람이에요?]

[재벌가는 아니어도 비즈니스적 이해관계로 시작한 건 맞죠. 어쨌든 연애를 하니 다른 여자들로부터 자유로워질 수 있어서도 좋았어요. 그 여자도 그랬는지, 비슷하게 결혼을 제안하더라고요. 나쁘지 않은 조합이었죠. 안 할 이유가 없다고 생각하면

서도 뭔가 이상하게 내키지가 않았는데…… 이 결혼, 해야 한다고 생각하세요?]

초록은 집에 돌아오며 멍하니 생각에 잠겼다. 왜 이 남자는 이렇게 무겁고 심각한 애기를 얼굴도, 성별도 모르는 그녀에게 하는 걸까? 하지만 그녀 역시 익명의 힘을 빌려 아무에게도 말하지 않았던 신제오를 응원했다는 말도 하지 않았는가. 너무 고민이어서 아예 완전한 타인에게 고민을 털어놓고 싶은 마음을 그녀는 이해할 수 있었다.

[저라면 안 해요.]

[왜요?]

[포기하는 건 쉽지만, 일을 만드는 건 어렵거든요. 괜히 확신도 없는 관계를 지속했다가 그 무게 때문에 정말로 포기하지 못하는 일이 생길까 봐요.]

[왜 자꾸 포기 같은 단어를 써요? 물론 포기할 줄 아는 것도 용기라고 생각하지만…….]

[제가 주체적으로 할 수 있는 몇 안 되는 일이니까요.]

그녀의 말에 한동안 godzeoking은 말이 없다가, 다시 말을 이었다.

[어쨌든 전 대충 살기로 했기 때문에 그냥 결혼하고 편하게 살아야겠다, 이런 생각을 안 한 것도 아닌데…… 사실 이제 또 다른 꿈이 생긴 것 같아요. 그러니까 결혼 같은 건 안 할 거예요. 당연히 쇼윈도로 걸어 두었던 타이틀에 가까운 관계지만 그

래도 정식으로 헤어질 거고요.]

[또 다른 꿈이요?]

[네.]

godzeoking은 게임에서 서비스되는, 신제오가 기운차게 웃는 이모티콘을 보냈다.

[돌진할 거예요. 그러니까 realgreen님도 응원해 주세요.]

[네. 응원할게요.]

[그리고, 주제넘어 보이겠지만 realgreen님도 자꾸만 포기하는 삶을 살지 말아요.]

초록은 godzeoking이 보낸 제오의 얼굴을 바라보며 자신도 모르게 한숨을 쉬었다.

[저는 죽어라고 노력했어도 꿈을 이루지는 못했지만, 그래도 죽어라고 노력하지 않았으면 몹시 아쉬울 것 같아서 후회는 없거든요. 그 시간들에 대해서는 아쉬움이 없어요. 다만 그 이후 버려두었던 삶에서는 달라요. 그렇게 살아 보니까, 진짜 얻고 싶은 게 있을 때 자꾸만 후회가 남아요.]

"곧 출국하면 또 몇 주간 못 보니까."

수희와는 그 이후로도 몇 번 만났다. 보통 그녀가 숙소로 찾아와서 이런저런 얘기를 하고 갔다. 아무런 일도 없었다는 듯 평소같이 대하는 그녀 앞에서 제오만 끊임없이 이별을 고하느라 어색했다.

"강현 씨한테 뭐 전달해 주고 싶은 건 없어? 전해 줄게."

"없어."

수희는 본인이 있는 케이블 TV의 특집 '해외로 뻗어 나가는 한국 야구'의 파견 리포터를 맡아 일본과 미국 등지로 나가 있는 야구 선수들을 인터뷰하러 출국할 예정이었다. 당연히 그 중에는 강현도 포함되어 있었고, 스포츠 아나운서답게 야구 선수들과 고루고루 돈독한 그녀는 강현과도 어느 정도 친분이 있는 사이였다.

"수희야."

"내 이름 부르지 마."

제오가 또 낮은 목소리로 그녀의 얼굴을 바라보며 이름을 부르자 수희가 짜증을 냈다.

"그런 눈으로 보지 마. 그 얘기 예전에 끝났잖아."

"안 끝났어. 이젠 정말로 들어. 이 정도면 너도 마음의 준비는 됐을 거라고 믿어."

자리에서 일어나는 수희를 그가 억지로 끌어다 앉혔다.

"헤어지자. 이제 정말로. 오늘은 반드시. 더 이상은 정말로 안 되겠어."

"도대체 왜 이래? 이대로 좋잖아. 나도 오빠도, 그런 모든 것에 이미 질려 있는 거 아니야? 굳이 또 이별 같은 걸 할 건 뭐야? 이 정도면 만족한다고 했던 사람은 오빠잖아. 그리고 솔직히 말해 봐. 나한테 아무런 감정이 없는 것도 아니었잖아."

"이대로 너랑 평생 살아도 나쁘지 않겠다는 마음도 있었어. 그런데 그런 것만으로 연애를 하고 결혼을 하는 건 아니라는 생각이 들었을 뿐이야."

"왜? 왜 아닌데?"

"네 말대로, 네가 다른 남자들이랑 이런저런 추억을 쌓았다는 것 알고 있어. 그래도 별로 신경 쓰이지 않았어. 너도 내가 다른 여자랑 잤다고 해도 아무렇지도 않았잖아. 이게 결혼할 사이에 정상이라고 생각해?"

제오는 숨을 가다듬고, 쓸쓸해진 눈으로 덧붙였다.

"정말로 좋아한다면, 그 여자가 다른 남자의 전화를 받는 것만으로도 견딜 수 없어야 하는 것 아닐까……."

"지금 또 그 여자 때문에 그래? 그때 한 번 잤다는 그 여자? 그 게임나루 다닌다는, 진초록인가 하는 그 과장?"

제오의 눈빛이 순식간에 변했다. 그가 타오르는 것 같은 눈빛으로 수희를 노려보았다.

"네가 그건 어떻게 알아?"

수희는 순간 실수했다는 듯이 입술을 깨물었다. 그러면서도 질 수는 없다는 듯이 반박했다.

"오빠 핸드폰 좀 봤어. 오빠는 내가 아무렇지도 않았다고 하지만, 아무렇지 않은 척한 거야. 아무리 그래도 남자 친구가 다른 여자랑 잤다고, 헤어지자고 하는데 어떤 여자가 멀쩡하니? 새롭게 연락한 여자라고는 그 여자밖에 없고, 바로 그 전날에 회사에서 보자는 문자가 있는데 당연히 그 여자 아니야?"

"너 지금…… 어떻게 그렇게 당당해? 남의 핸드폰을 몰래 보고?"

"다른 여자랑 자 놓고 당당했던 건 누군데?"

제오는 피곤하다는 듯이 눈을 문질렀다.

"……그래. 내가 나쁘다. 그러니까 헤어지자. 더 이상 너와 이런 관계조차 이어 갈 만큼 네게 감정이 없고, 결혼은 더더욱 아니야. 어차피 둘 다 소기의 목적은 달성했고 사실은 이런 사이를 바꿀 만한 의지 없이 이어 왔던 것이 맞겠지. 이제 그만해."

"소기의 목적? 나와 계속 만나면…… 제연이가 더 잘나갈 수도 있는데? 메인 앵커로 꽂아 줄 수도 있어."

"됐어. 그건 걔 능력이야. 그리고 입사시킨 것도 내 잘못이야. 아무리 사정이 급했다고 해도 취업 비리는 취업 비리야. 불공정한 경쟁을 시킨 거야. 제 능력으로 컸어야 했는데 여동생 일이다 보니 내가 어리석었어."

5년 전, 제오는 경기가 끝나고 숙소에 좀 늦게 들어가다가 기자에게 빌고 있는 그녀를 우연히 보았다. 옛날부터 예쁘고 싹싹하다고 생각해 왔던, 친분이 꽤 있는 스포츠 아나운서였기 때문에 도와줄 일이 없을까 해서 다가갔었다.

사정을 들어 보니, 놀랍게도 그녀는 그녀가 몸담고 있는 케이블 TV 부사장과 적절하지 못한 관계를 맺고 있었고 기자에게 그 사실을 걸린 것이었다. 그녀는 부사장이 원할 때 관계를 맺어 주는 대신 알짜배기 프로그램에 쉽게 올라와 금세 유명세를 탈 수 있었던 것이다. 기자는 이 일을 알아챘지만 사회적 파장이 무서워 바로 기사화는 하지 못하고 그녀와 흥정을 하고 있었다. 돈이 목적이라면 부사장님께 말씀드려 크게 한몫 주면 될 것 같은데, 그가 요구하고 있는 것은 특종이었다.

"아, 그런 거예요?"

그날은 제오가 하위 타선으로 밀려나 경기를 치른 첫날이었다. 그는 맨 처음엔 이런 지저분한 사정에 말려들고 싶지 않아 자리를 피하려고 했지만, 수희가 문득 생각났다는 듯이 말했다.

"제오 씨, 제오 씨 동생, 아나운서가 꿈이라고 하지 않았어요? 자꾸만 공채 떨어진다고 우리 케이블 TV 어떻게 들어오냐고 물어본 적 있었잖아요."

그랬었다. 제오의 여동생은 아나운서가 꿈이었고 몇 년째 온갖 방송사의 문을 두드리고 있었지만 계속해서 떨어지고 있었다.

"부사장님께 말씀드려서, 이번에 정원 외로 뽑히게 해 줄게요. 나 좀 도와줘요."

"……어떻게?"

그는 탈락의 고배를 마실 때마다 방에 틀어박혀서 폐인처럼 지내는 그의 여동생을 생각하며 자신도 모르게 물었다. 꿈을 이루지 못한 아픔은 자신이 제일 잘 알았다. 실패의 비참함도 알고 있었다. 하위 타선으로 밀려난 오늘도 이렇게 속이 쓰릴 진대 방송국 문도 밟아 보지 못한 그의 여동생은 어떤 심정일까. 게다가 아주 옛날부터, 제오의 집은 잘살지도 못하는데 제오의 뒷바라지를 하느라 늘 여유가 없었다. 그래서 제오는 상대적으로 박탈감을 느끼며 자랐을 여동생 제연에게 부채 의식이 있었다.

"특종만 만들어 주면 되잖아. 나랑…… 열애설 내 줘요."

제오는 잠시 생각하다가 고개를 끄덕였다. 자신이 연예인도 아니고, 열애설 좀 내는 거야 별로 어렵지도 않았다. 정말 솔직히 말하면 아무리 하위 타선이라고 해도 1군이라고 여자들이 자꾸만 달라붙어서 귀찮았고, 선배들이 이런저런 데에 여자들과 술자리 하자고 데려가는 걸 거절하는 것도 힘들었다.

공식적인 여자 친구가 있다면 적어도 그런 문제에서는 자유로울 것이고, 훈련에만 집중하기에도 좋을 것이다. 자꾸만 늘

어나는 여성 팬도 부담스러웠다. 실력이 아니라 외모 때문에 불어나는 여성 팬은 그로서 실패의 상징처럼만 느껴졌다. 하위 타선으로 밀려났어도 그는 다시 주요 타선으로 가고 싶다는 욕심이 있었다. 그 외에는 전혀 신경 쓰이는 게 없었다. 4번 타자에서 밀린 이후로 그 외의 일에 대해서는 될 대로 되라는 심정뿐이었던 것이다.

열애설이 터지고 나서도 수희와 제오는 관계가 가져다주는 안정감 때문에 가끔 만났다. 그는 필요 이상으로 다가오지 않는 수희가 편하면서도 만남을 피할 정도로 그녀가 싫지도 않았다. 시작이 생각나지 않을 만큼 안정된 관계에 그와 그녀는 서로 애정 표현은 없었지만 연인 타이틀은 유지했다. 그래서 수희가 결혼 이야기를 꺼냈을 때에도 약간의 기시감이 들었으나 아예 이상한 소리라고는 생각하지 않았다.

하지만 이제는…… 그런 관계로 평생을 살 자신이 없었다. 제오는 말문이 막힌 수희에게 조용히 말했다.

"사실은 그 여자가 그 여자고, 너 정도면 됐다는 생각으로 그동안 널 만났어."

"오빠."

"근데 이제는 아니야. 이대로 살고 싶지 않아졌어. 너는 코웃음 치겠지만 난 이제 사랑이 하고 싶어. 남들이 보기에 화려한 삶보다 내 마음 이해해 주고 거친 풍파라도 손잡고 함께 헤쳐 나갈 수 있는 사람을 옆에 둔 삶을 더 살고 싶어."

놀랍게도 수희의 눈에 눈물이 고였다. 그는 애써 모른 척했다.

"미안해. 사실 그동안…… 네가 어떤 사람인지 궁금한 적이 한 번도 없었어. 그런데 그 여자는, 내가 그토록 잘 안다고 생각하는데도 너무 궁금해. 무슨 생각을 하고 있는지, 무슨 일이 있었는지, 어떤 마음인지……. 그동안, 네게는 무언가 얘기하고 싶은 게 없었어. 그런데 그 여자한테는 자꾸 모든 걸 얘기하고 싶어. 내가 가장 잘 이해받고, 내가 가장 잘 이해할 수 있는 사람이야. 이런 말이 어떻게 들릴지 모르겠지만……."

수희는 눈을 깜빡이며 억지로 눈물을 참았다. 제오는 멈추지 않았다.

"너보다 예쁘지도 않고, 너보다 친절하지도 않아. 그래도 어떻게 해서든 연결되고 싶은 여자야. 존재만으로 힘이 되고, 그 사람을 안다는 것 하나만으로 내 인생에 의미가 돼. 그 애랑 함께라면 내 실패도, 내 좌절도 그냥 다 괜찮……."

"……그만해."

그녀는 벌떡 일어섰다.

"더 듣고 싶지 않아. 알겠으니까 그만해. 알았어. 헤어져. 그만두자. 그런 말을 듣고도…… 관계를 이어 갈 수 있는 여자가 어디 있겠어."

방송사 부사장과의 추문을 덮는 것, 여동생을 취업시키는 것…… 소기의 목적은 모두 달성했다. 그래도 관계를 이어 온 것은 그만둘 계기가 없어서였다.

"내가 뭐가 모자라다고, 내가 어디가 부족하다고 이런 말을 들으면서까지 오빠를 만나니?"

그러나 이제는 진심을 다하고 싶은 사람이 생겼다. 그동안 그리워했던 그 감정이, 마음속 깊이 연결되어 있는 것 같은 그 소통의 느낌이 다시 돌아왔을 때 놓치고 싶지 않았다. 이 세상에 유일할 것만 같은, 그 여자 아니면 품을 수 없을 것만 같은 감정이 분명 존재한다는 것도 새삼 깨달았다.

"그 잘난 사랑, 잘해 봐. 10년 뒤에 오늘을 후회하게 될 날이 올 거야. 오빠 설마 10년 뒤까지 야구 하고 있을 거라고 생각하는 건 아니지?"

"……."

수희가 떠나가고 난 뒤, 그는 자신도 모르게 핸드폰을 보고 '베스트 베이스볼' 게임에 접속했다. 아이디 찾기로 찾은 realgreen의 팀에 일부러 대기까지 걸어 두며 들어갔다. realgreen과는 몇 마디만 나눠 봐도 그녀임을 알 수 있었다.

그는 완전히 캄캄해진 훈련장을 한번 바라보고, 지금쯤 그녀가 퇴근했을 때 즈음이라고 생각했다. 오늘은 별일 없었을까. 그는 godzeoking이라는 아이디로 realgreen에게 말을 걸었다.

[realgreen님, 오늘 하루 잘 보내셨어요?]

번호가 차단되어 버린 이상, 그녀와 연결할 수 있는 곳은 이 게임의 서버뿐이었다. 답을 기다리는 그의 얼굴에 잔잔한 미소가 떠올랐다.

혹시나 10대 때 추억에 대한 과도한 의미 부여는 아닌가 그 스스로 시험해 본 것도 없지 않아 있었다. 그러나 매일같이 realgreen과 나누는 대화는 여전히 중독성이 있었다. 그때처럼 그는 그녀와의 대화가 좋았고, 매일같이 궁금했으며, 그녀의 필요성이 점점 더 커질 뿐이었다. 매일 밤 그녀와의 대화로 그는 성인이 된 후 느껴지지 않았던 안정을 느꼈다.

10년이 지났어도 그는 realgreen이, 진초록이 좋았다. 그때 그 감정 그대로. 망설일 이유가 없었다. 옛날에 강현 때문에 묻어 두었던 감정이 그토록 안타까울 수 없었다. 이번에는 더 복잡하고 더 힘든 사정이 있어도 포기하지 않을 것이다. 그는 마음을 다잡았다. 방황했던 나날들이었다. 존재만으로도 방황의 폭풍 속에서 중심을 잡게 해 줄 수 있는 여자가 초록 외에 누가 있을 수 있을까.

ㄱ

초록은 퇴근 무렵 인터넷 기사를 보고 심란함에 한동안 멍
하니 앉아 있었다. 신제오와 송수희가 결별했다는 기사가 랭
킹에 들어 있었다. 둘 다 연예인은 아니었으므로 대서특필되
지는 않았지만 스포츠에 관심 있는 사람들에게는 몹시 흥미로
운 뉴스였다.

자신 때문은 아닐까. 그날 밤 때문에 이런 일이 벌어진 건
아닌가. 초록은 답답한 마음에 한동안 책상에 엎드려 머리를
묻고 있다가 벌떡 일어섰다. 더 이상 그녀와 상관없는 일이었
다. 핸드폰을 꺼내 '베스트 베이스볼'을 켜는 그녀의 손이 살

짝 떨렸다.

게임은 언제나 그녀의 현실 도피처였다. 이맘때쯤 항상 접속해 있던 godzeoking이 없었다. 살짝 아쉬움을 느끼며 그녀는 게임을 시작했다. 오늘은 뭐라도 대화를 나눌 상대가 정말로 필요했었는데.

신제오같이 유명인이 엮인 일을 지인들에게 말할 수는 없다. 아무에게도 말하지 못하는 답답함이 그녀를 에워쌌다. 원룸이 있는 골목길로 들어오며, 그녀는 순간 겁이 덜컥 났다. 매일 야근해서 택시를 타고 들어오느라 생각하지 못했는데, 오랜만에 대중교통을 타고 정류장에서부터 골목을 걷는 길이 몹시 외졌다.

며칠 전 이 근처 골목에서 일어난 강간 살인 사건이 생각나 그녀는 움찔했다. 그녀는 집에 들어가 신발장을 열고, 구두로 가득 찬 좁은 현관을 대충 치운 뒤 예전에 동생 태완이가 놓고 간 신발을 현관 앞에 내놓았다. 그녀가 혼자 사는 집은 침실이 딸린 투 룸이었다.

작은 방을 꽉 채운 침대에 눕고 나니 그제야 godzeoking이 들어왔다.

[오늘은 좀 늦으셨네요.]

그녀는 인터넷 기사를 찾아보고 싶은 욕망을 꾹꾹 누르며 먼저 말을 걸었다.

[네. 일이 좀 있어서요. realgreen님 퇴근하셨어요?]

[이제 막 왔어요.]

godzeoking과 이런저런 게임에 관련된 얘기를 하다 보니 시간이 잘 갔다. godzeoking은 초록보다 시작한 날짜도 느리고 아주 많이 접속하는 것 같지도 않은데 레벨이 높았다.

[좋은 하루 보내셨어요?]

[음…… 아뇨.]

초록은 어두운 방 안에 핸드폰 불빛만 바라보며 눈을 깜빡였다.

[왠지 신경 쓰이는 일이 있어서 일에 집중이 잘 안 되더라고요.]

[무슨 일인데요?]

[그냥…… 제 작은 실수로 인해서 타인에게 너무 큰 일이 벌어진 것 같아서요. 뭐, 엄청난 사건이라기보다는 감정의 문제이기는 한데…….]

godzeoking은 한동안 말이 없었다. 그러더니 메시지가 천천히 올라왔다.

[감정에 있어서, 갑자기 벌어지는 너무 큰 일 같은 건 없다고 생각해요.]

[무슨 말이죠?]

[realgreen님, 이건 저도 어디서 들은 얘기인데요…… 세계 1차 대전이 왜 일어났는지 아세요?]

[그…… 사라예보? 그 사건 때문 아닌가요?]

[맞아요. 저도 잘은 모르지만, 폴란드의 국경에서 일어난 아주 작은 사건 때문이었대요. 그 아주 작은 사건 때문에 세계 1차 대전이라는 게 일어난 거예요. 하지만 사실은 1차 대전이 그 사건으로 인해서 일어난 건 아니죠. 전 세계에 감돌던 냉전 때문인 거야. 그 작은 사건은 그냥 기폭제였을 뿐이에요. 사실은 보이지 않아서 충돌조차 할 수 없었던 것 때문에 1차 대전이 일어난 거예요.]

그녀는 가만히 그 말을 바라보았다. godzeoking은 어떤 사람인 걸까. 처음에는 아이디만 보고 신제오의 광팬인 줄 알았는데 딱히 신제오에 대해 얘기를 하지도 않았다.

[작은 실수로 그렇게 큰 일이 벌어지지는 않을 거예요. 아마 크고 보이지 않는 이유가 있을 겁니다. 너무…… 마음 쓰지 마세요.]

[위로가 되었어요. 고마워요.]

초록은 어두운 방 안에서 바쁘게 핸드폰 자판을 눌렀다. 아주 오래전, 기숙사의 캄캄한 방에서 혼자 타자를 치며 모니터 뒤의 제오와 얘기를 나누던 생각이 났다. 제오도 얼굴도 모르는 realgreen에게 이런 위안을 느껴서 이런저런 말을 다 해 주었었나.

[저는 인공위성 같은 삶을 살고 싶었어요. 그 누구의 영향도 받지 않고, 그 누구에게도 영향을 주지 않으면서 주어진 궤도만 빙빙 도는 삶이요. 그래서…… 다른 사람들과 지나치게 얽히는

건 무서워요.]

[주어진 궤도만 빙빙 돌더라도 realgreen님 삶이에요. 인
공위성같이 누가 만들어 쏘아 올린 게 아니고, 행성같이 스스로
존재하는 삶이잖아요. realgreen님이 도는 궤도는, 인공위성
처럼 누군가 설계한 게 아니고 realgreen님이 스스로 도는
궤도라고…… 저는 생각해요.]

초록은 왠지 눈물이 날 것 같았다. 누군가에게 이런 말을 하
고, 이런 말을 들었던 적이 있었던가. 성인이 되어 살아오는
동안 이렇게 깊은 이야기를 해 본 적이 없었던 것 같았다.

[realgreen님의 허무한 감성이 저는 좋아요. 그렇지만……
허무가 포기는 아니잖아요. realgreen님만의 궤도를 도는 건
좋지만, 외면하지 말아요.]

[……무엇을요?]

[그냥, 다요.]

합숙 훈련이 끝나고, 강현은 숙소에 돌아와 인터뷰를 준비
중이었다. 한국의 한 케이블 TV에서 해외에 진출한 야구 선수
들을 대상으로 인터뷰 섭외가 들어왔기 때문이다. 강현은 습
관처럼 초록에게 전화를 걸었다.

미국에 오면서 가장 마음에 걸렸던 두 사람이 있다. 바로 초
록과 제오였다.

그의 가장 친한 친구, 신제오는 고등학교 시절부터 함께해

온 동창이자 동료였다. 그가 입단을 하지 못한 20대 초반, 그를 매번 챙겨 준 사람은 제오였다. WBC에서 큰 활약을 하면서 전 국민에게 사랑받을 때에도 그의 태도는 변하지 않았다. 언제나 지방까지 그를 찾아와 도닥여 주고, 가벼운 술에 취해 그의 공을 받아 주곤 했다.

가장 어려울 때 자신을 챙겨 준 사람이 가장 오래간다고 했던가. 제오가 하위 타선으로 밀리는 동안, 강현이 미국의 메이저리그에 진출하게 되면서 그는 제오에게 알 수 없는 미안함이 들었다. 고등학교 시절부터 제오는 메이저리그가 꿈이었다. 사실 자신은 그저 입단하여 1군 투수로 경기를 뛸 수만 있다면 좋겠다고 생각했는데 인생이라는 게 참 얄궂었다.

왠지 미안해하는 강현에게 제오는 웃으면서 그의 어깨를 두드렸다. 자신도 먼저 입단했을 때 그런 알 수 없는 미안함을 느꼈다고, 하지만 그게 합리적인 감정은 아닌 걸 서로 알고 있지 않느냐고 하는 그의 말에 강현은 마음이 아팠다.

초록은 다른 의미에서 그에게 늘 신경 쓰이는 사람이었다. 그가 19세 때, 신인 드래프트에서 지명을 못 받으며 가장 의지했던 사람이 바로 초록이었다. 10대 때에는 그녀의 불우한 가정사 때문에 늘 챙겨 줘야 한다고 생각했는데, 어느 순간 작고 귀여운 여자아이가 누구보다도 위안이 된다는 것을 알았다.

강현은 상성고등학교를 다니면서 갑자기 생긴 인기에 어리둥절했었다. 누구나 그를 좋아했다. 거만하고 성깔이 있는 제오보다 묵묵한 강현을 좋아하는 여학생들도 꽤 있었다. 주목을 받고 이런저런 선물이 쏟아질 때 초록은 멀어졌다. 너 같은 애와 얽히는 것이 부담스럽다는 이유였다. 그러나 초록은 그가 가장 비참하고, 그의 옆자리에 사람들이 없을 때에 거꾸로 다가왔다. 친한 야구부 친구들이 지명 이후 바빠지고, 그도 왠지 피하고 싶을 때에 그의 옆에는 초록뿐이었다. 본인의 수능을 앞두고서도 그녀는 언제 그랬냐는 듯이 그의 옆에 있어 주었다.

19세의 남학생이, 힘들 때 옆에 있어 준 여학생에게 호감을 품는 건 당연한 일이었다. 그런데 하필 그 여학생이 10년 동안 친구였던 바로 그 진초록이라는 것이 문제였다.

그녀가 서울로 대학에 가고, 선배와 사귀는 것을 그는 그저 지방에서 지켜볼 수밖에 없었다. 가끔 초록이 찾아와서 위로 아닌 위로를 해 줄 때, 그는 그녀가 없으면 안 될 것 같다는 생각을 했다.

대학 졸업과 동시에 입단을 하고, 군대에 갔다. KBO 리그에서 활약한 지 얼마 되지 않아 미국으로 떠났다. 그때마다 초록의 옆에는 누가 있거나 없거나 했다. 친구라는 이름으로 옆에 있지 않으면 멀어질 사이였다. 그는 알고 있었다. 초록은 누군가에게 깊은 애착을 느끼는 사람이 아니다. 단 하나의 피붙이 엄마조차 열일곱 어린 나이에 자신의 발로 떠나온 그녀다.

강현이 고백을 했을 때, 친구니 뭐니 해도 가차 없이 돌아설 것을 알고 있었다.

그래서 그는 어쩔 수 없이 기다렸다. 미국에서도 전하지 못한 마음은 관성처럼 그에게 붙었다. 어차피 초록은 어떤 남자를 만나도 성의 없이 사귀다가 금방 헤어졌고, 요즈음에는 바빠서 남자 생각도 딱히 없다고 했었다.

－여보세요?

평소같이 무심한 초록의 목소리를 듣자 그의 마음에 이상한 안도감이 몰려왔다.

"나야. 이제 합숙 끝났다. 죽는 줄 알았네."

－어땠어? 실력 좀 많이 늘었어?

"열심히는 했는데, 잘 모르지. 게임은 성공적이라며?"

－어. 엄청 잘되고 있지.

"신제오 덕분 아니야? 그래도 제오가 광고 안 할 줄 알았는데 어떻게 오케이를 했네? 얼굴 좀 생겼다고 연예인 코스프레한다는 말을 걔가 제일 싫어하는데."

－……어.

"시즌 전에 한국에…… 들어갈 수 있을지 모르겠다. 합숙 훈련 하고 나니까 더 욕심이 나서. 이번 시즌에는 진짜 잘하고 싶거든."

－응. 뭐, 네 마음이지.

"참, 주목받고 칭찬받는다는 게 무서워."

강현은 다가오는 인터뷰 시간을 눈으로 확인하며 말했다.

"나, 옛날에는 신제오가 왜 그렇게 훈련에 목을 매는지 잘 몰랐거든. 근데 걔는 고등학교 시절 내내 이런 기대와 부담을 안고 살아왔을 거 아니야. 이게 1등을 하면 그걸 놓칠까 봐, 사실은 내 실력이 별거 아닐까 봐 너무 무섭거든. 그런 마음이 사람을 엄청 초조하게 만들어."

─……그렇구나. 나는 1등이 아니어 봐서 모르겠다.

"휴가 내고 미국 올 일…… 없지? 못 본 지도 오래됐는데."

─당분간 없어. '베스트 베이스볼' 업데이트 계속해야지. 요새 게임은 수명이 짧아서 새로운 콘텐츠 계속 내지 않으면 유지도 힘들어. 그래도 시즌마다 TV에서 챙겨 보려고 노력해.

"그건 네가 날 보는 거지, 내가 널 보는 건 아니잖아."

─내가 말했지.

초록의 냉소적인 말이 웃음과 함께 핸드폰을 타고 전해졌다.

─죽지 않음 잘 사는 거라고. 요새 '베스트 베이스볼' 때문에 정신없는 것 빼면 잘 지내. 근데 뭐, 세상에서 제일 소중한 내 게임 다듬는데 못 할 짓이 뭐 있겠어?

"그래. 또 전화할게. 그럼 난 인터뷰 시간 다 돼서 끊는다."

강현은 핸드폰을 끊고 거울로 자신의 모습을 확인했다. 저렇게 냉정하게 말하는 초록이지만 생각보다 마음이 따뜻하다는 건 누구보다도 잘 알고 있었다. 그가 정말로 비참할 때에 손을 내밀어 줄 친구이자 여자였다.

지금은 일 때문에 너무 바빠서 남자를 제대로 만날 생각이 없는 것 같았다. 그것이 가장 큰 위안이 되었다. 누구라도 진지한 남자가 생기면 그는 그때 고백할 생각이었다. 어차피 그녀에게 진지하게 만나는 남자가 생기면 이런 친구 관계도 끝이다.

"강현 씨, 안녕하세요!"

문을 두드리고, 카메라맨과 함께 수희가 들어왔다. 인터뷰를 진행하는 파견 리포터다. 워낙에 스포츠 선수들 사이에서 발이 넓은 그녀를 강현은 몇 번 보았다. 제오와 함께 술자리를 가진 적도 많았다. 싹싹하고 예쁘고, 귀염성 있는 여자라고 생각했다.

제오는 그녀와 오래 만났지만, 그녀에 대한 얘기를 잘 하지는 않았다. 원래 남자들끼리는 자신의 여자 얘기는 잘 하지 않으니까 사실 별로 관심이 없었다. 그러나 며칠 전 제오와의 결별을 다룬 기사는 읽었다.

"오랜만이에요."

그는 환하게 웃는 수희를 바라보며 악수를 청했다. 베테랑 아나운서답게 수희는 분위기를 금방 편안하게 만들고, 이런저런 인터뷰를 자연스럽게 진행하기 시작했다.

퇴근길에 걸려 온 강현의 전화를 끊고, 초록은 게임을 하며 퇴근 중이었다. 자신이 만들었지만 '베스트 베이스볼'은 정말 잘 만든 게임이었다. 몇 가지 버그를 체크하고, 자신들의 선수들을 훈련시키면서 그녀는 godzeoking과 대화를 나누고 있었다.

[별이 세 개인 선수가 네 개인 선수보다 운용에는 좋을 수도 있는 것 같아요. 정말 중요한 건 스킬 같기도 하고요.]

[그렇죠. 사실 별 하나만 보기보다는 스킬하고, 다른 선수들과의 상성, 순서, 컨디션, 이런 여러 가지를 복합적으로 봐야 해요.]

[진짜 게임나루, 이번에 게임 하나는 정말 잘 만들었어요.]

godzeoking의 말을 읽으며 그녀는 뿌듯함에 한껏 미소 지었다.

[하나의 선수를 고려할 때 여러 가지 특성들을 다 봐야 하잖아요. 절대적으로 훌륭한 선수도 없고, 절대적으로 안 좋은 선수도 없고. 진짜 고심해서 제작한 티가 나요.]

[그렇죠? 이 게임을 기획할 때, 인생을 담겠다고 한 기획팀 인터뷰도 있어요.]

[인기에는 비결이 있는 거겠죠. 퇴근은 하셨어요?]

[네. 이제 집에 가는 중이에요. 거의 다 왔어요.]

초록은 핸드폰을 바라보며 타박타박 계단을 올라갔다. 밤 10시가 넘었다. 다음 주부터는 진짜 야근을 좀 줄여야겠다고 생각했다. 아무리 게임을 좋아하고, 게임이 일이라고 해도 이

건 건강에 너무 안 좋은 것 같았다.

그녀는 아무 생각 없이 한 손으로는 핸드폰을 잡고, 한 손으로는 비밀번호를 누르고 캄캄한 집에 들어갔다. 현관에 잔뜩 쌓여 있는 신발들을 제대로 보지도 않고, 대충 구두를 벗고 마루의 불을 켰다.

물을 마시고 싶어 작은 부엌으로 향하는 순간, 그녀는 문득 등골이 서늘함을 느꼈다. 부엌에 컵을 놓았던 위치가 달라져 있었다. 그녀는 컵의 손잡이를 무조건 왼쪽으로 둔다. 습관이었다. 그런데 컵의 손잡이가 앞을 향해 있었다.

문득 뒤돌아보기도 무섭다는 생각이 들었다. 그녀는 숨을 멈추고 조심조심 뒤를 돌아보았다. 작은 마루에는 아무도 없었다. 그러나 아직 불을 켜지 않아 캄캄한 침실은 알 수 없었다. 그녀는 심호흡을 한 번 하고 조심조심 움직였다. 경계해서 나쁠 것은 없었다.

이불이 흐트러져 있었다.

문을 활짝 열 용기가 없어 조심스레 추론할 뿐이었지만, 어렴풋이 인영이 보였다. 눈을 가늘게 뜨고 보니 문에 가려 보이지 않는 침대 한쪽 끝에 한 남자가 누워 있는 것 같기도 했다.

그녀는 온몸이 이미 땀에 젖었음을 느꼈다.

"요새 혼자 사는 여자들 진짜 조심해야 된대. 그 나쁜 놈들이 작정하고 몇 날 며칠을 주위를 돌면서 여자 혼자 사는 집인가 아닌가 체크한다던데. 초인종 밑이라든가 문고리라든가 그런 데에 표시해 놓는대."

며칠 전, 이 근방 골목길에서 혼자 사는 여자 대상으로 강간 살해 사건이 벌어졌었다. 제오의 집에서 자고 온 날이었기 때문에 똑똑히 기억했다.

"그놈들이 혹시 먼저 방에 들어와 숨어 있을 수 있어. 그때에는 바로 나가 버리거나 난리 치지 말고, 눈치챘다는 걸 들키지 않으면서 아는 사람한테 바로 티 나지 않게 연락해야 된대."

그녀는 조용히 심호흡을 했다. 혹시 자신을 보고 있을지도 몰랐다. 아니면 한 명이 아닐 수도 있었다. 이상한 행동은 오히려 상황을 악화시킬 수 있었다. 그녀는 조심스럽게 게임이 진행 중인 핸드폰을 보았다. 왠지 뒤통수마저 따가운 것 같았다. 어쩌면 저 침실에 들어와 있는 남자의 동료가 집 어디선가 그녀를 보고 있을 수도 있다는 생각에 그녀는 등골이 오싹했다.

티 나지 않게 연락해야 한다고.

그녀는 액정에 띄워져 있는 게임 화면을 다른 메신저 화면으로 돌릴 생각도 못 하고 조용히 심호흡을 했다. 게임에는

godzeoking과 나누고 있는 대화창이 떠 있었다.

[godzeoking님.]

[네?]

[제가 사실은 혼자 사는 여자인데요, 지금 집에 어떤 남자가 와 있는 것 같아요.]

[뭐라고요?]

[XX빌라 XX동 XX호. 이거 제 주소인데, 신고 좀 해 주시겠어요? 지금 집에서 나가거나 제가 직접 신고하면 상황이 안 좋아질 것 같아서요. 근래에 이 근방에서…… 강간 살해 사건이 있었거든요.]

그녀는 침을 꿀꺽 삼켰다. 얼굴도 이름도 성별도 모르는 godzeoking에게 이렇게 자신이 혼자 사는 여자임을 밝히고 주소까지 말해 주어도 되는 걸까? 하지만 그런 걸 생각할 여유가 없었다. godzeoking이 아닌 누구에게라도 도움을 청하는 것이 우선이었다. 그리고 이때까지 쌓아 온 신뢰를 생각하면, 그 사람이 말했던 서정적인 문장들을 생각하면, 어떻게든 도움을 청하고 싶었다.

초록은 너무 무서워서 눈물이 나올 것만 같았다. 의미 없다 생각했던 삶이어도 이대로 죽고 싶지는 않았다. 공포는 허무보다 훨씬 무서운 것이었다. 영겁과 같은 시간이 흘렀다. 자신이 무사할 수 있을까? 조용히 신고했으므로, 무슨 일을 당하기 전에 경찰이 올까? 그녀는 심호흡을 하며 무너지듯 거실에 가만히 앉았다.

"시간 내주서서 감사해요. 국내 팬들이 정말 좋아하실 거예요."

강현은 인터뷰를 끝내고 자신도 모르게 긴장이 풀려 기지개를 켰다. 수희 역시 카메라가 꺼지자 편안한 표정으로 대화를 시작했다.

"이번 시즌에 거는 기대가 여기저기서 정말 커요."

"어유, 부담돼요. 그래도 최선을 다해야죠, 뭐. 진부하지만."

"한국에는 안 들어오세요? 시즌 시작 전에, 지금밖에 시간 없을 것 같은데."

"글쎄요. 시간은 있는데 여유는 없는 것 같아서……."

강현은 뒤통수를 긁적였다. 카메라맨이 화장실을 간다며 잠시 자리를 비웠다. 강현은 수희와 살짝 어색하게 있다가, 조심스럽게 말을 걸었다.

"저기…… 기사 봤어요."

"아, 그런가요?"

"제오한테 물어봤는데 별말 안 하더라고요……. 괜찮으세요? 오래 만나셨는데."

"뭐, 괜찮지는 않지만 어쩌겠어요."

수희는 쓸쓸하게 웃어 보였다. 강현은 모른 체하는 것이 더 이상하다고 생각하여 말을 꺼냈지만 어떻게 수습할지 몰라 쩔쩔맸다. 꽤 오래전 얘기지만, 한국에 있을 때 마지막으로 그녀를 본 건 제오와의 술자리였었다. 그때만 해도 사이가 괜찮아 보였는데, 서로 뜨거워 보이지는 않아도 편안해 보였는데 왜 이렇게 되었는지 알 수 없었다.

신문 기사에서는 성격 차이라고 했지만, 강현은 알고 있었다. 이미 성격 차이로 헤어질 거였으면 진작 헤어졌어야 했다. 그가 차마 물어보지 못하고 있지만 궁금해하는 것을 눈치챈 수희가 조심스럽게 말문을 열었다. 그녀 나름대로는 모두 계산이 끝난 상태였다.

"제오 씨가…… 저한테 큰 잘못을 하나 했거든요."

이미 제오와 수희는 끝났다. 그러나 여기서 수희의 평판이 나빠지면 그녀는 진짜로 스포츠 아나운서로서의 가치가 떨어진다. 운동선수와 아나운서는 다르다. 그녀는 수많은 선수들 사이에서 호감을 유지해야 했다.

어차피 그녀가 아는 제오는 억지로 그녀 얘기를 하거나 어떤 소문이 퍼져도 적극적으로 대응할 사람이 아니다. 어차피 결별설의 이유는 여기저기서 헛소문으로 떠돌 것이다. 그 사이에서 자신이 살아남기 위해서는 계산을 잘 해야 했다.

"제오가…… 큰 잘못이요? 그 녀석이 그럴 리가 없는데. 뭐, 바람이라도 피웠어요?"

"비슷하죠."

수희는 한숨을 푹 쉬면서 말했다.

"강현 씨는…… 좀 특별한 사람이니까 말할게요. 어차피 제오 씨 곁에 늘 있을 사람이고, 저와 제오 오빠 관계도 잘 아시는 분이시니까. 제오 씨에게 흠 되는 이야기니까 다른 사람들에게 말하지도 않으실 거죠?"

"제오는 제일 친한 친구입니다. 제오 욕을 해 달라고 하는 거면 해 줄 수 없지만…… 이야기를 하지 말아 달라는 거면 당연히 하지 않죠."

그녀가 원하던 바였다. 혹시나 뒤에서 제오와 수희의 이야기가 나올 때, 영향력 있는 선수인 강현이 '더 알려고 하지 마. 그래도 송수희 잘못은 아니야.'라고 말해 줄 수 있는 것.

"……다른 여자랑 잤더라고요."

"네?"

강현이 미간을 찌푸리며 반문했다.

"그럴…… 애가 아닌데……."

그가 말꼬리를 흐리는 것은 당연했다. 그럴 사람은 아니라고 판단했지만, 남자에게 있어 여자 문제는 함부로 단언할 수 없는 것이기 때문이었다.

"그리고 도대체 어떤 간 큰 여자가 공개 연애 중인 신제오하고 원 나이트를 한다는 겁니까? 그렇게 가벼운 여자하고는 제오가 딱히 관계를 맺을 것 같지는 않은데……."

"음……."

수희는 말을 골랐다.

"이건 그냥 제 짐작이기는 한데······."

그녀는 한숨을 폭 쉬었다.

"그냥 벌어진 일 같지는 않고····· 대가성의 일이었던 것 같아요."

"그건 또 무슨 말입니까?"

강현이 어이가 없다는 듯 물었다. 수희는 눈물을 찍어 내며 천천히 말을 이었다.

"제오 씨 핸드폰을 뒤져 보니까····· 게임나루 과장? 그 여자한테 문자가 와 있더라고요. 고등학교 동창인가 그렇다는데, 광고 섭외한······."

강현의 얼굴이 순식간에 굳었다.

"그 여자랑····· 그런 것 같아요. 그리고 광고를 찍었죠. 알잖아요, 제오 오빠 광고 정말 싫어하는 거. 이런저런 거 다 거절한 거. 성적도 안 좋은데 구단에 눈치 보인다고······."

수희는 연기를 하느라, 강현의 얼굴이 무시무시하게 변한 것도 모르고 말을 계속했다.

"모든 게 좀 이상하긴 했어요. 갑자기 게임 광고라니. 그 여자랑 하룻밤을 지내고 광고를 찍기로 한 것 같긴 한데····· 누가 제안한 건지는 모르죠."

"확실해요?"

강현이 숨을 거칠게 쉬며 가까스로 말했다.

"확실하진 않죠. 그냥 제 추측이에요. 그렇지만 사실만 확인해 보자고요. 제오 씨는 광고를 싫어하고, 어떤 여자에게 제안을 받았고, 그 여자와 잤고, 그 광고를 찍었고, 그 광고 때문인지는 모르겠지만 '베스트 베이스볼'이 엄청 떴다면서요."

"……그 여자랑 잤다는 거…… 사실이에요?"

"그건 사실이에요. 확인했으니까."

"둘이…… 연애하는 건…… 아니고요?"

수희는 마지막에 제오가 했던 말을 떠올렸지만 단번에 고개를 저었다. 제오가 그 여자를 너무나 특별하게 생각한다는 말은 하고 싶지 않았다. 그건 자존심이 너무 상하는 일이었다. 그녀는 끝까지 매력적이고, 남자 친구의 실수로 인해 냉정하게 돌아선 불쌍하지 않은 커리어 우먼이어야 했다.

"그건 아닌 것 같던데요."

그때, 카메라맨이 다시 들어왔다. 수희는 눈물을 순식간에 닦아 내고, 강현과 작별 인사를 나눈 뒤 처음 들어올 때처럼 산뜻하게 나가 버렸다. 강현은 그 이후 수희와 무슨 대화를 하고 어떻게 보냈는지는 전혀 기억나지 않았다.

한동안 가만히 앉아 있었다. 수희의 말을 거짓말로 치부하기에는 모든 것이 이상했다. 초록이 광고 모델 후순위라며 제오의 번호를 요구할 때만 해도 그는 당연히 거절당할 줄 알았다. 제오가 성적도 좋지 않은데 광고를 찍을 이유가 없었기 때문이다. 게다가 초록과 제오는 전혀 친한 사이가 아니었다.

그런데 제오는 광고를 찍었고, 아무 일 없이 평탄하게 만나던 수희와 헤어졌다.

―근데 뭐, 세상에서 제일 소중한 내 게임 다듬는데 못 할
짓이 뭐 있겠어?

아까 전의 통화에서 초록이 했던 말이 생각났다. 그는 분노
가 차오르는 것을 느꼈다. 제오는 그가 초록을 계속 짝사랑한
것도 알고 있었다. 지금, 선후 관계가 어떻게 되었든 그가 오
랜 시절 동안 짝사랑해 왔던 여자를, 그의 가장 친한 친구가
하룻밤 상대로 취급한 것이다. 그는 꽤 오랫동안 제오와 연락
을 하지 않았던 것이 기억났다.

그는 제오의 전화번호를 눌렀다. 통화음이 길게 이어졌지만
제오는 받지 않았다. 메시지를 남겼다. 당장 전화하라는 메시
지였다. 하지만 제오는 메시지를 읽었음에도 불구하고 답을
하지 않았다.

강현은 머리가 터져 버릴 것만 같았다. 그들 사이에는 태평
양이 있었고 열 시간 가까운 시차가 있었다.

초록은 조용히 숨만 쉬고 앉아 있었다. 영겁의 시간이 지나
가는 것 같았다. 그때, 침실의 문이 삐거걱 열렸다. 자신도 모
르게 소리를 지르려던 찰나, 문을 연 주인공이 천진난만하게
말했다.

"누나, 왔어?"

초록은 앉아 있었음에도 불구하고 다리에 힘이 풀려 휘청거렸다. 눈을 비비며 그녀에게 다가온 사람은 다름 아닌 그녀의 남동생이었다. 아빠가 다른, 그녀와 열다섯 살 차이가 나는 엄마의 막둥이.

"자느라고 몰랐네."

"태완아!"

초록은 긴장이 풀려 어이없다는 듯이 소리쳤다.

"넌 왜 연락도 안 하고 와? 뭐야, 왜 여기 있어?"

"나…… 가출했어. 핸드폰도 집에 두고 왔고 해서…… 어디 갈 데도 없고……."

"너 진짜!"

그때, 집에 경찰들이 들이닥쳤다. 태완이 놀라서 입을 벌리고 주저앉을 동안, 초록은 한숨을 푹 쉬고 벌떡 일어섰다. 정신없는 건 정신없는 거고, 일단 이 사태를 수습해야 했다. godzeoking이 신고한 것이 틀림없었다. 경찰들은 잔뜩 긴장해서 들어왔지만, 초록과 태완의 모습을 보고 다소 당황한 것 같았다. 경찰 중 하나가 앞으로 나서며 물었다.

"신고가 들어와서요. 지금 어떤 남자가 집에 무단 침입 했다는 것이 사실입니까?"

"네, 네…… 그런데 사실 남동생이었어요."

초록이 손가락을 꼼지락거리면서 기어들어 가는 목소리로

말했다.

"집에 오니까, 물건 배치가 이상하고 방에 어떤 남자가 누워 있더라고요……. 요 근래 여기서 혼자 사는 여자 강간 살해 사건이 있어서…… 무서워서 지인에게 신고를 부탁했거든요. 근데 알고 보니까 남동생이었네요. 온다는 연락도 없었고, 이런 식으로 저희 집에 온 것도 처음이라 제가 전혀 짐작하지 못했어요."

"그렇습니까."

태완이 어리둥절한 표정으로 앉아 있다가 초록의 설명을 듣고 얼굴이 벌게져서 고개를 숙였다.

"정말…… 죄송합니다. 바쁘실 텐데."

"아닙니다. 좋은 대처였어요. 당연히 의심 가는 상황이 있다면 신고하셔야죠. 조심해서 나쁠 건 없습니다. 그리고 이 근방에서 사건이 있었잖아요. 이럴 때 출동하라고 경찰이 있는 것 아닙니까."

"그래도…… 죄송합니다."

초록은 고개를 숙여 몇 번이나 사과했다. 경찰들은 괜찮다고 대답한 뒤 사라졌다. 경찰들에게 주스 한 잔씩 대접한 뒤 보낸 초록은 뒤를 돌아 머뭇거리고 있는 태완에게 도끼눈을 떴다.

"무슨 짓이야?"

열네 살의, 이제 중학생이 된 태완은 벌써 초록보다 키가 컸

지만 아직 아이 같았다. 순식간에 혼나는 어린아이가 된 태완
은 손을 모으고 고개를 폭 숙였다.

"너 여긴 어떻게 알고 왔어?"

"저번에…… 엄마랑 집 구할 때 같이 왔었잖아."

그래. 몇 년 전, 엄마랑 집을 구할 때 태완을 데리고 왔던
것 같다. 그리고 그때 비밀번호도 같이 설정했지. 웃기게도 비
밀번호를 태완의 생일로 설정했었다. 어떤 사람들도 짐작하지
못할 비밀번호를 해야 된다고 우기는 바람에 대뜸 결정된 비
밀번호였다. 그래서 몇 년이 지나도 태완이 기억했구나.

"집 나왔는데…… 갈 곳이 없었어."

"집을 왜 나와?"

"엄마만…… 자꾸 고생하니까. 친척 아저씨들한테 화내다가,
할머니가 나가라고 소리쳤어. 그래서 나왔어. 근데 돈도 얼마
없고…… 핸드폰도 안 갖고 나오고…… 캄캄해지고……. 근데
엄마가 옛날에, 혹시나 무슨 일 있으면 누나한테 가라고 했던
게 기억나서……."

초록이 한숨을 폭 쉬었다. 초록과 태완은 친한 사이가 아니
었다. 나이 차이만 열다섯이고, 같이 크지도 않았다. 하지만 엄
마가 같았으므로 종종 밥을 같이 먹거나 하는 경우는 있었다.

종갓집은 거의 1년 내내 일이 있는 집이다. 태완이 무슨 말
을 하는지는 알 것 같았다. 엄마는 거기서 고생하고 있다. 아
직까지 여자를 하인 대하듯이 대하는 문중 어르신들도 많다.

어린 사춘기의 소년이 보면 화가 날 수도 있었다. 그래도 네가 이렇게 생각 없이 돌아다니면 엄마도 걱정하고 자신도 놀란다는 요지의 훈계를 하려던 찰나, 누군가 현관문을 미친 듯이 두드렸다.

"뭐야?"

초록은 한숨을 푹 쉬었다. 그때, 태완이 벌떡 일어섰다.

"내가 나갈게. 누난 여자잖아."

초록은 태완의 뒷모습을 보면서 팔짱을 꼈다. 누군지 모르겠지만 어쨌든 태완이라도 있어서 다행이었다. 태완이 성큼성큼 걸어 앞으로 나가는데, 초록의 심장이 툭 떨어지는 목소리가 함께 들려왔다.

"문 열어! 진초록! 괜찮아?"

초록의 눈이 커졌다. 문을 쉴 새 없이 두드리며 초록의 이름을 부르는 목소리는 놀랍게도 신제오의 목소리였다.

"진초록! 문 좀 열어 봐!"

초록이 어떻게 하기도 전에 태완이 문을 활짝 열었다. 현관문 앞에 말도 안 되는 남자가 서 있었다. 트레이닝복 차림에 몰골이 엉망인 제오가 한 손에는 핸드폰을 들고 숨을 몰아쉬고 있었다.

"와, 신제오…… 아니에요?"

초록과 제오는 눈을 마주친 채로 그대로 굳었는데, 태완만이 신기하다는 듯 발랄하게 말했다. 태완은 그 또래 남자아이

들답게 야구에 관심이 많았다. 게다가 A구단은 태완이 응원하는 팀이었다.

"누나! 신제오 선수 맞지? 우와, 누나, 진짜 맞지? 우와!"

태완이 입을 크게 벌리며 환호했다. 제오는 잠시 황당한 듯 서 있다가, 태완의 들어오라는 말에 엉거주춤 걸음을 옮겼다. 신발이 쌓여 있는 현관에 조심스럽게 자신의 슬리퍼를 올려놓은 그는 다소 민망해하며 천천히 초록의 집에 들어왔다. 자신이 난리를 친 것과는 별개로 초록이 너무나 무사했기 때문이다.

"사인 받아야지! 저 사인해 주세요!"

태완은 신나 하면서, 종이라도 하나 찾겠다고 초록의 침실로 들어갔다.

"너…… 괜찮아? 어떤 남자가…… 있다고……."

제오의 말에 초록의 입이 벌어졌다.

"네가 그걸 어떻게 알아?"

둘 사이에 적막이 흘렀다. 초록이 벌떡 일어섰다. 눈에 분노가 가득했다.

"너, 혹시…… 네가 혹시…… godzeoking…… 근데 나인 줄은 어떻게 알고……."

"초, 초록아. 잠시만. 찬찬히 얘기하자."

"너……."

초록의 굳은 표정을 바라보며 제오가 진땀을 흘렸다. 그의 핸드폰에 강현의 메시지가 쏟아지고 있었지만 답도 할 수 없었다. 그는 강현에게 오는 전화를 바로 끊어 버리고, 아무렇게나 초록의 식탁 위에 두었다.

"설명할게. 잠시만 앉아 봐."

초록은 조용히 그를 쏘아보았다. 생각할 시간이 필요했다. 이게 어떻게 된 일일까. realgreen이 초록임은 어떻게 알았을까. 날씨가 아직 쌀쌀한데 그는 외투조차 걸치지 않았고, 슬리퍼를 신고 온 발은 빨갛게 얼어 있었다. 발이라도 덮으라고 담요를 챙겨 주려는 순간 태완이 침실에서 겅중겅중 뛰어오며 소리쳤다.

"누나, 신제오 선수랑 친하구나!"

태완의 손에는 '신제오'라고 쓰여 있는 야구공이 들려 있었다. 예전에, 고등학교 시절 호두나무를 부러트리고 초록의 손에 들어온 바로 그 야구공이었다. 갈수록 태산이었다.

"이런 야구공까지 소중하게 보관하고! 우와!"

제오가 신기한 듯 태완의 손에 들린 야구공을 바라보았다. 고등학교 때 쓰던 야구공이고, 자신의 필체로 이름이 적혀 있었다. 그 시절, 좋아하는 야구부 남자아이들의 이름이 적힌 야구공을 간직하는 것이 문화였다는 건 그도 알고 있었다. 그의 야구공은 날아갔다 하면 돌아오지 않는 것으로 유명했기 때문이다.

"이거…… 어디서 났어?"

"이거요? 누나 침대 머리맡에 곰 인형이랑 같이 모셔져 있던데요."

초록은 태완의 입을 막을 수 있다면 무슨 짓이라도 하고 싶었다. 제오는 자신도 모르게 씩 웃었다. 의기양양하게 분노를 터트리려던 초록의 얼굴에 당황스러움이 떠올랐기 때문이다.

"역시……."

제오가 초록을 바라보며 다소 여유를 찾고 말했다.

"얘기 좀 해야겠다, 그치?"

8

초록은 일단 가장 걱정할 사람인 엄마에게 전화했다. 엄마는 과연 제정신이 아니었다. 지금 당장 태완을 데리러 온다는 엄마의 말을 마지막으로, 초록은 복잡한 표정이 되어 전화를 끊었다. 그러고 나니 초록의 작은 거실이 세 사람으로 꽉 차 있었다. 언제 초록의 앞에서 주눅이 들었냐는 듯이 잔뜩 신이 난 태완과 제오가 바로 그 야구공을 서로 가볍게 던지고 받으며 낄낄대고 있었다.

"실내에서 왜 야구공을 던져? 관둬."

"가볍게 던지는 건데, 뭐 어때."

제오가 어깨를 으쓱하며 말했다.

"그것도, 내 공으로."

초록이 잔뜩 화가 난 눈으로 그를 쏘아보았다.

"몰랐는데, 내 팬이었나 봐. 내 공도 지금까지 침대 머리맡에 두고. 게다가 godzeoking한테도 말하지 않았어? 제일 좋아했다고."

"……말했잖아."

그녀는 내뱉듯이 말했다.

"늘 응원하겠다고. 비가 쏟아지던 그날 저녁에…… 그때 한 약속 지킨 것뿐이야."

"누가 들으면 약속 진짜 잘 지키는 사람인 줄 알겠네."

"……넌 아이디 취향은 참 한결같구나. zzangboss에서 godzeoking이라니."

"그런가 봐. 알고 보니 10대 때랑 달라진 게 없나 봐."

제오는 몇 마디 더 하고 싶은 눈치였지만 신기한 듯 둘을 바라보는 태완이 있었기 때문에 말을 멈추었다. 이 철없는 열네 살짜리 중학생 때문에 지금 갑자기 큰일이 벌어졌다. 자초지종을 듣고 나서 제오는 다소 어처구니없었지만 다행이라는 생각부터 들었다. 아무 일이 없어서 다행이었다. realgreen의 메시지를 본 순간 거의 정신이 나가 있었다. 신고를 하고 realgreen이 보내 준 주소로 무작정 달려온 그는 무사한 초록의 얼굴 그 자체만으로도 감사했다.

"형, 우리 누나랑 무슨 사이예요?"

야구공 몇 번 던졌다고 바로 '형'이 된 제오는 태완의 질문에 망설이지도 않고 대답했다.

"고등학교 동창. 친한 친구야."

9년 동안 연락 한 번 안 하고 살던 사이 맞나. 초록은 기가 막힌 얼굴로 제오를 바라보았다.

"그럼 누나, 강현이 형이랑 더 친해, 아니면 제오 형이랑 더 친해?"

태완의 말에 제오가 눈썹을 치켜 올리며 대답했다.

"당연히 나랑 더 친하지."

"그런데 제오 형은 처음 보는데요?"

"그래도 더 친해."

제오가 씩 웃으면서 말했다.

"고등학교 때에는 매일 밤 만나서 얘기했는데."

"헉."

태완이 미간을 찌푸렸다.

"밤마다? 그럼 둘이 사귄 거예요?"

"뭐?"

초록이 도끼눈을 뜨며 태완을 바라보았다. 그때, 초인종이 울렸다. 엄마였다. 급히 뛰어 나왔는지 엄마도 숨을 몰아쉬고 있었다. 참 오늘 급하게 집을 찾는 사람이 많다고 생각하며 그녀는 문을 열었다. 엄마가 들어오자마자 태완의 등을 한 대 때렸다.

"못살아! 얼마나 걱정했는지 알아? 그리고 여기는 왜 와!"

"누나 집이잖아! 급한 일 있으면 오라며."

"그렇다고 이렇게 막 와? 걱정할 할머니, 할아버지는 생각 안 해?"

"할머니, 할아버지 다 미워! 엄마만 일시키고!"

"엄마. 태완아."

초록이 머리를 짚으며 말했다.

"손님 있어. 그만해."

초록의 엄마가 그제야 화들짝 놀라 제오를 발견하고는 옷매무새를 다듬었다.

"이제 가. 밤이 늦었어. 얘기는 나중에 해."

"아, 안녕하세요. 그런데 누구……."

"가면서 태완이한테 들어. 일단 가."

초록은 낮게 말하며 엄마와 태완을 현관문 밖으로 즉시 밀어냈다. 어정쩡하게 서 있는 제오를 돌아보며 초록이 한숨 섞인 목소리로 말했다.

"잠시만 있어. 정류장까지만 바래다주고 올게. 아니, 너도 그냥 갈래?"

"……아니. 할 말이 남았잖아. 그리고 이렇게 달려왔는데 커피 한 잔 안 주냐?"

"알았어. 일단 기다려."

엄마와 태완은 초록에게 일방적으로 끌려 나오며, 둘 다 불만 어린 눈빛으로 초록을 바라보았다. 엄마는 어떻게 남자랑 단둘이 집에 남겨 두냐며 툴툴거렸지만 대충 자초지종을 들은 뒤 마음에는 안 들지만 어쩔 수 없다는 듯이 입을 다물었다. 경찰에 신고해 주고 무슨 일이 있을까 봐 달려와 준 고등학교 동창을 여자 혼자 산다는 이유로 냅다 내쫓을 수는 없었다.

"태완아. 누나니까 찾아올 수는 있지만, 앞으로는 연락하고 와. 누나 놀라잖아."

초록은 태완을 바라보며 말했다. 태완이 수줍게 웃으며 고개를 끄덕였다. 엄마와 함께 버스를 타는 태완을 초록은 오랫동안 바라보았다. 버스 뒤꽁지에 두 모자의 뒷모습이 보였다.

그녀는 이상한 기분이 들어서 잠시 가만히 서 있었다. 그녀도 열네 살 때에는 엄마와 늘 함께했었다. 나이가 서른이 다 되어 가는데도 그녀는 이상한 허전함을 느꼈다. 고작 열네 살인 성이 다른 남동생에게 아직도 엄마를 뺏겼다는 기분을 느끼다니, 그녀는 자기 자신에게 실망스러웠다.

사람은 언제까지 엄마가 필요한 걸까. 열일곱에는 엄마가 필요한 걸 알았지만 떠나왔다. 스무 살이 되자 누구나 엄마가 필요 없는 나이라고 했다. 그렇지만 이럴 때마다 그녀는 느끼는 것이었다. 엄마가 필요 없는 나이는…… 없는 것 같다고.

초록의 방에 혼자 남은 제오는 거울로 자신의 모습을 비춰 보고 억지로 머리를 다듬었다. 숙소에서 잠이 들려던 차림 그대로 왔다. 그의 핸드폰은 열심히 울리다가 배터리가 꺼져 버렸다. 강현의 전화였는데, 갑자기 왜 그렇게 전화하라고 난리인 건지 알 수 없었다. 전화 안 한 지 꽤 된 것 같은데. 며칠 전 수희와의 이별 기사를 보내며, 이거 무슨 일이냐고 물어본 메시지가 전부였다. '그렇게 됐다.'라는 말에 별 반응이 없었고, 그게 그들의 대화 방식이었다.

초록이 두고 간 핸드폰이 울렸다. 강현이었다. 이 자식은 왜 이렇게 매일 진초록한테 전화질이야? 이유는 알고 있었다. 초록은 강현의 오래된 짝사랑 상대였다. 고등학교 졸업식 전날 강현의 마음을 듣고 제오는 사실상 초록을 포기했다.

하지만 눈에 보이지 않아서 포기가 쉬웠던 것이었다. 실제로 만나고, 말을 섞고, 부딪히다 보니 절대 포기할 수 없었다. 게다가 지금은 그때와 상황도 다르다. 입단하지 못한 강현에게 이유 없이 죄책감을 느끼던 열아홉 살이 아니다. 잘나가기로 따지면 지금 강현이 더 잘나가지 않는가.

게다가 그 시절에도, 만일 초록이 realgreen이라는 걸 알았다면 절대 포기하지 않았을 것이다.

자신이 대신 받아야 하나 고민할 무렵에 초록이 다시 들어왔다. 그는 피곤이 얼굴에 몰려온 그녀의 얼굴을 보고 얌전히 자리에 앉았다.

"설명해."

초록의 낮은 목소리에 제오는 어깨를 으쓱하며 태연히 말했다.

"약속부터 지켜."

그는 자신의 이름이 적힌 야구공을 얄밉게 테이블에 굴리면서 그녀의 눈을 바라보았다.

"네가 직접 얘기해 준다고……."

제오가 약간은 갈라진 목소리로 말했다.

"……약속했잖아."

초록은 눈을 깜빡였다.

"그게…… 우리 마지막 대화였잖아."

또다시 초록의 전화가 울렸다. 강현이었다.

"받지 마."

제오의 목소리에, 초록은 한동안 가만히 있더니 핸드폰을 꺼 버렸다. 강현의 전화를 받을 정신이 없는 것은 그녀도 마찬가지였다. 그녀는 가만히 일어나서 머그 컵에 주스를 따라 왔다. 제오에게 한 컵을 건네고, 그녀는 심호흡을 한 번 하고 말했다.

"신제오."

제오는 조용히 기다렸다.

"내가…… realgreen이야."

제오가 9년 전으로 시간을 돌리려고 한다면, 그녀 역시 거절할 이유가 없었다. 그녀는 9년 전에 열심히 연습했던 말을 그대로 하기로 했다.

"어쩌다 보니 계속 숨기게 되었지만, 그런 식으로라도 너와 친해질 수 있어서 좋았어. 옛날엔 그냥 야구 잘하는, 나랑 너무나 먼, 그냥 거만하고 대단한 스타라고 생각했지만…… 생각보다 네가 너무 좋은 애라서, 친하게 지낼 수 있어서, 이런저런 얘기를 할 수 있어서…… 다행이야."

제오는 그녀가 건넨 주스를 한 모금도 마시지 않고 가만히 그녀를 바라보았다. 초록은 왠지 심장이 떨리는 것을 느끼며 말을 이었다. 이런 떨리는 기분이 너무 오랜만이었다. 9년 전에 했어야 할 말을 하다 보니, 감정까지 9년 전으로 돌아가나 보다고 그녀는 생각했다.

"고마워. 나 혼자 친하다고 생각해서…… 너한테 너무 부담스러운 내 가정사 얘기까지 했지? 피하지 않고 배려해 줘서 고마워. 네가 빗속을 함께 걸어 준 날이 있어서, 나는 아주 오래도록 기억할 소중한 추억을 하나 얻었어. 네게도 내가 하나의 위안으로 기억에 남았으면 좋겠다."

"……."

"……라고 말하고 싶었어. 어쩌다 보니, 사람이 너무 많고 너와 단둘이 있을 기회가 없어서 놓쳤지만. 그 이후로는 말할 이유가 없어서 말하지 않았어. 의미 없다 생각해서……."

"왜 의미가 없냐?"

제오가 떨리는 목소리로 말했다.

"나도 그날, 네게 하고 싶은 말이 있었어."

"……나?"

"내가 좋아하는 여자애 있었다고 했지? realgreen한테 얘기했었잖아."

"……어."

"그거 너야."

초록의 눈이 커졌다.

"어느 날부터 눈이 가고, 어느 날부터 궁금하고, 어느 날부터 신경 쓰였어. 동정심 같은 거 아니야. 너보다 불쌍한 애가 얼마나 많은데. 그냥…… 네가 좋았어. 네가 너무 궁금하고, 네게 모든 걸 말하고 싶었어. 마치…… realgreen에게 느낀 그 감정같이."

초록은 당황스러운 눈을 어떻게 둬야 할지 몰라 망설였다. 9년 전 이야기를 하는데 왜 이렇게 가슴이 뛰는지 모르겠다고 그녀는 생각했다. 9년 전이면, 상상할 수도 없이 까마득한 옛날이다. 그 시절 그들이 얼마나 어렸는지 생각하면 생각할수록 짐작이 가지 않았다.

"너랑 비슷한 이유로…… 끝끝내 네게 말하지 못하고 졸업식 날을 보냈어. 너처럼 의미 없다 생각해서 이제껏 그냥 살았지. 어차피 10대 때 짝사랑 안 해 본 사람이 어디 있겠어. 다들 그냥 그저 그렇게 현실에 가려 잊히는 거라고 생각했는데……."

"……."

"그런데 다시 너를 만나게 되었고…… 얼마 전 네가 준 명함을 보고 나서야 알았어. 네 이메일 주소 아이디가 realgreen이더라고."

"……아!"

초록의 표정에 낭패감이 어렸다. 당연히 명함에는 메일 주소가 있다. 생각하지도 못했던 방식으로 제오가 그녀의 정체를 알고 있었던 것이다.

"얼굴을 보니 그때의 그 감정이 그대로 살아오고……."

초록은 굳은 표정으로 손에 든 머그 컵만 바라보았다.

"godzeoking이라는 아이디로 너와 얘기하면서 또 한 번 더 깨달았어."

"치사해! 나는…… 얼굴도 모르는 네게 모든 얘기를 다 했는데!"

"10년 전의 복수라고 생각해."

제오는 씩 웃었다.

"그때도 그렇고, 지금도 그렇고…… 나를 제일 잘 알고, 나를 제일 잘 이해할 수 있는 사람은 너야. 그리고 그건…… 너도 마찬가지 아니야?"

장난스러운 말투에 이어지는 진심 때문에 초록의 심장이 쿵 떨어졌다. 초록을 바라보는 제오의 눈빛에 애절함이 잔뜩 담겨 있었다. 그의 간절한 표정과 살짝 떨리는 낮은 목소리에 그녀는 뭐라고 말을 잇기가 어려웠다. 그들 사이의 공기에 살짝 긴장감이 흘렀다. 결국 한풀 꺾인 기세로 그녀가 입술을 달싹거리다가 애써 웅얼거렸다.

"……너 진짜 치사해. 이 모든 걸 비밀로 하고……."

"그럼 애초에 내 번호를 차단하지 말던가."

제오는 초록을 똑바로 바라보았다. 예전에 잃어버린 것 같았던 반짝이는 눈빛이 그녀를 향하고 있었다. 너무나 오래간만에 느끼는 기분이었다.

"'베스트 베이스볼'에서 내가 한 얘기 기억나지? 송수희와는…… 시작이 독특하기는 했지만 어쨌든 내가 잘못했다고 생각해. 네게도 미안해. 내가…… 자제하지 못했어. 내가 술이 약하기도 하고…… 변명하고 싶지는 않지만, 술 취해서 첫사랑이랑 단둘이 있으면…… 음…… 나도 이렇게 자제력을 잃어 본 적은 처음이라……."

"……그건 나도 마찬가지니까, 더 이상 얘기하지 말자."

"어차피 망했다고 생각해서 의미 없이 살아왔는데, 네가 나타나고 나서 꿈도 생기고 의미도 생겼어. 난 너처럼 포기하면서 살 수 없어. 원하고 바라는 것에는 최선을 다하고 싶어."

제오는 헝클어진 머리를 한 번 혼자 다듬었다. 그리고 트레이닝복 차림에 맨발인 자기 자신의 모습을 보고 헛웃음을 지은 다음 말을 이었다.

"이런 몰골로 얘기하고 싶지는 않았지만…… 진초록, 좋아한다. 네가 좋아. 옛날에 난 진초록이 좋았지만 늘 그리워했던 건 realgreen이었어. 두 사람이 같다면 너를 놓칠 수 없어."

"……우리 다시 만난 지 얼마나 되었다고……."

"게임으로 얘기한 것만 치면 엄청나게 대화했다고 생각하는데. 매일 밤."

초록은 한숨을 푹 쉬었다.

"나는 내가 계속 실패한 인생이라고 생각했어. 마음에 들지 않는 삶이라고 여겼어. 남들도 대부분이 그저 그런 삶을 사니까, 나도 그중 하나라고 생각했어."

"신제오……."

"근데 내가 메이저리그를 못 가도, 하위 타선에 머물러도, 너만 있다면…… 너만 네 곁에 있어 준다면 이런 모든 게 다 괜찮다는 생각이 들어. 너랑 함께 있는 삶이면 좋은 삶이야. 너는 존재만으로도 내 인생을 만들어 주는 여자고……."

제오의 눈은 어느 때보다도 진지했다.

"……내 꿈 그 자체야."

정적이 흘렀다. 제오가 긴장된 입꼬리를 살짝 올리며 말했다.

"나랑…… 만나지 않을래? 연애하자."

초록은 천천히 마음을 가다듬었다. 심장이 미친 듯이 뛰고 있었다. 가까스로 말을 고른 그녀가 맑은 눈으로 그를 바라보았다.

"신제오."

"……어."

"10대 때의 나는 너를 좋아하지 않을 수가 없었어."

그녀는 제오가 굴려서 테이블 위에서 멈춘 그의 야구공을 손을 뻗어 집었다.

"목표를 향해 돌진하던 너, 빗속에서 나를 기다리던 너, 밤마다 이런저런 얘기를 털어놓던 너…… 너를 어떻게 안 좋아하겠니. 네가 좋아하는 여자가 생겼다고 했을 때 얼마나 속상했는지 몰라. 그게 나였다니…… 정말 웃기지만."

그녀는 '신제오'라고 적힌 부분을 위로 오게 하려고 야구공을 몇 번 다시 쥐었다.

"그렇지만 너는 너무나 유명인이고, 사실 지금도 그래. 나는 고등학생 시절 인생이 조금이라도 시끄러워지는 게 싫어서 10년 친구인 김강현까지도 멀리했던 여자애야. 그래서 너를 좋아하면서도 지나치게 얽히는 게 무서웠어. 이상한 마음이지. 어차피 나 같은 평범한 여자애와 네가 얽힐 일은 없다고 생각해서 마음에 묻고 살았어. 네 말대로…… 10대에 짝사랑한 번 안 해 본 사람이 어디 있겠어. 게다가 상대가 신제오라면 그런 여자애가 한둘이겠어?"

초록은 눈을 내리깔았다.

"어쩌면 그냥 아름다운 추억으로 남겨 두고 싶었던 것 같아. 아련한 기억, 아쉬움, 그 시절의 순수하고 간절했던 감정…… 그런 것들이 좋아서 네 야구공을 계속 갖고 있었어. 소중한 추억을 가진 한 명의 팬으로서. 그런데 그 모든, 내가 생각했던 아름다운 기억은, 그날 밤을 기점으로 너무…… 이상해진 것 같아."

"초록아."

"술에 취해서 서로의 마음도 확인 안 한 채로 욕망에 눈이 멀어 상황 파악 못 하고 하룻밤 보낸 것이 이 아련한 첫사랑의 결과라면 사실은 조금 비참해. 이러나저러나 너는 연애 중이었고…… 그날 밤 우리 관계를 미화할 수는 없잖아."

초록이 부드럽게 웃어 보였다.

"10년 전 일은 10년 전 일이야. 그때의 우리 추억과 현재는 별개야. 지금 우리는 하나도 아름답지 않아. 서로 묻어 둔 채 살다가, 말 몇 마디 섞고 나서 바로 몸을 섞고…… 갑자기 이렇게 옛 추억에 기대어 관계를 진전시키는 건 이상하다고 생각해."

"왜 그런 얘기만 해?"

"그런 얘기라니?"

"나를 향한 네 마음, 나를 생각하는 네 감정, 나를 보는 네 욕망, 이런 것들을 얘기하면 안 돼? 너도…… 나를 좋아하는 것 아니야? 내가 느끼고 있는 네 눈빛은 뭔데?"

"그럴 수도 있지. 10년 전 나와 지금의 내가 분리되어 있지 않은가 봐."

"아니. 그런 식으로 말 돌리지 마. 옛 추억에 기대는 거 아니야. 지금 우리가 10대야? 그때처럼 순수하고, 그때처럼 순진해? 난 하위 타선이고, 넌 벤처에서 매일 야근하잖아. 곱디고운 꿈만 꾸던 그 때 묻지 않은 애들이 아니라고. 그러니까 술 마시고 둘 다 서로를 원해서 그랬던 거잖아."

"……"

"우리 이제 스물아홉이야. 지금 느끼고 있는 우리 감정, 열여덟 것이 아니라 스물아홉 거라고. 애틋한 첫사랑 운운하지 마. 난 지금 네 옆에 있을 수 있다면 과거 추억에 몇 번이고 먹칠할 수 있어."

초록은 한숨을 푹 쉬었다.

"일단은 갑작스러워. 그리고 이제는 슬슬 돌아가 줬으면 해. 나도 내일 출근해야 하니까."

"지금 이 시점에서?"

그녀가 일어서며 대답했다.

"시간이 필요해서 그래. 지금 우리 제대로 서로를 마주 본 지 한 시간도 안 됐어. 근데 연애하자고? 요샌 소개팅으로 만나도 세 번은 만난다."

"시간……"

"나는 너랑 달라서, 앞만 보고 돌진할 수는 없어. 생각을 해봐야 해. 나는 원래…… 피하는 걸 좋아해. 예전부터, 한결같이. 이런저런 거 신경 쓰는 것보다 포기하는 게 더 편해."

"……너는 늘 그랬지. 알고 있어."

제오는 따라 일어섰다.

"그래서 내가 끊임없이 다가가야 했지. 너와 함께 사냥하기 위해서 레벨 업을 하고, 자꾸 피하는 너와 말을 섞기 위해서 PK를 하고, 10년이 지나도 네게 정체를 듣기 위해 광고 계약을 하고…… 예상했던 바야. 어차피 너는 그런 사람이고, 나는 계속 다가가는 사람이니까."

그는 아무렇지도 않은 표정을 지어 보였다. 정말로 아무렇지도 않은지는 알 수 없었지만.

"그러니까 난 멈추지 않아. 다른 사람이라면 멀어질 수 있겠지만, 나는 누구보다도 널 잘 아니까."

"무슨 일이야? 왜 전화했어?"

제오는 숙소에 도착하여, 핸드폰을 켜고 바로 강현에게 전화를 걸었다. 강현에게 메시지와 전화가 쏟아지던 것을 기억하고 있었기 때문이다. 전화기 속의 강현은 한동안 말이 없었다.

─신제오.

"왜?"

침대에 널브러져 눈을 감고 있던 그는 그제야 강현의 목소리가 굳어 있다는 것을 깨달았다.

─나 몇 개 좀 물어봐도 되냐.

"안 된다고 해도 물어볼 거잖아."

─약속해라.

"뭘?"

–거짓말하지 않기로.

"내가 언제 너한테 거짓말했어?"

–그리고 주절주절 변명하지 않기로.

"언제 내가 주절주절 말했다고."

–맞아. 매일…… 진초록 좋아한다고, 멀어질까 봐 고백도 못
한다고, 주절주절 말했던 건 나니까. 너는 원래 한 마디도 없
었지.

제오는 초록의 이름이 나오자 눈을 번쩍 떴다. 예감이 이상
했다.

–야, 신제오.

"……."

–너 수희랑 사귀는 도중에, 진초록이랑…… 잔 거 사실이
야?

"……."

그는 정말로 아무 말도 할 수 없었다. 침묵이 곧 긍정이라는
뜻을 알아챈 강현의 목소리가 더욱더 잠겼다.

–오래 사귄 여자 친구도 있는데, 친구가 오랜 시간 동안 짝
사랑했던 여자랑 하룻밤 잔 거 사실이야? 그리고 광고 찍어
주고?

"강현아. 광고는……."

–왜 아니라고 말 안 해?

강현의 목소리가 갈라졌다. 제오는 머리를 감싸 안았다.

―나는 변명이 필요한 게 아니라, 아니라는 말을 듣고 싶은 거야.

"김강현. 사실은, 사실은 그러니까…… 그런 걸 대가로 광고를 찍어 주고, 그런 건 절대 아니야. 이걸 설명하려면 너무 옛날 얘기까지 가야 하는데…… 나 혼자만의 이야기도 아니고 해서 전화로 이렇게 갑작스럽게 말하기가 곤란하다."

―……사실이구나.

"하지만……."

제오는 뭐라고 말하려다가, 변명하지 말아 달라는 아까 강현의 이야기가 생각나서 입을 다물었다. 도대체 어떻게 설명할 것인가. 오늘 하루 너무 많은 일이 벌어졌다. 침묵이 이어지고, 강현이 씹어뱉듯 말했다.

―나는 20년 동안 손 한 번 못 잡아 본 여자야. 너무 소중해서, 잃어버릴까 봐, 조금의 친분마저 사라질까 봐 다가가지도 못했어. 그런 여자를…… 다른 누구도 아닌 네가 그런 식으로 다루었다는 것이 믿기 힘드네.

제오는 거칠게 눈을 비볐다. 피로와 비참함이 몰려왔다. 어떤 식으로도 미화될 수 없다는 초록의 말이 이런 뜻이었구나. 그들의 사정은 그들만의 것. 아무리 아름답게 엮어 보려고 해도 객관적인 사실만 놓고 보면 무게가 너무 무거웠다.

늘 현실의 벽에서 막힌다. 메이저리그를 꿈꾸고 달려가다가,

이 길은 더 이상 자신에게 열려 있지 않음을 느꼈다. 그는 지금 초록을 향해 달려가다가 막다른 길을 만난 것 같았다.

그런데 자신이 급한 마음에, 참을 수 없다는 이유로 당장 초록에게 만나자고 제안해 버렸으니 얼마나 어리석었는가. 초록을 다시 만난 뒤로 폭발하다시피 한 자신의 감정만 생각했다.

－다시는 보지 말자.

강현의 전화는 뚝 끊어졌다.

"진 과장. 그때, 신제오 선수 대접은 잘해 드렸어?"

구내식당에서 밥을 먹고 있는데 홍보팀 부장이 다가와 말을 걸었다. 그게 언제 일인데 이제 물어보나. 초록은 어깨를 으쓱해 보이고는 태연히 대답했다.

"네. 그냥 뭐, 먹고 싶다는 거 사 줬죠."

"친분은 좀 쌓았어?"

초록은 왠지 뭔가 불길함을 느끼며 천천히 고개를 끄덕였다. 사실은 너무 쌓아서 문제였다.

"뭐, 그럭저럭요."

"그럼, 뭐 하나만 더 진행해도 되겠어?"

"……상관없죠."

그녀는 젓가락을 놓으며 말했다.

"저만 거치지 않으면요. 저는 홍보팀이 아니니까요."

"에이, 왜 그래? 같은 배 탄 사람들끼리. 한마디만 해 주면 되잖아. 진 과장 있는데 굳이 홍보팀에서 연락하는 것도 웃기지 않아? 말 좀 잘해 줘. 저번에도 진 과장 덕분에 쉽게 해결됐잖아. 계약 망설이는 것 같았는데, 진 과장 얼굴 보고 바로 딱! 사인 딱!"

"뭘 더 진행하시려고요?"

"별거 아니고, 이번 이벤트 홍보로 신제오 선수 추가 이모티콘을 좀 쓸까 해서. 사진만 몇 개 또 제공해 주면 돼. 어려운 건 아니야."

"어려운 거 아니니까, 홍보팀에서 연락드리면 되겠네요."

"에이, 진 과장, 왜 그래? 어쨌든 부탁할게. 그럼 오늘 내로 답 줘. 곧 시즌 시작되면 이제 더 부탁하고 싶어도 못 해."

홍보팀 부장은 씩 웃더니 초록의 어깨를 두드리고 떠났다. 분명히 싫다고 했는데도 떠넘긴 것이다. 초록은 밥맛이 뚝 떨어져 숟가락을 놓았다. 사회생활하기 참 어렵다. 분명히 홍보팀 내부 회의에서 결정된 것이겠지. 홍보팀 부장은 초록이 거절할 위치가 못 된다는 것도 알고 있다. 그녀는 짜증이 밀려와서 한숨을 쉬었다.

자리에 돌아와, 그녀는 핸드폰을 한참이나 노려보았다. 어쨌든 일은 해야 한다. 차단한 그의 번호를 복귀시키는 초록의 표정이 착잡해졌다.

제오에게 품는 그녀의 감정은 복잡했다. 그녀는 태완이 찾아온 그날 밤, 맨발에 트레이닝복 차림으로 달려온 그의 모습을 잊을 수 없었다. 유명인인데도 불구하고 정말 미친 듯이 급하게 달려온 것이다. 그의 다급한 표정과 목소리에서 이상하게 옛날 생각이 났다. 추적추적 내리는 빗물을 가려 주던 그의 큰 우산.

일단은 그와 행복하게 만나는 건 아니라고 생각했다. 아무리 사정이 있었다고 해도 오래 사귄 여자 친구와 헤어졌다는 신문 기사 잉크가 마르기도 전에 갑자기 자신과 연애를 한다는 게 말이나 되는가. 그것도 9년 동안 서로를 찾으려면 찾을 수 있었는데, 그저 기억 속에 묻어 두었으면서. 갑자기 옛 추억에 젖어 냉정함을 잃은 결과라고 그녀는 분석했다.

과거는 과거일 뿐이고, 현재를 살아야 한다. 과거에 한눈팔았다가 이성을 잃고 그를 받아들였던, 얼굴을 다시 본 첫날에 저지른 실수를 그녀는 반복하고 싶지 않았다.

옛날 생각만 하자면 당연히 그의 고백이 기뻤지만, 그녀는 이제 더 많은 것을 생각해야 하는 성인이다. 조용히 그녀의 궤도를 돌며 살아가기 좋아하는 그녀에게 제오는 너무나 큰 존재감을 가지고 있었다. 고등학생 때조차 주목받기 싫어했던 그녀가 야구 좀 보는 사람이라면 다 아는 신제오와 사귄다고? 생각만 해도 버겁다. 그 부담스러움을 극복할 정도로 그가 좋은 걸까.

옛날에는 좋았다. 미칠 듯이 좋아 잠을 못 이루던 밤이 분명히 있었다. 그리고 그 이후에는 그런 감정 기복을 느껴 본 적이 없었다. 그때의 그 순수했던 마음이 좋아, 잠 못 이루고 누군가를 좋아했던 그 감정이 예뻐서 제오의 야구공을 간직했다. 제오의 야구공을 보고 있으면, 인생의 허무함을 안고 사는 그녀 역시 이토록 애착을 가졌던 상대가 있었던 그 시절이 떠오르곤 했던 것이다.

결국 그녀는 신제오가 여전히 좋은 건지, 그 시절의 자신이 좋은 건지 아직 마음의 결정을 못 내린 상태였다.

[홍보팀에서 추가 이모티콘 제의 넣으래서 연락해. 거절해도 돼.]

일은 일이다. 연락을 못 할 이유는 없다. 초록은 눈 딱 감고 메시지를 보냈다. 얼마 지나지 않아 답장이 왔다.

[차단 풀었네?]
[일은 해야 되니까.]
[진초록, 학습 능력 좀 키워라.]

초록이 미간을 찌푸리는데 메시지가 연속으로 들어왔다.

[섭외할 땐 밥이라도 한 끼 사면서 하는 거, 아직도 몰라?]
[싫으면 안 해도 된다니까.]
[밥 한 끼 정도 사 주면 할 수 있을 것 같아.]

초록은 10년 전에 마구잡이로 초록과 게임을 같이 하겠다고 무섭게 레벨 업을 하던 제오가 생각나서 자신도 모르게 피식 웃다가 아차 싶어 고개를 저었다. 자꾸 과거로 가는 생각을 접어야 했다. 그동안 묻고 살아왔는데 왜 갑자기 옛 기억이 불쑥불쑥 떠오른담.

[오늘 저녁에 보든가. 근데 너희 집은 절대 안 간다.]
[그럼 너희 집 갈까?]
[그냥 하지 말자.]
[농담이고, 이제 수희랑 헤어졌으니까 이런저런 곳 가도 괜찮아.]

그녀는 그의 메시지를 가만히 바라보았다.

[7시 괜찮아? 회사 지하 주차장으로 데리러 갈게.]
[그래. 그때 봐.]

초록은 무심하게 핸드폰을 다시 책상 위에 올려놓았지만 왠지 마음이 싱숭생숭했다. 이제는 9년 만에 보는 것도 아닌데 왜 심장이 간질거리는지 모르겠다고 그녀는 생각했다. 초록이 realgreen임을 밝히고, 제오가 godzeoking임을 밝히고 난 뒤 그들은 순식간에 친해진 느낌이었다. 지난번 첫 계약 때문에 만났을 때가 한참 전 일인 것 같았다.

태완이 때문에 생긴 에피소드는 워낙에 갑자기 벌어진 일이 었으므로 예외로 친다면, 지금이 그를 두 번째 만나는 것이었 다. 그런데 그 어떤 때보다 느낌이 이상했다. 정말로 친하면서 도, 편하면서도, 마음 한구석이 설렜던 것이다.

그들의 관계가 아주 새로운 국면에 접어들었음을 그녀는 직 감했다. 드디어 realgreen과 초록이 한 명의 여자로서 제오와 대면하게 된 것이다.

9

제오는 초록에게 거하게 얻어먹어야겠다며 정말로 그녀를 데리고 청담동에 있는 고급 일식집에 와 버렸다. 모든 종업원들이 제오의 등장에도 크게 당황하지 않는 것을 보아 자주 오는 곳인 것 같았다. 그럼에도 불구하고 그녀는 다른 사람들의 시선을 느꼈다. 아무리 연예인이 아니라고 해도 유명인은 유명인이었다.

그래서 사적인 공간이 보장되는 룸에 들어와서도 그녀는 물을 따라 주는 종업원의 눈조차 제대로 쳐다볼 수 없었다.

"여전히…… 나랑 있는 게 불편해?"

"찔려서 그래."

초록은 툴툴대며 말했다.

"사실 여자랑 둘이 밥 먹으러 올 수도 있는 건데…… 그냥 내가 찔려서 그런다. 네 이별에 내가 책임이 있는 것 같아서."

"야."

제오는 어깨를 으쓱하고 초록의 앞에 젓가락을 놓아 주며 말했다.

"너, 내가 게임에서 했던 말 기억 안 나? 세계 1차 대전."

"……."

"작고 눈에 보이는 사건이 전부가 아니라고. 눈에 보이지 않는 크고 거대한 것들이 진짜 원인이라고 내가 그때 그랬잖아."

초록은 한숨을 크게 쉬었다.

"우리가 하룻밤 잔 게 작고 눈에 보이는 사건이라면, 그렇게 크고 거대한 것들은 뭔데?"

"그 여자가 궁금하지 않았던 것, 그 여자에게 하고 싶은 말이 없었던 것, 그 여자에게 바라는 것이 없었던 것, 그 여자가 특별하지 않았던 것, 마음속으로는 정말로 바라던 여자가 있었던 것."

"웃기지 마. 네가 나를 진심으로 계속 바라고 있었다고?"

"꼭 네가 아니더라도……."

제오는 씩 웃으면서 중얼거렸다.

"함께 있으면서 내 모든 걸 말하고 위로받을 수 있는, 그러면서도 내가 위로가 되고 곁에 있어 주고 싶은 진초록 같은 여자를 바라고 있었지."

"……."

"그런 여자가 나타났다면 이미 오래전에 헤어졌을 거야. 더 이상 수희와의 관계를 유지할 필요가 없으니까. 근데 그런 여자가 나타나기 전에 진짜 진초록이 나타났을 뿐이야. 그러니 너무 죄책감 갖지 마."

"……말은 잘해."

초록은 한숨을 푹 쉬고 자신의 앞에 놓인 초밥을 하나 집어 먹었다. 어떻게 해야 할지 알 수가 없었다. 한편으로는 무조건 도망가고 싶었다. 이렇게 눅진하고 질긴 관계는 그녀에게 부담스러웠다. 세상에, 10년 전의 첫사랑과 이런 사연 있는 만남이라니 생각만 해도 갑갑했다. 그녀의 연애는 항상 가벼움을 추구했다. 가벼운 감정으로 좋은 시간을 가지고, 그 좋은 감정이 사라지면 별 타격 없이 헤어질 수 있는 관계.

이렇게 이런저런 감정이 마구잡이로 섞인, 옛 기억과 현재의 사연이 끈끈하게 얽힌 남자와 깊은 관계로 들어가는 것이 무서웠다. 그럼에도 불구하고 왜 나는 이 남자의 앞에서 편안함과 설렘을 동시에 느끼는가.

"……나 곧 시즌이야. 지금도 바쁘지만, 시즌 들어가면 정말로 이렇게 만나지 못해."

제오가 왠지 쓸쓸한 목소리로 말했다.

"그 전까지만이라도, 노력하고 싶은 것뿐이야. 난 원래 그렇잖아."

초록이 가만히 그를 바라보았다.

"원래 난 목표가 생기면 최선을 다해. 너라는 목표가 생겼기 때문에 최선을 다하고 싶은 거야. 난 너처럼…… 의미 없다고 생각하며 넘길 수 없어. 그런 건 9년 전 한 번으로 족해. 그게 이토록 후회되는 걸 보면 그런 방식은 내 적성에 맞지 않는 모양이야. 그러니까……."

"……."

"나 조금만 네게 들이대게…… 좀 놔두라. 시즌 전까지만."

초록은 자신도 모르게 한숨을 쉬었다. 방금 전까지만 해도 도망가고 싶다는 생각뿐이었는데 왜 제오 앞에서는 한없이 약해지는지 알 수 없었다. 10년 전의 망령인가. 어린 시절의 추억이 뭐라고 그를 거절할 수 없는 건지 아찔했다. 그녀는 속으로, 며칠 전 그와의 하룻밤을 거부할 수 없었던 것이 어쩌면 당연한 것 같다고, 그때로 지금 다시 돌아가도 거부할 수 없을 것 같다고 생각했다.

그런 생각이 드는 상대와 도대체 나는 뭘 어쩌겠다고 지금 이 자리에…….

초록이 생각에 잠겨 물 컵만 빙빙 돌리는데, 제오가 주제를 바꿔 더 심각한 목소리로 물었다.

"김강현한테…… 연락 온 적 있어?"

"아니. 그러고 보니 최근에 연락이 없네. 훈련이 바쁜가 보지, 뭐. 바쁘다고 그랬던 것 같아."

"……의심하는 건 아니지만, 김강현한테…… 혹시 우리 일 말했어?"

제오의 말에 초록이 펄쩍 뛰었다.

"무슨 소리야? 내가 미쳤다고 뭘 말하니?"

"……이상하네."

"왜?"

"강현이가…… 내가 여자 친구 있는 상태에서 너랑…… 잤던 걸 알더라고. 다시는 내 얼굴 안 보겠다고 하네."

초록의 얼굴이 새빨갛게 달아올랐다. 아무리 강현이 친한 친구라고 해도 남자다. 그런 사적인 비밀을 들키고 싶지는 않았는데 어쩌다가 그 귀에 들어가게 된 건지 아무리 생각해도 알 수가 없었다.

"……웃기네."

한동안 할 말을 잃고 있던 초록이 겨우 내뱉은 말은 강현에 대한 의아함이었다.

"다 큰 성인끼리 그럴 수도 있는 거지, 무슨 또 네 얼굴을 안 봐? 하여튼 김강현 오버하는 건 알아줘야 돼. 아직도 내가 무슨 보호해 줘야 할 자기 여동생인 줄 아나 봐."

제오는 조용히 입을 다물고 있었다. 강현이 초록을 좋아한다는 사실은 어디까지나 강현이 직접 말해야 하는 것이었다.

241

자신이 때때로 참지 못하고 에둘러 말한 적은 있었지만, 직접적으로 말하는 건 강현이어야 했다. 이런 상황일수록 더욱더.

"그나저나 김강현이 그런 사실은 어떻게 아는 거야? 난 아무한테도 안 말했어. 출처는 너밖에 없어. 너, 동창이랑 잤다는 거 여기저기 떠벌릴 정도로 쓰레기였니?"

초록은 투덜거리며 말했다. 마음 깊은 곳에서는 그럴 리 없다고 여기면서도 그녀는 지금 만난 신제오가 10년 전의 신제오가 아니라는 생각을 의식적으로 붙들어 놓고 있었다. 마구 믿어서는 안 돼!

"……이제 알겠다."

제오가 천천히 눈을 깜빡거리며 중얼거렸다.

"맞아. 출처는 나뿐이야."

"네가 말했어?"

초록이 입을 떡 벌렸다.

"강현이한테는 말 안 했지."

그는 앞에 놓인 화려한 초밥에 손도 대지 않고 한숨을 푹 쉬었다.

"하지만 강현이에게 말할 수 있는 사람에게는 말했지."

"……무슨 소리야?"

"송수희한테는 솔직히 말하고 헤어졌으니까. 내가 아무래도 걔를 잘 몰랐던 것 같다."

초록은 자신도 입맛이 뚝 떨어지는 것을 느꼈다. 그녀가 아무리 매사에 동동거리는 편이 아니라고 할지라도, 자신의 성생활이 누군가에 의해서 알 수 없는 경로로 퍼지고 있다고 생각하니 골치가 아파 왔다. 그래도 그의 여자 친구라면 그 정도 알 권리는 있는 것 같아 제오에게 뭐라고 하는 것도 내키지 않았다. 그들은 결국 깨작거리며 제대로 된 식사도 하지 못하고 일어설 수밖에 없었다.

계산대에 선 초록은 이미 계산이 되었다는 종업원의 말에 뒤돌아서며 도끼눈을 떴다.

"내가 밥 사기로 했잖아."

"그럼 다음에 사."

"너 진짜 왜 이래?"

애초부터 그녀를 데려올 때 그는 이미 계산을 마친 상태였다. 화를 내는 초록을 집에 바래다주며 그는 가볍게 말했다.

"나 이모티콘 사진 찍을 거야. 네가 밥을 안 사도."

"내가 지금 그것 때문에 그래?"

"나 너한테 계속 연락하고, 좋아한다고 연애하자고 조를 거야. 네가 반응 없어도."

"……."

"노력한다고 해서 다 되는 거 아닌 거 알아. 그렇게 다 되면 난 이미 메이저리그가 있겠지. 네가 끝까지 내게 안 올 수도 있다는 거 아니까 부담 갖지 마. 시즌 시작되면 이것도 다 끝이니까. 그땐, 너 내가 보고 싶어도 못 봐."

곧 프로 야구 개막식이 다가오고 있기는 했다. 시즌이 시작 되면 제오는 일주일에 하루를 빼고 매일 경기에 나가야 한다. 아무리 하위 타선이라고 해도 1군이다.

"신제오."

"나중에 후회하기 싫어서 이러는 거니까 나 좀 이해해 줘. 너만큼 나를 이해해 줄 사람은 이 세상에 없는 걸로 아는데."

초록은 가만히 운전대를 잡은 그의 옆모습을 바라보았다. 10년 전, 교복을 입은 그를 짝사랑할 때에도 지겹게 곁눈질했 던 옆모습이다.

"송수희가 이상한 소문을 내서 널 기분 나쁘게 만들어도, 제 일 친한 친구가 연락을 끊어도, 비록 여자 친구 있는 상태에서 다른 여자와 잤다는 비난이 정당하더라도, 좋아하는 여자가 아무리 유명인과 엮이고 싶어 하지 않더라도, 그냥 내가 다 나 쁘고 이상하고 미친놈 취급 받을지라도……."

그녀는 가라앉은 눈으로 창밖을 바라보았다. 그 모든 이유 가…… 그녀가 갈팡질팡하는 이유였다. 결정을 미루고, 마냥 피하고 싶은 마음이 자꾸 스멀스멀 올라오는 이유.

"난 10대 때부터 욕이라면 지겹게 먹었어. 그런 말들에 신경 쓰는 것보다 내 욕망에 솔직한 게 가장 중요하다는 걸 알아. 이번엔 절대 포기하지 않을 거야."

"……마음대로 해."

초록은 무심하게 중얼거렸다.

"너보고 그만두라고 할 만큼의 적극성도 내겐 없어."

"……하나 약속해 줘."

"뭘?"

"퇴근길에 연락하는 거."

"……."

"집에 혼자 들어가는 거, 그날 이후로 신경 쓰여. 퇴근길에 무조건 연락해 줘. 나도 밤엔 훈련 안 하니까. 집에 무사히 들어갈 때까지 무조건."

"……알았어."

그녀는 왠지 목이 메는 것 같았다. 그녀의 엄마도 그녀에게 그런 말을 해 주지는 않았다. 자기 밥벌이 하며 바쁘게 사는 서른이 가까워진 딸은 엄마의 마음속에 큰 바위처럼 남아 있었지만 당장 손이 많이 가는 중학생 아들에게 계속 밀렸다. 당연한 일이었다. 사실은 매일 밤 누군가 걱정해 줄 사람이 있었으면 하고 생각했다는 것을 초록은 그제야 알았다.

―강현이랑 연락 좀 해 봤니?

"아뇨. 요즈음엔 통…… 저도 바쁘고, 강현이도 훈련 때문에 바쁜 모양이던데요. 곧 시즌이라."

―아니, 걔 합숙도 끝난 것 같은데 너무 무리하는 것 같다……. 초록아, 강현이랑 좀 얘기해 보면 안 될까? 우리 말은 잘 듣지도 않는다. 지난번에 수술한 것 때문에 사실 나는 걱정

돼 미치겠어.

"예. 제가 통화 좀 해 볼게요."

―부탁한다. 진짜 걱정이 되어서 원⋯⋯.

"너무 걱정하지 마세요. 강현이가 아마추어도 아니고, 다 알아서 잘하고 있을 거예요. 강현이한테 연락해 보고 다시 전화 드릴게요."

초록은 한숨을 쉬며 전화를 끊었다. 강현의 어머니였다. 강현과 연락을 안 한 지 몇 주가 되었다. 강현에게도 오지 않았고, 초록도 하지 않았다. 강현이 자신과 제오의 실수를 알았다는데 도대체 무슨 말을 한단 말인가. 그녀는 고민이 되거나 일이 복잡해지는 것 같으면 일관적으로 피하는 스타일이었다.

하지만 강현의 어머니가 부탁을 한다면 이야기가 다르다. 어릴 적 경황이 없는 그녀의 엄마 대신 꽤 많은 역할을 해 주신 분이다. 초록은 강현의 전화번호를 눌렀다. 받지 않았다. 훈련 중일 수도 있으니 안 받는 것에 대하여 의아함은 없었다. 오히려 다행인 것 같다는 생각도 했다. 그녀는 메시지를 남겼다.

[시간 될 때 전화 줘. 아줌마가 걱정이 많아.]

핸드폰을 내려놓기가 무섭게 답장이 왔다. 전화를 받지 않는 것과 상반되는 반응에 그녀는 미간을 찌푸렸다.

[무슨 걱정?]

전화하고 싶지 않은가 보다. 그녀는 소파에 털썩 주저앉아 답장을 보냈다.

[너무 과한 훈련을 하는 것 같다고. 사실이야?]

또 오랜 시간 동안 답장이 없었다. 초록은 잠시 기다리다가 다음 메시지를 보냈다.

[투수 부상이 심각한 건 야구 잘 모르는 나도 알아. 특히 너 어깨 수술은 이미 한 번 받지 않았어? 훈련도 적당히 해. 알아서 잘하겠지만.]

그녀는 더 이상 답이 없는 핸드폰을 바라보며 한숨을 쉬었다. 과한 훈련을 하는 건 사실인가 보다. 강현은 잡생각이 많을 때, 괴로울 때 과도한 훈련에 매달리는 편이었다. 예전에 오랫동안 지명받지 못했을 때도 그랬다. 그는 그럴 때마다 훈련을 쉬지 않았고 그래서 부상을 심심치 않게 달고 사는 타입이었다. 게다가 그의 W자를 거꾸로 하는 것 같은 투구 폼은 원래 어깨 부상이 따라오는 폼이라고 어디서 들은 것 같았다.

그가 다시 훈련에 지나치게 매달리는 이유는 잡생각이 들어서 그런가. 그 잡생각의 원인이 초록과 제오는 아니길 바라며 그녀는 TV를 틀었다.

─지금 저는 일본 Y팀에서 타자로 활약하고 있는 서희재 선수를 인터뷰하러 왔습니다! 시청자 여러분들도 따라오시죠!

그녀는 황급히 채널을 돌렸다. 송수희였다. 그녀가 케이블 TV에서 무슨 프로그램을 진행하고 있었다. 스포츠 아나운서가 TV에 나오는 것은 당연한데 왜 이렇게 죄진 것처럼 흠칫 놀란 건지 초록은 다 늦게야 혼자 후회했다. 하지만 다시 채널을 돌리고 싶지는 않았다.

"예쁘네……"

초록은 자신도 모르게 중얼거렸다. 아나운서인 그녀가 초록과 외모상에서 댈 것은 아니었다. 큰 키와 깔끔하고 화려한 인상, 자로 잰 것처럼 완벽한 미소, 사근사근하고 여성스러운 목소리. 초록은 그저 평범하고 몸집이 작은 여자일 뿐이었다. 그녀는 자신도 모르게 핸드폰으로 신제오와 송수희가 함께 찍은 사진을 찾아보았다. 오래된 연인이었기 때문에 인터넷에 떠도는 사진도 많았다. 신경질 날 정도로 잘 어울렸다.

"아, 나 찌질하게 왜 이러지?"

그녀는 자신도 모르게 화를 내며 게임에 접속을 했다. 현실이 짜증 날 땐 게임뿐이었다. '베스트 베이스볼'에서 열심히 레벨 업을 하고 있다 보니, godzeoking이 로그인했다는 알림이 떴다. 훈련이 끝났나 보다. 그녀는 질끈 눈을 감았다. 어디서나 신제오다. 게임을 안 해도 신제오, 게임을 해도 신제오.

마치 그 애를 짝사랑했던 10년 전처럼.

유명인을 마음에 둔다는 건 힘든 일이다. 그때도 그랬듯이 평범한 사람이 누구에게나 특별한 사람을 다른 방식으로 특별하게 여기기 시작하면 이상하게 외로워진다. 그녀는 자신이 자꾸만 도망치고 싶었던 감정이 이런 것이었다는 걸 새삼 깨달았다.

[퇴근하고 나서도 게임이야? 일 진짜 열심히 하네.]

제오에게서 온 메시지를 그녀는 눈이 아프도록 노려보았다. 게임 화면에 신제오의 새로 출시된 이모티콘이 여기저기서 등장하고 있었다. 나는 이 모든 것을 감당하기에 너무 에너지가 없는 사람 아닌가, 그녀는 생각했다.

소개팅으로 사람을 만나고 싶었다. 딱 정해진 휴일에만 만나고 싶었다. 그 사람의 과거도 모르고 겹치는 사람도 거의 없고 삶의 접점도 존재하지 않았으면 좋겠다. 자신에 대해서도 많이 알려 주고 싶지 않았다. 적절히 호감으로 만나다가 단점이 보일 때가 되면 쿨하게 이별했으면 좋겠다. 그리고 그 후에도 그런 사람이 있었는지 기억도 하지 못할 정도로 빠르게 잊었으면 좋겠다.

그런 연애가 자신과 어울린다고 생각했다. 그냥 그렇게 조용히 살고 싶었다. 그게 성인이 된 그녀의 모습이었다. 흔들리지 않고, 귀찮은 일에 휘말리지 않고, 큰 기복 없이. 그런데 제오는 자신을 흔들고, 끊임없이 귀찮은 일에 말려들게 하고, 무난하던 일상에 감정 기복을 일으키고 있었다.

그런데 왜 자신도 모르게 제오에게서 온 메시지에 답을 하고 있는지. 그는 그녀에게 언제나 예외였다. 그래서 무서웠다.

"받아들일 수 없습니다."

초록이 얼마나 화를 냈는지, 그녀의 목에 걸린 사원증이 테이블에 부딪혀 딸깍딸깍 소리를 냈다.

"연습장에서 골든 카드가 나오는 확률을 줄이는 게 말이 됩니까? 지금도 충분히 확률이 낮습니다. 그런데 그걸 또 줄이고 코인으로까지 살 수 없게 만드는 건, 결국엔 실제로 돈 주고 뽑기 상자에서 뽑으라는 말밖에 안 되잖아요."

"그럼 뽑기 상자에서 뽑으면 되지요. 확률을 3%만 낮춰도 뽑기 상자에서 기대되는 이익이 지금의 열 배가 넘어간다고 합니다."

"그럴 거면 뭐 하러 이런 게임을 만들었겠습니까? 현질 유도는 애초부터 기획 의도가 아니었어요."

초록은 거칠게 항의했다.

"적어도 이런 성장형 게임만은, 노력한 만큼 대가가 있어야 한다고 생각해요. 시간을 투입한 만큼 잘할 수 있어야 한다고 생각해요. 아무리 돈이 된다고 해도 사행성으로 가서는 안 됩니다. 그래서야 현실에 지친 사람들이 어떻게 게임에 위로받겠어요? 현실에서도 돈 많은 사람이 최고고, 게임에서도 돈 많은 사람이 최고면!"

"진 과장, 왜 말이 달라?"

부장이 미간을 찌푸리며 말했다.

"기획 초기에, 게임은 인생을 담아야 한다며. 사실 이게 인생 아니야? 그냥 돈 쓰는 만큼 결과가 나오는 거야. 강해지고 싶으면 100만 원어치 뽑기 상자 사면 돼. 자본주의 사회에서 무슨 노력 타령이야? 무슨 그런 70년대 구호 같은 소리를 하고 있어? 우리가 죽어라고 노력해 봤자 재벌가 갓난아기보다도 재산이 적다고."

"하지만 지금 안 그래도 그런 사행성 요소가 없다고 유저들에게 칭찬을 많이 받고 있는데, 이제 와서 업데이트 때 그런 패치를 해 버리면 굉장히 많은 유저들이 등을 돌릴 겁니다. 악플도 많이 달릴 거고요."

"어차피 칭찬하는 애들은 돈 안 쓸 애들 아니야?"

부장은 손을 내저으며 말했다. 초록은 이미 회의의 결과가 정해진 것을 알았다. 애초부터 그녀의 의견을 들으려고 시작한 회의가 아니었다. 그녀가 자식처럼 만든 게임인데 수익률이 좋다고 갑자기 회사의 주력 게임이 되어 버렸다. 그녀는 멍한 표정으로 부장을 바라보았다.

"우리는 돈 안 쓸 애들의 백 마디 칭찬보다, 돈 쓰는 애들의 천 마디 비난이 더 반가운 사람들이야. 진 과장, 인생에 위로가 되려고 게임을 만드는 건 좋지만, 기본적으로 우리는 먹고 살아야 하기 때문에 게임을 만드는 거야. 정신 차려. 물 들어올 때 노 저어야 돼. 요즘 모바일 게임 시장이 얼마나 회전 빠른지 알지? 아무리 잘 만든 게임도 길어야 6개월이야."

초록은 입맛이 썼다. 맞는 말이었다. 아무리 잘 만든 게임도 길어야 6개월. 요즘 트렌드가 그랬다.

"칭찬은 그만큼 받았으면 됐어. 어차피 끝이 보이는 게임, 마지막에 수익 창출이나 극대화해야 돼."

그녀는 힘없이 자리에 앉았다. 다음 게임이 지금처럼 잘될 것이라는 보장이 없었다. 지금 이미 잘된 게임에서 단물을 더 빨아 먹어야 한다는 부장의 말은 이론적으로 보면 틀리지 않았다. 그러나…… 과연 이런 식으로 간다면 누가 앞으로 꾸준히 한 게임을 하고 싶겠는가?

개인의 합리적인 선택이 단체의 합리적인 결과로 나오지 않는다. 물론 부장이 말한 것은 게임나루로서는 최선의 선택이다. 하지만 모든 게임 회사가 이렇게 단기 이익을 추구한다면 게임업계 전체가 모두 힘들어질 텐데…….

그녀는 한숨을 쉬고 회의실을 나오자마자 퇴근하기 위해 짐을 쌌다. 기분이 착잡했다. 자본주의 사회에서 부장은 다 맞는 말만 했는데 기분이 너무 나빴다. 아니, 기분이 나쁜 것이 아니라 슬펐다.

"자식 같은 게임이었는데……."

그녀는 중얼거리며 엘리베이터를 탔다.

"진짜 칭찬 많이 받았는데……."

게임상 팀원들이 했었던 말들, 게임 공식 카페에 올라왔던 수많은 칭찬들, 앱 스토어에서 고공 행진 하던 별점…… 이 모든 것이 자본 앞에 의미 없다고 사람들이 말하고 있는 것이다.

게임업계의 생리는 그녀가 제일 잘 알고 있었다. 앞으로 벌어질 일들은 뻔했다. 패치 후 게임을 접는 사람들은 많아지고, 공식 카페에서는 이제 돈에 눈이 멀었다는 둥 실망이라는 둥 비난의 게시글이 끝없이 올라올 것이다. 앱 스토어에서 별점은 뚝뚝 떨어질 테고 초심을 잃었다는 댓글이 달리겠지. 그러나 매출은 더 오를 것이다. 그리고 서너 달 버티다가 다른 게임들에 밀려 순위 밖으로 멀어지겠지.

"의미 없다, 의미 없다."

그녀는 자신의 마음을 다스리기 위해 중얼거렸다.

"의미 없다고 생각하면…… 의미 없다."

심호흡을 하며 그녀는 자신도 모르게 신제오에게 퇴근하는 중이라는 메시지를 보냈다. 퇴근할 때만큼은 연락해 달라는 그의 말을 어쨌든 시즌 전까지는 들어주기로 했던 것이다. 엘리베이터를 내릴 때마다 메시지를 보냈더니, 습관이 되어 오늘도 무의식중에 보낸 것이었다.

[왜 이렇게 빨리?]

저녁 8시인데도, 그녀의 퇴근 시간을 꿰고 있던 그에게는 그게 이른 시간이었나 보다.

[회의가 일찍 끝나서.]
[회의랑 상관없이 매일 야근 아니야?]
[하고 싶지 않아서.]
[웬일? 그럼 이제 바로 집 가?]
[아니. 소주 까러 가.]

혼자 씩씩거리고 있던 그녀의 핸드폰에 바로 전화가 울렸다. 제오였다. 경쾌한 그의 목소리가 수화기를 타고 울렸다.

–같이 까자, 그 소주.

"내가 힘든 날, 내가 혼자 술 마시겠다는데 네가 왜?"

–이때다 싶어서 너한테 들이대는 중이잖아, 지금.

초록은 자신도 모르게 피식 웃었다. 그저 솔직하게 돌진하는 건 10년 전과 똑같다.

–어디로 가면 돼? 내가 같이 까 준다니까.

"어머, 너 진짜 까 주기만 하는 거였니?"

초록은 어이가 없어서 푸하하 웃었다. 제오는 말 그대로 소주를 정말 까 주기만 하였다. 시즌이 코앞에 있으니 컨디션을 조절해야 한다는 이유였다.

"많은 선수들이 징크스 같은 게 있거든? 나는 징크스는 없는데 강박증은 있어."

제오는 심각하게 말했다.

"성적이 안 나올 때 조금이라도 탓을 할 것 같은 행위는 하지 않는 것."

"그래서 2주 전부터 금주야?"

"사실은 한 달 전부터."

그는 아주 진지하게 말하더니, 그녀의 소주잔에 점잖게 소주를 따라 주었다.

"아, 그리고 거기에는 여자도 포함된다. 너라고 예외는 아니야. 그러니까 전혀 걱정하지 않아도 돼. 집에 데려다주고 얌전히 돌아갈 거니까 맘 놓고 마셔."

그들은 초록의 자취방 앞에 있는 포장마차였다. 초록은 정말 편하게 술을 마시고 싶었고, 그래서 그때처럼 아무리 고급스러워도 불편하기 그지없었던 유명인들이 자주 가는 곳에는 가기 싫었다. 정말 솔직히 말하자면 길거리 포장마차 같은 곳에서 싸구려 우동과 마음껏 술을 마시고 싶었다. 그런 이유로 제오와의 술자리를 거절하자, 그는 아무렇지도 않게 모자와 마스크를 눌러쓰고 추리닝 차림으로 달려온 것이다.

"사실 너희 동네 좀 그래."

"뭐가?"

"이렇게 마스크 쓰고 모자 푹 눌러써도 그냥 수상한 놈이 하나 있다, 싶은 눈초리로 슥 쳐다보고 말잖아. 수상한 놈 하나 있는 게 아무렇지도 않은 동네야. 마음에 안 들어."

"어쩔 수 없지, 뭐. 요새 서울에서 전세 구하기가 얼마나 어려운데. 이 정도도 감지덕지야. 그래도 이번에 보너스 좀 나오면…… 잘 모아 놨다가 이사 비용으로 써야지."

그녀는 소주를 들이켰다. 소주가 달았다. 확실히 속상한가 보다.

"그런 거 보면 부장님 말이 다 맞아. 자본주의 사회에서 가장 중요한 건 돈인데 말이야. 살아남는 게 제일인데 말이야."

제오는 주머니에 손을 꽂은 채로, 한 손으로 그녀의 소주잔이 비자마자 찰랑이게 다시 채워 주었다. 그녀는 혼자 마시는 술이 익숙한지 앞에서 건배도 해 주지 않는 제오를 신경도 쓰지 않으며 소주를 단숨에 털어 넣었다. 꼼장어를 야무지게 집어 먹는 모습이 한두 번 해 본 솜씨가 아니다. 제오는 조용히 그녀를 바라보았다.

"선사 시대 때 사람들이 자아실현이니 뭐니 신경이나 썼겠어? 그냥 한 끼 밥 먹는 것 자체만으로도 감사하는 거지. 그러니까 내가 이상한 생각 하는 거야. 위로가 되는 게임이고 뭐고…… 일단 회사가 살아남아야지, 암. 내가 지금 10대도 아니고……."

그는 그녀의 횡설수설한 말들로 대충 상황을 이해했다. '베스트 베이스볼'은 밸런스가 맞고 과도한 현금 지출을 유도하지 않는다는 점에서 호평을 받고 있는 게임이었다. 그럼에도 불구하고 모바일 게임 시장의 수명에 따라 점차 관심에서 멀어질 것이라는 것도 자명했다. 그러니 그사이에 회사에서 게임의 초기 철학을 뒤집더라도 수익률을 좀 올려 보겠다는 결정을 내린 것이다.

"너는 여전히 내 얘기가 듣고 싶니? 이젠…… 꿈, 희망, 뭐 이런 것들이 아니라 현실, 돈, 이런 얘기를 하는데도?"

"네가 그렇게 바뀔 때까지 난 뭐 상성고등학교 안에만 있었냐? 나도 이제 메이저리그 얘기보다 연봉 협상에 관한 할 애기가 더 많은 사람이야."

그런 이야기를 하며 그녀는 빠르게 취했다. 제오는 그녀의 눈이 풀리고 혀가 꼬이는 것을 멀쩡한 정신으로 지켜보았다. 그녀는 짜증이 난다는 듯 턱을 괴었다.

"나는 말이야."

제오는 피식 웃으며 취한 그녀를 가만히 바라보았다. 이미 제정신이 아닌 것 같았다.

"무언가를 보낼 땐 이렇게 술을 마셨어. 하룻밤 진탕 술을 마시고 나면 다음 날 받아들일 수 있겠더라고. 오늘은 내 게임을 보내는 거야. 서비스야 몇 달 더 하겠지만…… 사실상 내가 기획했던 게임은 끝난 거지. 정말로, 정말로 노력해도 안 되는 세상에서 노력하면 되는 게임을 만들고 싶었는데……."

"만들었어. 만든 건 사실이잖아."

"……10년 전 네게 약속한 것처럼……."

제오는 옛 기억이 떠올라 문득 가슴이 묵직해져 오는 것을 느꼈다.

"야구 게임만큼은, 정말로 노력한 만큼 레벨 업 할 수 있는 그런 게임으로 만들고 싶었단 말이야……. 약속했으니까."

그는 조용히 소주 한 병을 더 주문한 뒤 그녀의 잔에 또 따라 주었다. 정말로 그는 소주를 '까 주러' 왔으니까. 그러나 초록의 표정이 너무나 쓸쓸해 보여서, 그는 참지 못하고 초록의 흐트러진 머리카락을 정리하여 귀 뒤로 넘겨 주었다. 손가락이 아쉽게 떨어지고, 그가 차분하게 말했다.

"내가…… 10년 전에, realgreen한테 게임은 하는 만큼 성과가 나와서 좋다고 했던 그때, 네가 했던 말 기억나? 게임은 그냥 하는 거고, 인생도 그냥 사는 거라고…… 뭘 바라고 하면 안 된다고…… 그냥 이 순간이 즐거우면 그걸로 됐다고 했잖아."

"내가 그랬나. 이상하게 네가 했던 말은 잘 기억이 나는데 내가 했던 말은 기억이 안 나."

"그 게임으로 네가 행복했으면 됐어."

"맞아. 그러면 된 건데…… 내가 너무 애착을 많이 가졌나봐. 사연이 있고 애착이 있는 대상이면 이렇게 보내는 게 너무

힘들어. 아무리 의미 없다, 의미 없다 중얼거려도 내려놓는 게
안 돼."

그녀는 후욱, 하고 한 번 깊은 숨을 내쉬었다.

"그래서!"

그녀가 갑자기 그를 똑바로 보았다. 그래 봤자 풀린 눈동자
였다. 한없이 멀쩡한 제오는 그녀의 눈을 보고 키득키득 웃었
다.

"너랑 쉽게 연애 같은 걸 시작할 수가 없어!"

"……무슨 논리가 그렇게 되지?"

"너는 내게 사연이 있고 애착이 있는 대상이라서, 내 인생을
마구 흔들어 놓을 거란 말이야. 첫사랑은 첫사랑으로 두는 게
좋다고 그때 문학 선생님이 그러셨어. 너는 내 인생에서 그냥
넘길 수 있는 존재가 아니야. 대가가 있는 사람이지, 너는. 그
시절에도 나는 네 유명세가 부담스러웠는데, 지금은 전국적으
로 유명한 사람이 되어 버렸잖아."

제오는 어깨를 으쓱했다.

"내가 유명한 게 나를 결정하는 건 아니라고 난 말하고 싶
네. 어휴, 원래 소주만 까 주려고 왔는데 말 상대까지 해 주다
니 과한 서비스인데."

"웃겨, 신제오."

초록은 눈을 곱게 흘기고, 다시 제오가 충실하게 따른 소주
를 비웠다.

"난 그냥 조용히 살고 싶어. 아무에게도 주목받지 않고, 그 냥 마음에 드는 일 하면서, 굴곡 없이, 아무런 에피소드 같은 것 없이 그냥 살고 싶어. 자꾸 무슨 일이 생기는 건 싫어. 귀찮 고 힘들어. 어차피 다 의미 없는데 에너지 쏟는 것도 싫어. 근 데 너랑 만난 최근 한 달만 해도…… 너무 많은 일이 일어났잖 아."

제오는 조용히 그녀를 바라보았다. 그녀가 진심을 말하고 있었다. 너무 예상 가는 진심이었기 때문에 놀랍지도 않았지 만, 그동안 대화마저도 시간을 핑계로 거부하던 그녀와 진지 하게 이야기를 할 수 있는 기회였다.

"너 없이, 그냥 자고 먹고 일하고 멍하니 그냥 살았는데…… 평화롭게, 평탄하게, 가끔 연애하고 헤어지고 그냥 그렇게 살 았는데……."

그녀는 꿈꾸는 듯한 어조로 중얼거렸다.

"그런데 정말 짜증 나는 건…… 이런 날, 너랑 얘기할 수 있 어서 너무 다행이라는 생각이 든단 말이야. 난 어른이 되고 나 서 한 번도 누군가를 불러서 속상한 날 술을 마셔 본 적이 없 어. 그런데 너는…… 왔으면 좋겠다는 생각이 들었단 말이야."

"……."

"갈 곳이 없어 PC방에서 밤을 새우던 수능 전날, 비가 쏟아 지는데 기숙사까지 냄비가 너무 무겁던 날, 좁은 기숙사 방에 서 혼자라는 생각 때문에 너무 힘들던 날에…… 네가 있어서 다행이라는 생각이 들었던 것처럼…… 이제는 10대도 아닌데, 어른인데…… 근데도 여전히 이런 날에 네가 옆에 있어 준다는 것이 그때처럼 너무 안도가 된단 말이야. 너 없이도 그동안 잘 살았는데……."

"잘 살았던 게 아니야. 포기하고 살았던 거지. 나도 그랬으니까."

"……너는 다 알잖아. 내 성장 과정이 어땠는지, 내가 무슨 생각을 하면서 사는지, 10대 때는 어떤 꿈을 꿨는지, 내가 어떤 게임을 만들고 싶었는지……. 그러니까 모두 다 이야기하게 돼. 어른이 되어 혼자 감당하는 게 점점 더 많아졌는데, 마치 너랑 있으면 아직도 분별력 없는 10대 여자애처럼 변한단 말이야. 그게 난 너무……."

"그게 난 너무 좋은데."

제오는 힘을 주어 말했다.

"그런 상대를 다시 만날 수 있어서, 난 너무 좋은데."

그는 흔들리지 않는 눈으로 초록을 바라보았다. 10년 전처럼 하얗고 작은 얼굴에 눈만 덩그러니 컸다.

"어른이 되었다고 어떤 말, 어떤 마음이든 나눌 수 있는 상대가 필요 없어지는 건 아니잖아."

많은 여자를 만나 보았지만, 더 예쁜 여자, 더 착한 여자, 더 능력 있는 여자, 더 재미있는 여자를 만나 보았지만…….

"너와 있으면 의미가 없는 건 없어. 메이저리그에 가고 싶었던 내 꿈, 안 될 수도 있다고 말하던 너, 정말 안 된 나, 그래도 하위 타선이라도 유지해 보겠다고 좋아하는 여자 앞에서 술 한 모금 안 마시는 지금, 이 모든 게 의미가 있어. 왜냐하면 네가 들어 줄 거니까."

그렇지만 이렇게 삶을 함께 살아간다는 생각이 들게 해 주는 여자는 그녀뿐이었다. 10대 때의 기억이 그림자를 드리우고 있는 것이라도 어쩔 수 없었다. 10대 때의 신제오 역시 신제오를 이루고 있는 그 자신이니까.

"네가 자식처럼 만든 게임을 네 손으로 망쳐 버리더라도 의미 없는 게 아니야. 내가 기억해 줄 거니까. 네 10대 때 꿈에서부터 이어진 게임 인생에 따라오는 네 생각을 모두 들어 줄 테니까. 응원해 줄 거니까. 네가 어떤 게임을 만들든 무조건 응원할 거니까. 난 메이저리그도 못 갔는데, 너를 내가 이해하지 못할 리가 없잖아."

초록의 눈에 눈물이 고였다. 10년이라는 시간이 무색하게 그는 그녀를 그때의 눈으로 바라보고 있었다. 성장은 다 끝났다고 생각했는데, 더 이상 인생의 변화는 없을 거라고 생각했는데……

"내가 이렇게 네게 최선을 다해 보겠다고 밤에 달려와도…… 네가 결국 안 받아 줄 수도 있는 것 알아. 하지만 그래도 너와 함께하는 이 시간 자체가 내게는 쌓이는 기억이고 추억이야. 이렇게 의미를 둘 수 있는 사람이 내 인생에 나타난 것만 해도…… 감사해."

"그렇게 말하지 마. 자꾸 피하고 싶어 하는 내가 미안해지잖아."

"네게 나도 그런 사람이 되고 싶지만…… 안 되더라도 어쩔 수 없어. 너도 네 게임을 위해 많이 노력했어. 그러니까 받아들여. 이런 경험이야 네게 충분히 많은 것 같지만."

그녀는 머리를 감싸 쥐었다. 초록이 혼란스럽다는 듯 머리를 흔들었다. 그 모습이 귀여워 제오는 피식 웃었다. 초록이 고개를 들어 그를 바라보자, 그가 큰 손으로 그녀의 머리를 쓰다듬었다. 따뜻하고 조심스러운 그의 체온이 느껴지는 것이 좋았다. 다 괜찮다는 듯 다정한 눈빛의 그를 보자 초록은 정말로 어쩔 수 없다는 생각이 들었다. 그녀가 징징거리는 목소리로 중얼거렸다.

"너랑 연애하면 난 지금처럼 힘들 때 네게 기대고 싶을 거야. 내 모든 걸 보여 주고 싶어 할 거야. 연인 그 이상을 요구하게 될 거야. 너처럼 유명인을 대상으로. 지금처럼 아무것도 보이지 않을 거야. 극복해야 할 수많은 사실이 있는데도 그런 게 신경 쓰이지 않는다는 것이 무서워. 산전수전 다 겪은 나답지 않아. 우산 한 번 씌워 줬다고 정신 못 차리던 10대 때 같아."

"……나랑 똑같네, 모든 것이."

제오가 씩 웃었다. 그는 그녀가 눈물을 닦고 크게 심호흡하는 것을 바라보았다. 그녀의 표정을 보고 그는 초록이 하고 싶은 말을 짐작했다. 어차피 초록이 전해 오던 메시지도 한결같지 않았나. 나는 네가 좋지만 이 모든 상황이 너무 귀찮다. 그러나 그 모든 상황을 극복하고 일단 연애해 보자는 제오의 말을 결국 거절하기 어려울 거라고 예상했다.

그녀는 10년 전에도 그를 좋아했다고 하니까. 초록같이 맺고 끊는 것이 분명한 애가 자신을 거부하지 못하고 있으니까. 그가 느낀 만큼 그녀도 그와 연결되어 있는 이 감정이 소중할 테니까.

제오는 초록의 발개진 볼을 두 손으로 붙잡고 말했다.

"그러니까 연애하자고 대답해 줘. 나는 최선을 다해 들이댈 테니까, 마음에 걸리는 모든 것들을 뒤로하고 내 마음 받아 주겠다고 네가 말해 줘. 10년 전에 했던 그런 어설픈 실수는 하지 않아. 이런저런 생각 때문에, 외부의 시선 때문에, 어쩔 수 없는 사정 때문에 망설이지 말자. 마음에 걸리는 사람이 있다면 그냥 우리 나쁜 사람들 되고 말아 버리자. 제발…… 이번에는 피하지 말아 줘."

"야, 신제오."

"나 많은 사람에게 상처 주게 되더라도 네가 좋아. 많은 욕을 듣고, 나 자신도 죄책감에 휩싸여 가면서도 너만 바라보고 있어. 과거 같은 건 돌아보지 않을 거야. 함께할 수 있다면 미래만 볼 거야. 앞만 보고 갈 거야. 너도 그렇게 해 주겠다고 약속해 줘."

초록이 심호흡을 하며 대답하려는 순간 제오가 볼을 감싸고 있던 손으로 그녀의 입을 급히 막았다. 무언가를 말하려고 벌어진 초록의 입술과 살짝 내뱉으려던 숨결이 제오의 손바닥에 부드럽게 닿았다.

"제정신일 때. 우리 중요한 일 또 술김에 하지 말자."

초록의 눈이 감기는 걸 보면서 그는 씩 웃었다. 취중진담을 들었으니 여기까지 온 보람은 차고 넘쳤다. 그녀를 업고 그녀의 방으로 향하면서 그는 조용히 미소 지었다. 쉽사리 팔을 풀지 않는 그녀를 얌전히 눕히고, 참을 수 없어서 그녀의 이마와 볼에 입술을 한 번씩 대고 난 후 바로 돌아서 나왔기 때문에 그는 그녀의 가방 속에서 울리고 있던 핸드폰을 보지 못했다. 제오가 떠나고 나서도 그녀의 핸드폰은 '김강현'이라는 이름을 띄우며 오랫동안 울렸다.

10

"네, 죄송합니다. 정말로…… 너무 아파서요."

초록은 침대 위에서 부장님과 통화를 하고 있었다. 그녀는 일하고 나서 처음으로 병가를 냈다. 술을 얼마나 마셨는지 머리도 깨질 것 같고 몸에 힘도 없었다. 그러나 그 무엇보다도 그냥 출근이 하기 싫었다. 일하고 싶지 않았다. 그녀가 열심히 만든 게임 '베스트 베이스볼'의 수정 작업을 기획하고 싶지 않았다. 그래서 눈을 뜨자마자 부장에게 전화를 걸었다.

-진 과장, 솔직히 말해.

수화기 속에서 총괄기획팀 윤 부장이 한숨을 푹 쉬며 말했다. 아무리 회의 때 마찰이 있었어도 몇 년을 팀워크 맞춰 일해 온 동료이자 상사이기도 했다. 함께한 프로젝트가 많아 갈등이 있더라도 어쨌든 한 팀인 것을 서로 알고 있었다.

─어제 회의 때문에 그래? 지금 시위하는 거야?

"……그런 거 아닙니다."

─진 과장도 알고 있잖아. 우리같이 규모 작은 회사에서는 일단 살아남는 게 중요해. 진 과장 마음이야 알겠지만, 어차피 이제 서서히 다운로드도 줄어드는 추세인 거 알잖아. 요새 사람들은 새로운 게임에 너무 빨리 눈을 돌린다고. 수익률을 최대로 할 수 있는 건 바로 지금이야. 그리고 다른 회사도 다 이렇게 하고 있잖아? 사람들은 욕하면서도 하고. 이런 세상이야. 꾸준히 열심히 뭔가를 하는 것보다, 순간적인 뽑기나 도박으로 한순간에 성장하는 게 대세라고.

"어쩔 수 없는 거 압니다. 그런데 오늘은 정말로 아파서 그래요. 그리고…… 될 수 있으면 저 그냥 '베스트 베이스볼' 프로젝트에서 빼 주셨으면 합니다."

─진 과장, 진짜 프로페셔널하지 못하게 왜 그래?

수화기 속의 부장이 답답하다는 듯이 짜증을 냈다.

─왜 자꾸 노력 타령이야, 진 과장답지 않게? 노력해서 땅을 백날 파 봐! 10원짜리 하나라도 나오나. 아예 땅을 파서 돈이 나오는 게임을 만들어, 그럼!

"……"

초록은 일단 오늘은 쉬겠다는 내용을 앵무새처럼 말한 뒤, 다시 침대에 널브러졌다. 윤 부장 말대로 그녀는 프로였다. 그동안 만든 게임이 열 손가락을 넘어갈 정도로 많았다. 그러나 '베스트 베이스볼'은 정말로 그녀가 사활을 건 게임이었다. 그저 돈을 벌기 위해 만든 게임은 아니었던 것이다.

정말로 노력한 만큼 성과가 나오는 야구 게임을 만들고 싶었다.

그녀는 10년 전 제오와 했었던 약속이 그녀에게 정말로 간절했던 것을 새삼 깨달았다. 노력해도 안 되는 현실이 싫다고 했던 그에게 위로가 되는 야구 게임을 만들어 주고 싶었다. 어떻게 보면 제오를 위해서가 아니라, 그를 좋아했던 그때의 자기 자신을 위해서. 그 의지와 소망이 생각보다 강했는지, 초록은 이 상황을 받아들이기가 정말로 힘들었다.

정말로 첫사랑이라는 건, 순수했던 10대의 감성이라는 건 무서웠다. 세상사 닳을 대로 닳았다고 생각한 그녀가 이렇게 애착을 가지다니. 제오가 떠오르며 어젯밤도 떠올랐다. 그녀는 술을 아무리 마셔도 기억은 생생히 다 하는 편이었다. 그녀는 정말 그에게 '그래, 우리 만나자!'라고 말할 뻔했다. 제오가 막지만 않았어도.

모든 것이 피하면 피해졌다. 엄마까지도 그녀가 도망가니 그녀를 놔주었다. 하지만 피해도 피해도 다가오는 사람은 언제나 제오였다. 한결같이.

제오한테 연락이나 해 볼까, 하고 다시 핸드폰을 열었던 그녀는 그제야 쌓인 부재중 전화를 보고 깜짝 놀랐다. 강현이었다. 그동안, 제오와의 일을 알고 나서 그녀에게 대놓고 연락이 없던 그였다. 그런데 왜 지금 그가? 전화 연결을 하니 전화기가 꺼져 있다는 말이 나왔다.

무슨 일이 있는 건가. 가슴이 철렁했다.

그녀는 인터넷에 '김강현'을 검색해 보았다. 자동 검색어로 부상과 귀국이 함께 떴다. 기사를 누르는 초록의 손이 떨렸다.

꿈을 꾼 것 같다. 꿈속에서 그는 아무 곳에서도 지명을 받지 못한 야구 선수 지망생이었다. 공은 잘 던지는 것 같은데 이상하게 성적이 좋지 않아 아무 구단에서도 그를 원하지 않았다. 다음 지명에는, 다음 지명에는 제발, 간절하고 절망적인 채로 스물한 살이 되었다. 그의 가장 친한 친구 제오는 고등학교 졸업 전에 입단했고 WBC에서 역전승을 올리는 만루 홈런을 던지며 MVP를 받았다.

군대 문제가 걸렸다. 입대는 해야 할 것 같은데, 제대하고 나면 몸이 굳어 있는 건 아닐까. 대학교 졸업반 때 다시 지명에 도전하고, 그때 안 되면 늦은 나이에 군대에 가야겠지. 그럼 그 후에는? 제오는 WBC 금메달로 군대가 면제되었다. 애초부터 제오는 고등학교 때부터 유명했던 선수라 자신과 비교할 수 없다는 건 알았지만 그래도 의식이 되는 것은 어쩔 수 없었다. 같은 상성고등학교 출신 야구부 친구들은 2군에 있더라도 그래도 가끔씩 경기에 나왔다. 부러워 죽을 것 같았다. 미래가 무서웠다. 이대로, 이대로 나는 어떻게 되는 걸까. 만일 제오가 타자가 아니라 투수였다면 이렇게 잘 지낼 수 있었을까? 강현은 자신의 보잘것없는 위치보다 바닥까지 추락하는 제 마음 끝이 더 두려웠다.

'일본 간 김에 사 왔다. 이게 그렇게 근육통에 좋대. 이제 네 몸도 노화 시작될 때 아니야? 작작 좀 혹사시켜.'

파스를 건네는 대학생 초록은 눈부셨다. 원래 그렇게 빼어난 미모는 아니었지만 귀여운 외모 속에 있는 무심한 배려가 매력적인 애였다. 여전히 키가 작았고 볼 살이 통통했으며 쌍꺼풀 없이 큰 눈을 천천히 끔뻑거렸다. 그녀는 종종 지방까지 그를 찾아왔다. 무심하게 이것저것 챙겨 주고 나서 별말 없이 또 떠났다.

고등학생 때, 2차 지명에서까지 지명받지 못했을 때 그녀가 드디어 다가왔다. 고등학교 3년 내내 그가 너무 유명해서 주목받기 싫다는 이유로 피해 다녔던 그녀였다. 다들 제오를 포함한 지명받은 선수들에게 관심을 가질 때 그녀는 꿋꿋이 그의 옆을 지켰다. 다음에 잘할 거라는 둥, 속상하겠다는 둥 그런 소리는 하지 않았다. 그저 일상적인 대화를 주고받는 친구로 돌아온 것이다. 마치 3년간 그를 피했던 건 전혀 아무것도 아니었다는 듯, 옛 친구로 자연스럽게 돌아온다는 듯.

'이러다가…… 진짜 영영 야구 선수 같은 건 못 되면 어쩌지?'

'……어쩌긴. 그냥 사는 거지.'

그녀는 그의 옆에서 무심하게 말했다.

'넌 성실하고 좋은 애니까 뭘 해도 잘하겠지. 아직 스물한 살인데, 뭐.'

초록의 핸드폰에 그 당시 남자 친구였던 대학 선배와 찍은 스티커 사진이 붙여져 있었다. 강현은 짧게 자른 머리를 감싸 쥐었다.

'우리 엄마는 마흔 살에 종갓집 며느리로 새 삶을 살았다. 스물한 살이 뭘 벌써 인생이 끝난 것처럼 그러냐.'

'너는 취업 안 되면 어떡하나, 그런 걱정 안 돼?'

'모르겠어. 안 되면 그냥 벤처 같은 데 들어가지, 뭐. 꼭 대기업이나 업계 1위 회사 이런 데 들어가고 싶은 마음은 없는데.'

'Z대학 출신이…… 벤처 들어간다고?'

'그게 뭐?'

그녀는 고속버스 시간이 다 되었다며 엉덩이를 툭툭 털고 일어섰다. 초록은 그 어떤 것에도 구애받기 싫어하는 것 같았다. 남자 친구도 그녀를 조금만 귀찮게 한다 싶으면 헤어졌다. 무심하게 이어폰을 찾는 그녀의 모습을 보고 강현은 그래도 그녀가 신경 쓰인다고 생각했다. 아무리 혼자 잘 사는 것 같아

보여도 그의 눈에는 항상 집에 들어갈 수 없어서 서성이던 놀이터의 열여섯 살 소녀가 보였다.

'야, 너 근데 나 이렇게 보러 오는 거 남자 친구가 뭐라고 안 해?'

'허락받고 왔어. 싫어하면 그때 생각하지 뭐.'

'남자 친구도 있는 애가 날 왜 자꾸 보러 와?'

그는 조심스럽게 물으면서, 아마 '네가 특별하니까' 같은 대답을 바랐던 것 같다. 그러나 그녀는 어깨를 으쓱하며 아무렇지도 않게 대답했다.

'너, 내가 힘들 때 옆에 있으려고 많이 노력해 줬잖아. 추석 때 밥도 먹으라고 신제오까지 붙여 주고. 그땐 귀찮았는데, 어쨌든 누군가 힘들 때 신경 써 주는 사람이 있는 건 나쁘지 않은 일 같아. 내가 너한테 대단한 힘이 될 거라는 생각은 안 해. 그런 건 원래부터 불가능하니까.'

'……'

'각자 자기 궤도 돌면서, 가끔 힘내라고 어깨 쳐 주고 가는 거지.'

그녀는 그 말을 마지막으로 버스에 올랐다.

'……진초록, 네가 돌고 있는 그 너만의 궤도, 절대 방해하지 않을 테니까…….'

그는 멀어져 가는 버스를 보면서 중얼거렸다.

'그러니까 내가 곁에 계속 있을 수 있으면 안 될까.'

어린 시절부터 계속 함께했었던 친구로, 이렇게 주변을 맴돌다 보면 언젠가 네가 다 귀찮아서 내게 정착하는 날이 오지 않을까.

'그러니까……'

"김강현 환자분! 정신 드세요? 눈 좀 떠 보세요!"

강현은 눈을 떴다. 병원의 천장이 보였다. 서서히 꿈에서 현실로 돌아왔다. 마취가 풀리며 잠시 초록의 꿈을 꾸었었던 것이다. 그것도 그가 가장 힘들었을 때, 가장 인생의 밑바닥에 있었을 때 담담히 그를 보러 오던 그녀의 꿈을 꾸었다.

현실과 꿈이 빙글빙글 돌았다. 오른쪽 어깨와 팔꿈치 동시 부상이었다. 어깨는 예전에도 부상이 있었고 수술을 받은 적 있었다. 기록이 남아 있고, 그를 오랫동안 봐 왔던 의사 선생님께 수술을 받는 것이 맞다고 여겨 부상이 감지된 후 바로 귀국하여 수술을 받았다.

그는 몸의 절반을 붕대로 감은 채로 곧 1인실로 옮겨졌다. 강현은 아직 다 돌아오지 않은 시야 너머로 부모님과 초록을 발견했다. 어젯밤, 한국에 와서 입원 수속을 밟자마자 미친 듯이 전화했지만 받지 않은 그녀였다.

"강현아! 아이고……"

"아니, 수술 경력이 있으면 네가 조심해야지 그 정도 조절도 못 해?"

부모님이 거의 실신할 듯이 그에게 매달렸다. 그럼에도 불구하고 그는 스스로 불효자식이라고 생각했다. 그의 눈이 어쩔 수 없이 조용히 그림처럼 서 있는 초록에게 가 닿았던 것이다.

"……출근 안 했어?"

"오늘 병가 냈어."

"아파?"

"술병."

그녀는 한동안 강현의 부모님이 괴로워하는 것을 지켜보고 있다가, 시간이 좀 흐른 것 같자 차분하게 말했다.

"아줌마, 아저씨, 어제 밤 새우셨다면서요. 일단 수술 잘된 것 같으니 들어가서 눈 좀 붙이세요. 여기 제가 있을게요."

"아니, 초록아, 미안해서 어떻게……."

"눈 좀 붙이시고, 뭐 좀 드시고, 짐도 좀 챙겨서 오세요. 어차피 저 내일 출근해야 해서 저녁엔 가야 해요. 제가 있을 때어서 필요한 일 보시고 오세요."

수술은 잘되었다고 하지만, 운동선수에게는 수술이 잘된 것이 문제가 아니었다. 재활 기간이 얼마나 길 것이며, 완벽한 컨디션이 회복될 수 있을 것인가가 문제였다. 그런 것은 지금 당장 알 수 있는 것이 아니었다. 앞으로의 재활과 회복을 지켜보는 것이 중요했다. 이미 수술 경험이 있는 강현의 부모님은 초록의 말을 이해했고, 그래서 초록에게 감사의 표시를 한 뒤 긴 병원 생활을 준비하기 위해 일단은 병실을 나섰다.

그래서 병실에는 둘만 남았다. 그녀는 강현의 옆에서 조용히 핸드폰 게임을 하고 있었다. 강현은 그녀가 게임을 하는 동안 가만히 그녀의 정수리를 바라보았다. 강현은 그녀의 게임 창에는 별로 관심이 없었지만, 실제로 그녀는 게임 메신저로 제오와 대화 중이었다.

[그래서 김강현 병실에 좀 있으려고. 부모님 오실 때까지.]

[부모님 오시면 바로 나와서 나 만나. 무조건 만나야 된다.]

[왜?]

[김강현이랑 둘이 무슨 얘기 하나 궁금해서. 그거 들으려고.]

초록은 제오와 얘기하면서 강현에게 딱히 가타부타 무슨 말도 없었지만, 강현이 잠이 들려고 하면 냉정한 목소리로 말했다.

"일어나. 지금 잠들면 안 된대. 크게 숨 쉬어. 숨 쉬는 거 까먹으면 안 된다니까. 전신 마취 처음 해 보는 거 아니잖아."

"……가만히 있으면 잠이 올 수밖에 없어."

강현은 뭔가 목이 멘 목소리로 말했다.

"무슨 얘기라도 해 주든가."

"무슨 얘기를 듣고 싶은데?"

"술병은 왜 났어?"

초록은 잠시 제오와의 대화를 멈추고 침대에 핸드폰을 툭 내려놓았다. 강현은 자신과 제오가 하룻밤 잤다는 걸 알고 있었다. 그리고 제오와 다시는 얼굴을 보지 않겠다고 했던가. 이

참에 왜 그렇게 제오에게 오버하는지 듣고 싶었다. 제오는 그래서 병원에서 나오자마자 자신을 만나자고 하는 건가? 그게 궁금해서?

"술 마셔서 났지. 오랜만에 엄청 마셨거든."

"무슨 일 있구나. 엄청 마신 거면, 혼자 마셨어?"

딱히 무슨 일이 벌어지지 않는 이상 굳이 화제에 올리지 않는 것이 그녀의 성향이어서 가만히 있었지만, 그렇다고 숨길 것도 없었다.

"아니, 신제오랑 마셨어. 뭐, 걔는 곧 시즌이라고 정말 소주를 까 주기만 하더라."

강현의 얼굴이 굳는 것이 느껴졌다.

"너 원래…… 무슨 일 있을 때…… 혼자 술 마시지 않았어?"

"원래 그러는데, 뭐 어쩌다 보니."

"신제오랑…… 무슨 사이야?"

그녀는 잠시 멈칫했다. 무슨 사이냐고? 분명히 어제 그가 말했다. 자신은 들이댈 테니, 끊임없이 들이댈 테니 연애하자고는 직접 말해 달라고 했다. 그녀만 대답하면 된다는 그런 어조였다. 그런데 어제는 취한 상태에서 말하지 말라고 해서 그냥 흐지부지되었고, 오늘은 강현의 병원에 오느라 정신이 없어서 그런 얘기를 할 시간조차 없었다.

망설이는 그녀의 얼굴을 보던 강현의 얼굴에 괴로움이 스쳐 지나갔다.

"나, 훈련 너무 많이 하면 어깨나 팔꿈치에 무리 간다는 거 알고 있었어."

"알면서 왜 그랬어? 조심 좀 하지, 시즌 앞두고."

"근데 훈련 안 하면, 잡생각이 들어서 더 힘들었어."

강현은 마취가 점점 풀려 가는지 고통스러운 표정을 지으면서도 말을 이었다.

"제오가 너랑 하룻밤을 보내고, 그 대가로 게임 광고 찍어 줬다는 말 사실이야?"

그동안 초록의 표정에는 변화가 없다가, 그 말에 깜짝 놀라 정색했다.

"무슨 미친 소리를 하는 거야? 넌 신제오랑 나를 그렇게 몰라? 그런 일이 둘 중에 한 사람이라도 가능하리라고 생각해?"

"나도 처음엔 말도 안 된다고 생각했어. 그런데 아무리 생각해도 이상해."

"뭐가?"

"너랑 신제오는 원래 전혀 친한 사이가 아니었어. 근데 신제오가 네 부탁에 그토록 싫어하던 광고를 찍고, 그리고…… 둘이……."

"맞아."

초록은 한숨을 쉬며 말했다.

"우리 둘이 잤어. 술 마시고 실수했어. 솔직히 잘못한 것 맞아. 신제오는 애인 있었으니까. 욕먹을 짓도 맞고 누군가에게는 절대 용서받지 못할 일도 맞아. 그런데 뭐 그런 대가성은 아니야. 우리 회사 그럴 정도로 어렵지 않다."

강현은 세상이 무너지는 것 같은 표정을 지었다.

"그런데 왜 그런 것 때문에 네가 잡생각이 많아지고, 내 앞에서 그런 표정을 짓는 건지 나는 이해가 안 된다. 남자랑 한 번 잤다고 큰일 나는 세상도 아니고, 언제까지 내가 네 여동생이어야 하니? 정작 나는 혼자 잘 사는데. 내가 남자 만나는 거 한두 번 보는 거 아니잖아."

"……진초록."

초록은 강현이 씹어뱉듯 말하는 목소리에 순간 소름이 돋았다. 강현이 이런 눈으로 자신을 본 적이 있었던가?

"나 너 좋아해."

"……뭐?"

"너 좋아한다고. 고등학생 때부터 네가 좋았는데, 넌 내가 너 좋다고 하면 멀어질 거잖아. 그래서 말 못 했을 뿐이야."

초록의 표정도 굳었다. 그녀는 애초부터 강현에 대한 깊은 생각을 해 본 적이 없었다. 그저 오래된 친구였고, 강현의 부모님이 자신을 알게 모르게 많이 돌봐 주었으며, 더 피상적으로는 중학교와 고등학교 동창이라고만 생각했다. 강현은 원래 여자한테 관심이 없다고 했었으니까. 그냥 옛날부터 자신이 불쌍해서 안달복달하던 순하고 착한 애 아니었나.

"내 제일 친한 친구가, 내가 오랫동안 좋아했던 여자랑 잤다는 걸 미국에서 들었을 때 내 기분이 어땠을 것 같아? 이게 네 다른 연애들이랑 같다고 생각해?"

"……"

"나는 너한테 차마 연락도 못 했어. 네 입으로 그게 사실이라고 하는 게 두려워서. 네 말대로 둘 다 그럴 리 없다고 생각했는데, 설마 그럴까 봐 아무것도 못 하겠더라."

초록의 눈이 흔들렸다. 너무나 당황한 그녀는 아무런 말도 못 하고 한동안 바보같이 가만히 있었다.

"미칠 것만 같아서, 가만히 있으면 정말로 돌아 버릴 것만 같아서 자꾸만 훈련장에……."

"……무슨 일 있으면 말해. 나 밖에 있을게."

초록은 핸드폰을 들고 일어섰다. 지금 강현의 얼굴을 볼 자신이 없었다. 무슨 말을 해야 할지도 모르겠다고 생각했다. 그녀는 항상 그녀가 선택하는 길을 선택했다. 피하면 그만이다. 일단 피하고 도망치면 된다.

어차피 시간이 흐르면 어떻게든 산다. 의미 없다 생각하면 정말 의미 없는 것 아닌가. 초록은 열일곱에 엄마와도 떨어졌다. 죽어도 안 되고 절대로 안 되는 건 없다. 일어서서 나가는 초록의 뒤에서 강현이 말을 이었다.

"신제오한테 가지 마. 왜 애인도 아니라면서 힘들 때 같이 술 마시는 애가 신제오야? 넌 그동안 만났던 남자들도 혼자 술 마실 때 부르진 않았잖아. 왜 너는 한 번도 힘들 때 나를 찾지 않았으면서 고작 하룻밤 상대였던 안 친한 동창 신제오하고……."

초록은 조용히 대답했다.

"내가 몹시 힘든 날 우산을 씌워 준 애야. 고작 하룻밤 상대 같은 거 아니야. 내가 힘들 때 옆에 있어 주고, 이야기를 들어 주고, 서로가 필요하다고 아주 오래전부터 말해 준 애야."

"나는!"

강현이 아직 마취가 풀리지 않아 아픈 몸을 부여잡고 화를 냈다.

"나도 네가 힘들면 우산 같은 건 백 번이라도 씌워 줄 수 있었어! 네가 힘들다고만 말했다면 언제든지 옆으로 갔을 거야. 네 이야기라면 몇 시간이라도 들어 줄 수 있고, 누구보다도 네가 필요해. 그런데 왜 신제오야? 왜 그동안 사귀었던 남자들을 말할 때랑은 다른 눈빛으로 신제오 이름을 말해? 왜 하필 친하지도 않았던 신제오냐고!"

"몰라."

그 말을 할 때, 갑자기 초록의 눈에 눈물이 고였다. 그녀는 정말 어지간해서는 울지 않았다. 그런데 울컥 눈물이 고이는 것이 그녀 스스로도 갑작스러웠다.

"진짜 몰라. 왜 그런지 모르겠어. 운명이어서? 인연이어서? 영혼이 맞아서? 나도 생각을 해 보려고 해도 진짜 모르겠어."

"그런 표정 하지 마. 그런 표정 하지 말라고. 신제오 그 자식, 5년 동안 연애한 거 전 국민이 다 알아. 그런데 너를 만나자마자 또 시끄럽게 이별한 무책임한 놈이야. 20년 내내 한결같이 네 옆에 있었던 내가 아니라 왜 그런 놈이냐고. 난 도저히 받아들일 수가 없어. 단 하나도, 내가 받아들일 수 있는 부분이 없다고."

"다 알아…… 네 말 다 맞는 것 나, 다 알아."

강현이 흥분해서 말했지만 초록은 침착하게 말을 이었다.

"그런데 노력한다고 해서 다 되는 게 아니잖아…… 반대로, 노력하지 않는데 자꾸만 되는 게 있어. 의도하지 않는데 자꾸 마음이 가. 피하려고 해도 피할 수 없는 게 있어."

이게 10대 때의 추억이 드리운 그림자라고 할지라도. 초록은 자신의 마음을 그제야 확실히 바라보고 있는 것 같았다. 말하고 나니 진짜 같았다. 피하고 싶은 것도 사실이었고 도망가고 싶은 것도 사실이었지만 그래도 움직이는 마음은 어쩔 수가 없었다.

"어느 시점에, 누구에게만, 어쩔 수 없이 열리는 마음이 있나 봐. 나도…… 뭐라고 말로 표현이 안 돼."

"진초록, 너는 말이야."

그의 눈에도 눈물이 고였다.

"너는 그냥 힘든 사람을 못 보는 거야. 네가 힘들어 봤기 때문에 힘든 사람 곁에 있는 게 당연하다고 생각하는 거야. 신제오는 하위 타선이고 나는 메이저리그 투수라서 내가 안 보였

281

던 거야. 넌 내가 잘나갈 땐 날 살펴 주지 않잖아. 잘나가던 신
제오가 하위 타선에서 빌빌거리고 있으니까 또 옆에 있어 주
고 싶은 거야."

그녀는 더 이상 말하고 싶지 않아 뒤를 돌았다. 문을 열고
나가는 그녀의 뒷모습에 강현의 절절한 목소리가 꽂혔다.

"난 이번 시즌은 확실히 못 나가고, 재활이 잘못되면 선수
생명도 끝이야. 어쨌든 신제오는 늘 1군이야. 너는 이번에도
내 옆에 있어 줄 거야. 나는 널 잘 아니까."

"나는 널 잘 아니까."

문을 열자 제오가 있었다.

"무조건 피할 줄 알고 있었어."

그녀는 약속을 지키지 않았다. 병원에서 나오며 연락한다던
그녀는 밤이 되어도 제오에게 연락하지 않았다. 그랬더니 제
오가 그녀의 자취방 앞으로 찾아온 것이다. 집 앞이라며, 문
열라고 온 전화에 그녀는 푸석한 표정으로 문을 열었다. 초록
은 제오가 익숙하게 그녀의 작은 거실에 자리 잡고 앉는 것을
지켜보았다.

"김강현이 뭐래?"

"……"

"……왜 걔가 나랑 연을 끊겠다는 건지 너도 알았어?"

"넌 알고 있었어?"

제오는 무거운 표정으로 고개를 끄덕였다.

"내가 너한테…… 9년 전에 고백하지 못했던 진짜 이유야."

초록은 조용히 그를 바라보았다.

"내 제일 친한 친구가 지명도 못 받았는데, 걔가 좋아한다는 여자애한테 고백할 수는 없었어. 그때의 너는…… 나한테 그 정도로 절실하지는 않았나 봐."

"……그런데 지금은?"

"네가 realgreen인 걸 알았다면 그때도 이야기는 달랐을 거야."

그는 초록의 눈을 피하지 않았다.

"그리고…… 난 이제 남의 사정 같은 건 생각 안 할 거야. 그 때 김강현이 메이저리그 갈 줄 알았냐? 남의 인생은 남의 인 생이야. 아무리 김강현이 지금도 내 제일 친한 친구라고 해도 어쩔 수 없어. 걔 부상당한 거 미치도록 신경 쓰이지만 또다시 9년 전을 반복할 수는 없어."

언젠가는 이런 날이 올 줄 알았다. 강현의 존재는 제오에게 숙제 같은 것이었다. 어쨌든 강현 때문에 초록과 잊히지 않는 추석 저녁의 식사를 했고, 그 이후 여러 사건들 때문에 그녀가 좋아졌다. 강현이 초록을 훨씬 전부터 알고 있었고, 초록과 연 락하지 않았던 20대 시절 동안에도 늘 친구로 곁에 있었다. 반 면에 그는 그동안 여자 친구도 있었고, 심지어 여자 친구가 있 는데도 초록을 여자로 대했다.

하지만 그는 모든 비난을 감수하기로 했다. 호두나무가 부러진다고 해서, 식물부 부장을 울렸다고 해서 홈런을 안 칠 수는 없었다. 그는 원래 그런 사람이었던 것이다. 자신이 바라는 것이 있는데 여러 사정 때문에 도망치는 것은 9년 전 한 번이면 됐다.

문제는 초록이었다.

"······도망가지 마."

"신제오."

"너 무슨 생각 하는지 알아. 다 도망가고 싶은 거잖아. 피하고 싶은 거잖아. 지금 상황도 복잡한데 강현이까지 끼니까 더 귀찮은 거잖아."

초록의 눈에 또다시 눈물이 고였다. 그녀는 언제 자신이 이렇게 눈물을 흘렸던가 기억을 더듬었다. 엄마를 두고 그 집에서 나올 때였다. 사실은 엄마와 살고 싶었다. 하루에 얼굴 몇 번 못 보더라도 이 세상에 하나밖에 없었던 혈육이었다. 어린 자신에게는 세상 전부였던 사람이다. 엄마만큼 대체되지 않는 존재는 없다.

하지만 도망가고 싶었다. 자신을 객식구 보듯 하는 엄마의 새로운 시부모, 자꾸 들이닥치는 문중 어르신들의 못마땅하다는 시선, 잘해 주려고는 하지만 늘 어색한 새아빠, 종종 자신 때문에 벌어지는 것 같은 부부 싸움······ 태완이가 태어나자 엄마의 옆은 더 요원해서 그녀는 몹시 외로웠다. 그 외로움을 포함한 모든 것에서 그녀는 상성고등학교로 도망쳤다.

"또 피하려고 그래? 조금의 갈등만 생겨도 나를 놔두고 로 그아웃해 버린 것처럼?"

"……"

"졸업식 날, 끝끝내 네가 realgreen인 거 말 안 해 주고 뒤돌아서 가 버린 것처럼?"

"……"

"그날 밤, 내 침대에서 아무 말 없이 새벽에 떠나 버리고 연락을 끊어 버린 것처럼?"

초록은 고개를 숙였다. 반박할 수 있는 말이 없었다.

"나는 네 그런 모습이 좋았어. 다 초월하고, 의미 없다고 생각하고, 그래서 담담하고. 근데 너 그런 표정으로 날 보면서 도망가려고 하지 마. 비가 잔뜩 오는데 바보같이 혼자 그 짐을 다 들고 걸어오던 그 표정이니까."

그 말에, 초록은 자기도 모르게 눈물이 흐르는 것을 느꼈다. 그녀는 황급히 눈물을 닦았다. 10년도 지난 일이다. 이제 자신은 성인이다. 이제 엄마 같은 사람도 필요 없고, 혼자서 이 정도면 잘 살고 있다고 생각했다. 그런데 사실은 변한 게 없다.

"올 것 같은데, 연락조차 안 되는 널 기다렸던 그 정류장에서처럼 나는 늘 기다릴 거야. 연락이 안 되면 있을 것 같은 곳에서 기다리고, PK를 해서라도 말을 시키고, 원하지 않는 광고를 찍어서라도 만날 거야. 지금 메이저리그 투수 앞에 나 자신이 너무나 초라해도 주눅 들지 않을 거고, 가장 친한 친구 병문안 못 가는 개자식이어도 멈추지 않을 거야. 이 말 하러 왔어."

제오는 천천히 일어섰다. 내일 출근해야 하는 초록을 배려한 것이다. 강현이 부상당한 것도 마음에 걸렸다. 왜 이 시점에서 부상인가. 투수에게 부상이 얼마나 무서운 건지 그는 충분히 알고 있다. 게다가 강현은 이번이 두 번째 부상이다. 가장 친한 친구가 자신에게 느꼈을 배신감도 알고, 병원에 누워 있는 심정도 안다. 그 모든 것을 무시하고 초록에게 돌진하고 있는 그의 마음이라고 편할 리가 없었다.

마치 옛날에 호두나무를 부러트리고 나서 계속 어쩔 수 없었다고 어깨를 으쓱했지만 늘 마음에 걸려 했었던 것처럼.

천천히 돌아서던 제오는 순간 뒤에서 느껴지는 따뜻한 감촉에 숨이 멎을 뻔했다.

"안 기다려도 돼."

초록이 뒤에서 그의 등을 껴안은 것이다.

"네 유명세나 전 여자 친구 같은 거야 네 몫이라고 생각했지만…… 김강현은 다르잖아. 네가 마음 편하게 김강현하고 연을 끊을 사람이 못 된다는 거…… 나는 알아."

그의 등에 뜨거운 초록의 눈물이 느껴졌다.

"모든 사람이 너를 욕해도, 심지어 너 자신조차 너를 그런 식으로 깎아내려도, 나는 네가…… 여전히 좋은 사람인 걸 아니까……."

그를 안은 초록의 두 손에 힘이 들어갔다.

"그 모든 걸 너 혼자 견디게 할 수는 없어. 함께 있을 거야."

그녀는 모든 것을 피하는 게 철이 든 것이라고 생각했다. 하지만 사실은 피하면서 포기했을 뿐, 바라는 것이 없는 건 아니었다. 어쩌면 그녀는 이런 사람을 바라고 있었던 건 아닐까. 짐을 싸서 기숙사로 향하면서, 엄마가 가지 말라고 해 주길 끝내 바랐듯이. 그녀가 아무리 도망치고 피해도 옆에 있어 준다고 약속하는 그 사람을 바라고 있었던 건 아닐까.

"함께 견디고, 함께 있고 싶어…… 너랑."

제오는 자신을 끌어안은 가는 팔을 멍하니 바라보았다.

"도망가 버리기에는…… 이미 내가 너를 너무 좋아하는 것 같아."

메이저리그를 간다면 이런 기분일까. 제오는 몸이 떨려 오는 것을 느꼈다. 터질 것 같은 심장을 어떻게 하지 못한 채로, 그들은 한동안 그렇게 서 있었다.

"곧 시즌인데……."

제오가 푹 잠긴 목소리로 가까스로 말했다.

"보고 싶어서 어떻게 하지. 만나고 싶어서 어떻게 하지. 매경기 네가 지켜보고 있다고 생각하면 긴장되어서 어떻게 하지……."

그는 세상에서 가장 소중한 것을 다룬다는 듯 초록의 작은 손 위에 거친 손을 조심스레 올렸다.

"미안한 사람들이 너무 많은데…… 잘못 걸어온 길이 너무나 긴데…… 이렇게 기뻐서 어떻게 하지……. 나 정말 나쁘고 못된 놈인가 보다."

"너 약속해."

초록의 눈물이 멈추지 않았다.

"우리 엄마처럼…… 가 버리지 않겠다고."

그녀는 순식간에 어린아이가 된 것처럼 훌쩍거렸다.

"다크 몬스터처럼…… 사라지지 않겠다고."

10년 전에도 그 누구에게도 우는소리를 하지 않았던 그녀가 서른이 다 되어 찡얼거리고 있었다.

"베스트 베이스볼처럼…… 변해 버리지 않겠다고."

"다 약속해."

제오는 싱긋 웃었다.

"난 너랑 달라서 약속한 건 지켜."

그의 등에 묻은 초록의 얼굴에도 미소가 걸렸다. 성실한 고교 야구 유망주는 하위 타선에 머무르며 야구 외에는 대충 사는 아등바등한 선수가 되었다. 어른스럽고 차분하던 모범생은 모든 걸 피하며 무미건조한 삶을 사는 여자가 되었다. 그래도, 백 명의 사람들에게 비난을 받는다고 해도, 더 이상 그들의 첫사랑이 아름답고 애틋하게 기억되지 않더라도, 누군가에게 큰 상처를 입힌다고 해도 어쩔 수 없는 선택을 할 수밖에 없는 순간이 있는 것이다. 그들의 손가락이 간절하게 얽혔다.

11

강현은 눈을 감고 꼿꼿이 누워 있었다.

"오지 말라고 했는데…… 기어코 와서 미안하다."

모자를 푹 눌러쓴 제오가 그의 옆에 앉아서 낮은 목소리로 천천히 말했다.

"네게는 모든 것이 미안해."

강현은 눈을 뜨지 않았다. 그가 자고 있지 않다는 것을 제오는 빤히 알고 있었다.

"그런데…… 사실 나, 진초록하고 고등학생 때부터 서로 좋아하던 사이였어. 연결되지는 않았었지만, 다시 만나니까 또 좋아지더라고. 예전에…… 몰랐던 사실도 좀 알게 되고."

그는 조용히 아무 말도 없는 강현에게 그동안 있었던 이야기를 간략히 했다. 고등학교 때부터 어떻게 연결되어 왔는지, 졸업식 전날 강현의 얘기를 듣고 어떤 마음으로 고백을 하지 않았는지, 우연한 광고 섭외 뒤 어떤 마음으로 그녀를 만났는지.

제오는 말을 천천히 골랐다.

"술 마시고 순간 눈이 뒤집혀서 밤을 같이 보낸 건…… 지금도 몹시 후회하고 있어. 그날 내가 자제력 없이 넘지 말아야 할 선을 넘은 바람에 치러야 할 대가가 많았고, 앞으로도 많을 수 있다는 걸 알아. 그게 뭐든지 감수할 거야. 그렇다고 해도 절대 포기할 수 없는 것이 있어. 아무리 내가 실수했고, 내가 잘못했어도 놓을 수 없는 사람이 있어."

"……너 송수희 아나운서한테 미안하지도 않냐."

"사실, 수희랑 나 제대로…… 서로를 진심으로 사랑해서 만난 건 아니야. 서로 얻을 게 있어서 연인 타이틀을 유지했던 거지. 수희도 나한테 소위 말하는 연인으로서의 의리를 지키지는 않았어. 언제 끝나도 이상하지 않을 관계였어. 그래도 먼저 이 관계를 끝내자고 했으니 미안하기는 해."

"넌 여자 친구 있는 상태에서 그랬지. 분명히 초록이한테는 상처가 됐을 거야."

"알아. 그게 어느 정도의 무게든 나 평생 갚으면서 살 거다."

제오의 주먹이 단단하게 쥐어졌다. 강현의 1인실에 불편한 정적이 흘렀다. 한참의 시간이 흐르고 제오가 어렵게 말을 꺼냈다.

"넌 같은 야구 선수니까 알겠지."

그는 담담하지만 차분하게 말했다.

"공 하나하나가 아찔해. 방망이를 휘둘러야 하나 안 휘둘러야 하나 순간순간이 고민인데 그게 너무 빨라. 순식간에 결정돼. 겨울 내내 굴렀는데 공 세 개에 쓸쓸히 퇴장해야 하는 순간들이 많았어. 풀 카운트라도 됐을 때, 투수의 글러브를 노려보고 있는 그 몇 초가 얼마나 고통스러운지 너는…… 알 거야."

"……."

"내가 능력이 부족해 계속 헛스윙만 했어도…… 그래도 방망이를 내던지고 마운드를 나갈 수는 없어. 최선을 다해 그래도 다음에 공을 쳐 내야 해. 나는 그 마음으로 진초록에게 지금껏 다가갔어. 자질이 부족해 실수했지만…… 그래서 한 걸음이라도 잘못 디디면 안 된다는 마음으로 최선을 다했다. 9회 말 2아웃 만루 풀 카운트에 선 것처럼."

강현이 천천히 눈을 떴다. 그가 부은 눈으로 고개를 푹 숙인 제오의 모자 끝을 바라보았다.

"나는 매 순간 최선을 다한다고 생각했지만 사실은 부족했어. 난 초록이 앞에서 늘 헛스윙하고, 볼도 못 골라내고, 한심하게 경기 진행했다. 수희랑 생각 없이 5년을 사귀고, 술 취해 자제력을 잃어버려서 큰 실수를 하고, 가장 친했던 널 본의 아니게 속이고 말았지. 정신없이 달려왔지만 지나고 보니 모두 실책이었어. 바로 지난 투구를 후회하는 마음으로, 그래서 곧 삼진당할 것 같은 그런 각오로 다가갔어. 끝까지…… 희망을 버리지 않고, 투수 글러브를 노려보면서 말이야."

"……."

"그러니까…… 초록이를 쉽게 봤다거나, 그래서 상처를 줄 거라든가, 그렇게 생각하지 않았으면 좋겠다."

그들 사이에 한동안 정적이 흘렀다.

"……투수는 항상 외로워."

먼저 정적을 깬 것은 강현이었다.

"공을 던져도, 던져도 새로운 타자들이 마운드에 올라와. 파울이나 볼넷이라도 많이 나오는 날이면 어깨가 빠질 것 같은데 남은 타자들이 아득해 보일 때가 있어. 나는 그 마음으로 초록이 옆에 있었어. 걔가 누군가와 연애하고 헤어지고 또 연애할 동안, 나는 외롭게 그걸 지켜봤어. 이러다 보면 경기가 끝나겠지, 이러다 보면 9회가 오겠지, 하면서. 정말 결정적일 때, 진초록이 이제 정착을 하고 싶어 할 때, 마지막에 스트라이크 하나 던지면 결국 나의 승으로 끝나는 날이 오겠지, 그런 생각을 했어."

제오는 조용히 강현의 말을 들어 주었다. 강현이 아까 자신의 말을 들어 준 것처럼. 강현은 야구 얘기가 나오니 그제야 대화를 할 생각이 든 것 같았다.

"······근데 나 지금, 만루에 4할 타자 만나서 볼넷 주고 있는 그런 기분이 든다."

"······."

"무슨 공을 던져도 안 될 것 같고, 무슨 공을 던져도 막막한······ 어떻게 널 보내고 나도 나의 승이라는 보장은 없겠지. 그렇지만······ 서로 좋다는 애들한테 내가 뭘 어떻게 할 수 있는 건 없어 보여도······."

그 순간 제오와 강현은 서로를 누구보다도 더 잘 이해할 수 있었다. 구장에 서 본 사람들만 알 수 있는 그 간절한 기분이 있었다. 공 하나에 모든 시선이 몰리고, 모든 긴장이 집중되는 그런 순간을 그들은 즐기면서도 몹시 두려워했다.

"그래도 나는 공을 던질 수밖에 없어. 패색이 짙어도 완투는 한다. 진초록이 진짜 남자를 좀 진지하게 만나고 싶어 할 때, 그때 한번 어떻게 해서든 잡아 보려고 했어. 그때가 지금인 것 같다."

강현은 제오의 눈을 똑바로 바라보았다. 분노는 사라지고 선수로서의 맑은 투지가 보이는 표정이었다. 제오는 고개를 끄덕였다. 그 나름대로는 말 한 번 해 보지 못하고 끝낸 사랑이다. 완투를 하겠다면 막을 수는 없었다. 그건 그의 경기였다.

"곧 시즌 개막전이지? A구단, 올해 성적 좋기를 바란다."

강현은 그 말로, 자신이 상황을 받아들였음을 에둘러 표현했다.

"⋯⋯재활 열심히 받아라."

"신경 꺼."

제오가 일어섰다. 그는 강현과 예전처럼 허물없이 지낼 수는 없을 것이라는 슬픈 예감이 들었으나 원래부터 각오하고 있었던 바였기 때문에 담담하게 받아들였다.

어쩌면 10년 전에 이미 깨졌을지도 모르는 우정이다. 만일 진초록이 realgreen이었다는 걸 알았다면 강현이 아무리 지방에서 혼자 힘들어하고 있었다고 할지라도 그녀를 선택했을 것이다. 이미 그는 다른 길을 가 본 사람이다. 그러므로 그는 강현의 어깨를 둘러싼 붕대를 보고도, 이번 시즌에 못 출전한다는 기사들을 읽었어도 마음을 다잡았다.

"다시 오지 마. 네 얼굴 보고 싶지 않다는 건 진심이니까."

"어차피 곧 시즌이야. 내년엔⋯⋯ 너도 다시 복귀하길 바란다."

"알아서 잘할 거야. 내년에 다시 햄버거 먹고 싶어서라도."

강현은 다시 눈을 감았다.

"얼른 나가. 쉬고 싶어."

제연은 아나운서실에서 풀이 죽어 조용히 앉아 있었다. 이번 프로그램 편성에서 제외된 것이다. 비인기 프로그램이라도 열심히 하고 있었는데, 이렇게 대놓고 제외되어 버리니 만사가 무상했다.

일이 없는데 하루의 대부분을 아나운서실에서 보내는 것은 고역이었다. 그녀는 누군가의 대타를 하거나 혹은 아나운서가 계속 바뀌는 프로그램 등에 투입되기는 했지만 어쨌든 진행하는 메인 프로그램이 없다는 데에 박탈감이 들었다.

다들 프로그램을 가거나 메이크업을 받으러 갔기 때문에 제연이 쓰는 아나운서실은 그녀 혼자서 지키고 있었다. 이때다 싶어 발음과 발성 연습을 하고 있는데 수희가 들어왔다. 수희는 그녀와 비교도 안 되는 인지도 높은 아나운서였다. 제연보다 훨씬 예쁜 외모와 나긋나긋함이 상대가 안 되는 사람이었다.

그리고 그녀는…… 뭔가 달랐다. 도도했고, 자신에게 해가 될 것은 아무것도 안 했고, 다소 인간미가 없을 정도로 철저했다. 제연은 왜 수희가 제오와 오랫동안 만나는지 이해할 수가 없었다. 제오는 그런 성격이 전혀 아니었기 때문이다. 가만히 관찰해 보면 수희는 여러 가지 경우의 수를 생각하여 철저하게 계산한 다음 행동했다. 사실 윗선과 그렇고 그런 관계라는 소문도 암암리에 돌았다. 그에 비해 제오는 계산이라고는 모르고 야구 하나만 바라보며 사는, 어떻게 보면 바보같이 사는 사람이었다.

수희는 제오와 사귈 동안에는 제연을 가끔가다 살뜰하게 챙겨 주었지만, 제오와 헤어지고 나서는 그녀에게 눈인사만 대충 할 뿐 알은척 한 번을 하지 않았다. 제연은 그런 그녀를 이해하기는 했다. 수희는 발성 연습을 하다 멈춘 제연을 한번 흘 끗 바라보더니 차갑게 말했다.

"제연 씨."

"……네?"

"내가 후배한테 충고 하나 해 줄까?"

말투가 차가워서 제연은 깜짝 놀랐다. 제오와 헤어지고 나 서 한 번도 그녀와 대화를 해 보지 않았던 것이다. 제연은 무 엇보다 수희가 그런 목소리를 낼 수 있는 여자인지 몰랐다. 얼 떨떨해 보이는 제연의 얼굴을 우습다는 듯이 바라보며 수희가 피식 웃었다.

"발음이나 발성 연습에 목매지 말고 코에 필러나 좀 맞아."

"……네?"

"영어 학원 다닌다고 했지? 그 돈 모아서 경락이나 피부 관 리라도 좀 받고. 우리 카메라 앞에 서는 직업이야. 우리한테 시청자들이 원하는 게 뭔지 그렇게 모르니? 제연 씨가 지금 공중파 9시 앵커야? 걔네들이 쓴 책이나 후기 읽고 헛된 꿈 꾸지 마."

수희는 딱 부러지게 말하며 서랍 속에서 그녀가 찾던 편성 표를 찾아 챙긴 뒤 구두 소리를 또각또각 울리며 나갔다. 나가 며 제연의 등 뒤에 한마디 던지는 것도 잊지 않았다.

"어차피 제연 씨 실력으로 여기 들어온 거 아니야. 제오 씨 가 나한테 부탁해서 넣어 준 거야. 아무도 말 안 해서 몰랐을 텐데, 어차피 들어온 거 방향 잘 잡으라고 내가 충고해 주고 싶어서. 제연 씨 그렇게 연습하는 발음이나 발성 보고 뽑은 사람 없어. 그러니까 이제라도 노선 잘 잡아서 밥값 해."

충격받은 것 같은 제연의 표정을 거울로 확인하며 수희는 승리감과 함께 알 수 없는 씁쓸함을 느꼈다. 추하다, 송수희. 그녀가 지금 유치한 행동을 하고 있는 것을 수희는 누구보다도 잘 알았다.

"너는 코웃음 치겠지만 난 이제 사랑이 하고 싶어."

제오의 말대로, 그녀는 사랑 같은 건 말만 들어도 코웃음 칠만큼 원래부터 감정을 믿지 않았다. 세상에 신경 써야 할 것이 얼마나 많은데 사랑 타령인가. 방송물을 먹기 시작하면 그 순간부터 전쟁이었다. 어떻게 하면 더 오래 살아남을 것인가, 어떻게 하면 더 높이 올라갈 것인가, 그것이 그녀의 관심사였다.

그녀의 인생에서 큰 위기라면 부사장과의 스폰 관계를 기자에게 들켰을 때고, 그때 기적같이 제오를 만났다. 제오와의 연애는 급히 이루어지기는 했지만 철저한 그녀의 계산 중 하나였다. 대충 사귀고 그 인맥을 이용해서 야구 선수들과 눈도장이라도 한 번 더 찍어 두면 나쁠 게 없었다. 게다가 안 그래도 운동선수들이 자꾸 집적대서 피곤했는데 신제오 정도면 옆에 두기 나쁘지 않았다. 지금은 한물갔다는 소리를 들어도 어쨌든 WBC 스타 아닌가.

"나, 진짜 연애 하고 싶어서 그래."

그럼 그동안은 그렇게 제오에게 아무런 의미 없는 연애였다는 말인가. 수희는 눈으로는 편성표를 훑고 있었지만 제오의 말들이 가끔 이렇게 머릿속에 울릴 때가 있었다.

5년 동안 수희는 그만큼 관계를 지속한 자신에게 놀랐다. 대충 사귀고 그만할 줄 알았는데 그러고 싶지 않았다. 제오는 놀랄 만큼 단순한 남자였다. 자신과 사귀고 나서도 야구 외에 눈을 돌리지 않았다. 자신이 보기엔 이미 재기하기엔 힘든 것 같은데 죽어라고 훈련만 했다. 그게 참 미련하게 느껴졌다. 외모 때문에 광고나 예능 제의가 많이 들어와도 거의 다 거절해서 너무나 답답했다. 편하게 광고 한 번 찍으면 그렇게 연봉 협상에 목을 맬 일이 없을 텐데 정말 이해할 수가 없었다.

"남들이 보기에 화려한 삶보다 내 마음 이해해 주고 거친 풍파라도 손잡고 함께 헤쳐 나갈 수 있는 사람을 옆에 둔 삶을 더 살고 싶어."

그녀는 옆에서 보니 그가 더 한심해 보였다. 그래서 반대로 그녀가 그에게 필요한 사람이라고 생각했다. 영악하고 구를 대로 구른 속물이 옆에 있어 주어야 한다. 저렇게 죽어라고 훈련해 봤자 30대 중반이면 은퇴할 것이 뻔했고 그저 그런 야구 코치나 하면서 살겠지. 하지만 자신이 그를 연예계로 인도해 주면, 더 화려한 삶으로 인도해 주면 훨씬 편하고 윤택한 삶을 살 수 있을 거라고 여겼다. 그래서 결혼도 제의했다. 그녀가 보기에 제오는 연예계 쪽으로 진출하면 분명 크게 유명해질 것 같았고 평생을 방송계에서 함께 구를 짝으로 괜찮아 보였다. 게다가 그녀의 여러 가지 뒷사정도 아니 문제 삼을 것 같지도 않았고……

하지만 그가 한심해도, 그런 생각을 품고 있으면서도 그녀는 5년 동안 꾸준히 그의 숙소에 찾아가 그의 얼굴을 보고 관계를 유지해 나갔다. 그녀는 정말 하루하루를 전쟁같이 계산하며 살았다. 그러고 나면 그를 만나러 가고 싶어졌다. 매일같이 똑같은 하루를 보내고 중심 타선 다시 가 보겠다고 죽어라고 훈련하는 그의 얼굴을 보고 싶어졌다. 항상 똑같은 그의 단순한 하루를 확인하고 나면 무언가 안정되는 느낌이 들었기 때문이다.

"그 잘난 사랑, 잘해 봐."

그녀는 혼자 다시 중얼거렸다. 어쩌면 그녀도 그를 사랑한 건 아닐까, 마음속에 스멀스멀 올라오는 생각을 삼켰다. 어쩌면 그녀는 안 될 걸 알면서도 우직하고 간절하게 같은 길만 걸어가는 그가, 언제 찾아가도 똑같은 그가 좋았던 건 아닐까.

그래서 5년 동안 관계를 유지하고, 그의 위치를 억지로라도 바꿔 가며 같이 살아갈 생각을 한 건 아닐까.

그래서 제오가 마지막에 한 말들이 상처로 깊숙이 남아 버리고.

그러나 그녀는 원래 사랑 같은 건 믿는 사람이 아니었다. 그녀는 늘 계산해서 행동했다. 평판을 유지하기 위해 강현에게 자신이 원하는 방향의 소문을 흘리고, 이제 제오 아닌 또 다른 길을 모색하고 있었다. 왜 이유 없이 그동안 제오에게 묶여 있었나 싶을 정도로 기회도 길도 더 많아졌다.

그런데 왜 또 제연을 보니 화가 치밀어 오르는가. 이런 케이블 TV에서 발성이랑 발음 연습이라니 보기만 해도 짜증 났다. 마치 제오를 보는 것 같았다. 쉬운 길 놔두고 자기가 꽂힌 그대로 가는 그 모습이 꼭 누군가를 생각나게 해서, 그걸 망치고 싶다는 충동이 들어 그녀답지 않게 짜증을 냈다.

"10년 후에 보자고."

그녀는 자신이 제오를 조금 사랑했을지도 모르겠다고 생각했으나…… 그래도 그녀가 걷던 길을 그대로 걷는 것이 맞다고 생각했다. 그녀가 그녀의 방식대로 성공하는 것이, 그래도 보란 듯이 부러움을 사는 것이 복수라고 생각했다.

"누가 맞았는지."

제오가 후회하게 만들어 줄 것이다. 10년 뒤에, 내 말을 듣고 내 옆에 있는 것이 더 좋았을지도 모르겠다고 후회하게 만들어 주고 싶었다. 그러려면 그녀는 더 열심히 살아야 했다. 사랑 같은 것 쫓아간 제오가 맞는지, 최적의 길을 골라 딛는 그녀가 맞는지는 인생으로 평가받으면 되는 것이다.

시간이 많이 지난 후, 어느 날 문득 제오가 수희의 소식을 듣고 지금 이때를 후회했으면 좋겠다고 그녀는 생각했다. 어느 날 대단해진 그녀를 떠올리고 '송수희가 옳았는데.' 혹은 '그때 수희 말을 들을걸.'이라고 생각하며 제오가 그가 선택한 초라한 위치에서 후회했으면 좋겠다. 그래서 그녀는 보란 듯이 그녀의 길을 갈 것이다.

수희와 제오의 길이 갈리고 있었다.

잠시 함께 공동의 목적을 갖고 걸었던 시간이 있었으나, 이제 그들은 각자의 가치를 찾아 다른 길을 선택한 것이다. 둘다 애초부터 다른 방향을 보고 살던 사람들이었다. 인생은 이토록 쉽게 갈리는 것이다. 이후 수희와 제오의 길이 다시 겹치는 일은 없었고, 정말로 둘은 다른 삶을 살았다.

제연과 제오는 사이가 특별히 나쁘지는 않았지만 그렇다고 평소에 별일 없는데 연락할 만큼 살가운 관계도 아니었기 때문에 제연에게 전화가 왔을 때 제오는 사실 조금 놀랐다. 제연은 차분하게 말했다.

─나 퇴사했어.

"……뭐?"

-왜 그랬어?

제오는 침묵을 지켰다. 제연이 무슨 얘기를 하려는지 눈치 챘기 때문이다.

-송 아나한테 부탁해서 날 취직시켜? 그러면 내가 엄청 고마워할 줄 알았어?

"수희가 말했어?"

-어. 그러니까 밥값 좀 하라던데.

제오는 사실 수희가 그런 말을 할 줄 몰랐다. 헤어지고 나니 생각보다 여기저기 말이 많은 여자였다. 강현에게도 그렇고, 제연에게도 그렇고 제대로 한 방 먹어 보라는 식의 복수처럼 느껴졌다. 그래도 5년 동안 만났는데 그녀를 그만큼이나 몰랐다는 것이 놀라웠다. 그는 수희에게 화가 나면서도 한편으로는 그동안의 관계에서 전혀 그녀에게 관심이 없었던 것 같아 씁쓸하기도 했다.

-왜 내가 그런 말을 듣게 만들어? 왜 나를…….

제연의 목소리에 울음기가 섞였다.

-……온갖 공채에서 떨어질 때보다 더 비참하게 만들어?

"사람이 너무 후회가 되면 아무 말도 못 하나 봐…….."

제오가 기운 없이 말했다.

"그때의 내가 너무 어리석었어. 미안해."

-오빠가 무슨 마음으로 그랬는지는 알아. 누군가는 못 해서 안달인 일이지. 그런데 내게도 내 꿈이 간절했어. 내 꿈이 진

심이었단 말이야. 옳지 못한 과정으로 더럽혀지는 걸 받아들이기 힘들 만큼.

"……내 생각이 짧았다. 미안해. 변명 같겠지만, 사람이 방황하면 정말로 어리석어져……. 수희의 제안이 정말로 다시없을 기회라고 느껴졌어. 지금의 내가 돌아보면 한심할 만큼."

─됐어.

그녀가 조용히 말했다.

─다시는 그렇게 살지 마. 쉽게 해결된다고 부끄러운 길을 선택하지는 말자.

"……그럴 거야. 아니, 그러고 있어."

그는 자신이 제연에게 그렇게 떳떳하게 말할 수 있는 이유가 한 여자에게 있다고 생각했다. 그의 앞에 나타난 것만으로도 방황을 멈추게 해 준 그녀에게로 다시 그의 마음이 날아갔다.

"꿈이 안 이루어져도 행복할 수 있다는 걸…… 이제야 알았어."

제오의 낮은 목소리에 제연이 입을 다물었다. 애초부터 약간의 원망을 할 생각은 있었지만 언제까지나 화를 낼 수는 없다고 생각했다. 제오가 어떤 마음으로 그랬는지 모르는 것이 아니었기 때문이다. 다만 잘못된 것은 잘못된 것이니 짚고 넘어가야겠다는 의도였는데, 제오는 순순히 과거의 잘못을 인정할뿐더러 정말로 제연을 위로하고 있었다.

"그땐 그걸 몰라서 내가 오만하게…… 너만은 행복해야 된다는 이상한 생각을 했어. 미안하다."

제연은 묵묵히 자신의 길을 걷고 있는 자신의 오빠를 생각하며 한동안 침묵을 지켰다. 어렸을 때부터 온 집안의 기대를 받고 자랐고, WBC 스타가 되면서 사실 기울어 있던 가세를 확 일으켰다. 그 후 부진한 성적과 수희와의 열애설 때문에 그녀는 늘 그가 불안했다. 철없을 때의 제연은 모든 지원이 제오에게 가는 것을 서러워했지만, 그 이후 제오가 고군분투하는 것을 보면서 삶은 누구에게나 만만치 않다는 것을 깨달았다.

그때의 제오는 모든 것을 놓은 눈빛이었는데, 요즈음 제오는 다시 중심을 잡은 것 같았다. 막연히 느끼던 것이었지만 이번 전화 통화로 확실해졌다. 제오가 새로 연애를 시작한 걸 모르는 제연은 수희와의 이별 때문인가 하고 짐작할 뿐이었다. 그녀가 직장에서 관찰한 송수희는 제오와 잘 어울리는 상대가 아니었다. 둘 다 서로를 도대체 왜 만나고 있나 싶을 정도로.

─내가 사직서 낸 건, 내가 떳떳하게 살고 싶어서이기도 하지만 더 이상 오빠가 송 아나한테 휘둘릴 여지를 주고 싶지 않아서이기도 해. 그러니까 오빠 방식대로 오빠도 행복해. 솔직히 헤어져서 하는 말인데, 그동안 오빠는 꼭 나쁜 여자가 하고 다니는 액세서리 같은 느낌이었어.

그녀가 완전히 누그러진 목소리로 말했다.

—이제는 좋은 여자랑 데이트도 좀 하라고.

"미안."

제오가 유순한 눈으로 초록을 바라보면서 말했다. 그의 손가락이 초록의 머리카락을 부드럽게 감았다. 살짝살짝 귀에 스치는 손길이 간지러웠다.

"연인 되고 나서 첫 데이트인데……."

"괜찮아."

초록이 핸드폰에서 눈을 떼지 못하고 말했다.

"나 지금 제일 좋아하는 거 하고 있는데 왜 그래?"

시즌 개막전이 코앞이었다. 제오는 초록의 손을 잡고 막 피기 시작한 꽃들을 보러 가고 싶었고, 커플석에서 함께 영화도 보고 싶었지만 이틀 후면 그는 개막전에 나가야 한다. 지금 첫 경기에서 배정받은 타순은 8번이었다.

컨디션 관리가 중요했고, 이 시기에는 어디 나가서 무언가를 한다는 건 제오로서 너무 부담스러웠다. 그는 하루하루를 규칙적으로 사는 사람이었고, 그래서 막상 시즌이 시작되면 몰라도 일단은 개막전 전에는 그냥 평소같이 훈련하고 훈련 이후 밤에 쉬는 것을 원했다. 초록은 그게 뭐가 문제가 되냐는 듯이 어깨만 으쓱할 뿐이었다.

그래서 그는 아침에 강현을 보고 온 뒤, 평소와 같이 훈련을 하고 아파트로 돌아온 것이다. 하나 다른 게 있다면 그는 그냥 귀찮아서 숙소에서 자곤 했는데 앞으로는 아파트에서 지내기로 했던 것이다. 수희를 비롯한 다른 여자와 만나면서는 한 번도 그런 생각을 해 본 적이 없는데, 그는 처음으로 야구 선수 이외의 '사생활'이라는 걸 갖고 싶어졌다.

초록은 그의 아파트로 먼저 퇴근해서 느긋하게 뒹굴거리며 게임을 하고 있는 중이었다. 훈련을 마치고 돌아온 제오가 옆에서 합세했다. 둘이 함께 '베스트 베이스볼' 한 판을 이기고 나서, 깔깔대며 다음 판을 진행했다.

"야, 거기서 이 카드를 써야지."

"잘 봐. 아이템 이거 쓰려고 그래."

"어? 그럼 내가 이걸로 지원 나가 줄게. 잠시만."

둘은 키득대며 시간 가는 줄 모르고 핸드폰 액정을 열심히 눌렀다. 기분이 이상했다. 10년 전에 둘이 매일 밤 서버에서 만나 각자의 기숙사에서 게임을 했던 걸 생각하면 지금 이 순간이 이상하기 그지없었다. 10년이 지나서, 이렇게 각자의 고단한 하루를 끝마치고 서로를 옆에 둔 채로 함께 게임을 할 수 있다니.

"게임이 괜히 가장 흔한 여가 생활이 된 게 아니야."

제오는 엎드려서 핸드폰을 붙들고 말했다.

"언제나, 어디서든, 가장 쉽게 할 수 있는 취미잖아. 가장 에너지를 덜 들이기도 하고."

"근데 게임업계 종사하면 말이야……."

초록은 어깨를 으쓱했다.

"게임에 에너지를 무서울 정도로 엄청 많이 쓰는 사람들도 가끔 보거든. 뭐든 적당한 게 좋지."

그러고는, 제오를 흘끗 보고 담담하게 물었다.

"⋯⋯강현이 만났어?"

제오는 하던 게임을 마무리하고, 힘없이 핸드폰을 내려놓으며 옆으로 돌아누워 마루에 기대앉아 있던 초록을 바라보았다.

"어."

초록 역시 게임을 종료시키고 제오를 빤히 바라보았다. 이 얼굴을 자신의 있는 그대로의 모습으로 마주하기 위해 얼마나 많은 길을 돌아왔던가. 10년 전, 아무리 학교에서 가장 유명한 타자라고 해도 게임 속에서는 제오가 함께 이런저런 얘기를 나누던 가장 친한 친구이기만 했었다. 지금도 프로 구단에서 뛰고 있는 선수라고 할지라도 눈앞에 있는 그는 순식간에 친밀해진 가장 친한 친구이자 바라보기만 해도 가슴이 울렁거리는 애인이었다.

"만났어."

"얘기 잘 했어?"

"잘은 아니지만, 어쨌든 하고 싶은 얘기는 했어."

"⋯⋯미안. 괜히 나 때문에⋯⋯."

"네가 왜 미안하냐?"

제오가 말도 안 된다는 소리를 한다는 듯이 손을 내저었다.

"너희 제일…… 친한 친구인데……."

"그렇게 치면 너랑 김강현도 20년지기야. 그럼 그걸 깨트린 나도 너한테 미안해해야지."

제오는 몸을 굴려서 앉아 있던 초록의 무릎에 자신의 머리를 베고 그녀의 작은 손을 만지작거렸다. 제오의 키는 180cm가 훌쩍 넘었고, 운동선수여서 몸이 단단했다. 반면 초록의 키는 157cm이었고 작고 마른 몸이었다. 초록은 진짜 엄청나게 큰 남자가 이렇게 자신에게 기대어서 온순하게 누워 있다는 것 자체가 웃겨서 쿡쿡 웃었다.

"김강현이랑 나는 우리 둘만의 문제가 있어. 사실 나 10년 전부터 김강현이 너 좋아한다는 거 알고 있었어. 알면서 그런 거야. 알면서 너랑 자고, 알면서 너한테 들이대고, 알면서 너랑 사귀자고 한 거야. 강현이 입장에서는 내가 진짜 나쁜 놈 맞아."

"……."

"나쁜 놈 되더라도 근데 난 어쩔 수 없었어."

그녀는 그의 짧은 머리카락을 작은 손으로 쓸었다. 항상 그의 머리는 그녀보다 너무 높은 곳에 있다고 생각했었다. 그런데 그는 언제나 거침없이 그녀의 시야 안으로 먼저 들어왔다. 잡고 있던 그녀의 다른 손 손가락 하나하나에 입을 맞추며 제오가 나지막하게 말했다.

"난 고등학교 때부터 욕 많이 먹었고…… WBC 이후로는 지금까지 매 경기에 악플 달리는데, 뭐. 조금 더 나쁜 놈 돼도 괜찮아. 나쁜 놈 하고 네 옆에 있는 게…… 더 좋으니까."

"내가 뭐라고……."

"나 있잖아."

제오는 눈을 감았다.

"그동안 삶이 진짜 고되긴 했는데…… 무엇보다 미래가 무서웠어. 사실은 어렴풋이 짐작했어. 5년 동안 계속 하락세였는데 기적처럼 다시 내가 중심 타선에 설 수 있는 날이 올까? 이 나이에 메이저리그 갈 수 있을까? 지금도 더 이상 못 할 만큼 열심히 하고 있는데? 결국엔 이대로 묻혀서 은퇴하는 게 진짜 내 인생 끝은 아닌가……. 막막해서 생각 안 하고 그냥 불행한 채로 살았어. 하루하루 훈련은 진짜 죽어라고 하는데 그게 의미가 있을까 해서 인생이 다 끝난 것 같고…… 그러니까 미래가 무섭고 앞으로 다가올 시간이 두려웠어. 그래서 막 살았어. 좋아하지 않는 여자랑 그냥 만나고, 잘못하는 거 알면서도 취업 비리 같은 거나 저지르고."

"……."

"근데 너 만나고, 다시 제대로 살고 싶어졌어."

"제대로 사는 게 뭔데?"

"안 될 수도 있다는 걸 인정하고, 그냥 최선을 다하는 삶. 그냥 사는 거. 그냥 이 순간을 받아들이고 내 상황에서 최선을 다하는 거. 너는 고등학교 때부터 그런 삶을 살았는데…… 나는 나약해서, 네가 옆에 있어야만 그런 생각이 들어. 계속 열심히 살겠지만, 중심 타선 못 가도 이제 괜찮을 것 같아. 네 옆에만 있으면. 그냥 이런 인생도…… 좋은 것 같아. 의미 있어."

제오는 그녀의 다리에 얼굴을 비비며 싱긋 웃었다.

"나 열심히 훈련하고, 경기 하나하나에 최선을 다할 거야. 그렇지만 즐겁게 살 거야. 이제 아파트 들어와서 내 생활도 할 거야. 너랑 이렇게 행복하게 지낼 거야. 은퇴 후에는 뭐라도 되겠지. 너랑 같이 있으면 '그냥' 살 수 있어. 네 옆에 있다는 것 하나만으로 그냥 안정이 돼. 마치…… 10년 전처럼. 그러니까…… 내가 잘할게. 계속 잘할 테니까, 항상 내 옆에 있어 줘."

초록은 한쪽 손은 제오에게 잡힌 채로, 한쪽 손은 제오의 머리카락을 매만지면서 조용히 말했다.

"나…… 모든 상황을 다 받아들이고 짜증 나면 피하면서 조용히 살아왔는데…… 네가 옆에 있으니까 나도 간절한 게 생겼어. 네가 메이저리그를 꿈꾸었듯이, 맹목적으로 바라는 게 생겼어. 이런 시간들, 서로를 다 받아 줄 거라는 믿음, 나를 가장잘 안다는 편안함…… 근데 무언가를 바란다는 게 이렇게 좋은건지 모르고 살았어."

"아……."

"……나도 잘할게. 그러니까 우리 서로 언제까지나 옆에 있자. 나도 네가 옆에 있으면 이상한 기운이 생겨. 그래서 오늘 출근해서 '베스트 베이스볼' 패치 내 손으로 만들면서 다른 기획서도 썼어. 오기도 생기고, 새로운 시작을 할 생각이 들더라고. 어쨌든 다 받아 줄 사람이 옆에 있다고 생각하니까 인생에 패기라는 게 생겨."

그녀의 시선이 제오와 얽혔다. 제오가 그녀를 잡은 손에 힘을 주었다.

"아무리 시즌 중이어도 가끔 내 컨디션 괜찮으면 데이트하자. 한 달 정도 지나면 매일 경기에 좀 적응되거든. 너랑 하고 싶은 게 많아. 야구랑 게임 말고 다른 것도 같이 하자. 너랑 같이 있으니까 더 이상…… 내일이 무섭지 않아서 좋다."

"그래."

초록이 미소 지었다. 그녀의 얼굴을 흐뭇하게 바라보던 제오가 벌떡 일어났다.

"일어나. 데려다주고 돌아오려면 이제 슬슬 출발해야겠다. 앞으로는 네 집에서 만나든가 해야겠어."

"어? 괜찮아. 별로 늦지도 않았는데. 이 정도 시간까지 야근한 다음 택시 타고 들어간 날이 얼마나 많았는데 뭘 또 데려다주냐?"

"안 돼."

제오가 한숨을 쉬었다.

"몰랐으면 모른 거지만, 너희 동네 상태를 안 이상 그냥 보낼 순 없어. 집에 무사히 도착할 때까지 전전긍긍하느니 바래다주는 게 나도 편해. 얼른 일어나. 사실 네가 여기 더 있다가는 내 두 가지 결심이 깨질 것 같아서 안 되겠다."

"두 가지 결심?"

"어."

그는 끙끙대며 말했다.

"첫 번째는, 시즌 전 한 달 동안 및 시즌 중 타율이 2할 5푼 미만일 때에는 술과 여자를 금지한다."

"와. 두 번째는?"

"……진초록한테 처음 만났을 때 엄청난 실수를 했으므로, 내가 그런 짐승 같은 놈이 아니라는 걸 충분히 오랜 기간 보여 주며 신뢰를 쌓는다."

"웃겨. 그 당시엔 나도 동의한 거라니까."

"그래도 처음에 달려들었던 건 나잖아."

제오가 고개를 세차게 저었다.

"너, 좋아하는 여자랑 밀폐된 공간에 몇 번씩 같이 있었는데 이렇게 참는 거 남자한테 엄청난 일이다. 점수 좀 주길 바라."

초록이 키득대며 웃더니, 그의 볼에 입술을 갖다 댔다. 짧게 떨어지는 그녀의 입술을 놀란 눈으로 바라보는 제오의 얼굴을 보며 그녀가 깔깔거리고 웃었다.

"너 너무 귀엽다."

"뭐?"

귀엽다는 말에 제오가 어이없다는 듯한 표정을 지어 보였다. 그녀의 목을 팔로 감고 몸을 밀착시킨 그가 미간을 찌푸리며 말했다.

"나 귀엽다는 말 난생처음 들어 봐."

"……그리고 너무 좋다."

제오가 너무 꽉 끌어안아서 숨이 막힌 와중에도 초록이 눈물을 찍어 내며 웃었다.

"별거 아닌 것 같은데, 이렇게 즐겁고 재미있으면서…… 온몸 가득히 행복한 기분이 처음인 것 같아."

초록은 키득대며 말했다. 살결이 맞닿아 서로의 체온을 느끼는 것이 좋아, 이 순간이 영원했으면 좋겠다고 생각했다.

"나 이렇게 행복해서 어떡하지."

그녀는 뒤에 이어지는 말을 삼켰다. 나 이렇게 행복해서 어떡하지. 강현이한테 미안해서 어떡하지. 지금 병원에 있는, 이번 시즌은 경기를 못 뛰고 재활에만 최선을 다해야 하는 강현이가 마음에 걸리는데도 이렇게 좋아서 어쩌지. 완벽하게 재활 안 되면 투수로서의 생명이 위태로울 수도 있는데, 그와 그녀의 가장 친한 친구가 일생일대의 위기에 처해 있는데 그들은 이렇게 행복해서 어떡하지.

개막전 앞두고 제오를 신경 쓰게 하고 싶지 않아 말하지 않았던 일이 하나 있었다. 오늘 오후에 강현에게 문자가 한 통 왔다. 하고 싶은 말이 있으니 병원에 들러 달라는 말이었다.

"미안. 늦었지?"

강현은 이제 상체를 일으킬 수 있을 만큼 회복되었다. 그러나 붕대로 감싼 그의 팔꿈치와 어깨를 보기만 해도 초록의 마음이 무거워졌다. 재활하면 옛날로 돌아올 수 있을까. 두 번째 수술인데.

 "어제는 새벽까지 야근하고…… 오늘도 일찍 퇴근하려고 했는데 그게 쉽지 않아서."

 "너는 왜 언제나 일이 많냐? 그 '베스트 베이스볼'인가 그거 때문에 그래?"

 "그것도 그렇고……."

 초록은 하품을 한 번 한 뒤 어깨를 으쓱하며 대답했다.

 "새 게임 기획서도 하나 쓰고 있어서."

 "아니, '베스트 베이스볼' 프로젝트에 있다면서 뭘 또 새 게임이야? 그 회사에는 일할 사람이 너밖에 없어?"

 "누가 시켜서 하는 게 아니고, 그냥 내가 간단히 하고 싶어서 쓰는 거야."

 그녀는 강현의 침대 옆에 앉아 그가 바라보고 있던 TV를 멍하니 바라보았다. 개막전이다. 오늘이 바로 한국 프로 야구의 올해 시즌 시작을 알리는 날이었던 것이다. 그녀는 야구를 아주 좋아하는 열성 팬은 아니었지만 그래도 대충 흐름을 알기는 했다.

 그러나 올해부터는 조금 더 다른 기분으로 프로 야구를 볼 것 같았다.

"······왜 불렀어?"

제오는 A구단 소속이었는데, TV에 나오는 경기는 B구단과 C구단의 경기였다. 차라리 다행이라고 생각하며 그녀는 강현에게 시선을 돌려 물었다. 강현이 조용히 그녀를 바라보았다.

"내가 그동안 어떤 마음으로 네 옆에 있었는지 알아?"

초록은 대답하지 않았다. 사실 피하고 싶었지만, 각오하고 온 자리였다. 강현과 자신, 둘만의 관계라면 피해 버렸겠지만 제오가 관련된 일이다.

"네가 이런저런 남자들 만나는 거 보면서도 나는 기다렸어."

"······왜 그랬어."

"넌 대충 만나다가 대충 헤어지잖아. 한 명한테 제대로 정착하고 마음 주는 사람이 아니었잖아. 그래서 기다렸어. 네가 그 관계들에게 지치는 그날을 기다렸다고. 너, 중간에 내가 고백했다면 나 안 봤을 거잖아."

"아마 그랬겠지."

초록은 순순히 인정했다.

"미안해. 사실······ 딱히 널 남자로 본 적이 없어. 그냥 자꾸만 나를 불쌍하게 여기는 오래된 친구이기만 했어. 아마 네가 그동안에 고백했더라도······ 서로를 위한 거라고 생각하면서 거절하고 연락을 끊었을 것 같긴 해."

"나는 그래도 노력했어. 늘 옆에 있으려고 했어. 미국 가서도 항상 전화하고, 신경 쓰고 그랬어. 결정적일 때 이 꾸준함으로 너를 잡아 보려고 했어. 네가 진짜 진지하게 남자를 사귈 마음이 드는 것 같으면, 그때 말하려고 했어."

"……."

"내가 누구보다 널 더 잘 알지 않느냐고. 오랜 기간 너를 알아 온 내가 너를 좋아한다고. 이제 그만 내게 정착해 줬으면 좋겠다고. 나는…… 누구보다 너를 품어 줄 수 있다고."

그녀는 침묵했다. 뭐라고 말할 수가 없었다. 그러나 그녀의 굳은 표정이 부정을 뜻하고 있었다. 강현은 담담하게 말을 이었다.

"그런데…… 나만큼 오랫동안 너를 알아 왔고…… 사실은 너를 더 많이 안다는 남자가 나타났네. 그런 남자는…… 당연히 나뿐일 거라고 생각했는데."

"강현아……."

"네가…… 나한테보다 더 많은 모습을 스스로 보여 줬다는 그런 남자가…… 그런 남자가 내 제일 친한 친구였네."

견뎌야 했다. 초록은 목 끝까지 올라오는 미안하다는 말을 견뎠다. 그녀는 죄를 지은 게 없었다. 그저 좋아하는 남자를 받아들인 것뿐이다. 늦어서 미안하다고 하는 것과는 다른 문제다. 그녀는 미안하다는 말을 삼키고 진심으로 말했다.

"강현아…… 그건…… 뭐라고 설명하기가 어려운데……."

그런데도 그녀는 강현에게 쏟아지는 미안함에 어쩔 줄 몰라서 고개를 숙였다.

"이런 말이 어떻게 들릴지 모르겠지만…… 지금 신제오를 처음으로 만났다면 이렇게 좋다는 생각을 못 했을 것 같아. 만났다고 해도, 제오 역시 그냥 그렇고 그런 스쳐 지나가는 남자가 됐을 것 같고, 혼자 힘들어서 술 마실 때 부르는 남자는 더더욱 안 됐을 것 같아. 어느 시점, 어느 상황, 어느 사람에게만 열리는 마음이 있다고 말했던 것처럼…… 그 시기에 제오가 아니었다면 절대 열 수 없었던 그런 마음이 있었어."

"……나는 제오보다 더 오랜 시간 네 옆에 있었어. 너를 잘 아는 사람이라서 선택한 거라면 도대체 왜 나는 안 돼?"

"……너는 좋은 친구지만, 제오는 달라. 제오랑 있으면서 나는 하고 싶은 게 많아졌어. 더 이상 도망치고 싶지 않을 만큼 간절한 게 생겼어. 아…… 이런 말 정말 하기 싫었는데……."

초록이 눈을 질끈 감고 말했다. 결국 할 수밖에 없는 말이었다.

"……네겐 너무 미안해."

미안하다는 말, 너무 책임감 없어서 하고 싶지 않았는데. 너무 미안하다는 말은 그녀의 엄마가 그녀에게 밥 먹듯이 하던 말 아니었나. 어차피 미안하다고 하고 나서 돌아오지 않을 거면, 그냥 앞만 보고 행복하게 살아 주길 바랐다. 그러나 지금 그 말을 그녀가 하고 있었다.

"어떻게 보면 어렸을 때부터 늘 내 곁에 있어 준 네게는, 내가 그동안 다른 여자 곁에 있던 제오를 선택했다는 것이 받아들이기 힘들 수 있겠지만……."

사실 그녀는 엄마를 미워하지 않으려고 애쓴 만큼 스스로 그렇게 되지 않겠다는 결심이 있었는데, 살다 보면 이렇게 엄마를 순간적으로 이해하는 상황이 있었다. 지금같이, 어쩔 수 없이 나오는 미안하다는 말. 어떻게 해결해 줄 것도 아니면서, 그에게 가지 않을 거면서 나오는 그런 말들.

"근데…… 나조차도 어쩔 수 없는 게 있어. 강현아, 너한테는…… 정말 미안해."

"넌 남 힘든 거 잘 못 보잖아. 가장 친한 내가 지금 너무 힘들어. 봐. 지금 나는 이 꼴을 하고 이번 시즌 완전히 포기야. 그리고 내가 가장 소중히 여기던 두 사람이 지금 나를…… 배신한 것 같은 기분까지 들어. 신제오 그 자식은 10년 동안 내가 널 좋아하고 있다는 걸 뻔히 알고 있었다고."

강현은 붕대를 두르지 않은 왼손을 들어 TV 채널을 돌렸다. A구단과 D구단이 경기를 하고 있었다. 초록은 자기도 모르게 TV 화면을 보았다. 제오가 2루에 있었다. 카메라가 제오의 모습을 잡았다. 오늘 벌써 2안타였다.

"……내 옆에 있어 줘."

"강현아."

"쟤 WBC 나가고, 나 지방에 있을 때처럼 이번엔 내 옆에 있어 줘. 신제오는 그냥 자신의 삶을 살 뿐이지만, 난 이번 재활에 선수 생명 자체가 걸렸어."

그녀는 두 손을 들어 피곤한 눈을 비볐다.

"너마저 없으면, 난 지금 기댈 사람이 한 명도 없어. 너희 둘이…… 내 가장 소중한 사람들이었는데."

"……"

"난 너를 정말 오랜 시간 동안 좋아했어. 신제오보다 훨씬 더 잘해 줄 수 있어. 내 마음 좀 봐 줘. 그리고 지금 이 순간, 제오보다 네가 더 필요한 사람은 나야. 제발…… 내게 와 줘."

초록은 벌떡 일어섰다. 왈칵 슬픔과 화가 동시에 치밀어 올라 그의 말에 대답하지 않고 그녀는 그의 1인실을 나왔다. 말도 안 되는 소리라고 속으로 생각하면서도 큰 바위 하나가 가슴을 짓누르는 것같이 답답했다. 그녀의 곁에 항상 있으려고 한 강현을 모르는 바 아니다. 어린 시절부터 친하게 지내 온 그 시간들을 부정할 수 있는 것도 아니다. 그녀는 병원 복도에서 천천히 주저앉았다.

어렸을 때부터 유순하고 성실하며 착했던 애다. 그런 애가 어떤 마음으로 저런 말을 내뱉었을지, 그 마음이 전이되어 초록은 한참을 가만히 앉아 얼굴을 파묻었다.

12

 제오는 3일 동안 D구단의 연고지인 지방에 가 있다가, 3일
이 지나서야 서울로 올라왔다. 서울에 올라왔다고 해도 매일
같이 경기가 있었으므로 초록과 맘 놓고 만날 시간조차 없었
다. 이런 스케줄의 반복이었으므로, 초록은 왜 그가 그렇게 시
즌 타령을 했는지 이해할 수 있을 것 같았다. 시즌이 시작되면
보고 싶어도 못 볼 거라더니, 정말로 바빴기 때문이다.

 "괜찮아. 나도 요새 진짜 바빠. 내 야근 인생 모르니?"

 초록은 다시 먼 지방으로 원정 경기를 하러 떠난 제오의 풀
죽은 목소리를 들으며 쾌활하게 말했다.

"너 경기 끝나고 어두컴컴할 때쯤 나도 집 들어가니까 걱정 마. 이 시기에 바쁜 남자 친구라니, 완전 최고야."

─그게 더 걱정이라니까.

수화기 속에서 제오가 툴툴댔다.

─그 동네 진짜 불안해. 내가 서울이 아니니까 매일 바래다 주지도 못하고……. 얼른 결혼할까?

"아니."

초록이 단번에 잘랐다.

"그나저나 요새 성적 괜찮던데?"

─난 원래 시즌 초반에는 성적 괜찮아. 여름 접어 가면서부터 늘 문제였어. 그래서 감독님도 좀 두고 보자는 입장이고. 시즌은 길어. 가을까지 생각하면 이제 한 걸음인걸.

"아이고, 가을 야구까지 하시게요?"

프로 야구에서는 여름까지 일단 경기를 모두 진행한 다음, 상위 4개 팀만 가을 야구를 진행하곤 했다. 초록은 제오의 팀이 잘되어서 가을 야구를 했으면 좋겠다는 마음 반, 시즌이 얼른 끝나서 좀 자주 보았으면 좋겠다는 마음 반을 가지고 물어보았지만 제오는 강경했다.

─당연하지. 이번엔 진짜 잘해서 연봉 협상 때 좋은 결과 있었으면 좋겠다.

"너 정도면 그래도 옛날에 벌어 놓은 거 있어서 큰 사치 안 하면 먹고살기 충분할 텐데 무슨 연봉 타령이야?"

–그게 돈 그 자체의 문제가 아니라, 내가 어떻게 평가받는가, 뭐 그런 느낌도 있거든. 나의 가치가 숫자로 환산되는, 남들이 인정해 주는 1년 동안의 결과를 보는 것 같다고나 할까…… 물론 돈도 많이 받으면 좋지. 결혼 자금에 좀 쓰고, 네가 결혼 안 한다고 버텨도 다른 곳으로 이사할 전세 자금이라도 보태서…….

　"헛소리하지 마. 네 돈을 왜 내가 써?"

　초록은 팩 쏘아붙인 뒤, 다시 누그러진 목소리로 말했다.

　"부디 건강하게, 부상 없이, 또 네 마음의 상처 없이, 그렇게 시즌만 마무리해 주면 나는 충분해. 성적 안 좋아도 돼. 너만 마음 다치지 않으면."

　–와, 진초록.

　제오의 목소리가 편안해 보였다.

　–옛날에는 의미 없다, 의미 없다, 다 의미 없다, 이런 소리만 하더니…… 그래도 내 마음은 좀 챙겨 줄 생각이 드나 보네.

　"어. 사랑의 힘이야."

　초록이 키득키득 웃었다. 그러나 부상이라는 단어를 언급하는 순간, 그녀의 마음속에 짐처럼 강현이 생각났다. 당연히 제오도 그럴 것이다. 그녀는 쓸쓸한 기분이 들어 어두운 창밖을 바라보았다.

　–초록아.

　"응?"

─이번 주말에 서울 올라가면…… 데이트하자. 정말로 데이트.

"그래."

─미안하다. 일주일에 6일을 경기하느라 정신없고…… 서울
에 있지도 않을 때가 많고…… 연애하는 것 같지도 않지?

"운동선수가 남자 친구인데 당연한 거 아니야? 그렇게 직업
가지고 미안해하기 시작하면 한도 끝도 없어. 오히려 내가 좀
자유로운 직업이면 좀 따라다니고 그럴 수 있겠지만 회사에
매여 있는 몸이라 미안하지. 네가 표를 줘도 직관도 잘 못 가
고…… 그러니까 너무 신경 쓰지 마. 대신 매일 TV에서 내 남
자 친구 볼 수 있는 장점이 있잖아."

─맞아. 게임 회사 다니는 여자 친구도 나름 장점이 있으니
까.

"무슨 장점?"

─내가 게임해도 잔소리 안 한다는 거?

초록은 어이가 없어서 허허 웃고 말았다.

─결혼해서도…… 게임하면서 현질하고 그래도 이해해 주겠
지, 뭐.

"너 또 계속 앞서 나갈래? 만난 지 얼마나 됐다고 결혼 얘기
야?"

─옛날 생각 안 나냐? 너 도대체 누구냐고 알려 달라고 조른
지 10년 만에 들었다. 마흔 안에 결혼하려면 지금부터 시작해
야 해.

제오는 천연덕스럽게 말했다.

―다, 내 큰 그림이야. 빅 픽처.

그녀는 깔깔대며 웃었다. 통화가 자꾸만 길어졌다. 하고 싶은 말이 너무나 많았다. 마치 옛날에, 게임에서 이런저런 얘기를 밤을 새우며 할 수 있을 것 같았던 것처럼. 고된 하루 끝에 서로의 목소리를 듣고, 이렇게 위로하고, 앞으로도 함께 있을 것이라는 약속을 하는 지금이 얼마나 마음에 평안을 주는지 그녀는 그동안 모르고 살았다.

―월요일은 연차 낸 것 맞지? 그거 내 몫이야. 화요일은 서울 경기인 데다가, 진짜 데이트할 거니까.

"알았다니까."

―주말에…… 출근 안 하지? 뭐 할 거야? 직관도 못 온다며.

"아……."

초록은 한숨을 한 번 쉬고, 최대한 아무렇지도 않게 말했다.

"엄마가 만나자고 해서."

"안 받아."

초록은 엄마가 내민 통장을 금액도 확인하지 않은 채로 다시 돌려주었다.

"원래 너 시집갈 때 보태 주려고 한 거야. 그런데 너희 집 상태 보니까 아무래도 안 되겠더라. 예전에 집 얻을 때도 좀 외져서 걱정됐는데…… 그래서 만기되자마자 그냥 찾아왔어. 이

걸로 좀 좋은 동네나 하다못해 오피스텔로라도 옮겨."

"지금껏 그냥 잘 살았어. 이번에 보너스 나오고 하면 모은 돈도 있고 해서 천천히 옮길 수 있어. 이런 거 굳이 받지 않아도 돼."

"너 대학생 때도 용돈 필요 없다면서 안 받았잖아. 엄마 마음 몰라서 그래? 네가 고등학생 때부터 차곡차곡 모아 온 네 몫이야."

"……그 집 가서 몰래 모은 돈이야?"

초록은 자신도 모르게 내뱉고 나서, 엄마의 상처받은 표정을 보고 실수했다 싶어 입을 다물었다. 모녀 사이에 정적이 감돌았다. 초록이 한숨을 푹 쉬었다. 엄마를 보니 많이 늙었다 싶었다. 부모를 더 이상 이기고 싶지 않을 때 어른이 된 것이라는데, 그녀는 이제 정말로 엄마를 이기고 싶지 않았다.

"나 혼자…… 잘 사는 건 그냥 내 자기 만족이야. 그래서 열일곱 살 때부터 나가 산 거고. 그냥 내 삶의 방식이니까 존중해 줘. 나 알아서 잘 살아. 엄마도 알잖아."

"알지. 그동안 엄마가…… 많이 못 해 준 것도 알아. 사실 엄마, 진짜로 초록이 하루라도 생각 안 한 날 없었어. 정말 매일 미안했어. 그 마음으로 모은 돈이니…… 보잘것없어도 좀 받아 줘."

"……결국 엄마 마음 편하려고 주는 돈이잖아."

그녀는 한숨을 푹 쉬고 조용히 말했다.

"나, 이런 식의 보상은 그동안 나 혼자 견뎌 왔던 삶을 돈으로 무마하려는 것 같아서 싫어. 내가 혼자 잘 살아서, 그걸로 엄마가 편하고 행복했으면 됐어."

"초록아, 이건 엄마 마음이고 죄책감이야. 돈으로 때우려는 게 아니라, 이런 식으로밖에 일찍 철든 네게 해 줄 수 있는 것이……."

"일찍 철은 공짜로 들어?"

초록은 순간 치밀어 오르는 말을 참지 못하고 말했다.

"엄마가 말하는 철든 게…… 참고, 포기하고, 혼자서 다 하고, 이런 거라면 나 그에 대한 대가는 톡톡히 치렀어. 대가 없는 게 어디 있어? 그 나이에 너무 일찍 철든 대신에 나 정말 무미건조하게 살았어. 어떤 것에도 별로 슬퍼하지 않으려다 보니까 그 무엇에도 엄청 기뻐하지 않게 됐어. 그냥 나 하나 존재하는 거, 남한테 피해 안 주고 사는 거에 집중하다 보니까 내가 뭘 원해도 자꾸만 피하게 됐다고. 그게 내 성장 과정이 만든 내 성격이라고."

엄마의 눈에 눈물이 흘렀다. 초록은 말하고 나서 그 즉시 후회하며 한숨을 쉬었다. 훌쩍이는 엄마를 앞에 두고, 그녀는 체념한 듯이 말했다.

"차라리 그냥 솔직히 말해."

"……."

"그냥 그 집에서 더 행복하다고, 나 이렇게 놔두고 그 집에 있으니까 좋았다고 말해. 자꾸만 나한테 미안하다고 하지 말고, 내가 빨리 철들었다고 하지 말고, 그냥 나 이렇게 혼자 잘 살아서 너무 고맙다고 덕분에 행복하다고 그렇게 말해. 그러면 내가 이렇게 산 보람이라도 있잖아. 돈으로 때우려고 하지 말고, 그냥 그렇게 말해도 돼. 나 이제 어른이니까 어느 정도 엄마를 이해할 수도 있단 말이야."

엄마는 한동안 훌쩍이며 말이 없었다. 그녀는 순식간에 후회했다. 이래서 엄마랑 오랫동안 대화하지 않으려고 했다. 자신이 괜한 말을 해서 서로 상처를 줄까 봐 피하려고 했다. 그녀는 진심으로 엄마를 이기고 싶지 않았다. 어린 시절에는 그녀가 엄마에게 짐이 될까 봐 그랬고, 다 크고 나니 엄마가 너무 늙어 버려 연민부터 들었다. 그래서 그냥저냥 살고 싶었는데 결국 대화가 길어지니 하고 싶은 말을 해 버리고 말았다.

떨어져 살아도 핏줄이라고…… 남에게는 이렇게까지 속마음을 대놓고 말하지 못하는데, 자신도 모르게 나오는 말에 그녀 자신이 놀랐다.

"……그러니까 괜찮아. 나 엄마 없이도 좋은 대학 나왔고, 나름 회사에서 인정받으면서 하고 싶은 일 하면서 살고 있어. 그리고……."

그녀는 한 번 심호흡을 하고 말을 이었다.

"진짜 좋은 애인도 있어. 그 사람이 옆에 있으면 더 이상 혼자 같지 않은, 그런 좋은 사람이 있어. 그러니까 걱정하지 말고 이제 각자의 삶 살면 돼. 엄마도 그런 죄책감 같은 거 갖지 말고 행복하게 살아. 나도 행복하게 살 거니까."

"그때 그 총각이니?"

"……어?"

"그때, 너희 집 갔을 때 그 키 크고 훤칠한 애. 야구 선수인 가 뭔가 하는……."

"기, 기억해?"

"너희 둘이 심상치 않은 사이라는 건 알았다. 서로를 보는 눈빛이라든가 표정이라든가……."

초록의 얼굴이 달아올랐다. 그때는 사귀는 사이도 아니었고, 사실상 거의 어른이 되고 나서 두 번째 만나는 상황이었는데.

"옛말에 사랑과 재채기는 숨길 수 없다고 했거든."

엄마는 훌쩍임을 멈추고 재미있다는 듯이 당황한 딸의 얼굴을 보면서 덧붙였다. 젊은이들의 사랑이라는 건 얼마나 마법 같은 단어인지. 슬프고 깊은 감정의 골마저 잠시 뒤로 미뤄 줄 수 있는 산뜻한 힘이 있었다.

"좋은 사람이라니 다행이다. 뭐, 그때 태완이 말로는 꽤 유 명하다던데……."

"뭐, 그런 건 중요하지 않고……."

다소 민망해하며 얼굴을 붉히는 초록을 바라보며 엄마가 불 쑥 말했다.

"그런데 그럼 강현이는 어쩌냐."

"어?"

초록은 또 멍한 표정을 지어 보였다. 엄마의 입에서 강현의 이름이 나온다는 것 자체가 놀라웠기 때문이다. 특히 지금 이 시기에.

"……어떻게 알았어?"

그녀의 표정에서 또 정곡을 찔림을 알아챈 엄마가 한숨을 쉬며 말했다.

"아까 말했잖아. 사랑은 숨길 수 없다고. 내가 강현이 꼬마일 때부터 봤는데 그거 하나 모를까 봐. 강현이네 엄마도 다 알아. 강현이가 하루가 멀다 하고 네 타령만 하는데 누가 모르니. 너만 몰랐지."

"엄마는 왜 나한테 얘기 안 했는데?"

"네가 지금 당장은 관심 없는 거 아니까. 난 사실 강현이랑 언젠가는 잘될 줄 알았다. 강현이 엄마도 그렇고…… 괜히 어른들 끼면 네가 부담 느낄까 봐 가만히 있었던 거지. 그냥 때 되면 결국 강현이한테 정착할 줄 알았지만…… 그때 그 남자 보는 네 표정 보고 아닐 수도 있다는 생각이 들더라고."

"……."

엄마는 엄마다 이건가. 어떻게 그렇게 자신의 표정과 그 한 순간만 보고 여기까지 추론할 수 있단 말인가. 게다가 자신만 빼고 강현과 강현의 부모님, 엄마까지 결국 자신이 강현에게 정착할 줄 알았다는 것은 충격적이었다. 자신이 피해 버릴까 봐 가만히 있었지만 다들 그런 눈으로 자신을 보고 있었다는 것 아닌가.

그래서 강현의 부모님은 그렇게 고등학교 졸업식 때부터 대학교 졸업식 때까지 찾아왔던 건가. 단순히 동정심뿐만은 아니었던 건가. 강현의 수술 소식을 제일 먼저 알리고, 마치 가족처럼 함께 기다렸던 것이 다 그런 배경에서 가능했던 것일까.

"어떡하지."

초록은 또다시 마음이 무거워져서 중얼거렸다.

"강현이한테도…… 강현이 부모님한테도 너무 죄송한데."

그녀는 한숨을 푹 쉬었다. 강현의 부상에 자신이 이유가 될 수도 있다는 생각은 입 밖으로 내지는 않았지만 꾸준히 드는 생각이었다. 그녀와 제오 때문에 너무 과한 훈련을 한 건 아닐까. 저렇게 병원에 누워 있는 건 결국…… 자신 때문이 아닐까. 의도한 바가 아니어서 말로 표현하지는 않았으나 언제나 마음속에 걸리는 죄책감이었다.

"사실은…… 강현이가 부상이라…… 안 그래도 너무 미안해서……."

초록의 목소리가 기어들어 갔다.

"그 남자 말고 자기 옆에 있어 달라는데…… 도저히 어떻게 해야 할지……."

"뭐?"

그런 초록의 기운 없는 표정을 한참 동안 바라보던 엄마가 그녀의 손을 잡았다.

"초록아."

엄마가 손을 잡다니. 초록은 흠칫 놀라 엄마를 바라보았다.

"이런 말, 남한테 너무 욕먹을 것 같고, 나 자신도 나를 용서할 수 없을 것 같아서 입 밖으로 꺼내 본 적은 없지만……."

엄마는 심호흡을 한 번 하고, 큰 결심을 했다는 듯이 가까스로 한마디를 내뱉었다.

"나 행복했어."

"……어?"

"나, 힘들게 너 혼자 키우다가…… 네 새아빠 만나고 솔직히 행복했어. 나는 너처럼 능력도 없어서 하루하루가 버거웠는데…… 네 새아빠와 살고 난 뒤 솔직히 좋았어. 엄마 한식 요리 연구가였던 거 알지? 종갓집이 힘들었어도 일단 나는 지긋지긋했던 생계에서 해방되고 이것저것 배울 수 있어서 괜찮았어. 당연히 힘들지. 진짜 힘들고 불합리한 일들이 많았지만…… 그래도 난 나름대로 너 혼자 키우던 그때보다 내 삶이 더 만족스러웠단다. 네 새아빠도…… 좋고."

초록의 흔들리는 눈동자를 보며 엄마가 담담히 말했다.

"네게는 미안했어. 네게도 가족을 만들어 주고, 넉넉한 집안 환경을 만들어 주겠다고 마음먹은 재혼이지만…… 사실 네 설자리가 그렇게까지 없을 줄은 몰랐어. 근데 그걸 깨달았으면

서도 돌아갈 수 없었어. 왜냐하면…… 사실은 옛날보다 내가
더 행복했거든. 태완이가 생기면서 더 돌아갈 수가 없었지. 너
는 열여섯이었고, 태완이는 한 살이었으니까."

"……."

"너 기숙사로 가고…… 명절이나 공휴일에 한 번도 오지 않았
던 거 안다. 차마 오라고 하지 못했던 내 상황도 생생히 기억해.
자식을 잊을 수 있는 부모는 없어. 나는 너와 떨어진 13년 동안
하루도 네 생각을 하지 않은 적이 없었어. 네게…… 정말로 미
안해서 혼자 운 날도 많았고, 미안하다는 소리도 염치가 없어
돌아서고 외면했던 날들도 많았어."

"……괜찮아. 난 잘 컸다니까."

"어쩔 수 없어. 행복해지기 위해서, 어떤 사람들에게 상처를
줄 수도 있는 거야. 나는 내 속으로 낳은 자식에게까지 상처를
주며 행복해 보겠다고 발버둥 친 못나고 부족한 엄마지만……
그래서 네게 이런 말을 해 주고 싶어. 네 사랑의 길이 유일하
다면 뒤를 돌아보지 마. 누군가가 너 때문에 힘들더라도……
그걸 꼭 네가 해결해 줘야 한다는 법은 없는 거야. 그게 인생
이고 세상이더라고. 공평하지는 않지만."

"……."

"상처받지 않고 살기 힘든 것만큼이나…… 상처 주지 않고
살기도 힘들다. 그러지 않으려고 최대한 노력했으면 됐어."

초록은 생각에 잠긴 눈으로 엄마에게 잡힌 손을 바라보았

다. 그녀는 어쩔 수 없는 사정 때문에 힘들었다. 가족 없이 살아온 13년은 외롭고, 엄마 없이 보낸 성장 시절은 고달팠다. 그러나 엄마가 행복하다면 괜찮다고 여기며, 딱히 보상받지 않으려는 마음은 진심이었다. 대신 그녀에게는 엄마만큼이나 다독여 주고, 옆에 있겠다고 해 주는 제오가 있으니까.

"나도 강현이 어릴 적부터 봐 왔던 사람이지만 어쩔 수 없어. 네가 강현이한테 윤리적으로 못 할 짓 한 건 아니다. 그러니까, 그 이후는 강현이 몫이야."

그녀는 집을 나온 열일곱 살 이후 어지간해서 엄마와 깊은 대화를 나눠 본 적이 없었다. 미안해하는 엄마의 얼굴도 보기 싫었고, 무엇보다 자신이 어색했다. 어떻게 보면 마음속 깊이 무언가 꼬여 있는 것 같기도 했다.

"엄마 같지도 않은 못난 엄마지만…… 네게 이런 말을 해 줄 수 있어서 다행이라는 생각이 드네. 네게 이런 말을 할 수 있는 사람은 나뿐이니까."

그만큼 엄마의 진심이 느껴졌다. 엄마는 온갖 미안함과 죄책감을 뒤로하고, 피하지 않고 그녀에게 말해 주고 있는 것이다. 사랑을 따라 행복하라고, 어쩔 수 없다고.

"돌아보지 말고, 망설이지 말고 당당하게 그 남자한테 가. 그리고 강현이에게 상처 준 만큼 행복하렴. 그게 맞아. 사랑은 어쩔 수 없는 거야. 나는 더한 것도 뒤에 두고 왔는걸. 누군가 너를 욕한다면 그만큼 내가 지옥에 가서 값을 치르마."

그녀는 고개를 천천히 끄덕였다. 그녀도 그녀 몫의 인생을 살았으니까.

엄마는 그녀를 잡은 손에 힘을 주며, 다른 쪽 손으로 다시 통장을 내밀었다.

"……이거 받아 줄 거지?"

엄마의 눈에 다시 눈물이 고였다. 초록은 자신도 모르게 고개를 끄덕였다.

"왔어?"

강현은 비스듬히 앉아 어색한 미소를 지으며 그녀에게 최대한 아무렇지도 않게 말했다. 입원해 있는 시간 동안 점점 살이 빠졌다. 미국 가서 몸이 거대해졌다고 초록이 장난처럼 자주 놀렸는데, 이제는 한국에 있었던 옛날의 모습이 돌아오기 시작했다.

담담한 표정으로 옆에 앉는 초록을 지켜보며 강현이 한숨을 쉬었다.

"나는 네가 다시 나 안 볼 줄 알았는데."

"왜?"

"마지막에…… 그런 말 해서."

"그런 말이 뭔데?"

"……내가 더 불쌍하니까 내 옆에 있어 달라는 말."

"말도 안 되는 소리였다는 건 알긴 아는구나."

초록이 무표정하게 말했다. 강현은 피식 웃었다. 그는 그런 말을 할 때의 초록이 참 좋았다. 입에 발린 말 같은 건 못 하고 무덤덤하게 쏘아붙이는 것 같으면서도 결국엔 자신을 생각해 주는 그런 방식의 대화가 언제나 그리웠다.

"그냥 마지막 공 던져 본 거야."

"무슨 소리야?"

"서로 좋다는 애들한테 내가 뭘 할 수 있겠냐."

"……."

"그나마 내가 널 잡을 수 있는 가능성이 있어 보이는…… 유일한 말이라서 했어. 동정심 자극은 내가 쓸 수 있는 마지막 카드니까. 그냥 그대로 보내는 것보다는 내 나름대로의 최선을 다한 거야. 만루에 4번 타자가 내 앞에 섰어도 공을 던지기는 던져야 할 거 아니야. 나름의 완투야. 제오한테도 이미 말한 바고. 할 수 있는 말은 다 해 보는 거지. 나중에…… 그 말만 했어도 진초록이 나한테 와 주지 않았을까 하는 후회라도 없게."

"야구로 비유하지 마. 어차피 이해 못 해."

초록은 툴툴거렸지만, 걱정되는 표정은 숨기지 못하고 그의 팔꿈치를 바라보았다. 그런 초록을 바라보고 있던 강현이 한숨을 쉬며 말했다.

"너, 진짜 절대로 나한테 안 올래?"

"어."

"너랑 20년을 알고 지냈는데도?"

"어."

"나…… 신제오보다 더 꾸준히 널 좋아했는데도? 걔보다 더 성공한 야구 선수여도?"

그녀는 강현의 눈을 똑바로 바라보았다.

"강현아."

피하지 않겠다. 그녀는 속으로 생각했다. 도망가지 않겠다. 당당하게 떠나겠다. 엄마가 그녀에게 해 준 말을 마음속으로 곱씹으면서 그녀는 천천히 말을 이었다.

"나 행복해."

살짝 미소를 띤 강현의 표정은 무너지지는 않았으나 그를 둘러싼 공기 자체가 슬퍼지는 것을 초록은 애써 견뎠다.

"너한테 너무 미안하고, 네가 이렇게 누워 있으면서 경기에 못 나가는 거…… 재활 실패하면 다시 글러브 못 잡는다는 것도 계속 신경 쓰이지만…… 정말 걱정되어 어느 날 밤은 잠도 못 이룰 지경이지만……."

엄마, 살다 보니 엄마가 이해가 되는 날이 오네.

"근데 나, 행복한 순간들이 있어서 그걸 놓을 수가 없어."

사실은 괜찮다, 괜찮다 하면서도 그렇게 살지 않으려고 했는데. 그래서 모든 것에 무덤덤해지고, 쉽게 포기하고, 누군가에게 상처 주기 전에 돌아섰는데.

"미안하다는 말밖에 네게 할 것이 없는데…… 그런데 나 제오 옆에서 진짜 정말 좋아. 제오는 내 모든 장점을 가장 예쁜 각도로 비춰 주는 거울 같은 사람이고, 내 모든 부족함을 자신의 열정으로 채워 주는 퍼즐의 나머지 한 쪽 같은 사람이야. 그래서 네게 너무 미안해도 포기할 수가 없어."

무거운 짐을 들고 비 오는 날 기숙사로 돌아서는 내 뒷모습을 엄마가 지켜볼 수밖에 없었듯이, 나도 강현이가 혼자서 재활을 견디고 치료를 받는 모습을 내버려 둘 수밖에 없는 날이 오네.

"······이해해 줘."

이해해 달라는 그 말이 얼마나 무책임한 말인지 알면서, 그 말이 얼마나 수많은 괴로움을 혼자 삼키게 하는 줄 알면서 결국 할 수밖에 없는 날이 오네.

"누구도 대신할 수 없는 사람이야."

초록의 울 것 같은 표정을 보며 강현이 씁쓸하게 웃었다.

"네가 그렇게 말하니까······."

그는 한 번도 잡아 보지 못한 초록의 손과, 한 번도 쓰다듬어 보지 못한 초록의 볼을 눈으로만 훑었다.

"내가 되게 대단한 희생이라도 하는 것 같잖아."

강현은 알고 있었다. 지금 초록과 제오가 얼마나 자신을 마음에 걸려 할지 모두 다 예상할 수 있었다. 자신이 어렵고 혼자라고 느껴질 때 꾸준히 그의 곁에 남아 준 사람들이다. 누구보다도 자신을 걱정해 줄 사람들이라 배신감이 컸고, 그래서 또 마음껏 미워할 수도 없었다.

"나, 그냥 좋아했던 여자한테 완벽히 차인 것밖에 없다는 거 나도 잘 알아. 물론 당분간 웃으면서 너희 얼굴 볼 수 있을 거라는 말은 못 하겠어. 초록이 너한테도 예전처럼 전화를 자주 한다거나 하지는 않을 거고, 제오는 좀 더 시간이 걸릴 것 같기도 해. 왜냐하면…… 그 자식은 내가 10년 동안 했던 짝사랑을 다 알고 있었던 놈이니까. 너보다 조금 더 괘씸하거든. 그래도 그 자식 말 들어 보니 나만큼이나 네게 절실했던 것 같더라……."

초록은 아무 말도 하지 않았다. 그에게 계속 연락하겠다느니, 제오를 용서하라느니, 이런 말을 할 수는 없었다. 이제부터는 그냥 그의 몫이었기 때문이다. 가끔가다 힘들 때 힘내라고 옆에서 한마디 해 줄 수 있는 오랜 친구로 남고 싶었지만 그조차 이제는 초록의 이기심이 되어 버린 상황이었다.

"그래서 재활 열심히 할 거야."

강현이 편안히 웃었다.

"재활 열심히 해서 다시 메이저리그 가야지. 신제오 이 자식, 연애질하느라 또 그저 그렇게 살 동안 나는 그 자식이 노래를 부르던 그 메이저리그 다시 갈 거야. 그래야…… 사실 언제가 시간이 많이 흐르고 나면 다시 셋이 얼굴을 볼 수 있을 것 같기도 하고."

"그래. 힘내."

초록은 마음 한편이 찡해지는 것을 느꼈다.

"미국 햄버거도 먹고 싶고."

"……다시 살찌겠네."

"초록아."

강현이 그녀의 눈을 바라보며 말했다.

"살다가 신제오가 정 아니다 싶거든……."

그의 살짝 웃는 입꼬리가 떨렸다.

"언제든 나한테 와라."

초록이 어이가 없다는 듯 피식 웃었지만 그녀의 눈꼬리도 살짝 떨렸다. 슬퍼도 해야 하는 말이 있었다.

"신제오가 애초부터 내 인생의 구원이라고 생각하지도 않지만, 개랑 아닌 건 아닌 거고 너랑 전혀 상관없어. 그러니까 너도 네 인생 잘 살아. 언제 올지 모르는 나 기다리면서 삽질하지 말고."

"게임업계 있어서 그러냐? 왜 이렇게 쓰는 단어가 10대 남자애 같아? 삽질이라니."

"더한 소리도 할 수 있어. 네 인생이나 잘 살아. 그게…… 제일 서로한테 좋은 거니까."

초록은 억지로 미소 지었다. 강현이 억지를 부렸던 어제보다 더 슬펐다.

"결국 이렇게 바로 보내 줄 거, 왜 그렇게 못되고 비겁하게 말했냐? 어차피 내가 그렇다고 해서 너한테 갈 사람이 아닌 것도 알았으면서."

"원래 야구는 신사답지 못한 게임이거든. 상대를 속이는 비겁한 게임이라고 영국 사람들은 하지도 않는 스포츠야."

"또 야구 얘기."

"비겁한 볼을 던질 줄도 알아야 좋은 투수야. 너무 늦게 마운드에 올라왔지만, 그래도 난 던질 수 있는 공은 다 던져. 너를 향해서도 다 던진 것뿐이야. 넌 매일 순하다, 착하다 하지만 내가 괜히 메이저리그 투수가 아니라고."

"……잘났다. 그래도 이렇게까지 서로 바닥을 보여야 했니?"

"그래서 널 이렇게나마 보낼 수 있는 거야. 다 던져서. 내 바닥까지 있는 말을 다 해서. 이렇게까지 했는데 네가 간다면 그건…… 정말로 어쩔 수 없는 거잖아."

"……."

"그게 내 진심이 아닌 건 아니거든. 그래도……."

강현은 잠시 멈추고 말을 이었다.

"행복해라."

초록은 가만히 강현의 쓸쓸한 얼굴을 바라보았다. 이렇게 된 이상 강현과 예전처럼 지낼 수는 없었다. 그가 재활하는 동안 살뜰하게 챙겨 주지도 못할 거고, 아무렇지도 않게 어깨를 두드려 주거나 병실에 자주 들를 수도 없을 거다. 강현에게 모든 것이 조심스러워지고, 어쩔 수 없이 옛날보다 멀어지겠지. 가슴이 아파도 돌아서야 할 때가 있었다. 소중한 사람에게 상처를 입히고, 친한 사람을 힘들게 하더라도 어쩔 수 없었다.

병실을 나오며 확인한 오늘 경기 결과는 A구단의 패배였다. 그래도 제오는 안타를 쳤고, 수비도 좋았던 것 같았다.

서울로 향하고 있다는 그의 메시지를 보며 그녀는 또다시 설레는 것을 느꼈다. 내일은 데이트를 하자던 그의 기대에 찬 목소리가 귀에 다시 생생했다. 참 사랑이라는 건 잔인할 정도로 자기중심적이다. 그래도 그녀는 억지로 죄책감을 지우고, 정말 마음껏 행복하자고, 행복할 수 있을 때 행복하자고 다짐했다.

"우아, 야, 너 진짜 대단한데?"

"왕년 WBC MVP를 뭐로 보는 거야?"

제오는 아무렇지도 않다는 듯이 말했지만 얼굴에 뿌듯함을 감추지 못하고 거들먹거렸다. 일단 제오는 꽤 유명한 야구 선수이기는 했지만 연예인은 아니었고, 안경에 마스크까지 쓴 그를 알아보는 사람들은 거의 없었다. 요새는 미세 먼지 때문에 야외 활동을 할 때에는 얼굴 절반을 덮는 마스크를 거의 다 착용했기 때문이었다.

"네 침대 머리맡 내 야구공 옆에 잘 놔둬. 소중하게."

그는 놀이공원에 있는 야구 게임장을 지나치지 못하고 한번 들르겠다고 조른 뒤 거의 대다수의 공을 쳐 내서 인형을 탔다. 못생긴 커다란 사자 인형을 초록에게 건네면서 으쓱하는 그가 귀여워서 초록은 쿡쿡 웃었다.

"와, 근데 진짜 너 야구 선수는 야구 선수다. 쉬는 날까지 방망이 휘두르고 싶냐?"

"넌 쉬는 날까지 게임 돌리고 싶냐? 너 데이트하는데 핸드폰 안 끌래?"

"아, 알았어……."

초록은 들켰나 싶어 흠칫하고 핸드폰에서 열심히 진행되고 있던 게임 화면을 껐다. 주말이어서 사람이 많아 놀이기구를 많이 타지는 못했지만, 그저 꽃이 예쁘게 핀 정원을 걷기만 해도 좋았다. 그들은 서로의 사진을 찍어 주고, 간식도 사 먹으면서 손잡고 걸었다. 별것 아닌 것 같은데 즐거웠다. 한 마디 한 마디 대화가 이어질 때마다 웃음이 쏟아졌다.

"경기가 지든 이기든, 끝나고 버스 타고 숙소 가면서 문득 그런 생각이 드는 거야."

제오가 초록의 손을 잡고 흔들며 말했다.

"나 진초록 남자 친구입니다!"

"뭐?"

"……라고 세상에 막 알리고 싶다고."

"세상에."

"나는 옛날에 막 커플링, 이런 거 이해가 안 됐거든. 그런 거 왜 하는 거야? 근데 앞으로는 함부로 남들이 하는 거에 이해 안 된다는 소리 하면 안 되겠어. 진짜 커플링 같은 게 하고 싶더라. 네 손에도 끼워 주고, 내 손에도 끼고 싶어지더라. 그냥 막 자랑하고 싶은 그런 거 알아? 나 여자 친구 있다고, 모르는 사람들한테도 막 알려 주고 싶어. 미친 것 같아."

"미쳤네."

초록이 곱게 눈을 흘기면서도 키득댔다. 그렇지만 기분이 하늘로 날아갈 것 같았다. TV에 나오는 제오의 손가락에 반지가 끼워져 있다면 그걸 보는 자신의 마음이 굉장히 뿌듯할 것 같다는 생각이 들었다.

"나 김강현 만났어."

초록은 한동안 제오의 손을 흔들며 콧노래를 부르다가, 문득 말했다.

"만나서 그냥 솔직하게 말했어."

"……뭘?"

"나 신제오가 너무 좋다고. 신제오랑 같이 있어서 진짜 행복하다고. 그러니까 미안하지만 너는 그냥 네 인생 살라고."

제오가 많은 할 말이 있는 것 같은 얼굴로 그저 초록의 얼굴을 바라보았다. 강현이 마지막으로 초록에게 제대로 고백할 것이라는 건 알고 있었다. 그는 제오에게 완투하겠다고 선언한 것이다. 그래서 속으로 불안했지만 그저 그의 경기라고 생각하여 참았다. 그런데 지금 초록은 그 경기의 결과를 말해 주고 있는 셈이었다.

"……그래서?"

"알았다는 대답은 들었어. 재활도 열심히 하겠대."

"……그래."

초록은 제오에게 넌 어쩔 거냐는 말은 묻지 않았다. 그건 강현과 제오의 사정이었다. 제오도 강현에 대해서는 제오 나름의 생각이 있는 것 같아 보였다. 그 모든 복잡함을 감내하고 내린 결정이다. 자신은 이 정도 교통정리를 했으면 됐다고 생각했다. 하지만 풀이 좀 죽은 것 같은 제오에게 그녀는 뭐라도 기운 나게 하는 말을 하고 싶었다.

"내가 김강현한테 그런 말을 했어."

"무슨 말?"

"제오는 내 모든 장점을 가장 예쁜 각도로 비춰 주는 거울 같은 사람이고, 내 모든 부족함을 자신의 열정으로 채워 주는 퍼즐의 나머지 한 쪽 같은 사람이라고."

"……"

"사실이야. 그래서 내가 더 열심히, 나의 모든 모습으로 살 수 있게 해 주는 사람이야."

"진초록, 나 지금 너 안아도 되냐?"

"아니. 아직 내 말 안 끝났거든."

초록은 크고 맑은 눈으로 제오를 바라보며 씩 웃었다. 제오는 이럴 때마다, 초록이 담담하게 자신의 감정을 표현할 때마다, 자신보다 30cm 가까이 더 작은 여자애가 훨씬 더 어른같이 느껴졌다.

"그래서 나 부장한테 새로운 기획서도 다음 주에 제출할 거야. 어디 두고 보라지."

"무슨······ 기획서?"

"땅 파면 돈 나오는 게임."

"······뭐?"

"나보고 자꾸 노력 타령한다면서, 그렇게 노력한 만큼 성과 나오는 게임 만들고 싶으면 차라리 땅 파서 돈 나오는 게임을 만들라잖아. 짜증 나서 진짜로 그런 게임 기획해 버렸어. 근데 기획하고 나니까 그럴듯한 거 같아. 딱히 예산이 많이 들어가는 것도 아니라 아마 통과될 것 같은데."

그녀가 키득대며 웃었다.

"네 덕분이야. 네가 옆에 있으니까 네 열정이랑 근성까지 좀 옮은 것 같아. 진짜 뭔가 오기가 생겨서 순순히 포기하기가 싫더라고. 실패하더라도 네가 기특해해 줄 거잖아. 그러니까 겁 없이 기획할 수 있었어."

"대단하네. 감동이야. 노력해도 안 되는 불쌍한 나 같은 사람들을 위해서 그런 게임까지 기획해 주고. 출시되면 내가 꼭 다운로드 받는다."

"너만 받으면 어쩌지? 다운로드 1회······."

"2회는 보장해 줄게. 제연이까지."

"제연이? 그 아나운서 한다는 여동생?"

"관뒀어."

제오는 어깨를 으쓱했다.

제연은 더 작은 종편 프로그램의 리포터로 다시 취직했다. 계약직이었기 때문에 그녀는 이런저런 방향으로 노력하고 있는 것 같았다. 그게 맞다고 그는 생각했다. 애초부터 여동생 인생은 그렇게 흘러갔어야 했는데 자신의 생각이 짧았다. 노력한다고 다 되는 세상은 아니지만, 적어도 공정은 해야 하지 않나.

"걔도 뭘 열심히 하는 것 같기는 한데…… 잘 안 된단 말이야."

초록은 제오의 얼굴을 올려다보았다.

"넌 괜찮아?"

"어?"

"너…… 훈련 열심히 했잖아. 그런데 A구단 7위던데. 가을 야구 못 할 거 같은데."

"아직 시즌 초반이라 몰라. 아직 많이 남았다고. 지금은 예측해 봐야 별 의미 없는 단계야."

"걱정돼서 그러지."

초록이 눈을 깜빡였다.

"나야 그냥 평범한 사람이지만, 너 진짜 연애하면서 더 성적 나빠질까 봐. 나 때문에 지난겨울에 갈팡질팡해서 타선 더 밀리면 어떡해?"

"아. 딱히 그런 것 같지는 않아. 지금까지는 평년하고 거의 느낌이 비슷한데."

제오는 진짜 전혀 신경 쓰지 말라는 듯 손을 내저었다.

"사실 솔직히 말하면…… 네가 있어서 더 뭐 공이 잘 쳐진다거나 수비가 완벽해졌다거나 그러지는 않거든? 그만큼 뭐 딱히 더 떨어지는 것 같지도 않아. 내 야구 인생이 벌써 몇 년인데 이 정도 변수에 흔들리겠냐."

"다행이네. 뭐…… 별 영향 없다면 진짜 다행이야."

초록은 마음속에 있었던 짐을 하나 내려놓았다는 듯 안도의 한숨을 쉬었다. 어제 강현이 신제오 연애질하느라 메이저리그 못 올 거라는 농담 섞인 말을 했는데 은근히 신경 쓰였던 것이다. 제오는 그녀의 말에 고개를 천천히 저었다.

"별 영향 없지는 않아."

"뭐?"

"너랑 만나기 전하고…… 성적이 똑같다고 해도 별 영향 없지는 않다고."

제오가 그녀의 통통하고 하얀 볼을 큰 두 손으로 감쌌다. 어스름이 지는 저녁 하늘 아래 가로등이 하나둘씩 켜지기 시작했다.

"잘 살 수 있을 것 같은, 그런 느낌이 들어서 요새는 정말 행복하거든. 하위 타선이어도, 오늘 하루 안타를 몇 개 칠 수 있을까 하는 생각에 기분이 좋고. 그냥 이렇게 경기를 뛰고, 네 목소리를 듣는 것만으로도 감사하다, 이런 생각이 들고. 옛날엔 시즌 뒤가 무서웠는데, 지금은 시즌 뒤에 또 너와 함께할 날들이 있다는 게 다른 의미로 기대돼. 하루하루가 달라.”

초록의 눈이 그를 가만히 바라보았다. 안경 속에서 제오의 눈이 싱긋 웃었다.

“성적이 똑같다고 해서 같은 삶이 아니야.”

밤이 내려앉고 있었다.

“아침에 일어날 때, 경기하러 구장에 들어갈 때, 경기가 끝나고 버스를 타고 숙소로 돌아갈 때, 예전하고 아주 똑같은 일상인데, 딱히 네가 늘 함께하는 것도 아닌데…… 그런데 문득문득 그냥 너무 좋아.”

“……그래?”

초록은 아주 오랫동안 제오의 이 말들을 기억할 것 같다는 생각이 들었다.

“삶 자체가 레벨 업 한 것 같아. 네가 내 인생에 들어온 것 하나만으로.”

13

시간은 성실하게 흘러 여름이 오고 있었다.

제오는 경기를 끝내고 간단히 구단 선수들과 숙소에서 음료수를 한 캔 하고 있었다. 다른 선수들은 맥주를 한 캔씩 따고 있었지만, 시즌 중에는 어지간해서 술을 마시지 않는 제오에게 뭐라고 하는 사람은 없었다. 지금까지는 특별할 것 없는 시즌이었다. 6위까지 올라왔고, 어차피 아래위로 몇 게임 차이가 나지 않아 긴 싸움을 또 오래도록 해야 했다. 제오는 컨디션에 따라 타선이 6번까지 올라간 적이 있었지만 그래도 예전과 비슷한 타율을 유지하고 있었다.

"그나저나, 신제오 너 괜찮냐?"

"……네?"

말없이 음료수만 마시던 제오는 자신의 선배이자 2번 타자인 성수의 뜬금없는 말에 놀라 고개를 들었다. 성수는 딱히 자신을 챙겨 주는 사람이 아니었는데 콕 집어 말하는 것이 이상했다. 주위를 둘러보니 모두 다 안쓰러운 얼굴로 자신을 바라보고 있었다.

"아…… 기사 못 봤어?"

"무슨 기사요?"

갑자기 정적이 흘렀다. 주변에서 다들 네가 말하라는 듯이 눈짓이 오고 갔다. 제오가 답답해서 한마디 하려는 순간 막내가 눈을 질끈 감고 말했다.

"소, 송수희 아나운서 결혼한대요."

제오는 어이가 없어 잠시 할 말을 잃었다. 아직 구단 선수들은 그가 수희와 헤어진 줄은 알아도 새로운 연애를 시작한 건 모르고 있었다. 제오는 항상 자신의 사생활 관련해서는 가타부타 언급하지 않았다. 수희와의 연애와 결별도 다들 신문 기사를 통해 알았다. 다만 자꾸 핸드폰을 쳐다보는 걸 봐서 여자가 있는 것 같다고만 짐작할 뿐이었다. 막내가 힘없이 덧붙였다.

"어, 어차피 알게 되, 되실 것 같아서……."

그는 잠시 음료수를 놓아두고, 핸드폰으로 기사를 찾아보았다. 과연 포털 사이트 1면에 걸려 있었다. 모두 다 기사를 확인하는 그를 보면서 어쩔 줄 모르며 서로 눈치를 보았다. 제오는 미간을 찌푸리며 기사를 읽어 보았다.

송수희가 모 연예계 기획사 사장 김정석과 결혼한다는 기사였는데, 그 기획사 사장은 이미 이혼 전력이 있는 이혼남으로 수희와 열세 살 차이가 났다. 물론 김정석이 이끌고 있는 기획사는 여러 가지로 말은 많지만 꽤 유명했다.

"결별설 난 지 반년도 안 지났는데 결혼……."

제오가 자신도 모르게 중얼거렸다. 그 잘난 사랑 얼마나 잘하나 보자며 떠난 그녀의 선택은 이토록 일관적이었다. 연예계에 관심이 많던 수희가 그동안 이런저런 했던 말에 따르면, 김정석은 꽤나 연예계에서는 악질로 유명한 사람이었다.

"야, 걔는 눈빛부터가 애초에 권력에 미친 애였어. 너 놔두고도 딴짓 많이 했을 거다. 잘 헤어졌어. 그런 애랑 계속 만나서 뭐 하냐?"

"사실 형한테 그동안 말은 못 했는데…… 아나운서들 사이에서 크게 평가가 좋지는 않더라고요."

"머리 굴리는 게 비상해 보였어요. 그런 여자 무섭지 않아요? 어쩐다……."

제오는 일단은 조용히 구단 선수들의 위로를 들었다. 가만히 살펴보니, 모두 다 수희가 하위 타선에 머무르는 자신을 버리고 다른 돈 많은 남자에게 간 것으로 예상하고 있었다. 그런데 그런 것치고는 또 과도하게 자신을 챙기는 것 같기도 했다.

그는 뭔가 상황이 이상하여 아무런 말도 하지 않고 사람들의 표정만 살폈다.

"술…… 한잔 줄까? 이럴 때 마시는 거지."

평소 같으면 거절했을 테지만, 제오는 뭔가 찜찜하여 일단 잔을 받았다. 성수가 맥주잔을 건네고 나서 멋쩍다는 듯이 한마디 했다.

"그래. 제오 네가 그럴 애는 아니라고 생각했지. 다 송수희 농간이야. 하여간 헤어지고 나서 자기 못된 애 될까 봐 말 지어내는 여자들이 꼭 있다고."

"……예?"

제오가 미간을 찌푸리며 물었다.

"무슨 소리예요, 형?"

"어……."

성수는 맥주를 죽 들이켜고, 한숨을 한 번 쉬었다.

"송수희가 이상한…… 뉘앙스로 말하고 다녔거든. 네가 뭐 광고랑 여자랑, 뭐 지저분한 일이 있어서 헤어진 것처럼. 명백하게 말하지는 않아도 그런 느낌으로 말을 흐리길래 다 네 잘못으로 헤어진 줄 알았지."

"뭐라고요?"

"우리 다 이상하게 생각했어. 진짜야."

제오의 어이없다는 반문에 성수가 두 손을 휘저으며 다급히 말했다.

"우리가 아는 신제오는 그렇게 복잡하게 살 남자가 아니라서…… 그저 훈련밖에 모르고 그 정도로 머리를 쓸 애가 아니라…… 다 이상하게 생각했어. 사실이라고 생각한 사람…… 없지?"

선수들은 모두 다 고개를 크게 끄덕였지만 제오는 의심의 눈길을 거둘 수가 없었다. 제오가 다소 화를 내며 왜 그런 소문이 도는데 자신에게 말하지 않았냐고 말하려는 순간, 성수가 재빨리 말을 이었다.

"맞아. 그리고 김강현도 절대 아니라고 했단 말이야. 그래서 다 아니라고 생각하기는 했어."

강현의 이름이 언급되다니. 제오는 순간 움찔했다.

"예. 김강현 선수가 그거 진짜 말도 안 되는 소문이라고 했어요. 그런 헛소문 다시 말하면 가만 안 둔다고까지 했다고요. 그래서 지금은 다 무마되긴 했죠."

"……강현이가요?"

"그래. 지금 김강현 문병 안 간 선수가 어디 있겠냐. 메이저리그에 입성하신 분인데 다 한 번씩 찾아갔지. 그때 뭐, 그런 얘기가 나와서."

제오는 생각에 잠긴 얼굴로 일어섰다. 자리에서 일어나는 그의 착잡한 표정을 바라보며 선수들이 모두 다 한마디씩 덧붙였다.

"우린 진짜 끝까지 너 믿었다. 송수희 개 보통내기 아닌 건 짐작하고 있었거든."

"근데 이제 다 명확해지네요. 송수회 이 영악한 게 자기 더 키워 줄 수 있는 남자한테 환승하고 자기 나쁜 애 되기 싫어서 괜히 오해의 소지 있게 얼버무린 거야."

"반년 만에 결혼이 말이 되냐? 그것도 김정석 같은 쓰레기하고? 걔 밑에 있는 여자 연예인들이 배겨 내질 못했다던데."

"다 알고 간 거겠죠. 근데 엄청난 신분 상승은 맞으니까."

소문이라는 건 얼마나 이렇게 덧없게 만들어지는가.

"그런 거…… 아닙니다. 다 아니에요."

제오는 다급하게 자신의 편을 들어 주는 선수들의 목소리를 뒤로하고 묵고 있는 호텔 밖으로 나갔다. 지방으로 원정을 왔기 때문에 모두 다 호텔에서 묵고 있었던 것이다.

그는 가만히 여름밤에 벌레 우는 소리를 듣다가 전화기를 꺼냈다. 그리고 망설임 없이 강현의 전화번호를 눌렀다.

신호음이 가는 순간이 영겁 같았다.

ㅡ여보세요.

"야."

강현의 목소리가 들리자마자 그는 뭔가 북받쳐 오르는 기분에 대뜸 말했다.

"너 왜 그랬냐?"

ㅡ뭘?

"왜 또 뒤에서 내 편 들었냐고."

-무슨 소리야?

"왜…… 송수희가 나에 대해서 지저분한 소문 내고 다니는 거, 네가 막았냐고."

-이 미친놈이 편들어 줘도 난리네.

제오는 강현과 말하는 것이 거의 3개월 만이지만, 그럼에도 불구하고 전혀 어색하지 않다는 느낌이 들어 기분이 이상했다.

-너만 지저분한 소문 나냐? 진초록도 얽히니까 그렇지. 그 말 하려고 전화했어?

"어."

-끊어.

"아직…… 아닌 것 같아?"

제오의 조심스러운 말에, 강현이 수화기 너머에서 툴툴거렸다.

-어. 그러니까 감동받은 척 좀 하지 마.

"……."

-너 욕할 수 있는 사람은 나밖에 없다. 남들이 욕하는 꼴 못 봐서 그러는 거야.

"……그래."

-나 아직도 물리 치료 받아서 죽을 만큼 아플 때마다 네 이름 한 번 부르고 욕 한 번 하고 그런다.

제오는 자신도 모르게 푸하하 웃었다. 그동안 확신하지 못했지만, 시간이 무언가를 해결해 주고 있는 것 같았다.

"욕 두 번씩 해도 돼."

─끊어.

끊으라는 툴툴거리는 말과는 반대로 강현의 말이 이어졌다.

─그리고 햄버거 기프티콘 그만 보내. 미국 현지 햄버거 먹고 싶다고 했지, 언제 브랜드별 한국 햄버거 먹고 싶다고 했냐?

"너 살 빠질까 봐. 그거라도 먹고 유지하라고."

─그럼 횟수라도 줄여. 아무리 나라도 매일같이 햄버거를 어떻게 먹냐?

"매일 다른 걸로 보내 주잖아."

─그 정성으로…….

강현은 잠시 망설였지만, 그래도 담담하게 말했다.

─……진초록한테나 잘해.

제오는 시선을 먼 곳에 두었다. 여름밤이 깊어지고 있었다.

─난 사실 거절이 무서워서 아무것도 못 한 채로 10년을 망설였다. 그런데 넌 진짜 개가 절대 받아들일 리가 없는 최악의 상황에서도 어떻게든 다가간 거 아니냐. 나도 그 정도는 안다.

"……."

─내일 F구단 선발, 나이도 어린 놈이 맨 처음 내가 입단했을 때 몇 시간씩 기합 준 놈이야. 승 주면 가만 안 둔다.

"에이, 뜬공이네."

제연이 고개를 절레절레 저으면서 맥주를 한 캔 더 땄다. 제오가 친 공을 가는 눈으로 끝까지 바라보던 초록은 아쉽게도 수비수의 글러브 속에 쏙 박히는 모습을 보며 한숨을 쉬었다. 간절한 게 있는 건 참 힘든 일이다. 예전에는 야구 경기도 아무 생각 없이 봤는데, 이제는 제오가 치는 공 하나하나가 함께 긴장된다.

"그래도 아까 안타 하나 쳤잖아요. 도루까지 하고. 오늘 경기 일당값은 했네."

태연히 말하는 제연의 태도에 초록 역시 천천히 고개를 끄덕이며 의자 뒤로 몸을 기댔다. 아웃 당했으니 이제 또 한참 지나야 제오의 차례가 올 것이다. 다음 타선의 선수가 올라오는 것을 보며 초록이 치킨 하나를 집었다.

"저 테이블석 처음 앉아 보거든요. 세상에 가족한테도 표를 안 주더니, 여자 친구 직관 온다니까 A구단 구장도 아닌데 제일 좋은 자리로 구해 주는 거 봐. 완전 얄미워."

초록이 키득키득 웃었다. 제연과 초록은 F구단의 연고지에 와서 제오의 원정 경기를 관람하는 중이었다. 초록은 '땅 파면 돈 나오는 게임'을 기획하며 체험판을 제오를 통해 일이 없어 한가해진 제연에게 전달한 뒤 의견을 말해 달라고 했는데, 그게 인연이 되어 꽤 편안하게 지낼 수 있었던 것이다. 제연은 제오가 몹시 쑥스러운 얼굴로 '내 여자 친구가 만든 게임'이라는 단어를 꺼낼 때부터 그녀가 마음에 들었고, 게임을 실제로 해 보니 그녀와 더 친해지고 싶었다.

초록이 만든 땅 파면 돈 나오는 게임인 '삽질'은 그래픽도 단순하고 딱히 복잡할 게 없는 매뉴얼이라 밀져야 본전인 셈 치고 금방 출시되었다. 부장은 초록의 기획서를 보고 고개를 절레절레 저었지만 '베스트 베이스볼' 패치를 위해 그냥 성의 없이 통과시켰다. '삽질'은 출시 즉시 주목을 끌었던 '베스트 베이스볼'과는 달리 당연히 하위권에 머물렀다. 하지만 꽤 오랫동안 앱스토어 best 50 끝자락에 자리하고 있는 중이었다.

"신제오 저거 오늘 경기 왜 저래? 딱 봐도 볼인데 저걸 치냐?"

"충격받았나 보지, 뭐."

먹을 것을 사 오면서 그들의 자리를 지나치던 다른 관람객 무리의 대화가 문득 들려와 초록과 제연은 흠칫했다.

"아, 송수희 결혼?"

"결별설 난 지 얼마나 됐다고 결혼이래? 연애는 잘생기고 젊은 운동선수랑 해도 결혼은 또 다른 얘기다 이건가."

"그렇지. 결혼은 결국 돈이랑 권력이다, 이거지. 어쨌든 H기획사 안방마님 된 거 아니야."

관람객 무리들은 초록과 제연의 자리를 지나쳐서 뒤쪽의 그들 자리에 앉았지만, 초록과 제연 사이에 어색한 침묵이 감돌았다. 사실 그들도 서로 화제에는 올리고 있지 않았지만 수희의 결혼 발표에 둘 다 각자 놀란 상태긴 했다. 제연은 순간 초록의 굳은 표정을 눈치채고 속으로 말을 골랐다.

"……사실은요."

제연이 초록의 표정을 살피며 조심스럽게 말문을 열었다.

"송 아나는 원래 그런 사람이거든요. 전 사실 기사 읽고 별로 놀라지도 않았어요. 도대체 오빠하고 어떻게 5년간 만났는지 그게 더 이상하죠. 도저히 오빠 같은 사람한테 만족할 것 같은 여자가 아니었거든요. 사실 오빠랑 만나는 도중에도 저희 방송국 내에서는 말이 진짜 많았어요. 다른…… 줄이 있는 것 같다고. 제 앞에서는 다들 직접적으로 말하지 않았지만."

"그랬나요?"

"뭐랄까, 굉장히…… 정치적인 여자였는데 제자리 찾은 거 같아요."

"뭐, 그건 이제 그 사람 인생이니까요."

초록이 천천히 대답했다.

"사실 열세 살 연상인 거나, 헤어지고 난 뒤 얼마 안 되어서 결혼한다는 거나, 비난받을 건 없다고 생각해요. 사랑에 기준이라는 건 없고, 각자 인생 각자가 판단해서 사는 거니까요. 그냥 잘 살았으면 좋겠네요. 제오가 미안한 마음이나 품지 않게."

"글쎄요. 근데 그 김정석이라는 사람…… 진짜 연예계 쓰레기로 유명하거든요. 저도 아는 사실을 송 아나가 모를 리가 없을 텐데, 여하튼 알아서 잘 살겠죠. 우리랑 어쨌든 보는 세상이 다른 사람이었으니까. 완벽한 신분 상승이라고 본인은 생각할 수도 있고."

제연은 무덤덤한 초록의 표정을 다시 살폈다.

"……괜찮아요? 송수희 결혼에 오빠 이름이 언급되는 것도 기분 나쁠 것 같은데."

"괜찮지는 않죠. 근데 어쩔 수 없으니까 넘기는 것뿐이에요."

초록이 살짝 웃었다.

"이해 못 하는 건 아니거든요. 사실 억울할 때가 가끔 있기는 한데, 생각해 보면 사귄 남자 수로는 제가 훨씬 더 많을 것 같아서 유치하게 정신 승리 중이에요."

"어, 진짜요? 오빠한테 비밀로 할게요. 몇 명이나 만났는데요?"

"모르겠어요. 열 명 넘고서부터 안 센 것 같아요."

"어어……."

제연이 놀라운 눈으로 초록을 바라보았다. 그 정도로 예쁘다거나, 그 정도로 남자를 좋아하는 것 같지가 않았는데 의외였다. 초록이 제연의 시선에 멋쩍다는 듯이 맥주를 한 모금 마셨다.

"그냥 이 남자, 저 남자 대충 만나고 쉽게 헤어져서 그래요. 복잡하게 생각 안 하고. 제연 씨도 알잖아요. 아무나 만나는 거 자체는 별로 어려운 일이 아닌 거."

"왜 그렇게 쉽게 만났어요?"

"외로워서요."

"그럼…… 왜 그렇게 쉽게 헤어졌어요?"

초록이 전광판을 의미 없이 보며 중얼거렸다.

"……더 외로워져서요."

그녀는 씩 웃으며 담담하게 덧붙였다.

"뭐, 꽤 많이 차이기도 했고요. 싹싹하지 못하다, 재미가 없다, 뭔가 어둡다, 애교가 없다, 뭐 이런 말들 많이 들었던 것 같네요."

"세상에."

"지금 생각하면…… 그땐 방황하는 줄도 몰랐는데, 그게 다 방황하던 시기인 것 같아요."

제연은 야구 모자를 쓴 그녀의 얼굴을 잠시 바라보다가, 진심을 담아 말했다.

"저희 오빠랑 만나면서는, 외롭지 않았으면 좋겠어요."

제오에게는 수희보다 초록이 훨씬 더 잘 어울리는 짝이라고 제연은 생각했다. 솔직히 말하면 남매 사이에 여자 가지고 뭐라고 하면 의가 상할까 봐 가만히 있었지만 수희랑 사귈 때 제오가 진짜 바보 같다고 생각했다. 제 여자가 뒤에서 무슨 짓을 하고 다니든 예쁘고 나긋나긋하기만 하면 다 넘어가는 멍청하고 한심한 남자라고 생각했다. 속으로 남자들은 어쩔 수 없나 하며 한숨 쉬기도 했다. 일단 그때의 제오는 여러모로 불

361

안정해 보였다.

그러나 아주 우연히 초록과 제오가 함께 있는 것을 보았을 때 그녀는 처음으로 제오의 뭐라고 표현할 수 없는 표정을 보았다. 그에게 초록은 수희와 비교할 수조차 없는 존재인 것 같았다. 가만히 지켜보니, 어쩔 수 없이 긴장과 초조함을 달고 살아야 하는 운동선수 제오에게는 무덤덤하면서도 애정 어린 눈으로 항상 괜찮다고 말해 주는 초록이 하루하루의 큰 위안으로 존재하는 것 같았다.

"오빠랑 진짜 행복하기만 했으면 좋겠어요. 운명같이 다시 만난 첫사랑이라면서요. 생각하면 생각할수록, 완벽한 짝이라는 게 있는 것 같아서 제가 다 설레기도 하고."

"음……."

제연의 말에 초록이 살며시 웃으며 대답했다.

"근데 사실, 막 그렇게 다 좋지는 않아요. 저 진짜 이렇게 야구 경기 진땀 나게 본 적 거의 없거든요. 간절히 응원하는 사람이 생긴다는 건 정말 끔찍한 일이야. 제오 차례가 될 때마다 긴장돼서 심장이 콩닥콩닥 뛰어요. 아웃 당할 때는 엄청 마음 아프고, 홈런이라도 치면 숨이 막힐 정도로 좋고. 이런 감정 기복, 저한테는 너무 피곤해요."

"운동선수 여자 친구의 어쩔 수 없는 비애네요."

"그런데, 그래도 어쨌든 대체적으로는 좋아요."

초록은 자신이 너무 팔불출 같아 보이지 않기를 간절하게 바라며 덧붙였다.

"뭐, 너무나도 완벽한 짝이라고 하기엔 사실 서로 노력하는 부분도 있고 힘든 시점도 있고 그렇거든요? 삶이 밀착하다 보니 당연히 부딪치거나 서운하거나 그런 경우가 생겨요. 그래도…… 그래도 계속 노력하는 우리 모습이 좋은 거죠."

"오빠는 좋겠네. 이렇게 현명한 여자 친구도 있고."

"물론 여전히 삶은 고난이에요. 제연 씨도 알잖아요."

"당연히 알죠. 인생 만만치 않은 거."

"근데 제오랑 있으면 가끔 이 세상이 천국같이 느껴질 때가 있어요. 아주 가끔. 그게 뭐 특별한 때는 아니고, 야근하다가 전화 받았을 때, 내일 데이트 갈 때 뭐 입을까 고민할 때, 뭐 그런 사소한 순간?"

"와, 세상에."

제연은 들고 있던 맥주를 단숨에 모두 마셔 버렸다.

"언니 말 들으니까 나도 연애하고 싶잖아요."

체인지가 되어 제오의 팀 선수들이 수비수로 퍼지고 있었다. 제오가 외야로 나가면서 초록의 자리를 향해 살짝 손을 흔들었다. 초록은 뭔가 따뜻한 것이 몸 전체로 퍼져 나가는 느낌이 들어 한껏 미소 지었다.

"여기는 행정관이고, 여기서 이 길을 걸어 올라가면 중앙 도서관이야. 거의 중앙 도서관에서 공부했고, 저기가 식당이야.

더 올라가면 경영대 건물 있어."

초록과 제오는 Z대학 캠퍼스를 거닐고 있는 중이었다. 제오가 자신이 모르는 초록의 지난 20대의 삶을 알고 싶다며 Z대학에 같이 가 보자고 한 것이다. 시간이 늦어 어둠이 내린 캠퍼스에는 몇 명의 학생들만이 분주하게 어디론가 향하고 있었다. 초록은 제오의 손을 잡고, 나머지 한쪽 손으로는 여기저기를 가리키며 자신의 대학 생활을 얘기하고 있는 중이었다.

"여기가 경영대 건물이야. 지대가 높지? 여기서 거의 전공수업은 다 들은 것 같아."

"그렇구나. 건물 예쁘네. 그럼 거의 여기에서 지냈겠다."

"저기 밑에 저 건물 보여?"

"어. 저 언덕길 아래 끝에?"

"어. 저게 공과 대학 건물인데…… 컴퓨터 공학과 복수 전공하려고 몇 개 수업 들었거든. 게임을 직접 만드는 것도 알아야 할 것 같아서……. 그래서 이 길을 죽 내려가서 공과 대학도 많이 갔었지."

제오가 놀랍다는 듯이 그녀를 바라보며 말했다.

"그럼 컴퓨터 공학과까지 복수 전공 한 거야? 그게 가능해? 엄청 어려운 거 아닌가?"

"불가능하지. 중도 포기했어. 하나도 무슨 말인지 모르겠더라고."

초록이 멋쩍게 웃으며 대답했다.

"C인가 D인가 그런 성적만 계속 나오길래 포기했지. 얌전히 경영학과만 졸업했어."

"그래도…… 좋아 보이네."

제오는 예전에 강현의 대학만 몇 번 찾아갔었고, 실제로 대학 캠퍼스에 와서 이런저런 곳을 거닐어 보는 것이 처음이었다. 그는 경험해 보지 못한 초록의 삶에 살짝 이질감이 들었다. 대학생들은 어떻게 지내는 걸까? 대학이라는 곳을 다녀 보지 않아서 상상이 힘들었다. 밤의 캠퍼스는 조용했고, TV에 나오는 것처럼 생동감 넘치는 대학생들은 보이지 않았다.

"대학교 시절…… 좋았어?"

"안 좋았어."

초록은 저 언덕길 밑에 보이는 공과 대학을 바라보며 중얼거렸다.

"과외도 해야 하고 공부도 해야 해서 힘들었어. 엄마한테는 돈 받기 싫었거든. 어차피 엄마 돈 아니라 그 집 돈인 거 아니까. 엄마한테는 명문대생이면 과외해서 쉽게 쉽게 돈 번다고 했는데, 사실 절대 쉽지 않거든. 힘들었어. 과 생활도 잘 안 했어. 별로 의미 없는 것 같아서."

"과 생활?"

"고등학교처럼 한 반에서 억지로라도 지내는 게 아니다 보니까, 나 같은 사람들은 친구 사귀는 것도 좀 힘들더라고. 꽤 외롭게 다녔어. 과에서 CC도 몇 번 하고…… 욕도 좀 먹고 하면서…… 겉돌았지. 사실 너도 없고, 강현이도 없었으니까 고등학생 때보다 더 외로웠던 것 같아."

"……그렇구나."

CC라는 말에 제오는 뭔가 기분이 나빠졌지만 한 번도 수회 얘기를 대놓고 하지 않은 초록에게 그 단어를 짚고 넘어갈 수는 없었다. 초록이 말을 이었다.

"음, 경영대에서 수업 듣고 컴공과 수업 들으러 이 길을 진짜 많이 다녔는데…… 이 길을 내려갈 때마다 진짜 싫었어."

"아, 그래? 왜?"

"못 알아들을 거 뻔히 아는 수업에 가는 거 얼마나 비참한 일인 줄 아니?"

초록은 그때만 생각하면 속상하다는 듯 입을 삐죽거리며 투덜거렸다.

"아무리 봐도 모르겠고, 다 타과생이니까 뭘 물어보기도 겁나고, 컴퓨터 앞에만 앉으면 머리가 새하얘지고…… 내 인생 최고의 굴욕이었어. 수업 그 자체는 막상 가면 버티겠는데, 그 수업을 가는 이 길이 너무 힘들었다고. 내 인생 어떻게 될까 싶기도 하고. 게임업계는 거의 개발 쪽 우선인데 나 같은 애가 괜한 꿈을 꾼 거 아닌가 후회도 되고……."

제오는 가만히 초록을 바라보았다.

"아무한테도 말도 못 하겠고…… 누가 이런 말을 들어 주겠어. 아, 생각만 해도 그때 힘들었다. 못하는 걸 자꾸 하려고 하면 자존감이 너무 상해서 안 돼. 내가 컴공과 수업 몇 개 듣고 느낀 건 그거야. 사람은 못하는 일을 하면 안 되는구나. 으아. 싫다, 그 기분."

그는 초록이 지금은 이렇게 별거 아닌 듯이 말하지만, 그 당시에는 정말로 힘들었을 것 같다는 생각이 들었다. 같은 삶을 살지 않았으니 이해는 할 수 없었지만 왠지 이 길을 터덜터덜 혼자 내려가는 대학생 초록을 상상하니 기분이 이상했다.

그래서 그는 잡고 있던 초록의 손을 놓고, 초록의 앞에서 허리를 숙였다.

"업혀."

"뭐?"

초록이 당황해서 눈을 크게 떴다.

"아무도 없으니까, 업히라고. 업어 줄게."

"왜…… 왜?"

그녀는 더듬거리면서도 제오의 어깨에 팔을 두르고 등에 바짝 업혔다. 제오가 일어서자 세상이 일어섰다. 기분이 이상했다. 그녀는 누군가에게 마지막으로 업혀 본 것이 언제인지 기억도 나지 않았다. 제오가 키득거리며 말했다.

"자, 간다."

"어? 어어어어어…… 아!"

제오는 그녀를 업고 그 긴 내리막길을 쏜살같이 달렸다. 그녀는 볼에 스치는 바람이 시원해서, 업힌 그의 등이 덜컹거리며 흔들거리는 것이 재미있어서, 갑자기 느껴지는 속도감에 가슴이 뚫리는 것 같아서, 그리고 그냥 이 순간이 웃겨서 깔깔 거리며 웃었다. 내리막길이었기 때문에 제오의 속도는 빨랐고, 초록은 그의 목을 꽉 붙잡고 정신없이 웃었다.

내리막길의 끝에서 제오가 그녀를 내려 주었다. 초록은 웃느라, 제오는 숨을 고르느라 한동안 서로 말이 없었다. 한참 숨을 고르던 제오가 그녀를 보며 씩 웃었다.

"어때? 재밌지?"

"어."

초록이 키득키득 웃으면서 대답했다.

"엄청 단순한 거 같은데 엄청 기분이 좋네. 누가 나를 업고 달리는 거. 나 이런 경험 처음인 것 같아. 몸이 막 흔들려서 재 밌어."

"한 번 더?"

"와, 진짜?"

그녀는 제오의 얼굴을 보며 활짝 웃었다. 사랑하는 사람이 자신을 업고 빠른 속도로 내리막길을 내달리는 기분은 그동안 상상조차 해 보지 못했던 것이었다. 등에서 느껴지던 따뜻한 체온, 스쳐 지나가는 기분 좋은 바람이 그새 그리워 초록은 고 개를 크게 끄덕였다. 제오는 다시 그녀 앞에 서는 대신 손을 내밀었다.

"한 번 더 해 주는 거 아니었어?"

"어. 그러려면 저 오르막길 다시 올라가야지."

그가 씩 웃었다.

"널 업고 뛰어 올라가는 건 어렵지 않은데…… 속도가 아까 같지 않을걸. 괜히 기대했다가 실망하지 말고 다시 올라갔다 가 내려오자. 내려올 때 업어 줄게."

"뭐야, 그게."

"사실 오르막길은…… 뭐 할 수는 있겠지만 힘이 엄청나게 더 드는 거에 비해 네가 아까랑 비교해서 실망할 것 같아서 그래. 효율이 너무 떨어져."

"그냥 힘들다고 말해."

"나 운동선수야. 못 할 것 같냐?"

"못 하지는 않겠지만."

초록은 다시 낄낄거리며 웃었지만 제오의 손을 잡고 다시 오르막길을 타박타박 함께 올라가기 시작했다. 제오가 빨갛게 상기된 그녀의 볼을 한 번 꼬집고 말했다.

"이 내리막길에 좋은 기억도 하나 추가되었으면 좋겠다. 오 늘부로 말이야."

그녀는 그녀를 업고 달렸던 그의 진심이 전달되어 마음 깊 숙하게 찡한 것을 느꼈다. 그가 옆에 있어 주지 못한 시절, 힘 든 기억까지 묻어 주고 싶었던 것이다. 어떻게 해결해 줄 수 있는 건 없어도, 그가 당장 사용할 수 있는 그의 맨몸으로 그 녀를 즐겁게 해 준 그가 좋아서 초록은 가슴이 벅차올랐다.

함께 손을 잡고 각자 천천히 오르는 오르막길이 하나도 힘들지 않았다. 이 길의 끝에서 다시 제오가 그녀를 업고 달려줄 것이기 때문이다. 예상할 수 없는 미래도 무섭지 않았다. 제오가 있다고 해서 부재중인 엄마가 돌아오지는 않겠지만, 못하던 컴퓨터를 잘하게 될 수는 없겠지만, 아무리 힘든 기억도 제오만의 방식으로 이렇게 위로받을 것이기 때문이다.

제오가 다시 오르막길의 끝에 서서, 갑자기 초록의 머리를 양손으로 잡고 입을 맞췄다. 놀란 초록의 눈을 보며 그가 씩 웃었다.

"탑승료는 받았으니까……."

그는 눈이 커져 있는 초록을 한 번 꽉 안은 뒤 등을 내밀었다.

"자, 다시 업혀."

초록은 이 순간 하나하나를 기억하고 싶어서, 한 번 심호흡을 한 뒤 함박웃음을 짓고 제오의 등에 몸을 맡겼다.

에필로그

초록의 표정이 아침부터 어두웠다. 모니터를 들여다보며 열심히 일을 하는 것 같기는 한데 자주 한숨을 쉬는 폼이 심상치 않았다. 초록의 옆자리인 최 과장이 점심시간에 커피를 사주며 은근슬쩍 물었다. 최 과장은 초록과 직급은 같지만 초록보다 나이가 꽤 많았으므로 서로 친해지자 언니 동생 사이처럼 지내고 있었다. 초록이 '삽질'을 혼자 외롭게 기획할 때, 재미있어 보인다며 자진해서 팀에 합류한 이후로 그들은 가장 친한 동료가 되었다.

"진 과장, 무슨 일 있어? 오늘 컨디션 별로인가 봐."

"아. 아무것도 아니에요."

"아무것도 아니긴."

최 과장이 어깨를 으쓱하며 말했다.

"계속 핸드폰만 보고 있는 게, 꼭 애인하고 싸운 것 같은데."

초록이 흠칫 놀랐다. 순식간에 후회했으나 이미 걸린 셈이었다. 최 과장이 그것 보라는 듯이 천천히 고개를 끄덕였다.

"맞구나?"

초록은 가만히 커피를 마셨다. 침묵은 긍정의 표현이었다. 최 과장이 잠시 기다리자 초록이 한숨을 폭 쉬고 말했다.

"……결혼 문제 때문에요."

"결혼? 아, 맞아. 늦긴 늦었지. 진 과장 나이도 있는데, 남자가 좀 망설여? 남자 친구 몇 살이야? 동갑이라고 했나?"

"동갑이고요, 음…… 제가 거부하는 거예요."

최 과장이 예상 불가능한 대답에 살짝 놀라 멍하니 있을 동안, 초록이 말을 이었다.

"자꾸 제가 망설이니까 남자 친구가 어제는 화를 좀 내더라고요."

"왜 망설여? 남자가 능력이 없어?"

그 남자 친구가 제오라는 사실을 초록은 회사의 그 누구에게도 말하지 않았다. 제오는 딱히 비밀로 할 건 없다고 했지만, 여기저기 알려져서 주목받는 것은 초록이 더 싫었다. 그래서 회사에서는 초록이 오래 사귄 남자 친구가 있다는 것까지만 알고 있었다.

"아니, 그런 건 아니고요."

"그럼 그 남자 어디 하자가 있어? 오래 만났으니 알 것 아니야."

"그것도…… 아니고요. 남자 친구 자체는 정말 좋은 사람이에요."

"뭐야, 그럼? 왜 안 하겠다는 거야?"

초록이 자신의 개인적인 애기를 하는 기회가 거의 없었기 때문에, 최 과장은 의아하다는 표정으로 그녀를 빤히 바라보았다. 초록은 망설이며 대답했다.

"저는 연애하는 게 좋거든요. 결혼은 무서워서요."

"뭐가 무서워?"

최 과장은 아이가 둘이나 있는 기혼의 워킹 맘이었고, 그래서 초록은 힐끗 그녀를 바라보고 마음을 털어놓았다.

"한 사람이 제 인생에 너무 많은 지분을 갖게 되는 거……그게 너무 무서워요. 저는 그냥 저 한 몸 추스르며 사는 것도 힘에 겨운데 이제 누군가하고 공동의 인생을 살게 되는 거잖아요. 지금도 충분히 좋은데, 왜 꼭 결혼이라는 제도로 서로를 묶어야 하는지 사실 잘 모르겠어요."

"그럼 아이는?"

"저 같은 애를 세상에 또 하나 만든다고요? 세상에, 생각만 해도 끔찍한데요."

"아, 그래?"

최 과장이 잠시 생각하더니, 쿨하게 말했다.

"그럼 헤어져."

"예?"

"싫으면 헤어져야지. 둘이 원하는 게 다른데, 그럼 제 갈 길 가는 게 맞잖아."

"……"

"그것도 싫어?"

초록은 천천히 고개를 끄덕였다. 헤어진다니, 생각할 수 없는 상황이었다. 제오와 헤어진다고 생각하니 갑자기 코끝이 찡했다. 그런데 제오는? 제오는 어제 통화에서 크게 화를 내지 않았던가. 어쩌면 제오도 지금 자신의 동료들에게 '그럼 헤어져.'라는 조언을 받고 있을지도 몰랐다. 그래서 전화로 싸웠던 어젯밤부터 지금까지 연락 한 통 없는 걸까? 초록은 점점 더 기분이 가라앉는 걸 느껴서 축 늘어졌다. 그런 그녀를 가만히 바라보던 최 과장이 덧붙였다.

"기혼자 입장에서, 매일 결혼하지 말라고 농담같이 말하지만 사실 결혼하면 새로운 삶의 시작이라 연애랑은 완전히 달라. 그게 무섭다는 건 뭐, 이해는 해."

"그렇죠?"

"그런데 진짜 좋아하는 남자가 남편이 된 모습, 그 남자가 새로운 삶을 사는 모습도 궁금하지 않아? 난 그런 마음으로 결혼했는데, 사람마다 다 다르겠지. 진 과장 선택뿐만 아니라 모든 사람의 선택은 존중되어야 하니까."

최 과장은 어깨를 으쓱했다.

"야, 어제 뉴스 봤니? H기획사 사장 김정석이랑 거기 아이돌 애 하나랑 사진 찍힌 거. 뭐, 안무 같이 해 보다가 찍힌 사진이라고 해명 났다는데 그게 말 같은 얘기니? 완전 술집 같은 데에서 자기 딸뻘 애를 거의 뭐 더듬고 있던데. 근데 송수희는 자기 이해한다고 인터뷰했잖아."

"아……."

어제 사진이 하나 인터넷에 돌면서 큰 파장이 있었다. 김정석이 어두운 곳에서 여자 아이돌 하나를 무릎에 앉혀 놓고 손으로 허벅지 등을 만지고 있는 사진이었는데, 여기저기 테이블에 술병이 함께 찍힌 것을 봐서 사석 모임이라는 것을 유추할 수 있었다.

소속사에서는 급히 새로운 안무를 시연하다가 우연히 찍힌 사진이며 오해의 여지가 있었던 것뿐이라고 해명 기사를 냈지만 이미 인터넷은 난리가 난 상태였다. 그동안의 김정석이 소속사 사장으로서 지저분한 소문이 애초에 많았던 것이다. 지난해에는 정석의 아이를 가졌다가 유산했다는 성매매 여성에게 소송이 걸리기까지 했다.

3년 전에 김정석은 열세 살 아래인 스포츠 아나운서 송수희와 결혼했는데, 송수희는 결혼 후 케이블을 나와 프리 선언을 한 뒤 공중파에서도 심심치 않게 나오고 있는 상황이었다. 남편을 만난 뒤 급이 달라졌다는 평가가 공공연히 인터넷에 떠돌았는데, 그래서 그런지 그녀는 인터뷰에서 다 이해할 수 있고, 남편을 믿으니 각종 오해에도 흔들리지 않는다고 말한 것이다.

"이 사람이 생각하는 결혼은 또 다른 의미겠지. 사람마다 다 다른 거니까 진 과장도 진 과장 내키는 대로 해. 정답이 어디 있어?"

최 과장은 다 마신 커피를 정리하며 씩 웃었다.

"그리고 아이는…… 진짜 진 과장 마음대로 하나도 되는 게 없어. 지금 진 과장 같은 애 나올까 봐 무섭다고 했지? 그렇게 생각하는 거 자체가 오만이야. 어떤 아이가 어떤 인생을 살게 될 거라고 예측하는 게 무의미해. 애 둘 키워 본 내 의견이야."

초록은 야근 이후 집에 들어와서 침대에 쓰러져 누웠다. 새로 이사한 집은 제오의 아파트와 가까워서, 창가에서 유심히 바라보면 제오의 아파트에 불이 들어왔나 안 들어왔나까지 볼 수 있었다. 보니까 제오의 집에 불이 들어와 있었다. 집에 들어왔단 얘기다. 그런데 지금까지 연락이 없었다.

오늘 하루 종일 핸드폰을 계속 쳐다봤지만 연락이 없다. 이런 적이 없었다. 어젯밤 제오가 통화하면서 했던 말이 머릿속에 울렸다.

─언제까지 기다려야 돼? 나는 네가 그렇게 결혼에 대해서 강경한 태도를 취할 때마다 내가 거부당하는 느낌이 들어. 사랑하는 사람하고 같이 살고 싶고, 우리 닮은 예쁜 아기도 낳고 싶고, 세상 사람들한테 이 여자 내 여자라고 평생 같이할 거라고 알려 주는 게 네게는 그렇게 힘든 일이야?

연애 기간 3년 중 이렇게 크게 싸운 적이 없었고, 제오가 이런 식으로 화내는 것도 처음이었다. 그녀는 오늘 하루 종일 복기했던 어제의 대화를 떠올렸다.

─당장 결혼하자는 얘기 아니잖아. 그래도 시간이 지나면 너랑 함께 결혼할 거라는 확신이라도 좀 줬으면 하는 거야. 나는 정말 너를 사랑하지만……

그녀는 두 눈을 감았다.

─이러다가 지칠 것 같아.

그 말은 좀 충격적이었다. 초록은 옷도 갈아입지 않고 뒤척거렸다. 그동안 가끔 티격태격한 일은 있어도 서로가 지킬 선을 지켰기 때문에 이렇게 정말로 '싸웠다'라는 생각을 한 적이 없었다. 고작 하루 연락을 안 했을 뿐인데 느껴지는 이질감에 그녀는 한숨을 쉬었다. 예전에 애인들하고 싸웠을 때는 어떻게 했더라? 답은 간단했다. 헤어졌던 것 같다.

"그럼 헤어져."

최 과장의 담백한 말이 떠올랐다. 헤어진다고? 제오 없이 살았던 시간들이 상상조차 되지 않았다. 분명 옛날에는 혼자서 그럭저럭 살았던 것 같은데, 제오가 없다면 이제 오늘 같은 하루만 살아야 하는 것 아닌가.

제오도 지금 이런 생각을 하고 있을까. 누군가 제오에게 결혼 못 하겠다고 버티는 여자 친구와 헤어지라고 했을까. 헤어진다고 생각하니 지난 3년의 일이 주마등처럼 스쳐 지나갔다. 제오와 함께했던 3년이었다. 갑자기 그가 그녀를 업고 달리던 어느 날 밤이 생각났다. 대학 캠퍼스에서, 조금이라도 기분이 좋아졌으면 좋겠다며 맨몸으로 자신을 즐겁게 해 준 그날 밤. 다시 함께 그 길을 업고 내달리던 그 순간에 전해지던 진심이 따뜻했다. 최선을 다해, 내가 할 수 있는 범위 안에서 나를 웃게 해 주겠다는 그 마음을 3년 내내 느끼며 살았다.

초록은 벌떡 일어났다. 헤어질 수 없다. 이 모든 기억을 묻고 살 수는 없다. 어떻게 잊을 수 있단 말인가. 10대 때 우산을 씌워 주던 그의 그 표정을 평생 잊을 수 없듯이, 연애하는 3년 동안 그와 쌓은 추억들이 셀 수도 없다. 그 수많은 반짝거리는 추억들을 슬픔 속에 다 밀어 넣었을 때 그녀는 버틸 수 있을 것인가? 뒤돌아서고, 의미 없다 생각하며 다시 혼자만의 길을 걸어갈 수 있을까? 그녀는 생각만 해도 숨이 막히는 걸 느꼈다.

그녀는 이런 생각을 하는 자신에게 놀랐다. 누군가와 절대 헤어질 수 없다는 생각을 한 것이, 이렇게 간절한 사람이 있다는 것이 새삼 새로웠다. 그녀는 운동화를 꿰어 신고 길을 달렸다. 달려서 10분이면 제오의 아파트다.

그는 어제 그녀에게 화를 한 번 내고 아무것도 안 했다. 그런데도 이 순간 이렇게 보고 싶다니, 초록은 뭔가 진 것 같은 느낌이 들었지만 숨을 고르며 제오의 아파트 벨을 눌렀다. 문이 열리는 순간이 너무 길게 느껴졌다.

문이 열리고 의외라는 표정의 제오가 그녀의 시선에 꽉 차게 들어왔다.

"너…… 어쩐 일이야?"

"어쩐 일이냐고?"

초록은 아파트에 들어서자마자, 제오의 가슴을 한 대 쾅 치고 짜증을 냈다.

"하루 종일 연락 한 번을 안 하고, 어쩐 일이냐고?"

"아, 아니…… 내 말 뜻은 그게 아니고……."

어제 전화로 화를 냈던 그의 모습은 어디로 가고, 큰 덩치에 쩔쩔매는 그의 모습이 평소와 똑같았다.

"너, 불 안 끄고 왔구나."

"뭐?"

"네 오피스텔 불 켜져 있어서…… 당연히 오피스텔에 왔구나 싶었지. 불이 안 꺼져서 당연히 계속 집에 있는 줄 알았어."

초록은 내심 화가 누그러지는 것을 느꼈다. 제오 역시 자신과 똑같이 집에서 상대방이 집에 있나 없나 확인하고 있었던 것이다. 속 편하게 쉬고 있으면 짜증 날 뻔했는데, 어쨌든 제오도 전전긍긍하고 있었던 건 확실한 것 같아 억울한 마음이 사라졌다.

"어제 그렇게 화내고, 하루 종일 연락도 안 해서…… 무서웠단 말이야. 너 나빠."

"그래, 그래. 내가 다 나빠."

어제 전화로 화를 냈던 건 뭔가 싶게 제오는 애를 달래듯 초록의 달아오른 볼을 감싸고 조용히 말했다. 초록은 왠지 눈물이 날 것 같았다. 오늘 하루 종일 어떤 정신으로 지냈는데, 여기까지 오면서 무슨 생각으로 왔는데!

"그렇게 화난 것도 아닌 것 같은데…… 왜 하루 종일 연락 안 했어?"

"……무서워서."

"뭐?"

"그 어떤 말을 듣는 것도 무서워서 그랬어."

제오가 싱긋 웃으며 초록을 번쩍 안아 들고 거실 소파에 앉왔다. 하루 종일 피가 말랐던 것이 무색할 정도로 편안했다. 온갖 복잡한 감정이 다 들었는데, 막상 그의 다정한 얼굴을 보고 단단한 팔에 안기니 무슨 말을 하려고 했는지도 기억이 잘 안 났다. 그녀의 어깨에 얼굴을 묻고 가만히 입술을 대고 있던 제오가 풀 죽은 목소리로 말을 이었다.

"어제는 결혼 안 하겠다고 하는 네 말에 화가 났는데…… 오늘은 무섭더라고."

"뭐가?"

"네가 아무리 생각해도 결혼은 진짜 아니라서, 그만두자고 할까 봐. 그게 아니더라도, 내가 이렇게까지 했는데도 결혼은 못 하겠다고 선언해 버릴까 봐. 둘 다 듣기 무서운 말이라서 연락하기가 좀 그랬어."

초록이 그녀를 가득 담고 있는 제오의 눈을 가만히 마주 보았다.

"나는 네가 너무 좋고, 하루라도 빨리 같이 살고 싶은데…… 모든 사람들이 진초록이랑 내가 완전히 공인된 짝이라고 알 수 있게 호적에 문서로도 남기고 싶기도 하고. 너 닮은 예쁜 딸도 하나 있었으면 좋겠고, 뭐 그런데 너는 안 그런가 싶어서 너무 서운해서 어제는 화가 났어. 사실 내가 결혼 얘기 한 거 한두 번도 아니잖아. 근데 네 태도가 너무 일관적이어서……."

"……."

"근데 그렇게 화를 내고 나니까 무섭더라고. 네가 또 차갑게 돌아서 버릴까 봐. 내가 화를 낸 게 처음이니까 너도 어떻게 반응할지 모르겠는 거야. 진짜로 무서워서 연락 못 했어. 근데 지금 네 얼굴 보니까 나 이제 괜찮아."

제오가 초록을 안은 팔에 힘을 주며 그녀의 어깨에 다시 얼굴을 묻었다.

"앞으로 결혼 같은 거 얘기 안 할게. 그냥 이렇게 평온하게, 아무렇지도 않게 네 얼굴 볼 수 있으면 됐지. 내가 너무 많은 걸 바란 것 같다. 네가 너무 좋아서 그랬어. 그냥 옆에만 있어 주면 돼. 나만 참으면 되는 거잖아. 사실 지금도, 난…… 좋은데. 네 말대로."

"멍청아."

초록이 떨리는 목소리로 말했다.

"나도 무서웠단 말이야. 네가 헤어지자고 할까 봐."

"……넌 왜?"

제오가 진심으로 의아하다는 듯이 물었다.

"내가 그때 약속했잖아. 변하지 않고, 사라지지 않고, 떠나지 않겠다고."

"연애하기로 한 첫날?"

"어. 나는 그렇게 약속했잖아. 근데 네가 뭐가 무서워?"

"……지칠 것 같다며."

"지치지 않겠다고는 약속 안 했지. 야, 야구도 지칠 때가 있다. 아무리 지쳐도, 어쨌든 무조건 확신이 가는 게 있는 거야."

초록은 영문을 모르겠다는 제오의 얼굴이 순간 사랑스럽다고 생각했다. 한숨이 나왔다. 하루 동안 연락이 안 된다고 이렇게 삶이 흔들리는 것 같고, 그런데 얼굴을 보는 것 하나만으로도 모든 게 해결되는 것 같은 이런 상황이 순간 무겁게 다가왔다. 최 과장한테 뭐라고 했더라. 한 사람이 내 인생에 너무 많은 지분을 가지게 되는 것이 무서워서 결혼이 싫다고 했었나.

그런데 지금 이미 제오는 자신의 삶에서 엄청난 지분을 갖고 있는 것이 아닌가. 내가 이 사람이 없는 삶을 과연 상상할 수 있나?

"네가 나만큼 나를 안 좋아한다고 생각해서 어제는 화가 났지만, 이제 그런 생각 안 할게."

그녀가 무슨 생각을 하고 있는지 알 수 없는 제오가 그녀를 안은 몸을 천천히 흔들며 낮은 목소리로 말했다.

"그러니까 앞으로, 그런 걸로 화 안 낼게. 결혼도 다 네 뜻 존중해 줄게. 원래 더 많이 좋아하는 사람이 약자라잖아. 네 맘대로 다 해. 네 모습 그대로 내 옆에 있어 주기만 하면 그걸로 난 됐어. 내가 욕심이 과했어. 이렇게 그냥 널 안고 있을 수만 있으면 그만인데…… 그게 당연하다고 생각해서 소중함을 잠시 까먹었나 봐."

말이 없는 초록의 눈치를 살피며, 제오가 소파 구석에 있던 리모컨을 찾았다.

"나, 오늘 새벽에 있었던 김강현 선발 경기 재방송 보고 있었는데 같이 볼래?"

그가 TV를 켰다. TV에 강현이 나오고 있었다. 강현은 재활을 성공적으로 마치고 다시 메이저리그에 복귀하여 좋은 성적을 내고 있었다. 다시 살이 올라 통통해진 강현이 긴장한 표정으로 포수와 사인을 주고받았다. 시원한 강속구가 스트라이크로 꽂히는 장면을 보며 제오가 신난다는 듯이 초록을 꽉 안았다.

"오, 잘한다, 그치? 근데 저 자식 연애하더니 살은 더 찐 것 같아."

"뭐, 애인이 간호사인데 잘 챙겨 주겠지."

초록이 태연하게 말했다. 막 시즌을 끝낸 제오는 요즈음 여유가 있었다. A구단은 5년 만에 올해 처음으로 가을 야구를 할 수 있었고, 제오는 예년과 비슷하게 6번에서 8번 타선을 지키고 있었다. 근데 달라진 점이 있다면, 다른 방식으로 제오가 칭찬을 받기 시작한 것이다. 타율이 아주 높지는 못해도 안정적으로 어느 정도 수준을 보장한다는 면에서 감독과 팬들이 인정하기 시작했다.

내년에도, 내후년에도 그래서 그는 A구단의 타선 중 하나를 지키며 팀에 안정된 보탬이 되어 주겠지. 요새 야구 게시판에서는 '어쨌든 밥값은 하는 타자'라는 댓글이 꽤 많이 달렸다. WBC의 영광은 시간이 지나며 점차 잊혀지고, 지금 현재의 안

정된 타율에 주목하는 팬들이 많아진 것이다.

"나, 옛날에는 메이저리그 경기 잘 못 보던 때도 있었다?"

"그래? 왜?"

"부러워서."

초록이 그의 손을 가만히 잡았다.

"근데 지금은 아무 생각 없이 잘 봐."

"다행이다."

"옛날에는 내가 막 뒤처지고 있는 것 같았거든. 마치 100미터 달리기를 하는데 하위권인 것처럼."

스리 아웃 체인지가 되고, 광고가 나오기 시작했다. 의미 없이 광고를 바라보며 제오가 말을 이었다.

"근데 너를 만나고 나서는 그런 생각이 들어. 인생이란 건 둥그렇게 원으로 시작하는 출발점에서 각자 자기의 길을 걷는 거라고. 각자의 방향이 다르니 남하고 비교할 수도 없는 거고, 그저 내 유일한 방향의 길을 걸어 나가는 것뿐이지. 나는 너와 함께하는 이 방향이 내 인생의 최선이라는 걸 알고 있어."

초록이 고개를 들어 그녀를 안고 있던 그의 얼굴을 바라보았다.

"내 인생에서 더 좋은 방향은 없어. 잘하고 있으니까, 내 길 묵묵히 걸어가야지. 이제 메이저리그 경기 봐도 아무렇지도 않아. 오히려 경기력이 좋아서 엄청 재밌어. 김강현 선발 아닐 때도 막 챙겨 본다니까?"

그가 다정하게 말했다.

"네가 있어서, 난 그 누구도 안 부러워."

그녀가 한동안 가만히 안겨 생각에 잠겼다. 그러더니, 조용히 말을 꺼냈다.

"신제오."

"왜?"

"나는 결혼도 육아도 다 무서워. 왜 그런지…… 네가 제일 잘 알 거라고 생각해."

그녀는 알게 모르게 엄마를 생각하고 있는 것이었다. 엄마의 삶은 결혼으로 인해 완전히 바뀌었다. 그리고 자신도 제대로 키우지 못했다. 그냥 그런 삶의 변화가 그래서 초록은 무서웠다. 결혼과 육아로 인해 자신의 인생이 더 좋아질 것이라는 기대 자체가 힘들었던 것이다. 그래서 남들이 다 걷는 길도 주춤하며 망설였다. 자신이 혼자 오롯이 도는 궤도가 침해받는 게 싫어 강현과 제오를 멀리했던 지난날처럼.

"근데 너랑 하루 연락 안 되니까 이런 생각이 들어."

"무슨 생각?"

"이미 내가 무서워하던 삶은 시작됐다고. 이미 너는 내 궤도 안에 있으니까."

제오가 다시 시작된 경기에 눈길도 주지 않으며 초록의 망설이는 표정을 바라보았다. 초록은 주춤거리다가 말을 이었다.

"뭐…… 생각보다 결혼이 그렇게 끔찍한 건 아닌 것 같다는 생각이 들어. 결혼이라는 제도를 믿는 게 아니라, 너를 믿어서."

"그만, 그만해."

제오가 올라가는 입꼬리를 주체하지 못하고 말했다. 그가 초록의 허리를 끌어안고 좋아 죽겠다는 듯이 킬킬댔다.

"프러포즈는 내가 근사하게 할 거니까, 이제 결혼 얘기 그만 하자. 지금 계속 얘기하기 시작하면 자식들 독립 계획까지 세울 것 같아."

초록은 갑자기 엄습해 오는 불안함에 몸을 떨었다. 재작년 가을에 다른 팀들의 야구 경기를 구경 갔을 때, 야구장 이벤트 타임에 프러포즈하는 커플을 보고 몹시 부러워하던 제오의 얼굴이 떠올랐던 것이다. 그녀에게 자꾸만 몸을 밀착하는 제오를 억지로 조금 떼어 내고 그녀가 황급히 말했다.

"너, 야구장에서 공개적으로 하면 진짜 가만 안 둘 거야."

그 큰 전광판에 얼굴이 나온다는 생각을 하니 생각만 해도 아찔해서 그녀가 황급히 말했다. 금세 침울해진 제오의 얼굴에 웃음이 나왔다.

"나는 내가 누군가를 이렇게 간절히 바라고…… 또 결혼 같은 걸 상상할 줄은 꿈에도 몰랐는데."

"잘 살 거야, 우리는."

제오가 부드럽게 웃으며 말했다. 그의 손가락이 부드럽게 초록의 손가락과 얽혔다.

"지금보다 더 행복해질 거야."

"정말?"

"그럼. 약속해."

초록은 그의 입술이 말하는 '약속'이라는 단어가 왠지 찡해서, 그녀의 입술을 가져다 대었다. 그가 행복할 것이라고 약속했으므로 행복할 것이다. 후회하지 않을 것 같았다. 3년 전, 다가오던 그를 피하다가 받아들인 후 단 한 번도 후회하지 않았던 것처럼. 어느 평범한 밤하늘 아래에서 제오가 업히라고 내미는 단단한 등을 바라보는 기분으로, 그녀는 앞으로 다가올 시간 앞에서 그의 손을 꼭 잡았다.

-完-

외전

　미국의 공기는 역시 한국보다 다소 차갑다고 생각했다. 강현은 공항에서 바람을 맞으며 한동안 가만히 있었다. 병원에 누워 있으면서 왠지 미국에 가야겠다는 생각을 했다. 초록과 제오가 있는 한국이 싫어서 그런 건지, 아니면 미국에서의 삶에 대한 욕심인지 그는 알 수 없었다. 돌아오는 스프링 캠프부터 합류하기로 했지만, 아직 시즌도 끝나지 않은 상태였지만, 그는 재활이 어느 정도 성공적인 것 같아 보이자 바로 미국행 비행기를 끊었다.

　P주로 바로 가기 전에 여행이나 좀 해야겠다고 생각해서 온

곳은 뉴욕이었다. 미국에 있는 동안 뉴욕 땅 한번 밟아 보지 못했었다. 뉴욕 호텔에 아무렇게나 짐을 풀어 놓은 그는, 모자를 눌러쓰고 바로 햄버거집으로 향했다. 그는 어렸을 때부터 햄버거를 몹시 좋아했고, 미국 햄버거를 맛본 이후에는 신세계를 느낀 것 같다는 감동을 한참 동안이나 초록과 제오에게 말하곤 했다.

좋아하는 햄버거와 감자튀김을 받은 뒤 사람으로 가득 찬 매장을 죽 둘러보았다. 호텔 직원이 추천해 준 곳이어서 그런지 그처럼 혼자 온 여행객들이 많아 보였다. 빈 테이블이 없었기 때문에 그는 어쩔 수 없이 합석을 해야 했다. 이럴 때마다 그는 타국에서 어쩔 수 없는 동양인임을 느끼곤 했다. 자연스럽게 동양인과 합석하는 것이 더 편했던 것이다. 강현은 모자를 한 번 더 푹 눌러쓰고, 어떤 동양인 여자가 열심히 햄버거를 먹고 있는 자리에 조심스럽게 다가갔다.

"Excuse me, can I……."

"앉으셔도 돼요."

짧은 단발머리의 여자가 경쾌하게 한국말로 말했다. 화장이 너무 진해서 한국인인 줄 몰랐다. 강현은 놀라서 얼떨떨하게 자리에 앉으며 말했다.

"한국인인지 어떻게 아셨어요?"

"억양 보면 알아요. 한국식 영어는 확실히 다르거든요. 그리고 뭐, 생김새도 그렇고요."

"감사합니다."

한국인인 줄 알았으면 합석하지 않았을 수도 있는데. 강현은 살짝 후회하며 고개를 푹 숙이고 햄버거를 먹었다. 자신을 알아보면 피곤해질 수도 있는 것이다. 한국에서는 그래도 꽤 메이저리그 투수로 유명한 얼굴이었으니까.

"편하게 드세요."

앞에 앉은 여자가 상냥하게 말했다.

"......네?"

"귀찮게 안 할 테니까 그렇게 불편하게 안 드셔도 돼요. 김강현 선수 맞죠?"

"아......."

강현이 멋쩍어져서 고개를 들었다. 짧은 단발머리 아래로 화려한 귀걸이가 더 길게 내려와 있었다. 짙은 화장 때문에 어떻게 생겼는지 분간이 가지 않는 얼굴이었지만 표정이 편안해 보였다. 개방적인 옷차림 때문에 그는 눈을 어디에 둬야 할지 몰라 가만히 콜라를 꿀꺽꿀꺽 마셨다.

"편안히 드시고 가세요. 저도 다 먹고 알아서 조용히 갈 테니까요."

사인 한 번 요구하지 않는 여자에게 강현은 이질감을 느꼈다. 그는 대놓고 여자를 불편해했던 자신이 민망하여 그녀의 옆에 위치한 커다란 배낭을 흘끗 보고 말을 걸었다.

"여행 중이세요?"

"네. 휴가 중이거든요."

"되게…… 사람 잘 알아보시네요. 오늘 아무도 절 알아보는 사람 없었는데."

"저는 직관 몇 번 갔었거든요. 경기장에서 본 적 꽤 있어요. 그래서 실루엣이나 뭐 이런 걸로 쉽게 알 수 있었어요. 제가 원래 눈썰미가 좋은 편이기도 하고요."

"직관이요?"

"네. 저 P주 살아요."

P주의 P팀은 강현이 소속된 팀이었다. P주는 한국인들이 많이 사는 곳은 아니었는데 뭔가 반가웠다. P주에 있는 여러 가지 음식점 등을 얘기하다 보니 자연스럽게 대화가 이어졌다. 여자의 이름은 한소리였고, 소리는 강현보다 두 살이 어렸다. 소리는 강현을 메이저리그 투수가 아닌 그저 동향 사람으로 여기는 것 같았고, 그래서 강현은 마치 자신이 유명인이 아닌 상태로 누군가를 만난 것 같은 착각이 들었다.

"미국 온 지는 5년? 졸업하자마자 바로 왔으니까요."

"왜요?"

"일하러 왔죠."

소리는 어깨를 으쓱하며 대답했다.

"저도 제가 미국에서 일하게 될 줄은 몰랐어요. 맨 처음, 자기소개하는데 '아이 엠 소리' 하는 게 얼마나 화끈거렸는지 몰라요. 은근히 글로벌하지 못한 이름이라."

"저도 비슷한 일화 있어요. 제가 Kim이라고 소개하니까 어떤 미국인이 왜 한국 사람들은 자기가 다 Kim이라고 하냐고, 그런 말을 하더라고요."

그들은 킬킬거리며 웃었다. 강현은 그녀가 무슨 일을 하냐고 물어보려다가 말았다. 괜히 같은 주에서 지나친 친분이 생기면 서로 곤란한 상황이 생길 수도 있었다. 그저 하루 저녁의 즐거운 우연한 말 상대면 된다, 그런 생각이 들었다.

"그럼, 맛있게 드세요. 저는 이제 다음 일정으로 가려고요."

소리는 씩 웃으며 말했다. 강현이 예의상 물었다.

"어디로 가시는데요?"

"엠파이어 스테이트 빌딩 전망대요. 뉴욕까지 왔는데 야경은 보고 가야죠."

"어…… 그런 게 유명해요?"

"뉴욕 야경으로는? 여행 책자에 나와 있더라고요."

"아…… 거긴 어떻게 가요?"

"강현 씨도 여행 온 거 아니에요? 아무것도 안 알아보고 오셨어요?"

"여행은 맞는데 그냥 훌쩍 왔어요. 뭘 챙기고 알아보고…… 그러는 성격이 아니라."

"와, 그렇구나. 저도 뉴욕은 처음인데 그래서 엄청 알아봤거든요. 저는 그런 성격이어서요."

강현은 어설프게 웃었다. 그는 여행 자체가 처음이었다. 그

낭 오면 될 거라고 생각했다. 대충 햄버거나 먹고 길거리나 돌아다니려고 했다. 그런데 야경을 보는 전망대가 따로 있다니 구미가 당겼다. 그의 표정을 보고 눈치 빠른 소리가 선뜻 말했다.

"괜찮으시다면 엠파이어 스테이트 빌딩 야경 보러 같이 가실래요? 어차피 저도 혼자인데, 가고 싶으시면 같이 가요. 귀찮게 안 할게요."

"이거…… 제가 귀찮게 하는 거 같은데요."

"뭐, 혼자 온 여행객들끼리 동행하는 건 흔한 일이니까요. 메이저리그 선수가 아니라 평범한 한국인 남자라고 생각하면 되죠."

소리가 태연하게 말했다. 훌쩍 일어서는 그녀의 키가 컸다. 강현은 어기적어기적 그녀를 따라서 걷기 시작했다. 그를 대하는 태도에서부터 차림새까지 굉장히 시원시원하고 쿨한 여자 같았다. 그보다 두 살이나 어리다는 것이 믿기지 않을 정도로 자신의 마음을 미리 읽고 행동하는 것이 놀라워서 그는 생전 처음 보는 여자를 따라가고 있었다.

"와, 덕분에 진짜 멋있는 야경 봤어요. 이걸 못 보고 뉴욕을 떠났다면 진짜 너무 아쉬웠을 뻔했어요."

강현은 소리와 함께 엠파이어 스테이트 빌딩 전망대에서 야경을 본 뒤 감탄하며 말했다. 소리는 덜덜 떨면서도 기념품 숍에서 이런저런 소소한 기념품을 샀다. 생각보다 바람이 몹시 거셌던 것이다. 그녀는 짧은 핫팬츠 차림이었는데 너무 추워서 강현이 건넨 윗옷을 허리에 두른 상태였다. 거센 바람 때문이라며 눈물을 줄줄 흘리더니 그 바람에 화장도 꽤 많이 지워졌다. 소리는 엉망인 차림새로도 꿋꿋하게 기념품을 챙겨 결제한 뒤, 킹콩과 엠파이어 스테이트 빌딩이 함께 있는 귀여운 미니어처 하나를 강현에게 내밀었다.

"가져요."

"네?"

"팬의 선물이라고 생각하시고요. 지금 한국인 관광객들이 꽤 많아서 누가 알아볼까 봐 계산대 근처에도 못 갔잖아요. 제 생각엔 얘가 제일 예쁜 것 같아서요."

"아…… 안 그러셔도 되는데. 그래도 감사합니다. 잘 쓸게요."

빌딩에서 내려오니 또 다른 세상 같았다. 높은 곳에서 바라보던 가슴이 뻥 뚫리는 것 같은 화려한 전경은 사라지고 어두컴컴한 평면의 길이 펼쳐졌다. 소리는 마스카라가 번진 눈으로 씩 웃으며 고개를 숙였다.

"그럼, 앞으로도 응원할게요."

"네. 오늘 고마웠어요."

"낮에 전경을 보고 싶으면 록펠러 전망대를 가 보라고 추천하더라고요. 참고하세요."

소리는 가볍게 미소 짓고 뒤돌아서 천천히 걷기 시작했다.

소리가 준 미니어처를 잠시 바라보던 강현이 그녀의 뒤에 대고 외쳤다.

"어, 저기요!"

강현의 다급한 말에 소리가 뒤를 돌았다. 의아하다는 그녀의 표정을 보며 강현이 멋쩍게 웃었다.

"제 옷……."

"아! 맞아! 죄송합니다. 깜빡 잊었어요."

그녀는 허리에 두르고 있던 강현의 옷을 재빨리 거둬서 익숙한 손놀림으로 곱게 개켜 강현에게 건넸다. 옷을 건네받은 강현이 천천히 말했다.

"어…… 맥주 한잔 하시고 가실래요? 내일부터 또 혼자 돌아다녀야 하는데, 뭔가 이렇게 헤어지기 아쉬워서요."

"아, 그럴까요? 저는 좋아요."

소리는 또 태연하게 웃었다. 강현은 그동안 방송 경험도 많고, 또 스포츠 아나운서나 리포터를 많이 봐 온 터라 여자들의 정제된 화장에 대해 익숙해 있던 터였다. 그래서 거센 바람에 화장이 흐트러진 소리의 얼굴을 보는 것이 낯설었다. 길게 늘어트린 귀걸이도 바람에 휘날려서 제멋대로의 각도로 제각각 뻗쳐 있는 상태였다.

그에게 접근했었던 여자들은 너무 많았다. 미국에 와서 더했다. 그런데 소리에게는 그러한 어떤 징조도 보이지 않았다. 굉장히 싹싹하고 친절한데 그와 무슨 인연을 이어 가려고 하는 것 같지는 않아서 그는 편안함을 느꼈다.

그녀는 강현을 따라 근처의 작은 맥주집으로 들어와서, 메뉴판을 보더니 뜬금없이 말했다.

"근데, 맥주는 안 드시는 게 좋겠어요. 무알코올로 드세요."

"네?"

"수술 받으셨잖아요. 어쨌든 알코올은 안 좋아요. 병원에서 괜찮다고 했어도 조심할 수 있는 한 조심하는 것이 좋아요."

"수술 받은 건 어떻게 아세요?"

"기사 보고 알았죠. 하여튼 여기 무알코올 칵테일로 드시는 게 좋겠어요. 맥주는 저만 마실게요. 어차피 꼭 술이 마시고 싶어서 오신 건 아니잖아요."

소리는 생긋 웃고, 익숙하게 유창한 영어로 주문했다. 화장실에 다녀오겠다는 그녀에게 고개를 끄덕여 주고 그는 혼자 멍하니 앉아서 생각했다. 도대체 김강현, 지금 뭐 하고 있는 걸까. 실연당한 뒤 훌쩍 떠나온 여행이라니 청승맞다. 뉴욕에 뭐가 있는지 제대로 알아보지도 않아서 우연히 만난 한국인 여자 뒤나 따라다니는 하루가 이상했다.

10년간 짝사랑했던 여자가 자신의 가장 친한 친구와 연애를 한다. 둘이 같이 있는 걸 본 적은 없지만, 각자 왔을 때에도 그 표정을 보면 가슴이 아렸다. 도저히 둘의 모습을 볼 자신이 없다. 혼자 있을 때에는 받아들일 수 있었다. 초록도 행복했으면 했고 제오도 사실 용서했다. 그런데 그냥 마음이 어지러웠다.

혼자 남자 바로 그들 생각이 났다. 아마 그게 싫어서 친절하고 상냥한 한국인 여자와 조금이나마 더 시간을 보내려고 했던 것 같다.

무알코올 칵테일과 맥주, 간단한 안주로 시킨 나초 칩이 나오고 나서야 소리가 돌아왔다. 소리의 화장이 어느 정도 지워져 있었다. 어설펐던 화장이 어느 정도 지워지니 눈꼬리가 내려가 착해 보이는 인상의 여자가 보였다. 놀란 강현의 표정을 보고, 소리가 민망해하며 말했다.

"화장은…… 바람과 눈물에 지워지나 보네요. 이런 거 처음 해 봐서 몰랐어요. 제 얼굴 되게 이상하던데, 봐 주시느라고 역이었겠어요. 어떻게 지우는지도 모르겠어서 물로 대충 닦았는데 다는 안 지워지네요."

"아, 아니에요. 그렇게까지 이상하지는 않았어요. 귀걸이도 빼셨네요?"

"귀가 떨어져 나갈 것 같아서요. 은근히 무겁네요."

소리가 맥주를 홀짝이며 말했다. 강현이 싱긋 웃으며 물었다.

"평소에 안 하던 걸 왜 하셨어요? 여행이라서요?"

"네. 그리고 좀 다른 사람이 되어 보려고 했었거든요. 그것도 쉽지 않네요."

"다른 사람? 왜요?"

"그냥, 제가 싫어져서요. 에이, 우울한 얘기 나올 것 같아요.

다른 얘기 해요."

"우울한 얘기 좋은데."

강현이 멍하니 말했다.

"요새는 노래도 슬프고 우울한 노래만 듣고 싶더라고요. 신나고 사랑 타령하는 노래 들으면 뭔가 화가 나요. 공감도 잘 안 되고. 저는 성격이 이상한가 봐요. 내가 우울할 땐 남도 우울해야 좀 위로가 되는 것 같아요."

강현의 말에 소리가 쿡쿡 웃었다. 그녀가 재미있다는 듯이 강현의 얼굴을 보았다.

"저 사실 강현 씨 팬이에요. P주 사는 한국인인데 당연하죠. 그래서 이 순간이 정말로 마법 같아요. 세상에, 강현 씨를 우연히 만났는데 심지어 저녁 시간을 모두 같이 보내고 이런 대화까지 하다니!"

"팬이요? 무슨 팬이 상대를 앞두고 이렇게 무덤덤해요?"

"제가 호들갑 떨고 달라붙는 걸 별로 원하실 것 같지 않아서요."

소리는 피식 웃으며 맥주를 삼켰다. 그녀의 얼굴이 붉게 달아올랐다. 상태를 보아하니 술이 센 여자는 아닌 듯했다. 강현이 어색하게 나초를 먹었다. 모르는 여자와 단둘이 이렇게 술자리를 갖는다는 것이 낯설었다. 그것도 자신에게 야구 얘기를 하나도 하지 않는 여자라니! 무슨 대화를 해야 할 것인가. 소리는 약간 난감해하는 강현의 얼굴을 살짝 보더니 이야기를 시작했다.

"저, 사실 스무 살 때부터 7년 사귄 남자 친구랑 헤어지고 즉흥적으로 휴가 내서 뉴욕으로 온 거예요. 남자 친구가 유학 간다고 해서 저도 미국에서 일자리 얻은 거거든요. 물론 직업상 미국이 한국에서보다 대우도 좋고 외국 생활도 싫지 않아 따라온 거지만…… 근데 헤어졌지 뭐예요?"

"7년이요?"

"네. 7년 사귄 남자가, 이젠 제가 좋지 않다면서 다른 여자한테 가 버린 거 있죠? 너무너무 속상해서 삐뚤어지겠다는 마음으로 여행 온 거예요. 동아리 선배로 처음 만났는데…… 선배는 학생이고, 저는 그래도 여기서 벌이가 좋아 제가 거의 뒷바라지하다시피 했는데…… 나쁜 놈이 이제 제가 싫대요."

"왜, 왜 싫대요?"

"사람이 안 좋은 데에 무슨 이유가 있겠어요. 그냥 싫은 거겠죠. 옛날엔 내가 착해서 좋다더니, 이제는 내가 다 맞춰 주는 게 부담스럽대요. 같은 연구실에 다른 여자 친구가 바로 생겼는데 엄청 세련되고 예쁘더라고요. 저도 그래서 완전 다른 사람이 되어 주마, 세련된 뉴요커가 되어 돌아가겠다, 하고 온 거예요."

소리의 눈에 살짝 눈물이 고였지만 그녀는 용케도 울지 않았다. 강현은 10년이란 시간의 짝사랑이 더 고통스러울까, 아니면 7년 사귄 연인과의 헤어짐이 더 고통스러울까 자신도 모르게 생각하고 있었다.

"저 진짜 사실 햄버거 먹으면서 죽고 싶다는 생각 하고 있었거든요. 근데 갑자기 김강현 선수가 딱 제 앞에 앉는 거예요! 그래서 저는 종교는 없지만, 하느님이 있다면 선물 같은 시간을 줬구나 하고 생각했어요. 제가 너무 힘드니까 이런 이벤트까지 열어 주시고 하느님 짱이에요."

"아, 그래요? 엄청 밝아 보이셔서 가지고, 그냥 가볍게 여행 오신 분인 줄 알았어요."

"그냥 상대가 어두침침하면 같이 우울해지잖아요. 근데 저는 좋았어요. 이렇게 김강현 선수 앞에 두고 맥주 마시는 것도 평생 기억할 수 있을 것 같아요. 남자 친구한테 차이고 질질 짜면서 뉴욕 여행 왔다가 김강현 선수를 우연히 만나서 맥주 한잔 했다! 엄청 의미 있어요. 물론 화장으로 얼룩진 얼굴을 보여 줬다는 건 몹시 굴욕적이지만."

그는 아까 엠파이어 스테이트 빌딩에서 바람이 불어서 눈물이 난다며 연신 눈물을 닦아 내던 그녀의 모습이 새삼 떠올랐다. 그땐 정말 바람이 불어서 눈이 아픈가 했다. 그런데 지금 생각해 보니까 그 눈물이 진짜 눈물일 수도 있겠다는 생각이 들었다.

"헤어지자고 했을 때, 그래서 쉽게 헤어져 줬어요?"

"네."

"왜요?"

"그냥 그걸 원하는 것 같아서요."

강현은 그녀가 쓸쓸히 말하는 것을 어이가 없다는 듯이 바라보았다. 초록과 제오에게 밑바닥까지 보여 가면서 아무리 늦었더라도 최선을 다해 자신의 마음을 표현한 그와는 다른 선택을 한 것이다. 소리는 생긋 웃으며 말했다.

"전 그냥 원래 그래요. 선배가 원하는 대로 다 해 줬어요. 선배가 처음에 동아리 모임에서 제가 좋다고 하길래 연애 시작한 거고요, 내심 미국에 혼자 가는 걸 외로워하길래 따라왔죠. 그동안도 선배한테 거의 다 맞춰 줬어요. 그런데 이제는 제게 이별을 원하기에, 그래서 순순히 보내 줬어요."

"아니, 어떻게 그래요? 소리 씨는 보니까 안 그러고 싶은 것 같은데."

"저는 원래 그렇다니까요."

그녀는 씩 웃으며 말했다.

"강현 씨 보자마자 소리 지르면서 사인해 달라고, 사진 같이 찍어 달라고, 부상 입어서 어쩌냐고, 수술은 잘된 것 맞냐고 하고 싶었지만 참았잖아요. 강현 씨가 그걸 원하는 것 같지 않아서요. 그냥 조용히 햄버거만 먹고 사라지고 싶어 하는 것 같아서 그렇게 해 드린 거예요. 남자 친구뿐만이 아니라 저는 모든 사람한테 다 그래요. 이상하게 사람들이 원하는 게 눈치가 채지더라고요. 눈치채면, 또 그렇게 해야 될 것 같고."

강현은 한숨을 쉬었다. 그러고 보니 그녀는 그가 원하는 것을 나름대로 빠르게 캐치해서 다 맞춰 주었다. 내심 엠파이어 스테이트 빌딩에 야경을 보러 가고 싶다는 생각을 하니 먼저 같이 가자고 해 주었고, 기념품 하나 정도는 갖고 싶다고 생각했더니 하나 사서 건네주었다. 강현이 지키고 싶어 했던 선을 과도하게 지켜 주었고, 맥주 한잔 하러 가자는 제안에도 흔쾌하게 따라왔다. 그리고 둘이 있는 자리가 어색해하는 것이 보이자 자신의 이야기를 하면서 대화를 이끌어 주었던 것이다.

"그럼 소리 씨가 고통스럽잖아요. 지금 안 고통스러워요?"

"고통스럽죠. 그래서 여행까지 왔잖아요."

소리가 키득거리며 대답했다.

"지금 강현 씨는 제가 울고불고 하소연하는 걸 원하지는 않을 거 아니에요. 그러니까 이렇게 태연한 것뿐이에요. 아까 말했잖아요. 죽고 싶다고까지 생각했다니까요."

"저랑 헤어지고 나서 죽으면 안 돼요."

"그럼요. 그렇게 기억되기는 싫어요. 저 안 죽어요. 열심히 살 거예요."

그녀가 강현을 바라보며 조용히 웃었다.

"열심히 살아서 또 직관 갈게요. 강현 씨 공 던지는 거 보면 이제 엄청 힘 날 것 같아요. 저 투수랑 우연히 만나서 뉴욕 야경도 봤다, 라는 멋있는 추억이 있으니까요."

"아까 산 기념품 줘 봐요. 제일 마음에 드는 걸로."

소리는 가방을 뒤적거리더니 강현에게 준 것과 똑같은 미니어처를 꺼냈다. 강현은 주머니를 뒤져 펜을 꺼내고, 소리가 건넨 미니어처 밑면에 날짜까지 적어서 사인을 했다. 소리의 얼굴에 믿을 수 없다는 듯한 환희가 몰려왔다.

"사인 정도는 해 달라고 해도 돼요."

"세상에, 감사합니다."

소중하게 미니어처를 받아 들면서, 소리가 정말 기쁘다는 듯이 활짝 웃었다.

"사랑 실패자들끼리 건배해요."

눈치가 빠른 소리는 강현의 그 말이 무엇을 뜻하는지 알 수 있었지만, 더 이상 묻지 않고 잔을 부딪쳤다.

"저는 끝까지 다 난리를 쳐 봐야 포기가 되던데, 그냥 조용히 보내 준 소리 씨가 현명한 것 같기도 하고."

"난리를 안 친 게 아니에요. 못 친 거죠."

소리가 씁쓸하게 말했다. 그러더니 배시시 웃으며 덧붙였다.

"난리 못 치고, 바로 뉴욕으로 건너온 게 다행이에요. 강현 씨 만났잖아요. 어차피 이러나저러나 헤어질 거, 좋아하는 선수랑 이렇게 말이라도 섞을 수 있어서 좋아요."

그들은 30분 정도 더 이야기를 하다가 자리에서 일어났다. 소리는 도저히 팬이라고는 믿기지 않는 태도로 그에게 쿨하게 작별 인사를 했으며, 호텔에 돌아와서야 강현은 그녀가 자신이 원하는 방식으로 적절히 헤어져 주었다는 것을 뒤늦게 알았다.

P주는 넓고 여러 가지 일을 하는 사람들이 많다. 다시 그녀를 마주칠 수 있을지 알 수 없었다. 다만 그의 팬이라면서 사인 한 번을 요구하지 못하는 그녀가, 모든 것을 상대에 맞춰 주는 그녀가 왠지 기억에 남아 그는 엠파이어 스테이트 빌딩 미니어처를 오랫동안 만지작거렸다. 어설픈 화장이 줄줄 지워질 정도로 울면서도 바람 때문에 그렇다며 괜찮은 척하던 그녀는 끝까지 그의 앞에서 차분하게 웃었다. 그가 그런 동행을 바랐기 때문이었다. 희한한 여자였다. 자신의 삶이 피곤해 남의 눈치를 볼 의지조차 없었던 초록과는 달리 일거수일투족 자체가 남을 먼저 생각하는 여자였다.

주소라도 물어볼걸. 직관 표라도 하나 보내게.

강현은 그렇게 생각하다가, 자신은 모든 것이 늦는다는 생각이 들어 또 한동안 호텔 앞 전경만 바라보았다.

강현은 그 이후 미국 전역을 여행한답시고 돌아다녔으나, 자신이 생각보다 여행을 좋아하지 않는다는 것으로 결론을 내리고 다시 P주로 예상보다 빠르게 돌아왔다. 긴 여행 동안 반나절이었지만 어쨌든 유일한 동행은 여행 첫날의 소리뿐이었다. 그래서 그런지 그 뒤의 여행은 조금 외로웠다.

TV나 소설책 같은 곳에서 보면 훌쩍 여행을 떠났다 오면 뭐든지 훌훌 털어 버리고 새로운 삶을 시작할 수 있는 것 같던데, 강현은 생각보다 자신이 그다지 괜찮지 않다는 것이 짜증 났다. 여전히 여행 내내 초록에게 전화를 문득문득 걸고 싶어 졌으며, 미국 잘 도착했냐는 제오의 메시지에도 답을 하기 싫 었기 때문이다.

아직 시즌이 진행 중이어서 강현은 한창 경기 중인 구단에 합류하지 못하고 일단 P주의 아파트를 하나 빌려 정착하기로 했다. 거의 다 회복되었다고 해도 다음 시즌에 무리 없이 뛰기 위해서는 만전에 조심을 가해야 했다. 그래서 구장에서 훈련 을 하고, 병원을 꾸준히 다니며 재활에 다시 신경 쓰는 것으로 남은 시간을 보내기로 하고 그는 천천히 P주의 가장 큰 병원 으로 향했다.

"음……."

병원에 들어선 순간부터 그는 후회했다. 그의 영어가 능숙 하지 못한 것을 알고 구단 코치 중 한 명이 같이 가 준다고 했 는데 거절했던 것이다. 왜 거절했는지는 강현 스스로도 잘 모 르겠다고 생각했다. 강현이 생각해 봐도 지금 자신은 이상했 다. 생전 가지 않던 여행을 떠나고, 여행 중에 불현듯 다 싫어 져서 돌아오고, 남의 도움도 아무 이유 없이 거절했다. 자신의 마음이 자신이 납득할 수 없는 마구잡이식 방향으로 변덕스럽 게 움직이고 있었다. 속으로 몇 번이나 영어를 중얼거리고 있 는데, 간호사 한 명이 다가왔다.

"강현 씨?"

그는 깜짝 놀라 그녀를 바라보았다. 늘씬한 키와 짧은 단발머리, 순하게 약간 처진 눈매가 익숙한 사람이었다.

"소리…… 씨? 여기 간호사였어요?"

소리는 고개를 끄덕였다. 역시 주목받고 싶지 않아 모자를 폭 눌러쓰고 왔는데 실루엣만으로도 그녀는 그를 알아본 것이었다. 그러고 보니 수술 후에 술을 마시면 안 된다고 필요 이상으로 말리곤 했던 모습이 의료계에 종사하는 사람의 태도였던 것 같았다. 그의 기억 속의 소리는 흐트러진 화장과 자신도 주체 못 하는 짧은 옷, 관리도 제대로 못 하는 액세서리가 난잡하게 휘날리던 여자였는데 지금 보니 단정하고 야무져 보이는 직업인이었다.

사람은 우연에 약하다. 운명이라는 생각이 들면 상대가 특별하게 보이기 때문이다. 조금 멍해진 강현을 보며 소리가 자연스럽게 말을 이었다.

"재활 때문에 오신 건가 봐요. 저희 병원은 오늘이 처음이시죠?"

"네. 여기 소견서랑, 뭐 이것저것 챙겨 오기는 했는데……."

"음, 따라오세요. 다행히 제가 지금 급한 일이 없네요."

소리는 생긋 웃으며, 강현을 이끌었다. 그녀의 뒤를 따라 바보같이 그저 병원 복도를 걷다 보니 그는 뉴욕에서 엠파이어 스테이트 빌딩을 향해 그녀의 뒤를 졸졸 따라갔던 때가 생각났다. 소리는 여기저기 그를 끌고 다니면서 유창한 영어로 무언가를 해결해 주는 것 같았다. 관계자들이 신기한 듯 강현의 얼굴을 바라보며 자신들끼리 낄낄대며 웃었다. 사인을 부탁하는 경우도 종종 있었다.

그녀는 주치의까지 그에게 배정해 준 다음, 앞으로의 일정과 이런저런 주치의의 말까지 통역해 주며 강현이 잊어버릴까 봐 꼼꼼히 서류에 필기해 주는 것도 잊지 않았다.

"아무래도 P주에서는 유명하니까, 프라이빗한 관리가 제일 중요할 것 같아서 이렇게 배정했어요. 혹시 더 전달하고 싶은 메시지가 있나요?"

"아, 아니요."

강현은 소리의 일 처리에 반쯤은 놀라며 멍청하게 고개를 저었다. 소리가 얼마나 꼼꼼하고 여러 가지 변수를 고려하여 재활 계획을 세웠는지 더 이상 손댈 것도 없었다. 주치의와 몇 마디 나누던 그녀가 약간 주저하며 강현에게 말했다.

"저기, Dr. Smith가 이런 제안을 하네요. 재활을 도와주는 간호사로 저를 아예 지정하는 것이 어떻겠냐고…… 아무래도 강현 씨가 유명인인 것도 그렇고, 언어 때문에도 그런 것 같아요. 강현 씨 편할 대로 하세요."

"저야 좋죠."

이미 그녀의 일 처리에 반해 버린 그가 열정적으로 고개를 끄덕였다. 소리가 살짝은 난감해하며 주치의와 뭐라고 대화를 나누는 동안, 강현은 짧게 흔들리는 그녀의 귀밑머리를 보며 자신도 모르게 미소를 지었다. 만일 병원에서 소리를 만나지 않았다면 어떻게 되었을까. 버벅대다가 결국엔 코치를 불러오지 않았을까. 미국에서 2년을 살았어도 병원 같은 공적인 장소에서 전문 용어가 나오는 대화를 이어 가기는 힘들었다.

"그럼, 내일부터 오시면 돼요. 4층 아까 그 Dr. Smith가 있던 재활실로 시간 맞춰서 오세요."

"아…… 바쁘실 텐데 저 때문에 고생 많으셨죠?"

소리가 풋, 하고 웃었다.

"가끔 한국인 환자분들이 병원에 오시는 경우가 있어요. 아파서 오긴 왔는데 도대체 뭐라고 말해야 할지 몰라서, 어디로 가야 할지 몰라서 난감한 표정으로 멍하니 서 계시거든요. 아까 강현 씨 표정이 딱 그랬어요. 안 도와 드릴 수가 없었다니까요."

강현이 멋쩍어서 뒷머리를 긁적였다. 그녀가 그를 바래다준다고 엘리베이터를 같이 타며 문득 물었다.

"여행은 잘 하셨어요? 어디가 제일 좋으셨어요?"

"아……."

그는 잠시 망설이다가 말했다.

"엠파이어 스테이트 빌딩에서 본…… 뉴욕 야경이요."

"네?"

"사실은 그 이후에 관광지라고 할 데를 간 게 없어서요. 그냥 길거리 돌아다니다가 햄버거 사 먹고, 가게 들어가서 옷 사고, 호텔에서 자고, 뭐 그랬어요."

"어라, 뭔가 무서운데요."

"뭐가요?"

소리가 살짝 웃으며 대답했다.

"저도 사실 뉴욕 여행에서 제일 좋았던 게 강현 씨 우연히 만나서 반나절 보낸 거거든요. 그건 아무나 할 수 없는 경험이 잖아요. 좋아하던 야구 선수랑 우연히! 그래서 강현 씨도 꼭 의미 있게 기억해 줬으면 좋겠다고 생각했어요. 근데 진짜 그렇게 되다니 무서워요."

"그게 왜 무서워요?"

"아까도, 사실 강현 씨 재활실에서 지정해서 케어할 간호사가 저였으면 좋겠다고 순간 생각했거든요. 근데 어떻게 또 일이 그렇게 흘러가서요."

그녀가 복잡 미묘한 표정으로 말했다.

"이렇게 인생이 제가 원하는 대로 흘러갔던 적이 없는데, 그래서 엄청 불안해요. 무섭고. 그래도⋯⋯."

엘리베이터가 열리고, 그녀가 한국식으로 고개를 숙이며 인사했다.

"환자분께 최선을 다할게요. 안녕히 가세요."

강현은 얼떨떨하게 함께 고개를 숙여 인사하고, 병원 문을 나섰다. 병원을 나서 차에 시동을 걸면서 그는 또 뒤늦게 생각났다. 자신을 도와준 그녀에게 고맙다는 말도 못 했다는 점,

그녀의 뭔가 무섭다는 중얼거림에 제대로 답도 해 주지 못한 점, 그러한 대화에 그가 부담을 느낄까 봐 그녀가 알아서 그를 보내 줬다는 점.

"네. 조금만 더 힘내세요. 다섯 번만 더 해요."

강현은 끙끙거리며 팔꿈치 운동을 하고, 죽을 것 같다는 표정을 지어 보였다. 소리는 재빠르게 찜질을 한 뒤 열전도 기계를 연결해 주었다.

"고생하셨어요. 5분만 쉴게요."

"5분…… 이요?"

"네."

뉴욕에서 마스카라가 줄줄 흐르는지도 모르고 울었던 여자는 어디로 가고, 강현의 힘든 표정에도 전혀 흔들림 없는 차가운 간호사가 있을 뿐이었다. 이 병원에서 소리와 함께 재활 치료를 받은 지 벌써 한 달이나 지났다. 소리는 처음 병원에서 봤을 때와 한결같았다. 친절하고 상냥하며 강현이 전혀 불편함 없게 배려해 주었지만 절대 선을 넘지 않았다. 소리는 차트를 체크하고 강현의 어깨를 주물러 주었다.

"아니, 사실 훈련할 때는 다 돌아왔다 싶거든요. 근데 여기서 재활만 받으면 아직 먼 것 같기도 하고 그러네요."

"이 정도면 빠른 회복 맞아요. 다음 시즌에서는 무리하지만 않으면 괜찮을 거예요. 지금도 마무리 투수 정도로는 나갈 수

411

있을 것 같기도 한데."

"아이고, 쉴 때 쉬어야죠. 뺄 줄 때 완전히 놀아야 돼요. 언제 이렇게 쉬어 보겠어요."

강현이 씩 웃으며 말했다. 입단한 다음 군대에 다녀오고, 한국에서 2년 정도 경기를 하다가 바로 메이저리그로 왔다. 바쁜 나날들이었다. 미국에 오고 나서는 사실 더 힘들었다.

"소리 씨."

"네?"

차트를 보고 있는 소리에게 그가 문득 물었다.

"이제 괜찮아요?"

"네? 뭐가요?"

"헤어지신 거요."

항상 옅은 미소를 유지하고 있던 소리의 표정이 살짝 굳었다. 그녀가 주변을 둘러보고, 한국인이 없는 것을 확인한 뒤 한숨을 쉬며 대답했다.

"어디서 읽었는데, 이별하고 나서 당연히 극복할 시간이 필요한 거래요. 그 극복하는 시간을 보내고 있는 거죠. 괜찮아지는 중일 거라고 믿어요."

"소리 씨같이 괜찮은 여자를 놓치다니, 그 남자 후회할 겁니다."

"모르겠어요."

소리가 한숨을 푹 쉬었다.

"저한테 질린다고 했거든요. 다 자기한테만 맞춰 주려고 하는 모습이 숨 막힌대요. 네가 뭘 원하는지 알 수가 없다고……그 말이 자꾸만 생각나요. 그러고 보니까 저도 제가 뭘 원하는지 모르겠는 거예요. 그렇게 생각하니까 제가 엄청 싫어지는거 있죠? 이제는 전 남자 친구가 미운 것보다 제가 미워서 괴로운 것 같아요."

강현은 묵묵히 생각했다. 자신은 원하는 것을 정확히 알고 있었다. 그런데 사실 10년 동안 자신이 위치가 안 좋다는 이유로, 군대에 가 있다는 이유로, 초록이 남자 친구가 있다는 이유로, 초록의 일이 바쁘고 자신도 미국에 있다는 이유로 계속질질 끌었다. 사실은 초록과 친구의 관계도 유지하지 못할까봐 무서웠다.

어차피 남녀 사이의 친구란 이렇게 끊기게 될 것을, 바보같이 망설이기만 하다가 혼자 바닥까지 보이고 만 것이다. 원하는 것을 모르겠다고 말하는 소리와, 원하는 것을 놓친 자신 중누가 더 힘들지 잘 모르겠다고 그는 생각했다.

"그래서…… 강현 씨는 괜찮아요?"

"네?"

소리가 조용히 웃었다.

"강현 씨도 극복하는 중인 것 같아서요. 지금 저랑 같이 파이팅 하고 싶어서 자꾸 저한테 물어보시는 거 아니었어요?"

"아…… 그랬나……."

강현이 천천히 고개를 끄덕였다. 그러고 보니, 뭔가 소리가 잘 극복해 나가는 모습을 보며 스스로 위로받으려고 했던 것 같기도 했다. 약간 겸연쩍어져서 그는 말을 덧붙였다.

"저도, 음, 제가 싫어지는 과정을 당연히 겪고 있죠."

"어머나, 공평해라."

소리가 기분 좋다는 듯이 말했다.

"강현 씨 같은 메이저리그 투수에게도 사랑은 아주 공평하 네요. 이것 참, 저만 불행하다고 징징거리면 안 되겠어요."

"그런데 뭐, 저는 이런 생각을 하기도 하거든요. 패배를 한 뒤에는 원인 분석을 한 뒤 보강을 해야 다음 경기에서 승산이 있어요. 졌다고 기운 빠져 있으면 발전이 없고, 오히려 잘 진 경기는 앞으로 선수 생활 전체의 발판이 되어 준다고 해도 과 언이 아니에요."

"오, 성공한 운동선수가 다큐멘터리에 나와서 할 법한 발 언!"

"그래서 전 좀 달라지려고요."

"어떻게요?"

"음…… 망설이지 않고, 뒤늦게 쫓아가지 않는 것. 소리 씨도 해 봐요."

"제가요?"

소리가 그의 어깨와 팔꿈치에서 기계를 떼어 내며 곰곰이 생각하더니 밝게 말했다.

"좋아요. 원하는 것 말하기. 남 눈치 보지 않고, 그냥 내가 하고 싶은 말 하기. 분명히 무의식중에 누르고 있는 것들이 있는 것 같으니까요."

"소리 씨는 저보다 자기 관리가 힘들 테니까, 아예 기준을 정합시다. 훈련이 처음인 사람들은 반드시 숫자로 구조화해 줘야 하거든요."

"어머, 잘나가는 운동선수라고 너무 저 무시하는 거 아니에요?"

"세 번."

강현이 손가락 세 개를 펴며 말했다.

"세 번, 어떻게든 제 앞에서 원하는 것 말해 보기. 꼭 저한테 하는 거 아니더라도요."

소리가 기가 차다는 듯이 웃었다. 강현은 한 달 동안 그녀와 그래도 꽤 오랫동안 같이 있으면서 그녀가 자신의 주장을 하는 걸 들어 본 적이 없었다. 변하고 싶어 하면서도 결국 똑같은 모습에 좌절하는 것이 꼭 자신의 모습을 보는 것 같았다. 발랄하게 웃으며 기계를 치우는 소리의 뒷모습을 그는 오랫동안 가만히 바라보았다.

뉴욕에서 그녀와 우연히 만나고, 이야기를 나누었던 것이 너무 오래전 일 같다. 기계를 정리하다가 갑자기 소리가 그를 향해 휙 돌아보았다.

"그럼 저랑도 약속해요."

"뭘요?"

"더 이상 무언가가 뒤늦지 않게 되었을 때나 망설이지 않게 되었을 때, 그때 잘 극복했다고 저한테 말해 주셔야 해요."

그녀가 배시시 웃었다.

"힘들고 어려운 실연의 길, 공평하게 극복하자고요."

강현은 문득 그녀의 웃는 얼굴이 아주 예쁘다고 생각했다. 누구에게나 보여 주는 상냥함이라고 할지라도 믿을 수 없이 힘이 되는 날이 있는 것이다. 강현은 미국 생활이 외로웠다는 걸 그제야 절절히 느꼈다. 미국에 와서 괜한 말이 날까 봐 한국인들하고 잘 어울리지 않았고, 짧은 영어로 구단 선수들과 소통하는 것도 한계가 있었다. 외로워서 그렇게 초록과 제오에게 전화했나 보다. 그들은 한국에서 자신의 삶을 사는데, 그는 미국에서 한국의 멈춘 시간을 살았다.

"어느 시점에, 누구에게만, 어쩔 수 없이 열리는 마음이 있나 봐. 나도…… 뭐라고 말로 표현이 안 돼."

갑자기 초록의 말이 떠올랐다. 그가 힘들다고 말하면 옆에 있으려고 자처하는 사람이야 넘쳐나겠지만…… 왜 하필 소리를 앞에 두고 그런 말이 떠오르는지 모를 일이었다.

"오늘도 고생하셨어요. 모레 같은 시간에 오실 거죠?"

"네."

그는 잠시 머뭇거리다가 말했다.

"그때……"

소리의 눈이 커졌다.

"저녁 같이 드실래요?"

강현은 주저하다가, 더듬거리며 덧붙였다.

"마, 망설이지 않은 거예요, 지금. 정말로."

"잠시만요. 팔을 이렇게……"

소리가 강현의 팔을 잡고 각도를 맞춰 주다가 혼자 얼굴을 붉혔다. 강현 역시 아무렇지도 않은 척했지만 순간 긴장이 되는 건 어쩔 수 없었다. 아무 생각 없이 재활을 잘 받고 있었는데, 오늘 저녁에 함께 식사를 한다 생각하니 작은 스킨십에 서로 민망해진 것이다. 소리가 직업의식을 발휘해서 태연하게 진행하지 않았다면 더 어색해질 뻔했다.

"저기, 뭐 좋아하세요?"

강현이 조심스럽게 물어보고, 또 늦었다 후회했다. 이런 건 지난번에 물어봤어야 예약을 했을 텐데. 다행히 소리는 상냥하게 대답했다.

"다 좋아해요. 정말 다 잘 먹어요."

"어…… 그러면……"

그가 찜질을 받느라 상기된 얼굴로 말했다.

"햄버거 괜찮으세요? 저기, R레스토랑 알죠?"

"네. 안 그래도 한번 가 보고 싶었는데 잘됐네요. 거기서는 햄버거도 웨이터가 서빙해 준다면서요. 얼마나 대단한 햄버거인지 먹어 보고 싶었어요."

소리가 부드럽게 웃으며 덧붙였다.

"신기하네요. 우리 지난번 식사도 햄버거였잖아요."

"아, 맞다."

강현이 흠칫 놀라 중얼거렸다.

"그때, 뉴욕 햄버거집이었죠?"

소리는 조용히 웃으면서 고개를 끄덕였다. 강현은 자신이 소리와의 첫 번째 식사를 전혀 기억 못 한다고 오해하게 만들까 봐 급히 덧붙였다.

"아, 제가 햄버거를 좋아해서…… 거의 햄버거집만 다녔거든요. 그래서 연결이 잘 안 됐어요. 너무 많이 먹어서, 바로 지난 식사가 햄버거였을 줄은."

"아, 그래요? 햄버거 좋아하시는구나."

"네. 한국에서부터 진짜 좋아해서, 고등학교 때도 막 각 브랜드별로 다 찾아 먹고, 신상 버거 나오면 무조건 다음 날 가서 먹어 보고, 그랬거든요. 근데 미국 오니까 또 신세계더라고요. 미국 햄버거는 진짜, 정말 맛있는 것 같아요. 이번에 수술받으면서 다시 한국 가서 또 햄버거 잔뜩 먹었거든요? 근데 미국 햄버거의 그 맛은 안 나서 너무 아쉬웠어요."

햄버거 얘기가 나오자 강현이 적극적으로 눈을 빛내며 말했다. 소리는 비만 관련하여 몇 마디 하고 싶었지만 일단 참았다. 대신 둘 사이에 흐르던 미묘한 기류가 어느 정도 해소된 것에 다행이라고 생각하며 말을 이어 갔다.

"그럼, 미국 햄버거 중 어디에서 제일 맛있게 드셨어요? 나중에 가 봐야지."

강현은 진심으로 고민하는 표정을 짓더니, 천천히 말했다.

"어…… 뉴욕에서…… 그 집이요. 같이 갔던 곳."

"네? 음…… 제가 아무거나 잘 먹어서 그런가? 그렇게 엄청나게 특별한 것 같지는 않았는데……."

"저도 그렇게 생각하거든요? 제일 맛있는 것 같지는 않은데, 음, 제일 맛있게 먹었어요. 이게 말이 좀 이상하긴 한데……."

그는 말끝을 흐렸다. 생각해 보니 미국에서 누군가와 함께 편하게 대화를 하며 햄버거를 먹은 것이 그때가 유일했다. 혼자 먹거나, 누구와 함께 먹더라도 안 되는 영어 때문에 잔뜩 긴장하며 먹었다. 뭐든 함께 먹어야 맛있다. 미국 햄버거가 아무리 맛있더라도 한국에서 고등학교 때 야구부 친구들과 함께 먹은 싸구려 햄버거가 더 기억에 남는 것처럼.

그 맛있는 미국 햄버거를 누구랑 편히 말하며 같이 먹은 게 그때가 처음이라니. 그는 천천히 소리의 도움을 받아 팔꿈치를 움직이며 뭔가 깨닫게 된 것 같아 침묵을 지켰다. 어쩌면 그는 이미 미국으로 건너온 순간 초록과 제오와 갈라진 삶을 살았던 걸지도 모른다. 이미 미국 햄버거가 더 맛있다는 걸 알면서도, 함께한 추억 때문에 한국을 그리워했다. 한국에 다시 돌아가도 그 햄버거로 만족할 수 없을 거면서.

만일 초록이 미국 생활을 그만두고 자신에게 오라고 하면 그는 갈 수 있었을까. 순간적으로 망설임이 드는 자신에게 그는 깜짝 놀랐다. 혹시 그런 것들을 생각하기 싫어, 초록이 바쁘고 남자에 관심이 없는 시기라는 것을 핑계로 혼자만의 마음만 키워 간 건 아닐까.

"자, 이제 마무리할게요."

소리의 밝은 목소리를 들으면서, 그는 정말로 새로운 삶을 살아야겠다고 생각했다. 여기 미국에서, 미국 햄버거를 즐겁고 편하게 먹을 수 있는 삶을. 더 이상 한국에서의 삶을 미국에서까지 끌고 와 자신을 힘들게 하지 말아야겠다.

"바로 퇴근하실 거죠? 정리하고 오세요. 저 저기 주차장에서 차 빼서 정문 앞에서 기다리고 있을게요. 파란색 스포츠카예요."

"네. 그…… 오픈카 맞죠? 몇 번 봤어요."

담담하게 대답하는 소리에게 강현이 잠시 머뭇거리다가 말했다.

"소리 씨."

"네?"

"화장하셨네요. 오늘이 제일 예쁜데요. 첫날 봤던 화장보다 이게 나아요."

소리의 얼굴이 확 붉어졌다. 그녀가 우물쭈물하더니 눈을 질끈 감고 말했다.

"첫째!"

"……네?"

"오늘 옷도…… 신경 써서 입고 왔…… 는데, 그런 걸로 놀리시면 안 돼요."

왠지 강현은 비실비실 웃음이 나왔다. 그는 조금 지나서야 그가 지금 그녀를 보고 '귀엽다'라는 생각을 하고 있다는 걸 알았다.

"이제 두 개 남았네요."

그는 짐짓 장난스럽게 말했다.

"생각보다 시작이 빠른데요."

강현은 병원 정문에 살짝 빗겨서 차를 세우고 소리를 기다렸다. 그는 선글라스를 끼고 야구 모자를 푹 눌러쓴 채로 콧노래를 흥얼거리며 왜 미국 와서 단둘이 밥을 먹자고 처음 제안한 여자가 소리인지 생각해 보았다. 한국인 여자야 소개받으려면 얼마든지 소개받을 수 있었고, 그에게 제안이 온 여자들 중에는 말도 안 되는 배경을 가진 여자들도, 눈이 돌아가게 예쁜 여자들도 많았다. 그동안은 초록을 생각하며 모두 거절했었지만…….

아마 소리도 맨 처음 자신을 만날 때 호들갑을 떨면서 사진을 찍어 달라고 했다거나, 우연을 핑계로 지나치게 다가오려고 했다면 경계했을 것 같다. 눈치가 빨라서 상대가 자신에게 원하는 게 그냥 가만히 있어도 보인다고 했던가……. 그래서 사인 한 장 해 달라고 하지 못한 그녀와의 첫 만남이 이상하게 기억이 남았다. 오히려 그래서 그녀의 마음을 잘 모르겠다고 생각했다. 자신이 함께 식사를 하자고 청했을 때, 그냥 자신이 원해서 따라 준 건지 아니면 정말 함께 가고 싶었던 건지.

혹은, 강현이 유명한 야구 선수이니까 팬으로서 가까이하고 싶은 건지, 아니면 조금이나마 남자로 느껴지기는 하는 건지.

그는 백미러로 정문을 바라보다가, 간호사복을 갈아입고 하늘하늘한 원피스 차림으로 그녀가 조심스레 나오는 것을 발견했다. 차에 시동을 거는데 갑자기 그녀가, 정문 앞에 서 있던 안경 쓴 남자에게 손목을 붙잡혔다. 오픈카였기 때문에, 주변을 과히 신경 쓰지 않고 이루어지는 그들의 한국어 대화가 모두 들렸다.

"소리야."

"……선배?"

"왜 전화 안 받았어? 왜 메일에도 답을 안 하고……."

"아…….."

소리의 난감해하는 표정을 강현은 멍하니 바라보았다.

"전화는…… 차단했고…… 메일은 확인 안 한 지 오래돼
서……."

"소리야."

소리의 손목을 놓지 않고, 한국인 남자는 간절하게 말했다.
강현은 눈썹을 밀어 올리며 그 남자를 자세히 보았다. 안경을
쓰고 머리가 덥수룩하며 비쩍 마른 남자였다. 박사 유학까지
올 정도면 몹시 똑똑한 사람인가?

"내가 잘못했다. 내가 미쳤었어."

"어?"

"내가…… 그 나쁜 계집애한테 잠시 미친 거야. 걔는…… 그
냥 이 남자 저 남자 갖고 노는 나쁜 애더라고. 공부만 한 내가
뭘 알 수 있겠어? 걔가 작정하고 꼬시니까…… 난 어쩔 수 없
었어. 미안해. 내가 잠시 정신이 나간 것 같다. 내가 어떻게 너
한테 그럴 수 있었는지…… 미안해, 소리야. 난 진짜 너 없으면
못 살아. 아까부터 병원 앞에서 기다렸어."

"선배. 잠시만. 나 상황이 이해가 안 돼서 그래."

"나, 다시 너한테 돌아가고 싶어."

강현은 그 남자가 빌다시피 하는 것을 가만히 바라보았다.
기가 막혔다. 지금 저걸 변명이라고 하고 있는 건가? 뻔뻔하기
그지없었다. 몇 마디만 들어도 말이 안 되는 상황이었다. 머뭇
거리는 소리 앞에서 남자가 말을 이었다.

"내겐 너뿐이야. 제발 용서해 줘. 우리 다시 만나자. 우리,

진짜 오랜 시간 만났잖아. 잠시 흔들린 거야. 우리 함께 미국까지 왔는데, 이 정도는 잠시 스쳐 지나가는 바람인 거야. 우리 서로를 누구보다도 더 잘 알잖아. 나, 너한테 돌아가고 싶어."

그 말에 강현은 정신이 퍼뜩 들었다. 소리의 지난 말이 떠올랐다.

"전 그냥 원래 그래요. 선배가 원하는 대로 다 해 줬어요."

지금 저 자식은 비겁하게 자신이 원하는 걸 또 말하고 있다.

"선배가 처음에 제가 좋다고 해서 연애 시작한 거고요, 내심 미국에 혼자 가는 걸 외로워하길래 따라왔죠. 제게 이별을 원하기에, 그래서 순순히 보내 줬어요."

소리가 자신이 원하면 또 받아 줄 걸 뻔히 알면서 저러고 있는 것이다. 이번엔, 그럼 그가 돌아오고 싶어 하므로 또 받아 줄 셈인가? 강현은 기어를 변경하고 액셀을 밟았다. 소리가 변하기를 바라듯이 자신도 변해야 한다. 지금 이렇게 또 바보같이 가만히 있으면 안 된다.

그의 파란색 오픈카가 소리와 그 남자 앞에 부드럽게 멈췄다. 강현이 모자를 폭 눌러쓴 채로 소리를 향해 밝게 말했다.

"소리 씨."

그를 보는 소리의 눈이 떨렸다. 강현이 여유 있게 그녀의 눈을 보면서 천천히 말했다.

"저…… 이번에도 안 늦었죠?"

그 남자가 소리의 표정을 보더니 어이없다는 듯이 물었다.

"저 남자는 누구야? 너 그새 남자 생겼어?"

그가 선글라스와 모자로 얼굴을 가린 강현을 알아보지 못하고 코웃음을 치며 말했다.

"저기요. 저랑 이 여자, 7년을 만난 사이고 미국도 같이 왔어요. 지금 와서 댁이 어떻게 해 볼 수 있는 사람 아니니까 일단 지금은 가세요."

강현은 그 남자의 말에 대꾸도 하지 않고 소리를 차분히 바라보았다. 소리가 심호흡을 한 번 하더니, 자신도 깜짝 놀랄 만큼 크게 말했다.

"둘째!"

강현은 왜 자신의 심장이 쿵쿵 뛰는지 모르겠다고 생각했다. 그녀가 입을 여는 다음 순간이 아주 천천히 오는 것만 같았다.

"나, 선배랑 다시 안 만날 거야. 이렇게 찾아오지 않았으면 좋겠어. 다시는 내 앞에 나타나지 마."

그 남자가 아주 충격받은 표정을 지어 보이며 믿을 수 없다는 듯이 그녀를 바라보았다. 입을 벌리고 어쩔 줄을 몰라 하는 것이 소리에게 이런 말을 들을 것이라고는 상상조차 못 했던 사람 같았다. 그녀는 강현의 옆자리에 올라타며 또 크게, 그 남자도 강현도 똑똑히 들을 수 있을 정도로 외쳤다.

"셋째!"

강현은 웃음이 터져 나오는 것을 참을 수 없었다.

"오빠, 얼른 데이트하러 가요!"

그는 정신없이 웃으면서 액셀을 밟았다. 그녀는 백미러 속에서 얼빠진 모습으로 작아지는 그녀의 전 남자 친구 모습을 보며 심호흡을 했다. 소리의 상기된 얼굴이 미국의 한적한 도로를 꽤 많이 지날 때까지 가라앉지 않았다.

강현이 휘파람을 불다가 아무래도 재미있다는 듯이 말했다.

"대단한데요."

강현은 미국에 와서, 지금이 가장 즐겁다고 생각했다.

"오늘 하루에 원하는 거 세 가지를 다 말해 버리다니, 사람 너무 쉽게 변하는 거 아닙니까?"

"놀리지 마세요."

"오, 네 번째."

"아, 진짜!"

난감해하는 소리의 표정을 보며 강현은 웃음을 멈출 수가 없었다. 그는 이런 경험이 처음이라는 생각을 했다. 그가 좋아했던 여자인 초록은 단 한 번도 그의 앞에서 부끄러워하거나 어쩔 줄 몰라 하며 얼굴을 붉힌 적이 없었다. 그래서 그런지 이런 장난도 걸어 본 적이 없었다. 그는 여자한테 장난을 거는 게 이렇게 즐겁고 재미있는 건 줄 몰랐다.

그동안 청승맞게 슬퍼하며 혼자 우울해했던 것이 바보 같을 정도로 그는 즐거웠다.

"그 사람 표정 봤어요? 저 그 사람이 그렇게 얼떨떨한 표정 짓는 거 처음 봤어요. 하긴, 7년 동안 한 번도 제가 그 사람한테 뭐라고 한 적이 없었으니까요."

"시간이라는 게 또 의미 없기도 한 것 같아요."

강현이 운전을 하며 말했다.

"7년이라는 시간보다 저를 만나고 더 빨리 변한 거 아니에요?"

"아, 뭐, 그런 셈이죠. 저 진짜 강현 씨 없었으면, 아마 돌아갔을지도 모르겠어요. 거절하는 게 익숙하지 않아서."

그가 망설이지 않아서, 그녀의 모습이 계속 보고 싶다는 생각이 들자마자 다음번에 저녁을 먹자고 해서, 그래서 이렇게까지 된 건가. 이게 운명이고, 인연이고, 타이밍이라는 건가. 자신이 지겹게 맞추지 못했던 바로 그 타이밍. 그걸 기적같이 자신이 맞춘 것이다.

"어쨌든, 다 강현 씨 덕분이에요."

강현은 속으로 저도 그래요, 라는 말을 삼켰다. 초록을 짝사랑한 건 10년이지만, 순식간에 또 새로운 모습에 매력을 느끼는 새로운 모습의 자신을 발견하는 것이다. 정체된 과거는 새로운 자극 앞에서 생각보다 무력하다.

"어쨌든 놀라웠어요. 오빠라니."

"강현 씨라고 부르면…… 괜한 소문이 날 것 같아서요. 무의식중에 나왔어요."

"좋은데요. 앞으로 그렇게 불러요."

강현이 키득거리자 소리가 순간 멈칫했다. 자신의 환자에게 그래도 되나 하는 생각을 하는 것 같았다. 그 생각이 모두 읽히는 것이 귀여웠다. 그가 또 놀리고 싶어서 한마디 더 했다.

"데이트도 하는 사이에."

"아악!"

소리가 얼굴을 두 손으로 가렸다.

"같은 한국인끼리…… 같은 동네 사니까…… 그리고 매일같이 재활 때 보니까 그냥 식사 한 끼 하자고 한 걸 수도 있는데…… 죄송해요. 제가 잠시 미쳤었나 봐요. 제가 어떻게 감히……."

"감히라뇨."

"저는 그냥 팬인걸요. 팬 서비스 해 주시는 건데 제가 오버했죠? 부담 갖지 마세요."

"에이, 똑바로 말해요."

강현이 레스토랑 앞에 차를 대면서 말했다.

"팬 서비스를 원해요, 데이트를 원해요? 소리 씨가 원하는 걸 말해 봐요."

"……불공평해. 백 명의 팬한테 물어봐요, 뭘 원하나."

소리가 한숨을 푹 쉬었다.

"백 명의 팬 말고, 한소리라는 한 명의 여자가."

"강현 씨, 나쁘다."

그녀는 거의 울 것 같은 표정이었다. 그녀가 대답을 하면, 강현에게는 부담이 될 것이다. 당연히 강현 같은 남자를 좋아하지 않을 수가 없지 않나. 온 국민이 사랑하는 메이저리그 투수인 데다가, 직접 몇 번 만나 보니 착하고 성실하기까지 하다. 게다가 자신을 특별하게 여기는 것 같은 언행도 몇 번 보여 주지 않았다. 다만 그녀는 그가 굉장히 좋은 사람이라는 걸 느꼈기 때문에 팬으로 남아도 상관없다고 생각하는 것뿐이었다.

그러나 둘 중 하나 고르라고 하면…… 그녀가 원하는 걸 말하면, 그녀가 어제 옷을 고르고 화장을 연습하며 했던 생각을 말하면, 너무나 유명한 그가 부담스러워하지 않을까……. 그녀는 그렇게 미인도 아니었고 부자도 아니었으며 심지어 전 남자 친구와의 설전까지 보여 줬다. 상대는 그녀의 눈에 완벽해보이는 메이저리그 투수다. 그녀의 표정을 보고 강현이 씩 웃었다.

"다 왔으니까 내려요. 이제 데이트 시작인데."

소리가 눈을 동그랗게 떴다.

"저는 망설이지 않기로 했다니까요. 진짜로요. 저 미국 와서,

아니 한국에서도, 진짜로 여자한테 제가 먼저 이렇게 데이트 하자고 한 거 처음이에요."

"어, 음, 왜…… 저예요?"

그녀는 물어보면서도 자신이 바보 같다고 생각했다.

"강현 씨같이 완벽한 남자가…… 왜 저를?"

"저 안 완벽해요. 누군가한테는 엄청 찌질하고 못나고, 어리 고 매력 없는 남자였어요."

"말도 안 돼요. 엄청…… 멋있는데."

소리가 기어들어 가는 목소리로 말했다.

"하나부터 열까지, 다 멋있는데."

"변해서 그래요."

그가 더없이 진지하게 대답했다.

"근데 아마 소리 씨가 없었다면 못 변했을 것 같아요. 그래 서 계속 같이 있고 싶고…… 음…… 그러려면 빠르게 행동해야 되는 걸 이제는 알아요."

그녀가 배시시 웃었다. 그날, 강현은 진짜로 그의 인생에서 전무후무하게 맛있는 햄버거를 먹었다. P주에서 가장 햄버거 가 유명한 레스토랑이기도 하지만, 함께 웃고 떠들 수 있는 사 람이 앞에 있었기 때문이다. 그들은 미국에서 있었던 일화들 을 말하며 마치 오랜 친구를 만난 것처럼 편하게 대화했다. 그 리고 새로운 방식으로, 함께 새로운 삶을 미국에서 시작하자 면서 하이파이브도 한 번 했다.

"선배 없이, 진짜 저 혼자로 독립적인 미국 생활은 이제 시작인 거잖아요? 이제 정말로 새롭게 시작할 거예요."

"저도 사실 그동안 한국에 너무 많은 에너지를 쓰고 있었어요. 이제 정말로 미국에 터를 잡아야겠어요. 부유하던 마음을 미국에 다시 두고, 새로 시작해야죠."

후식까지도 완벽했다. 너무나 맛있게 먹은 것은 강현뿐만이 아니어서, 레스토랑을 나오며 소리가 상기된 목소리로 말했다.

"다섯 번째!"

"오?"

"다음에 여기 또 와요. 오, 오, 오빠."

강현은 키가 이렇게 큰 여자가 이런 식으로 귀여울 수 있을 줄은 상상조차 하지 못했다. 그는 집에 가서 제오에게 전화나 한 통 해 봐야겠다고 생각했다. 이제는 아무렇지도 않게 안부를 물을 수 있을 것 같았다. 더 이상 그가 밉지 않았기 때문이다.

아무리 크게 입은 상처라고 할지라도, 좋은 사람을 만나면 이렇게 빠른 시간 안에 치유될 수 있구나. 그는 또다시 실컷 웃으며, 차를 출발시켰다. 넓은 고속 도로를 달리는 강현의 마음이 상쾌했다.

"내일은 퇴근 언제 해요?"

10년이든, 7년이든, 무슨 상관인가. 내일이 설레는데.

"시즌 끝나면 저 훈련 들어가야 해요. 만날 수 있을 때 많이 만나야 되거든요."

그는 기분 좋게 액셀을 밟았다. 미국의 드넓은 고속 도로에서 드라이브하는 기분은 언제나 좋았다. 이 끔찍하게 넓은 길이 외롭다고 생각할 때가 있었다. 하지만 어쨌든 그것도 과거다.

"망설이지 않고요."